CHRISS L. CROSS

SALZWASSER GEFLÜSTER

Impressum

Chriss L. Cross c/o
WirFinden.Es
Naß und Hellie GbR
Kirchgasse 19
65817 Eppstein

Email:chriss.l.cross_autorin@web.de

Coverdesign: Giessel Design, www.giessel-design.de unter Verwendung
mehrerer Bilder von Shutterstock

Lektorat & Korrektorat: Sarah Nierwitzki (www.lektorat-wortkosmos.de)

Buchsatz: Désirée Lothmann, https://www.kiwibytes-buchdesign.de/

Kapitelzierden: NH Buchdesign, www.nh-buchdesign.com

Bibliografische Information der Deutschen Nationalbibliothek: Die
Deutsche Nationalbibliothek verzeichnet diese Publikation in der
Deutschen Nationalbibliografie; detaillierte bibliografische Daten
sind im Internet über dnb.dnb.de abrufbar.

Die automatisierte Analyse des Werkes, um daraus Informationen
insbesondere über Muster, Trends und Korrelationen gemäß
§44b UrhG („Text und Data Mining") zu gewinnen, ist untersagt.

© 2024 Chriss. L. Cross
Herstellung und Verlag: BoD - Books on Demand, Norderstedt
ISBN: 978-3-7583-7345-9

Dieses Buch ist für dich N.

Danke, dass du mich an Wunder glauben lässt.

PROLOG

Auf der Scheibe in unserem Wohnzimmer lieferten sich die Regentropfen ein Wettrennen. Das laute Prasseln auf dem Dach klang wie Kieselsteine, die von einem LKW geschüttet wurden. Ich beobachtete die Tropfen, wie sie immer fester gegen die Scheibe trommelten. Der Wind draußen pfiff lautstark und trotzdem fühlte ich nichts.

Keine Angst vor dem Sturm.

Keine Trauer, nichts – nur Leere.

Eine der Polizeibeamtinnen stellte sich hinter mich, doch ich reagierte nicht auf sie. Zu unwirklich kam mir das Ganze hier vor. Ich wartete darauf, dass mir jemand diesen Moment als Aprilscherz auftischen würde. Doch niemand löste diese Situation auf. Die Hand der Polizistin legte sich auf meine Schulter und auch wenn ich es durch die Spiegelung in der Scheibe kommen sah, zuckte ich bei der Berührung zusammen.

»Entschuldigung.« Sofort ließ sie mich los und setzte sich in den Sessel neben mir, dem Lieblingssessel meiner Mutter. Ich schluckte.

»Kann ich Ihnen ein paar Fragen zu heute Abend stellen?«

Ich nickte. In mir dehnte sich Kälte aus, worauf sich eine Gänsehaut auf meiner Haut breitmachte. Einige Sekunden später legte mir die Polizistin eine Wolldecke über die Schultern. Ich hatte nicht bemerkt, dass sie aufgestanden war.

»Ich muss Sie leider fragen, was passiert ist«, sagte sie abermals. »Was wissen Sie vom heutigen Abend noch?«

Ein Schaudern lief durch meinen Körper, meine Augen brannten. Doch da waren keine Tränen mehr, die ich weinen konnte. In der letzten Stunde hatte ich sie alle verweint.

Vorsichtig lenkte ich meinen Blick auf die Polizistin. Sie lächelte mich an und in ihren Augen erkannte ich Mitleid, doch das Letzte, was ich wollte, war genau das.

Mir war bewusst, dass ich etwas sagen sollte, doch meine Kehle war zugeschnürt.

»Wir können uns auch morgen unterhalten, wenn Ihnen das lieber ist, Mrs Baker.«

Für einen Moment schaute ich die Beamtin nur weiter an, während sich die Kälte in mir immer mehr ausbreitete. Das Gefühl von Verlust und Schmerz tat sein Übriges. Ich nickte, in der Hoffnung, dass mich die Polizistin in Ruhe ließ, und drehte mich wieder zur Fensterscheibe. Draußen fing es an, zu donnern und zu blitzen.

So langsam wurde mir bewusst, dass meine Eltern nicht mehr wiederkamen. Dass ich allein war.

KAPITEL 1

Drei Monate später

Endlich war ich in Punta Loyola angekommen. Im Zug war es schwül und mir klebte der Schweiß im Nacken. Mit letzter Kraft hievte ich meinen Koffer aus der Ablage und stieg aus dem Zug. Außerhalb schien die Sonne erbarmungslos auf mich hinunter, was mich sofort die kühle Luft New Yorks zu dieser Jahreszeit vermissen ließ. Doch New York war Geschichte.

Nach dem Unfall meiner Eltern waren hin und wieder sowohl Polizeibeamte sowie eine Sozialarbeiterin zu mir gekommen. Diese hatte mir erklärt, dass ich entweder in eine Pflegefamilie oder zu Verwandten musste. Ohne lange darüber nachgedacht zu haben, hatte ich meine Tante angerufen und gefragt, ob ich zu ihr ziehen durfte. Am Anfang war sie geschockt gewesen, denn sie hatte meine Eltern abgöttisch geliebt. Leider war es ihr nicht möglich gewesen, an der Beerdigung teilzunehmen. Dennoch hatte sie mir angeboten, sich darum zu kümmern, dass mein Elternhaus verkauft wurde, als ich sie um ebendieses gebeten hatte. Zwar war sie von dieser Idee anfangs nicht begeistert, obwohl wir lange am Telefon darüber gesprochen hatten, doch ich wollte das Haus nicht behalten. Es hingen zu viele Erinnerungen an schöne Zeiten an dem Haus, was mich nur trauern ließ.

Ich blickte mich um und betrachtete die Umgebung vor mir. Brasilien, und besonders Punta Loyola, war ein wunderschöner Ort. Als kleines Mädchen war ich in den Ferien oft hier gewesen. Als mein Vater einen Herzinfarkt erlitten hatte, war die Strecke zu weit und zu anstrengend gewesen, ab dieser Zeit waren wir nicht mehr hergekommen. Trotz der Tatsache, lange nicht hier gewesen zu sein, war Tante Tiva für mich die erste Anlaufstelle.

Ich zog meinen Koffer Richtung Bahnhofshalle, wobei das Wort *Halle* übertrieben war. Es war eher ein übergroßer langgezogener Tunnel mit Kundenschalter in der Mitte. Der asphaltierte Gang war mit Rissen durchzogen. Mit Mühe zog ich meinen Koffer über die Löcher, als im nächsten Moment eine Rolle von diesem abbrach.

Ich stolperte über eine weitere Unebenheit und hielt mich gerade noch auf den Beinen. Kopfschüttelnd schaute ich den Koffer böse an, entschied mich jedoch dafür, weiterzugehen. Ändern konnte ich an meiner Situation sowieso nichts mehr. Ich zog mit lautem Geklapper den Koffer weiter hinter mir her und verließ den Tunnel. Zwei Personen standen bereits vor der Bushaltestelle, wobei die Frau zu ihrem Mann sagte, der Bus käme erst in zehn Minuten.

Da ich ebenfalls mit dem Bus fahren musste, machte ich mir nicht die Mühe, den Fahrplan zu betrachten, sondern setzte mich auf meinen Koffer. Durch Tante Tiva wusste ich, dass an dieser Stelle nur ein Bus kam. Ich holte mein Handy aus der Tasche und bemerkte, dass es nur noch drei Prozent Akku hatte. Schnell entsperrte ich das Display und schaute mir die Haltestelle an, an der ich aussteigen musste, als dieses plötzlich schwarz wurde und sich auch nicht mehr einschalten ließ. Verdammt.

Seufzend steckte ich es wieder in meine Tasche. Jetzt wäre es praktisch gewesen, die Zeit damit totzuschlagen.

Die Hitze ließ mich müde werden. Am liebsten wäre ich wieder umgedreht und abgereist, aber ich konnte nicht zurück. Zu Hause wartete nur Einsamkeit auf mich.

Als der Bus kam, stieg ich hinter dem Paar ein. Erfreut darüber, dass der Bus eine funktionierende Klimaanlage hatte, setzte ich mich auf einen Platz, stellte meinen Koffer neben mich und lehnte meinen Kopf an die kühle Scheibe. Nicht mehr lange und ich würde endlich bei Tante Tiva ankommen.

Mit dem Blick nach draußen, der kühlen Luft der Klimaanlage im Nacken und dem sanften Ruckeln des Busses nahm die Müdigkeit immer mehr Besitz von mir, sodass ich langsam davondriftete.

»Punta Loyola – Haltestelle, bitte hier aussteigen!«

Die plötzliche Ansage ließ mich aus meinem Schlaf hochschrecken. Ich strich mir übers Gesicht und schob meine losen Haarsträhnen hinters Ohr. Schnell stand ich auf, nahm meinen Koffer vom Sitz und ging durch den Gang zur Tür des Busses. Als der Bus an der unscheinbaren Haltestelle anhielt, stolperte ich die Stufen hinunter und stieg vorsichtig aus. Die Fahrt hierher hatte meinem Rücken nicht gutgetan. Ich streckte mich und schaute einmal in alle Richtungen.

Für einen Moment blickte ich dem Bus hinterher, der hinter der nächsten Kurve verschwand. Langsam drehte ich mich um und lief die Straße entlang. Das Haus meiner Tante war etwa zehn Minuten entfernt. Da mein Handy nicht funktionierte und ich sie nicht telefonisch bitten konnte, mich abzuholen, lief ich los.

Mit lautem Poltern zog ich den Koffer hinter mir her, glücklich darüber, dass es nur ein Kilometer bis zu ihrem Haus war.

Das Haus meiner Tante war nicht groß, doch der Ausblick war unglaublich. Sie lebte mit ihrem Mann an einer Klippe, die vom Weg erst spät zu sehen war, von der Terrasse aus konnte man direkt aufs Meer gucken. Weit und breit war kein anderes Haus in der Nähe. Langsam zog ich meinen Koffer hinter mir über die Kieselsteine und hinterließ wegen der abgebrochenen Rolle eine unebene Spur.

Mein Koffer machte unglaublichen Krach, doch er war zu schwer, um ihn zu tragen, da ich alles Mögliche eingepackt hatte. Vieles hatte ich einlagern lassen, in der Hoffnung, es später hierher zu holen. Wehmütig blieb ich vor der Tür stehen und atmete einmal tief durch.

»Du schaffst das«, redete ich mir leise Mut zu.

»Du bist hier willkommen.«

Langsam bewegte ich meine Hand auf die Klingel zu. Bevor ich diese drücken konnte, ging die Tür auf und meine Tante stand mit einem strahlenden Lächeln vor mir.

»Delja! Da bist du ja.« Mit einem Schritt trat sie auf mich zu und zog mich in ihre Arme. Dabei bekam ich ihre Haare in den Mund und begann, zu husten. Gleichzeitig spürte ich das warme Prickeln in meinem Körper, das zuletzt nur bei meinen Eltern zu spüren gewesen war: *Geborgenheit.*

Ich ließ meinen Koffer los, der sofort mit einem Knall umfiel, und schlang beide Arme beherzt um Tante Tiva.

»Ich habe dich so vermisst, Kleines!« Sie drückte mich noch mal fest an sich und schob mich dann ein Stück von sich weg. »Komm rein, hier draußen ist es viel zu warm! Ich mache uns eine Limonade und dann erzählst du mir, wie es dir geht und wie die Fahrt war.«

Schnell schnappte sie sich meinen Koffer, bevor ich ihn nehmen konnte, und zog diesen in den Flur. Ich folgte ihr und fühlte mich im Inneren des Hauses in die Vergangenheit versetzt.

Nichts schien sich verändert zu haben. An den Wänden hingen Fotos von mir und meinen Eltern, außerdem Bilder, die ich als Kind gezeichnet hatte. An einer Wand prangte ein Bild mit kleinen Blumen und Fischen und anderen Symbolen, die eine Geschichte erzählten. Meine Tante hatte mir damals erklärt, dass sie dieses Porträt wunderschön fand und sie es deswegen zu den anderen Bildern gehangen hatte.

Ich zog Schuhe und Jacke aus und stellte diese ordentlich auf das kleine Schuhregal neben der Tür. Das Kleidungsstück hängte ich an einen Haken und betrat den großen, freizügigen Wohnraum meiner Tante. Im Haus war die Klimaanlage angeschaltet, sodass ein angenehm feiner Windzug das Wohnzimmer durchzog.

Hier hatte sich nicht viel verändert, nur die große Fensterfront, durch die man aufs Meer sah, war neu. Schon damals hatte meine Tante immer gesagt, dass sie sich wünschte, von drinnen hinauszuschauen. Wie es aussah, hatte sie sich diesen Wunsch erfüllt.

Ich trat an die Scheibe und blickte aufs Meer. Die Wellen knallten gegen die Brandung und ein leichter Nebel hing über der Szenerie. Meine Haut kribbelte bei dem Anblick und ich erschrak, als Tante Tiva plötzlich neben mir auftauchte und mir ein Glas Limonade in die Hand drückte.

»Traumhaft, oder?«, fragte sie, während sie zufrieden aus dem Fenster schaute.

»Ich liebe diese Fenster, nachdem ihr nicht mehr hier wart, hat Luian sie einbauen lassen, damit ich jeden Abend hier im Schaukelstuhl sitzen kann, um raus auf die Wellen zu schauen. Immer wenn ich das mache, muss ich an dich denken.«

Sie stockte für einen Moment und drehte sich dann in meine Richtung.

»Ich bin froh, dass du da bist, auch wenn die Umstände nicht schön sind. Ich hoffe, dass du hier glücklich wirst und deinen Weg findest.«

Ich schenkte ihr ein Lächeln. Um nicht auf ihre Worte reagieren zu müssen, trank ich einen Schluck der Limonade und ließ meinen Blick wieder zur Brandung an den Klippen schweifen. Ein wenig tat mir meine Tante leid. Ohne zu zögern, nahm sie mich auf. Sie hatte auch jemanden verloren, rief ich mir ins Gedächtnis, und doch konnte ich ihr nicht sagen, wie dankbar ich für sie war. Aber ich konnte es ihr zeigen.

Mit meiner freien Hand griff ich nach ihrer und drückte sie kurz, aber fest. Sie erwiderte den Druck, ohne ein weiteres Wort zu sagen. Sie blieb einen Moment schweigend neben mir stehen und schaute wie ich aus dem Fenster.

»Ich habe etwas für dich.«

Aus meinen Gedanken gerissen huschte mein Blick zu ihr. Sie holte eine kleine Box aus dem Bücherregal gegenüber des Sofas. Damit kam sie wieder auf mich zu und überreichte mir diese.

»Was ist das?«, fragte ich ehrlich überrascht und nahm die Schatulle entgegen.

Sie hatte etwas Besonderes an sich, was mich regelrecht anzog. Sie war aus vielen kleinen bunten Muscheln gemacht, die – je nachdem, wie ich das Kästchen bewegte – im Licht glänzten. Der Verschluss war ein fein verzierter Seestern, den man in eine Öffnung einer Trompetenmuschel schob, damit dieses geschlossen blieb. Ich drehte die Schatulle ein paar Mal hin und her und betrachtete das wunderschöne Farbspiel vor mir.

»Die Schatulle ist von deiner Mutter, sie hat mir mal gesagt, dass ich auf diese aufpassen soll«, erzählte meine Tante. »Sie wollte immer, dass du sie irgendwann bekommst. Ich denke, dass jetzt der richtige Zeitpunkt dafür ist und du sie haben solltest. Sie gehört dir.«

Mein Blick richtete sich von der Schatulle zu Tante Tiva. Ihre Augen hatten die gleiche Form und Farbe wie die meiner

Mutter. Ein saftiges Grün mit kleinen Sprenkeln von Gelb.

»Danke«, hauchte ich, dann huschte mein Blick wieder zu der Schatulle, die mich faszinierte. Ich überlegte, ob ich sie öffnen sollte, als meine Tante ihre Hand darauflegte.

»Mach sie auf, wenn du allein bist. Es ist ein Geschenk deiner Mutter.« Sie lächelte. Ich nickte und ließ meine Arme sinken. »Du hattest einen lange Fahrt, wie wäre es, wenn ich Mittagessen mache und du dich erst mal ausruhst?«

Wieder nickte ich und schämte mich, dass ich nicht einmal die Kraft besaß, ausführlich zu antworten.

»Mach dir keinen Kopf, Delja«, sagte sie, als hätte sie meine Gedanken gelesen. »Ich verstehe, wenn du nicht reden willst. Lass dir alle Zeit der Welt.« Sie griff nach meiner Hand und ging mit mir zusammen in den angrenzenden Flur. »Komm, ich zeige dir dein neues Zimmer.«

Zusammen gingen wir die Treppe hoch in den zweiten Stock, von dem vier Türen abgingen. Der Boden war immer noch mit dem gleichen Teppich ausgelegt wie damals, daher hatte er seine besten Tage bereits hinter sich. Eine Tür war angelehnt, wodurch ich ins Innere sah und graue Bodenfliesen entdeckte. Meine Tante trat an eine der Zimmertüren, die sie aufdrückte.

»Das hier ist dein Zimmer, wir können es noch verändern, wenn du möchtest. Ich habe dir schon mal ein Bett, einen Nachtschrank und einen Kleiderschrank reinstellen lassen. Mach dich erst mal frisch, entspann dich und dann kommst du wieder runter und wir essen.«

Ich betrat das Zimmer und drehte mich einmal um mich selbst. Der Raum war kleiner als mein altes Zimmer, doch er reichte mir. Als ich mich bei meiner Tante bedanken wollte, schloss sie gerade die Tür hinter sich und ich war das erste Mal wieder allein.

In meinem neuen Zuhause, das noch keins für mich war.

KAPITEL 2

Verschlafen wachte ich auf und merkte mit dem Blick auf die Uhr, dass ich drei Stunden geschlafen hatte. Hastig sprang ich vom Bett auf und holte ein paar Kosmetikartikel aus dem Koffer. Ich ging in das angrenzende Bad und machte mich frisch, mein Blick huschte vom Spiegel auf die begehbare Dusche und ich musste nicht lange überlegen. Schnell entledigte ich mich meiner Sachen und hüpfte in die Duschkabine. Das kühle Nass roch nach Salz, was aber hier in Brasilien normal war, da das Wasser im Dorf aus dem Meer gefiltert wurde.

Ich schäumte mich mit dem Duschgel ein, welches ich in der Dusche vorfand. Nachdem ich fertig war, schnappte ich mir das Handtuch und trocknete mich ab, ehe ich es über die Duschwand hing.

Ein Blick in den Spiegel ließ mich innehalten. Wie immer sahen mir zwei unterschiedlich farbige Augen entgegen – ein gelbes und ein grünes. Das grüne war strahlend hell, und das gelbe mit kleinen roten Sprenkeln versehen, dazu kam der grünlich-türkise Verlauf. Laut einigen Ärzten eine Mutation meines Erbgutes. Meine Eltern hatten mich daraufhin zu unterschiedlichen Ärzten begleitet, doch als diese nichts fanden, reichte es meiner Mutter und wir beschlossen, dass ich gut war, wie ich war, solange ich durch die Augenfarben keine körperlichen Einschränkungen spürte. Ich hatte dennoch versucht, zu ergoogeln, was es bedeutete, aber nichts dazu gefunden, nur dass es eine sogenannte Heterochromie sein soll. Jetzt war es das Einzige, was ich von ihnen hatte.

Einen Moment betrachtete ich noch meine Augen und erkannte den Schmerz in ihnen, den die Gedanken an meine Eltern immer auslöste, als etwas an meiner Hüfte meine Aufmerksamkeit erregte. Vorsichtig strich ich mit dem Finger über die Haut. Ein leichter Rotschimmer lag über der Stelle, an der ich einen Pigmentfleck besaß. Seit meiner Geburt, war er mal stärker, mal schwächer, aber nie war er gerötet gewesen.

Erneut strich ich darüber und spürte, dass die Haut rau war. Das musste von der trockenen Hitze kommen. Ich griff nach einer Feuchtigkeitscreme aus meinem Kulturbeutel und cremte mich ein. Nachdem ich fertig war, schlüpfte ich in meine Sachen und ging noch mal in mein Zimmer.

Auf dem Nachtschrank stand die Schatulle. Ich griff nach ihr, setzte mich aufs Bett und schob den Seestern zur Seite. Ein leises Klicken ertönte und der Deckel des Kästchens klappte von allein auf. In der Mitte dieser lag ein goldenes Kettchen mit vier Perlmutt-Perlen, wie es die Perlen in den Muscheln am Strand waren. Im Deckel war ein kleiner Zettel befestigt, den ich rausnahm und entfaltete. Darauf erkannte ich die Schrift meiner Mutter.

Para minha pequena sereia, stand auf dem Zettel. Ich schnappte mir mein Handy und tippte die Worte bei Google ein. *Für meine kleine Meerjungfrau*, übersetzte mir mein Handy. So hatte mich meine Mom immer genannt. Tränen stiegen mir in die Augen, die ich schnell wegwischte, denn ich wollte jetzt nicht weinen.

Ich griff nach dem Kettchen und ließ es zwischen meinen Fingern baumeln. Es war wunderschön. Kurzerhand legte ich es mir ums Handgelenk. So hatte ich meine Mutter immer bei mir. Das Armband schwang hin und her, als ich meinen Arm leicht bewegte. Ein kühles Kribbeln fuhr mir über den Arm. Für einen Moment betrachtete ich die Schatulle, bevor ich aufstand und mein Zimmer verließ.

Das ganze Haus roch nach gekochtem Gemüse und Kräutern, sodass mein Magen knurrte. Unten angekommen, bemerkte ich, dass mein Onkel Luian wieder da war. Im Wohnzimmer blieb ich in der Tür stehen.

»Hallo, Luian.« Als er meine Stimme hörte, fixierte er mich und seine Mimik hellte sich auf. Er sprang aus seinem Sessel auf.

»Delja, meine Kleine. Da bist du ja. Hast du eine gute Reise hinter dir?« Er kam auf mich zu und zog mich in seine Arme. Seine feste Umarmung raubte mir die Luft. Er strubbelte mir, wie früher, durch meine hellblonden Haare.

»Lass das, die sind frisch gekämmt.« Ein tiefes Lachen drang aus seiner Kehle.

»Das sehe ich, meine Kleine. Wie geht es dir?« Freudig strahlte er mich an, als er im nächsten Augenblick scheinbar bemerkte, was er gefragt hatte. Ich ignorierte mein mulmiges Gefühl bei dieser Frage.

»Mir geht es ganz okay, ich habe Hunger.« Diesmal kam ein Lachen aus der Küche, worauf Luian und ich uns umdrehten.

»Wie gut, dass das Essen schon lange fertig ist.« Meine Tante zwinkerte mir zu, trat mit einem Topf an den gedeckten Tisch und stellte diesen darauf. »Das Essen ist angerichtet«, sagte sie und ließ sich auf einen der vier Stühle nieder.

Begeistert grinste mich mein Onkel an und ging ihr hinterher. Ich zog einen Stuhl vom Tisch und nahm Platz. Seitdem ich allein war, hatte ich nicht mehr gekocht und mich nur von Fertigprodukten und Fastfood ernährt, sodass ich dieses selbstgekochte Essen mehr als genoss und einen Löffel nach dem anderen verdrückte.

»Du hast ja mächtig Hunger«, stellte mein Onkel fest und sein dunkles Lachen füllte den Raum. »Als hättest du seit Wochen nichts mehr gegessen.«

Wie früher saß er am Kopf des Tisches und ich neben ihm. Ein sanftes Lächeln legte sich bei der Erinnerung auf meine Lippen.

»Ich habe ziemlich lange nichts mehr gegessen, was so lecker war. Ich habe nie gekocht seit …«

Unmöglich konnte ich diesen Satz beenden, zu sehr schnürte sich meine Kehle zu. Zu sehr schmerzte mein Herz. Meine Tante schien mir meine Gefühle anzusehen und versuchte, elegant das Thema zu wechseln.

»Was war in der Schatulle?«, fragte sie. Ich hob meine Hand an und ließ das kleine goldene Armband daran baumeln.

»Das Kettchen ist wunderschön, oder?«, fragte ich meine Tante.

Sie sah auf mein Handgelenk und kurz huschte ein trauriger Ausdruck über ihr Gesicht. Vielleicht wäre es mir gar nicht aufgefallen, doch ihr Blick haftete auf meinem Arm. Sie schaute zu meinem Onkel, der mein Handgelenk ebenfalls betrachtete. Sein Ausdruck war besorgt.

»Ist irgendwas damit?«, fragte ich. Noch immer hielt ich das Armband in die Höhe, ehe ich erneut beide ansah.

»Nein, alles in Ordnung, ich habe mich nur gerade an etwas erinnert«, sagte Tante Tiva. Langsam hob sie ihr eigenes Handgelenk an, an dem ein ähnliches Armband baumelte. Ihres war auch aus Gold, hatte jedoch nur zwei Perlen. Ich betrachtete erst ihres, dann mein eigenes.

»Sie sehen fast gleich aus, nur dass du weniger Perlen hast. Woher hast du deins?«, war die erste Frage, die mir in den Sinn kam.

»Ich habe es von Luian bekommen, es ist schon lange her«, sagte sie und betrachtete ihr eigenes Schmuckstück wehmütig.

»Es ist sehr alt. Und es ist besonders«, sagte mein Onkel und griff nach der Hand meiner Tante, um diese zu drücken.

Noch einmal schaute ich zwischen den beiden hin und her, da sie sich bedeutungsvolle Blicke zuwarfen.

»Kann es sein, dass ihr mir etwas verheimlicht?« Ich verstand nicht, warum die Stimmung plötzlich so sentimental war. Wegen eines Armbandes, welches meiner Mutter gehörte?

Gehört hat, korrigierte ich mich gedanklich. Einmal tief ein- und ausatmend, betrachtete mich meine Tante.

»Es ist nichts. Es ist nur die Tatsache, dass dieses Armband viel …« Sie stockte.

»Es trägt viel Verantwortung«, führte mein Onkel fort. »Es ist einfach etwas Besonderes. Aber lass uns nicht weiter darüber sprechen. Was möchtest du heute noch unternehmen?«

Den abrupten Themenwechsel verstand ich nicht, trotzdem ließ ich es dabei, es war ja nur ein Armband.

»Sollen wir einen Strandspaziergang machen?«, schlug ich vor. »Nach meinem viel zu langen Mittagsschlaf und dem guten Essen ist ein Strandspaziergang die beste Wahl.«

»Da hast du recht«, stimmte mein Onkel mir zu und stand auf, während er begann, die Teller abzuräumen. Ich wollte ihm helfen, als er mich aufhielt. »Lass mal, geh du lieber mit deiner Tante an den Strand. Ihr könnt ein wenig reden und die Sonne genießen.«

Er schnappte sich meinen Teller und verschwand in die angrenzende Küche. Meine Tante stand auf und strahlte mich an.

»Komm, lass uns losgehen.«

Der Strand war so atemberaubend schön, wie ich ihn in Erinnerung hatte. Keine Menschenseele außer uns war hier.

Wir gingen bis ans Wasser, wobei ich mit den nackten Füßen durch das salzige Nass lief, meine Tante jedoch einen Meter Abstand hielt.

»Komm auch ins Wasser!«, rief ich ihr zu, doch sie schüttelte nur den Kopf.

»Ich habe das jeden Tag und außerdem bin ich nicht so eine Wasserratte, wie du eine zu sein scheinst. Pass nur auf, dass du nirgendwo reintrittst.«

Wir spazierten ein Weilchen schweigend weiter. Es war so spät, dass die Sonne kurz vorm Untergang stand und eine angenehme Wärme zurückließ. Der Horizont strahlte in einem satten Orange. In kleinen Schritten kam ich aus dem Wasser und setzte mich in den Sand. Meine Tante nahm neben mir Platz und spielte mit ihrem Armband.

»Sieht es nicht wundervoll aus?«, fragte sie, stockte dann aber für einen Moment. Als ich fragen wollte, was sie meinte, redete sie schon weiter: »Deine Mutter hat den Sonnenuntergang immer mehr geliebt als den -aufgang. Sie meinte, dass man beim Sonnenuntergang viel mehr sieht, viele kleine Besonderheiten, mehr Glitzern, Wunder und dass es eine Welt unter dem Meer gibt. Vor allem das hat sie gern betont.«

Mein Blick huschte von ihr zum Meer. Schweigend betrachteten wir die Sonne, die am Horizont verschwand. Die Farben funkelten auf dem kühlen Nass und die Worte meiner Tante nahmen an Bedeutung zu. In der Ferne sah man gerade noch eine Flosse im Meer verschwinden.

Hier an der Küste von Punta Loyola gab es Delfine, die sich nah an die Küste trauten, da es hier keine Wilderer gab. Ich hatte es damals schon gemocht mit meiner Mutter hier zu sitzen, und war traurig gewesen, als wir nicht mehr hergekommen waren. Oft hatten wir Stunden an diesem Strand verbracht und nur die Wellen und die Lichtspielereien auf diesen beobachtet. Nie waren wir im Meer schwimmen gewesen, nur kurz mit den Füßen drin gewesen, da meine Mom immer gesagt hatte, dass dieser Teil den Meerestieren gehörte und den Menschen dieser nicht zustand.

In mir machte sich das altbekannte Gefühl der Traurigkeit bemerkbar. Eine Träne löste sich aus meinem Augenwinkel und lief meine Wange hinab.

»Ich vermisse sie – beide«, flüsterte ich meiner Tante zu, dabei blieb mein Blick auf den Horizont gerichtet.

»Ich weiß, ich auch.« Sie zog mich in ihre Arme und so saßen wir eine ganze Weile am Strand, ohne zu reden.

Als es so dunkel war, dass die ersten Sterne am Himmel zu sehen waren, standen wir auf, um langsam zurück zum Haus zu gehen.

»Delja, versprich mir etwas.« Abrupt blieb Tante Tiva stehen, griff nach meinem Arm und blickte mir eindringlich in die Augen. »Egal, was dich beschäftigt oder dir hier passiert, komm zu uns. Egal, was es ist. Du kannst uns vertrauen und wir sind immer für dich da.«

Ich wollte ihr antworten, als wir beide durch ein Platschen zusammenzuckten. Ein winziger Fisch war an den Strand gespült worden und platschte wild um sich. Mit wenigen Schritten war ich bei ihm und hob ihn auch schon auf. Seine kleine Flosse war mit etwas Dunklem verklebt und ein Faden hatte sich um diese gewickelt.

»Wer bist du denn?«, fragte ich das Kerlchen. Für einen Moment hatte ich das Gefühl, dass er stillhielt. Doch es schien nur ein Zufall gewesen zu sein, denn im nächsten Augenblick wedelte er mit seinen Flossen weiter.

»Das ist ein Tetraodontidae«, sagte meine Tante, die neben mich trat. Sie lachte auf – wahrscheinlich, weil ich sie so verdattert ansah. »Es ist ein Kugelfisch, dieser hier ist besonders klein.«

Sie gab mir mit einer Handbewegung zu verstehen, dass ich aufstehen sollte. Dann begutachtete sie vorsichtig die verwundete Stelle. Sie hob die kleine Flosse hoch und zog leicht an dem Faden, wodurch der Kugelfisch in meiner Hand nervös zu flattern begann.

»Es hat sich ein Faden um seinen Köper geschlungen, lass ihn uns mitnehmen und wir helfen ihm. Morgen kannst du ihn wieder ins Meer setzen.«

Ich betrachtete den Fisch in meiner Hand. Er war grün und hatte feine Schuppen. Je nachdem, wie ich auf ihn schaute, glitzerte er türkis. Ich hockte mich ans Wasser und befeuchtete den Fisch mit meinen Händen.

»Ich brauche etwas, wo ich ihn reinlegen kann, damit er Wasser hat.« Mein Blick huschte zu meiner Tante. Diese lief auf eine Palme zu und holte eins der großen Blätter, die diese verloren hatte. Sie hielt es mir hin und ich legte den Fisch hinein. Ich tunkte das Blatt mit dem Fisch ins Meer, wodurch sich Wasser in der Wölbung sammelte und den Fisch benetzte und feucht hielt.

»So, Kleiner, wir helfen dir jetzt. Also ganz still halten.« Als hätte mich der Fisch verstanden, hörte er auf, zu zappeln. Seine Augen bohrten sich in meine und ich fühlte mich beobachtet und verstanden. Schnell liefen meine Tante und ich zurück zum Haus.

Angekommen holte Tante Tiva eine große breite Vase aus dem Schrank. Damit ging sie erneut zum Strand und befüllte dieses mit Wasser. Nachdem wir den Faden von der Flosse abgeschnitten hatten, setzte ich den Fisch in sein vorübergehendes Heim.

»Nimm ihn mit in dein Zimmer, dann kannst du ihn beobachten. Wenn über Nacht alles gut ist, kannst du ihn morgen wieder ins Meer lassen. Er wird sich freuen, zurück zu seinen Freunden zu kommen.« Ich nickte nur und behielt meinen Blick auf den kleinen Fisch gerichtet, der freudig im Kreis schwamm.

»Haben wir noch ein Versteck für ihn? Im Meer hat er das sicher auch.«

Meine Tante lächelte. »Wenn ich es nicht besser wüsste, würde ich behaupten, dass du dein Leben lang hier gewohnt hättest.«

Sie drehte sich zum Schrank um und holte ein Häuschen raus. Es sah aus wie eine Kirche mit einer Uhr vorne drauf. Vor Kopf war eine Aussparung, durch die der Fisch passen würde, um ins Innere zu gelangen.

»Das muss reichen, was anderes habe ich leider nicht. Es ist noch aus der Zeit, als wir mal ein Aquarium hatten.« Sie hielt mir die kleine Kirche hin und ich stellte sie in das Glas. Blitzschnell schwamm der Fisch in diese.

Ich hob das Aquarium hoch und drehte mich zu meiner Tante.

»Danke dir, ich gehe jetzt schlafen.«

Ich gab ihr einen Kuss auf die Wange und lief die Treppe nach oben. Im Zimmer angekommen stellte ich das Wasserbecken auf das Nachtschränkchen und setzte mich auf mein Bett. Ich beobachtete eine Weile das Aquarium, aber der Fisch kam nicht mehr aus der Kirche raus.

Ich stand wieder auf und bewegte mich Richtung Bad, um mich bettfertig zu machen. Wenn er morgen nicht rauskommen würde, würde ich eine Nacht länger warten, ehe ich ihn zurück ins Meer entließ, damit ich sicherging, dass er nicht ernsthaft verletzt war. Der Faden war zwar abgegangen, bevor wir ihn ins Wasser gelassen hatten, doch es war nicht sicher, ob er nicht eine Verletzung hatte.

Als ich wieder in mein Zimmer kam, schimmerte das Aquarium. Aus der kleinen Kirche drang ein feines Licht und ich sah, dass der Fisch seine Augen geschlossen hatte und vor sich hinschwamm und dabei leuchtete. Ich musste lächeln.

Beim Anblick der Kirche und der Uhr kam mir eine Idee für seinen Namen.

»Ich denke, ich werde dich Uri nennen, ist zwar nicht sehr kreativ, aber ich denke, du kommst damit klar«, sagte ich leise. In dem Moment, wo ich es ausgesprochen hatte, öffnete Uri seine Augen und schwamm das erste Mal aus der Kirche, direkt vor die Scheibe, und schaute mich an. »Okay, Kleiner, du bist gruselig«, sagte ich und sah dem Fisch in die Augen.

Für einen Moment passierte nichts, ich klopfte vorsichtig gegen das Glas. Im nächsten Moment blies sich Uri wie ein Ballon auf. Jetzt musste ich lachen, weil er unglaublich süß aussah. Seine Mini-Flossen standen rechts und links ab und seine Hinterflosse ragte nach hinten.

Sein türkiser Schimmer wurde heller und er leuchtete immer feiner. An den Wänden glitzerten die Schatten von Uris Schuppen. Wie ein klarer Sternenhimmel verteilten sich die Lichter im Raum. Mein Blick huschte zurück zu dem Kugelfisch und ich fragte mich, ob er nicht doch verstand, was ich sagte.

»Wir sollten jetzt schlafen, Kleiner, morgen darfst du wieder ins große Meer zu deinen Freunden.« Ich strich mit der Hand über die Scheibe. Uri drehte sich mit seinem aufgeblasenen Körper im Kreis und pustete Luftbläschen durch seinen Mund.

Ich stand auf und kletterte, ohne den Fisch aus den Augen zu lassen, ins Bett. Durch das Schimmern, welches schwächer und schwächer wurde, schlief ich ein.

Wie immer saß ich auf der Rückbank im Auto meiner Eltern, auch wenn ich lieber vorne bei Dad gesessen hätte. Aber Mom verbot es mir.

Wir fuhren die Einfahrt zu unserem Haus hoch.

»Wir müssen noch mal los Delja-Schatz«, sagte Mom, als wir oben ankamen. »Ich habe etwas vergessen. Kannst du das

Wohnzimmer und die Küche schon mal putzen und saugen?«

Meine Mom drehte sich zu mir und blickte mir direkt in die Augen. Sie und ich waren ein wunderbares Team, was das Aufräumen betraf. Während sie alles durcheinanderbrachte, räumte ich alles auf. Unsere Rollen waren vertauscht.

»Klar, mache ich, beeilt euch aber bitte, ich mag nicht allein essen.« Meine Mom legte ihre Hand auf mein Bein und drückte es leicht.

»Wir beeilen uns und bringen was Leckeres mit. Danke dir, mein Schatz.« Ich stieg aus und schaute dem Auto nach, wie es wieder vom Grundstück fuhr. Mein Blick glitt gen Himmel, heute war es stürmisch draußen.

Kurze Zeit später begann ich, aufzuräumen und zu saugen.

Als ich das Wasser zum Wischen in den Eimer ließ, klingelte es an der Tür. Ich öffnete sie und schaute geradewegs in die Augen einer Polizistin.

Ich schreckte aus meinem Albtraum auf. Schweiß bedeckte meinen Körper und ich schob die Decke von mir. Meine Atmung ging stoßweise und mein Puls war zu schnell. Ich schloss die Augen und sah erneut die Polizistin vor mir. Schnell zwang ich mich dazu, die Lider zu öffnen. Für einen Moment wusste ich nicht, wo ich war. Die blauen Wände kamen mir zudem zu nah vor – so nah, dass sie mich beinahe zu erdrücken drohten.

Ich sprang aus dem Bett auf und lief aus dem Raum ins Badezimmer. Dort stützte ich mich am Waschbeckenrand ab und atmete tief ein und aus, ehe ich den Wasserhahn aufdrehte und mir einige Tropfen ins Gesicht spritzte.

»Es war nur ein Albtraum«, flüsterte ich mir zu. »Nur ein Albtraum. Einatmen und ausatmen, Delja.«

Sekundenlang wiederholte ich dieses Mantra, denn bisher hatte es immer geholfen.

Nachdem sich mein Puls etwas beruhigt hatte, beschloss ich, schnell unter die Dusche zu springen und den Traum hoffentlich hinfortzuwaschen. Ich stellte die Dusche auf eiskalt und blieb ein paar Sekunden darunter stehen. Es tat gut, das kühle Nass auf der Haut zu spüren.

Nachdem ich fertig war, stieg ich aus der Dusche und blickte mich im Spiegel an. In meinem Gesicht zeigten sich durch die Sonne schon nach kurzer Zeit viele Sommersprossen. Diese hatte ich lange nicht gesehen. Mein Blick glitt weiter auf den Pigmentfleck, der weiterhin rot schimmerte, wobei er nicht mehr so rau war wie gestern. Ich cremte mich ein weiteres Mal ein und zog die Kleidung wieder an.

Zurück im Zimmer bemerkte ich, dass es sechs Uhr morgens war. Im Haus herrschte Stille. Uri schwamm im Aquarium umher. Ich trat an die Scheibe. Uri kam direkt angeschwommen. Wir beobachteten uns einen Moment und ich konnte erkennen, dass an seinem Körper keine Wunden von dem Faden entstanden waren.

»Ich denke, ich bringe dich jetzt schon ins Meer«, sprach ich meine Gedanken aus und stand auf.

Es war so früh und ich würde vor dem Frühstück zurück sein. Ich schnappte mir eine kurze Hose, ein T-Shirt und eine Sonnenbrille aus dem Koffer und Uri in seinem Aquarium. Dann ging ich die schmale Treppe runter ins Wohnzimmer. Unten angekommen suchte ich in einer Kommode ein Stück Papier und einen Stift. In dieser fand ich einige Tüten, wovon ich mir eine direkt mitnahm. Ich hinterließ eine Nachricht: *Ich bringe den Fisch ins Meer, bin gleich wieder da.*

Dann schnappte ich mir eine Scheibe Brot aus dem Kühlschrank, die ich schnell verschlang, und packte Uri in eine Tüte mit dem Wasser aus dem Aquarium und spazierte damit zum Strand. Draußen erwachte die Sonne am Horizont, selbst so früh am Morgen spürte ich die Hitze auf der Haut und war froh, eine Sonnenbrille eingesteckt zu haben.

Ich wanderte extra an die Stelle, an der wir Uri gefunden hatten, damit er es wieder zurück zu seiner Familie schaffte. Dort lief ich zwei Meter ins Wasser, um die Tüte vorsichtig zu öffnen.

»So Uri, ich hoffe, du hast noch ein langes und glückliches leben. Viel Spaß im Meer mit deinen Freunden und deiner Familie.«

Für einen Moment sah ich Uri dabei zu, wie er im Wasser hin und her schwamm und von den Wellen bewegt wurde, dann lief ich an den Strand und setzte mich in den Sand. Eine salzig riechende Brise ließ meine blonden Haare im Wind wehen. Ich nahm die Sonnenbrille ab und legte diese neben mich. Dann beobachtete ich die aufgehende Sonne. Ich überlegte, dass meine Mutter recht damit gehabt hatte, dass der Sonnenaufgang nicht so schön war wie der -untergang, als ich sah, wie Uri zurück an Land gespült wurde und platschend am Rand lag. Schnell stand ich auf und lief zu ihm. Ich hob ihn aus dem Sand auf und schaute ihm in die Augen.

»Uri! Du sollst ins Meer schwimmen und nicht an den Strand.« Ich strich ihm mit einem Finger über sein Kopf und spürte die Vibration in seinem Körper. »Ich bringe dich weiter ins Wasser, vielleicht schaffst du es auch nicht wegen der Strömung.«

Er war zu klein, um gegen die Wellen anzukommen, die das Wasser heute Morgen Richtung Strand spülten. Ich ging direkt ins Meer. Der Sand unter meinen Füßen war frisch und wohltuend.

Das Wasser wurde tiefer und reichte mir mittlerweile bis zu meinen Oberschenkeln. Kurz blickte ich mich zum Strand um und staunte, wie weit ich schon im Meer war.

Um meine Beine bemerkte ich kleine Fische schwimmen, hier müsste es Uri schaffen, ins Meer zu kommen, dachte ich.

Kurz überlegte ich, ob es normal war, dass sie keine Angst vor Menschen zu haben schienen, als mir klar wurde, wie abgelegen dieses Strandstück war und dass nur wenige Menschen herkamen. Ich ging ein Stück tiefer ins Nass und ließ Uri vorsichtig hineingleiten.

In dem Moment, als mein Armband das Wasser berührte, sah ich aus den Augenwinkeln, wie sich plötzlich eine riesige Welle aus dem Meer erhob und auf mich zusteuerte. Vor Entsetzen erstarrt, konnte ich nichts tun, außer der Welle entgegenzublicken, die immer höher wuchs und weiter auf mich zukam.

Als sie über mir zusammenzubrechen drohte, wurde mir klar: Niemals würde ich es an Land schaffen. Ich schloss meine Augen und spürte, wie die Welle über mir zusammenbrach. Sofort wurde ich von den Beinen gerissen, Wasser drückte mich nach unten, wirbelte mich umher.

Das Letzte, woran ich dachte, bevor mich die Welle weiter ins Meer zog, war meine Tante, und dass ich ihr und Luian nur einen Zettel hinterlassen hatte.

Sollten sie beginnen, nach mir zu suchen, wäre es längst zu spät.

KAPITEL 3

Salzwasser lief in meinen Mund, als mich die Welle erfasste. Ich schrie und schaffte es gerade so, zweimal Luft zu holen, als ich von der Strömung immer tiefer ins Meer gezogen wurde. Mein Körper wurde hin und her geschleudert. Unterschiedliche Strömungen rissen an mir und ich versuchte, mit aller Kraft dagegen anzukämpfen. In mir machte sich Panik breit.

Die Sonne ließ das komplette Wasser um mich wie Diamanten funkeln, sodass ich nicht erkannte, wo oben und unten war. Ich würde sterben, wenn ich nicht kämpfte, dessen war mir hier und jetzt bewusst. Ich versuchte, in die Richtung, in der ich die Oberfläche vermutete, zu schwimmen, doch ich schaffte es nicht.

Das kalte Wasser umspielte meinen Körper und ich spürte, wie ich mehr und mehr an Kraft verlor. Weiterhin die Luft anhaltend, wusste ich, wenn ich jetzt ausatmete, würde ich ertrinken. Das Salzwasser brannte in meinen Augen, dennoch versuchte ich, sie offen zu halten. Ich musste an die Oberfläche, so schnell wie möglich.

Aber egal, wie ich mich bemühte, etwas zog mich weiter hinab. Um mich herum wurde alles dunkler, nur vereinzelt drangen Lichtstrahlen zu mir durch. Das Wasser um mich herum wurde kälter, umso tiefer ich sank. Meine Arme und Beine schienen nur aus Blei zu bestehen.

Langsam, aber sicher wich mein Überlebenswille – und der Gedanke an meinen eigenen Tod wurde lauter. Mein Bewusstsein wurde schwammig und meine letzte Kraft verabschiedete sich.

Wie aus einem Reflex holte ich tief Luft und besiegelte mein Schicksal. Wasser drang in meine Lunge ein, worauf sie zu brennen begann.

Ich dachte an meine Eltern und dass es nicht mehr lange dauern würde, bis ich wieder bei ihnen war. Das Feuer in meiner Lunge nahm zu und der Schmerz gab mir den Rest. Augenblicklich wurde alles schwarz um mich und ich gab mich der Dunkelheit hin.

Etwas summte um meinen Kopf und ich versuchte, es wegzuschlagen. Dabei berührte ich eine glitschige und nasse Oberfläche.

Ich riss meine Augen auf und konnte nicht glauben, was ich sah. Ich blickte in Uris große dunkelgrüne Augen. Er schwamm direkt vor meinem Kopf, und zwar in seiner kugelförmigen Gestalt. Ich richtete mich auf und spürte einen Schmerz in der Lunge, der mich zum Husten brachte. Gleichzeitig hatte ich das Gefühl, dass mein gesamter Körper von Muskelkater geschwächt war.

»Uri?«, zwang ich hervor. Der Fisch begann, auf seine Normalgröße zu schrumpfen. Dabei schwamm er fröhlich vor mir auf und ab. Ich blickte mich voller Erstaunen um und erstarrte, als ich verstand, was ich vor mir sah.

Ich war im Meer.

Nicht irgendwo, nein, ich war unter Wasser und konnte atmen! Wie war das möglich? Für einige Sekunden war ich mir sicher, dass ich tot war. Ich schüttelte den Kopf und sah mich genauer um. Ich musste träumen. Vorsichtig atmete ich einmal ein und aus, um sicherzugehen, dass der Schmerz in der Lunge langsam verblasste.

Ich saß auf einem Vorsprung, vor meinen Füßen tat sich ein Abgrund in die Tiefe auf. Ein Blick hinein zeigte mir nur Schwärze, vereinzelt glitzerte etwas, dennoch konnte ich nichts weiter erkennen. Hinter mir befand sich eine Höhle. An den Wänden waren tausende von Korallen, in unterschiedlichsten Farben. Bunte Fische beobachteten mich mit ihren großen Kulleraugen aus den Pflanzen heraus.

Ich lag in einem riesigen Korallenriff.

Panik ergriff Besitz von mir. Beim Versuch, aufzustehen, rutschte ich von dem glitschigen Stein ab, auf dem ich saß, und fiel nach vorne. Plötzlich schoss einer der Fische aus einer großen Koralle an mir vorbei und mit so einer Wucht gegen mich das ich schreiend zurück ins Korallenriff kippte.

Die Hand auf meinem Bauch schaute ich dem riesigen Fisch in seine Augen, da dieser immer noch vor mir schwamm. Wieder durchdrang mich Panik, da dieses Tier so groß wie ein ausgewachsener Labrador war. Nach einem kurzen, aber intensiven Blickduell drehte er um und verschwand in einem der großen Korallen.

Ich strich über meinen Bauch, da dieser schmerzte, dabei fiel mir auf, dass eine Perle am Armband fehlte. Ich begutachtete die restlichen, aber diese hingen fest am Schmuckstück. In der Hoffnung, die Perle wiederzufinden, sah ich mich um.

Uri schwamm derweil vor meinem Gesicht auf und ab und blubberte vor sich hin. Ich sah ihn verzweifelt an.

»Was willst du, Uri? Hilf mir lieber beim Suchen. Oder hilf mir wieder zurück an Land. Wie bin ich überhaupt hier gelandet?«

Der kleine Fisch, den ich gestern erst am Strand gefunden hatte, kreiste wild um mich herum. Mir wurde immer bewusster, dass hier sicher etwas nicht stimmte.

»Entschuldige, Uri! Ich wollte dich nicht anschreien, ich habe nur Angst und bin verwirrt.«

Uri schwamm weiter vor mir her, hatte sich aber in seiner Bewegung beruhigt. Ich beobachtete ihn für einen Moment, wie er vor mir hertrieb, und mir wurde bewusst, dass ich mit einem Tier sprach.

Das ist total verrückt!, dachte ich. *Ich träume!*

Ein Schwarm bunter Fische in den unterschiedlichsten Größen passierte uns und ich erschrak, als einige von ihnen so nah an uns vorbeischwammen, dass ich ihre Flossen auf meiner Haut wahrnahm. Uri hingegen schwamm ein Stück mit ihnen, drehte sich und kam dann zu mir zurück. Wieder blubberte er mich an, doch dieses Mal trieb er hinter mir in die Höhle hinein.

Da ich der festen Überzeugung war, dass ich entweder einen konfusen Albtraum hatte oder ertrunken war, versuchte ich, Uri zu folgen. Vorsichtig erhob ich mich, um nicht wieder auszurutschen, und kletterte über die Korallen, ohne etwas zu zerstören. Dabei bemerkte ich den leichten Sog des Wassers auf meiner Haut. Wenn das ein Traum war, wieso spürte ich die Strömung? Von der Welle erfasst worden zu sein, konnte ich unmöglich überlebt haben, ich war doch keine verdammte Superheldin. Ich würde Antworten suchen müssen, und das schnell.

Doch erst mal folgte ich dem Kugelfisch vor mir, denn er war hier unten meine einzige Konstante – und ich hatte Angst, ihn aus den Augen zu verlieren. Als Uri um die nächste Ecke verschwand, atmete ich durch und zog mich das letzte Stück durch die Höhle nach oben, die wie sich herausstellte keine Höhle, sondern eine Art Gang war. Es fühlte sich komisch an, zu atmen und gleichzeitig das Wasser sanft auf der Haut zu spüren. Bei jedem Atemzug lag mir der Geschmack von Salz auf der Zunge. Das letzte Stück des Ganges war schließlich geschafft und ich konnte meinen eigenen Augen nicht trauen.

»Wow!«, entkam es mir.

Vor mir lag eine komplette Stadt, die man unterhalb des Höhleneingangs nicht gesehen hatte. Überall waren Häuser, die aussahen wie Muscheln. Lange amerikanische Scheidenmuscheln, kurze Miesmuscheln, kleine, spitze pazifische Felsenaustern und breite Bohrmuscheln. Etliche hatten die Form von Schneckenhäusern, manche von großen Steinen, wieder andere die Form von gemeinen Herzmuscheln, wie man sie vom Strand kannte. Sie alle glänzten in unterschiedlichsten Farben – lila, orange, grün, perlmutt, blau und schwarz.

In der Mitte ragte ein riesiges Schloss in die Höhe, weshalb ich vermutete, dass vor mir nicht nur eine Stadt, sondern ein Königreich lag. Dieses hatte eine Fassade aus türkisem Stein. Muscheln und Wasserblumen befanden sich überall. Neben dem riesigen Schloss lag so etwas wie ein Wald, wodurch das Schloss noch pompöser wirkte, da zusätzlich wunderschöne große Pflanzen daran emporkletterten und es mystisch wirken ließen.

Zwischen den ganzen Häusern, die ich sah, schwammen unzählige Fische. Genauso wie Quallen in den unterschiedlichsten Formen und Farben. Ich wusste nicht, wohin ich zuerst sehen sollte, so faszinierend war die Szenerie, die sich vor mir erstreckte. Menschen verließen die Muschelhäuser, Kinder liefen durch die Straßen und lachten laut.

Nichts, was sich mir hier bot, vermochte real sein. Unmöglich.

Ein Blubbern riss mich aus meinem Staunen. Ich blickte Uri an, der aufgeregt mit seiner Flosse wedelte, und sah, wie er hinter einen Felsen des Höhleneingangs schwamm, um sich zu verstecken. Aus einem Instinkt heraus folgte ich ihm und verstand direkt, warum er sich versteckte, und zwar keine Sekunde zu spät. Zwei Haie rauschten an uns vorbei. Ich unterdrückte einen Schrei, indem ich meine Hand auf meinen Mund presste.

Wo zum Teufel bin ich hier?, schoss es mir durch den Kopf. Vorsichtig sah ich über den Felsen, den Haien hinterher. In ihrer Größe wirkten sie, als seien sie aus einem Horrorfilm entsprungen. Lange spitze Zähne ragten aus ihren Mäulern.

Ich wartete, bis die zwei Haie hinter dem ersten Haus verschwanden. Als ich aus unserem Versteck hervorkommen wollte, schwamm Uri noch mal gegen mich.

»Was soll …« Doch weiter kam ich nicht, denn ich stockte abermals. Über uns schwammen … »Meerjungfrauen?!«, flüsterte ich geschockt.

Ich starrte hoch zu den Fabelwesen, die sich, als sie an uns vorbeizogen, als Meermänner herausstellten. Ich schüttelte den Kopf, dann blickte ich wieder zu Uri, der immer noch hektisch um mich kreiste.

»Uri? Kann ich dich mal was fragen?« Er schwamm vor meinem Gesicht auf und ab, als wollte er nicken. »Bin ich tot? Oder passiert das alles hier tatsächlich?«

Mein Blick huschte wieder zu den Wassermännern. Leise Gesprächsfetzen drangen zu mir rüber, doch ich verstand kein Wort von dem, was sie sich erzählten, zu leise und zu wirr waren diese. Bei ihnen waren drei Seepferde, in der Größe von normalen Pferden.

Uri tauchte in meinem Blickfeld auf und verwehrte mir damit die Sicht auf die Wassermänner. Hastig schwamm er hoch und runter, wie um ein erneutes Nicken zu signalisieren.

»Es passiert also tatsächlich?«, fragte ich. Abermals bewegte er sich.

Mein Kopf war voller Gedanken. Es gab keine Welt, die unter Wasser existieren konnte. Alles, was ich je darüber gehört hatte, waren frei erfundene Geschichten. Aber wie konnte ich hier unten dann atmen?

Ich ließ mich gegen die Felsenwand des Ganges gleiten und verbarg mein Gesicht in meinen Händen. Ich wollte nach Hause.

Jetzt.

Als ich meine Hände sinken ließ, war Uri genau vor mir.

»Kannst du mich zurück an Land bringen?«

Uris Körper schwoll an wie ein Ballon, was mich zumindest sanft lächeln ließ.

»Du blähst dich immer auf, wenn ich dich erschrecke oder etwas sage, was dir nicht gefällt. Das heißt dann wohl nein?«

Uri sah mich mit seinen winzigen Kulleraugen an und plötzlich wurden sie immer größer. Panik, könnte man sagen, machte sich in diesen breit, als er hinter mir etwas fixierte. Ich drehte mich um, als ein riesiger Schatten über uns auftauchte. Die Haie kamen zurückgeschwommen und direkt über dem Korallenriff auf uns zu. Einer der besagten Haie hatte über uns gestoppt und uns noch nicht entdeckt.

Ohne nachzudenken, griff ich nach Uris Flosse und zog ihn hinter mir her. Geduckt schlängelte ich mich durch die Korallen und kletterte immer weiter hinab, in der Hoffnung, dass uns die Haie nicht entdeckten und ich nicht ausrutschte. Wir schafften es ungesehen an den Rand des Riffes und ich musste Uri loslassen, da ich beide Hände zum Klettern brauchte. Zum Glück waren die Haie an derselben Stelle geblieben.

Vorsichtig kletterte ich herunter bis zum Grund. Uri hielt sich die gesamte Zeit über neben mir auf und ich fragte mich das erste Mal, ob ich statt zu klettern nicht schwimmen konnte. Für einen Augenblick überlegte ich, zu springen, aber verwarf den Gedanken so schnell, wie er gekommen war. Im schlimmsten Fall würde ich mir etwas brechen und die Haie auf uns aufmerksam machen.

Unten angekommen, bewegte ich mich weiter an der Felswand entlang, bis Uri Richtung Stadt schwamm. Ohne zu überlegen, lief ich ihm hinterher, in der Hoffnung, dass die Haie uns dorthin nicht folgen würden. Ich beobachtete die flatternden und sich nach oben streckenden Wasserpflanzen um uns und fragte mich, warum ich nicht an die Oberfläche trieb, immerhin war ich kein Fisch und kein anderes Meerestier.

Mit schnellen Schritten trat ich auf den Weg und ging in Richtung der Häuser, Uri stets in meiner unmittelbaren Nähe. Die Haie hatten uns glücklicherweise nicht mehr gesehen, daher entspannte ich mich und konnte die Umgebung um mich herum das erste Mal so richtig aufnehmen.

Der Boden war aus zertretenden Muscheln und am Rand lagen Seesterne und -igel. Manche von diesen bewegten sich langsam über den Weg und verschwanden in den Pflanzen um uns. Die Strecke, die ich lief, blieb nie dieselbe. Häuser und Straßen funkelten in unterschiedlichen Farben, sodass keines dem anderen glich. Überall befanden sich lange Meeresalgen. Vor den Häusern waren kleine Gärten angelegt, mit den buntesten Pflanzen, die sich im Wasser bewegten und von denen ich viele noch nie gesehen hatte. Kinder liefen durch die Straßen und beachteten uns gar nicht. Wir spazierten um eine Ecke und ich blieb abrupt stehen, wobei ich Uri plötzlich im Rücken spürte.

»Uri, pass auf«, flüsterte ich und beobachtete die Wassermänner von eben. Sie standen mit den drei Seepferden vor einem Muschelhaus und unterhielten sich mit einem Mann mit einem Stock in der Hand, auf den er sich stützte.

»Hast du die bestellte Ware bekommen, Dylan?«

Die Stimme ließ mich zusammenzucken. Dunkel und rau ging sie mir unter die Haut. Gänsehaut bildete sich auf meinem Arm, weswegen ich darüberstrich, um sie loszuwerden.

Der Mann hatte einen Befehlston an sich, der Endgültigkeit besaß. Zugegeben, ich sah nur seinen gut trainierten Oberkörper. Er trug kein Oberteil und über seinen Schultern, die türkis schimmerten, hingen seine dunkelgrünen Haare. In diese hatte er Muscheln eingeflochten. Wohingegen sein Oberkörper – bis auf den Schimmer – menschlich wirkte, war der untere Teil seiner Gestalt durch die dunkelgrüne Flosse unverkennbar zu einem Meermann zugehörig. Er schwebte einige Zentimeter über dem Boden.

»Morgen könnt ihr es abholen. Dann ist es da, das habe ich König Chelan bereits gesagt.« Der Mann, der die ganze Zeit stur nach unten blickte, schaute mit festem Blick auf. Ein wenig ärgerlich war, dass ich den Meermann nicht von vorne sah, zu gern hätte ich sein Gesicht gesehen.

»Gut Dylan, dann komme ich morgen wieder.«

Der alte Mann nickte und verbeugte sich vor dem Unbekannten. Dann entfernten sich die drei Meermänner ohne ein weiteres Wort. Ich beobachtete, wie der ältere Herr ins Haus trat.

»Wie gern ich wissen würde, wer das war«, flüsterte ich. Ich drehte mich zu Uri und lächelte ihn an.

»Ach Uri, ich würde dich gern verstehen. Dann könntest du mir alle meine Fragen beantworten.«

Mit der Hand berührte ich liebevoll seine Flosse, worauf ich einen so starken Stromschlag bekam, dass ich zurückzuckte.

»Was war das denn?« Böse schaute ich den kleinen Fisch an, der sich wieder in seine Kugelform geflüchtet hat. Meine Hand kribbelte und ich schüttelte sie leicht.

Uri kam auf mich zu, seine Augen zitterten und es sah so aus, als hätte auch er sich erschreckt.

»Das … wollte ich nicht … ich fänd es auch schön … du mich verstehst …«

Ich starrte Uri mit großen Augen an. »Hast du gerade gesprochen?«

»Ja«, blubberte er. »Aber … du kannst … leider nicht … so gut verstehen. Du … Das können nur Meeresbewohner.«

»Uri«, flüsterte ich, so leise, dass ich mich fast selbst nicht verstand. »Ich verstehe dich.«

Plötzlich blieb der Fisch genau vor meinen Augen schwimmend stehen.

»Was?« Stille folgte, in denen wir uns bloß anstarrten. »Du … Das kann … nicht sein …«

»Doch«, beteuerte ich leise. Er begann, hin und her zu schwimmen, und erinnerte mich dabei an mich selbst, wenn ich unruhig in einem Raum auf und ab lief. »Okay, Delja. Wenn du mich … hörst … dringend jemanden aufsuchen, der uns … hilft. Nicht … normal … mich hörst.«

»Stopp!«, rief ich aus und griff um Uris Körper. »Wo sollen wir denn hin? Ich kenne hier niemanden und du bist ein Fisch. Ich weiß ja nicht mal, ob ich noch lebe oder das hier nur ein Albtraum ist.«

Uri zappelte so stark in meinen Händen, bis ich ihn wieder losließ.

»Du … bist nicht tot und ich kenne mich hier aus«, widersprach Uri blubbernd. »Komm, ich kenne … jemanden, der uns … hilft. Es wird … dunkel.«

Mit einem Blick auf meine Umgebung stellte ich fest, dass Uri recht hatte. Daher folgte ich ihm. Er lotste uns durch die Gassen einer Stadt, von der ich nicht verstand, wie diese überhaupt unter Wasser existierte – und warum ich hier unten atmen konnte.

Ich träume bloß, versuchte ich mich in Gedanken zu beruhigen.

Also ließ ich mich von Uri durch Gassen mit immer schmaler werdenden Wegen führen, bis ich das Gefühl hatte, das andere Ende dieser wundersamen Stadt zu erreichen. Zum Glück nahmen die Personen, denen wir begegneten, nicht allzu viel Notiz von uns. Manche sahen aus wie ich, trugen weiße Kleider und Muschelschmuck in den Haaren. Manche hatten Schuppen an Armen oder Kopf und einige bunte Kopfbehaarung.

Uri führte uns um eine Ecke und plötzlich standen wir vor einem riesigen Eingangstor, das in den angrenzenden Wald des Schlosses führte.

»Komm«, blubberte Uri in meine Richtung. »Wir müssen da rein. Dann kannst … dich erst mal ausruhen und … ich hole uns Hilfe.«

Ein mulmiges Gefühl machte sich in mir breit. Egal, welche Person Uri zu mir holen wollte: Ich kannte sie nicht und ich musste Uri voll und ganz vertrauen.

»Komm, Delja. Es wird gleich dunkel, ich muss vorher … holen.«

Schnell lief ich Uri hinterher und wir gingen gemeinsam durch das Tor in den Wald.

»Was ist das?«

Ich betrat den Weg vor mir, der gesäumt war von Bäumen, die mit sachte hin und her schwingenden Algen behangen waren. An den Schlosswänden, die nach oben ragten, waren zig orangefarbene Korallen, in denen sich wiederum tausende von Clownfischen bewegten. Als die Fische uns bemerkten, drehten sie eine Runde um uns herum und schwammen wieder zurück in ihre Korallenhäuser. Überall waren Blüten, die aus dem Boden wuchsen. Hier strahlte es nur so von vielfältigen Farben. In der Luft trieben viele unterschiedlich große Quallen.

»Das ist … der königliche Garten. Hier kommt nie jemand hin. Du musst … warten.«

Langsam bekam ich ein Gefühl dafür, Uri zu verstehen. Zwischen dem Geblubber, das er zwischen manchen Worten ausstieß, ließen sich immer flüssigere Sätze raushören.

Mit dieser Forderung ließ er mich zurück und huschte in die Stadt. Ich lief in den Garten, in dem ich eine Bank entdeckte, die aus einem umgefallenen Baumstamm bestand und mit einer oberkörpergroßen Muschel im Stamm zu einer Sitzgelegenheit geformt war. Auf dieser nahm ich Platz und sah mich um.

Die Fische und Quallen um mich herum jagten einander oder ließen sich in den Baumkronen nieder, wie um mich zu beobachten. Die Umgebung wurde langsam immer dunkler, worauf die Quallen wie tausende Sterne am Firmament zu leuchten begannen.

Nur dass das hier nicht der Himmel war – sondern dass ich mich mitten im Ozean befand.

Ich erhob mich vom Baumstamm und richtete meinen Blick auf eine der Wasserpflanzen, die ich vorsichtig berührte. Sie leuchtete kurz auf und ich schreckte zurück. Diese Welt war unglaublich.

Für einen Moment betrachtete ich die Blumen, wie sie im Wasser langsam schwankten, und fragte mich direkt, ob ich nicht an die Oberfläche schwimmen konnte. Mit diesem Gedanken im Hinterkopf ruderte ich mit den Armen. Erst geschah gar nichts, doch im nächsten hob ich für einige Zentimeter vom Boden ab. Vor lauter Freude bemerkte ich erst, als es hinter mir anfing zu klatschen, dass dort jemand stand.

»Wer bist du?«, drang eine glockenklare Stimme an mein Ohr. Diese riss mich aus meinem Versuch, in die Höhe zu schwimmen, und ich fiel auf den Boden zurück.

»Sah nicht schlecht aus, ist ausbaufähig mit etwas Übung.«

Hitze schoss mir in die Wangen. Ich drehte mich um und schaute einer wunderschönen jungen Frau ins Gesicht, in etwa so groß wie ich. Ihre Haare strahlten in einem Grünverlauf, der von oben nach unten mehr und mehr verblasste und auf ihrer Brust in einem Pastellgrün verlief. Ihre Lippen waren dunkelrot und ihre Augen so hellgrün wie stellenweise ihre Haare, jedoch mit deutlich erkennbaren türkisen Flecken.

Genau diese Augen starrten mich belustigt an.

»Ähm … ich bin Delja und du?« Als ich es schaffte, mich aus meiner Starre zu lösen, stand ich auf.

»Ich bin Keyna«, sagte sie, während sie auf mich zuschritt. »Aber auch wenn ich jetzt weiß, wer du bist, weiß ich trotzdem nicht, wie du hierher gekommen bist.«

Ich wollte etwas sagen, als Uri wie ein wildgewordener Torpedo angeschossen kam und direkt vor Keyna anhielt. Hinter ihm betrat ein großer gutaussehender Mann den Garten.

»Warte, du blöder Fisch, nicht so schnell. Erst holst du mich und dann schwimmst du viel zu schnell weg.«

Meine Augen blieben an seinen ausgeprägten Muskeln sowie den dunklen Tattoos hängen. Wir musterten uns, dann schweifte sein Blick in Richtung Keyna. Seine Mimik wurde weicher und Vertrautheit spiegelte sich in dieser wider.

»Keyna, was hast du angestellt? Warum schickst du mir einen Fisch?« Ohne mich weiter zu beachten, trat er auf Keyna zu, bevor sie einander umarmten.

»Diesmal habe ich nichts angestellt, Nalu, versprochen. Sie« – Keyna deutete mit dem Zeigefinger auf mich – »stand hier an unserem Treffpunkt und hat versucht, zu schwimmen. Es war nicht schlecht, aber definitiv ausbaufähig«, sagte sie lachend und Nalu stimmte mit ein.

Mir war diese Situation so unangenehm, dass ich mich einen Schritt vor ihnen zurückzog, da wandten sie sich gleichzeitig mir zu.

»Du brauchst keine Angst vor uns zu haben, wir tun dir nichts«, sagte Nalu lächelnd. Ich versteifte mich.

»Uri, bist du sicher, dass ich nicht tot bin?«, fragte ich ihn leise.

»Du kannst mit ihm reden?«, fragte Nalu erstaunt, der zwischen mir und Uri hin- und hersah. Ich nickte. »Wer sind deine Eltern?«, schob er nach, worauf sich mein Herz verkrampfte.

»Sei doch nicht so grob mit ihr!« Keyna schlug Nalu gegen den Arm.

»Irgendetwas ist hier faul!«, stieß er aus. Keyna schlug ihm ein weiteres Mal gegen den linken Arm und Nalu fluchte. Zwei Sekunden später, legte Keyna ihren Arm um mich.

»Wir müssen das nicht jetzt besprechen, Delja, aber wir müssen dringend reingehen, denn es wird jeden Moment finster hier draußen. Deswegen hat Uri – süßer Name übrigens – Nalu geholt. Auch wenn ich gern noch länger hier draußen bleiben würde, denke ich, dass ich dich mal lieber mit in den Palast nehme. Nicht dass dich Nalu in den Kerker bringt, weil er Angst vor dir hat, denn da können wir nicht so gut quatschen.«

Keyna nahm mich an der Hand und zog mich weiter in den Wald hinein, ehe sie sich einmal herumdrehte.

»Wir sehen uns morgen, Nalu, vergiss nicht unsere Verabredung, und kein Wort zu niemandem.«

Sie zwinkerte ihm zu und er verschwand ohne ein weiteres Wort. Uri hingegen folgte uns.

»Also, wie bist du hierher gekommen?«, fragte Keyna.

Ich fragte mich, ob ich ihr vertrauen konnte, wobei Uri brav neben ihr schwamm und sie offenbar nicht als Gefahr sah.

»Sag schon, ich verrate dich nicht«, fügte sie hinzu, als hätte sie meine wirren Gedanken gehört. »Ich hätte ja gar nichts davon, dich zu verpfeifen.« Sie sah mir direkt in die Augen, bevor sie weitersprach: »Außer du bist eine Spionin?«

In ihrer Stimme schwang ein Scherz mit und sie lachte. Derweil gingen wir um die nächste Ecke und auf eine Tür zu. Die Tür befand sich in der Schlossmauer. Sie war komplett von Algen befallen, sodass ich sie überhaupt erst als Tür wahrnahm, als wir nur wenige Schritte entfernt davon waren. Auf den zweiten Blick sah ich, dass sie zwar genutzt, aber möglichst verborgen gehalten wurde, da sie verwahrlost aussah. Es führte kein Weg zu ihr und wir mussten über einzelne Pflanzen drübersteigen. Keyna wirkte zwar lässig, als sie die Tür aufmachte, dennoch sah ich, wie sie ihre Hand unauffällig zur Faust formte, sodass ich vermutete, dass sie nervös war. Ich ging durch die Tür und Keyna schloss diese hinter uns zu.

»Also, eigentlich weiß ich es nicht genau, wie ich hergekommen bin«, erzählte ich, als wir die Treppe emporstiegen. »Ich war am Strand und wollte Uri ins Meer bringen, dann kam eine Welle und ich bin hier unten wach geworden. Im ersten Moment dachte ich, ich sei gestorben, was wohl nicht stimmt.«

Keyna blieb so plötzlich stehen, dass ich in sie lief. »Du kommst von außerhalb des Meeres?«

Mit ihren großen grünen Augen starrte sie mich an, doch diesmal nicht belustigt, sondern verblüfft.

»Ja«, gab ich kleinlaut von mir, nicht wissend, ob das hier unten positiv oder negativ aufgefasst wurde.

Keyna legte ihren Kopf schief und betrachtete mich.

»Okay, dann müssen wir jetzt nur noch rausfinden, wie du es geschafft hast, hierher zu kommen, denn eigentlich geht das nicht so einfach, und ja, du hättest sterben müssen.«

Ihre Aussage schockte mich und wir liefen stumm nebeneinander die steinerne Treppe hoch. Ihre Worte klangen so endgültig. Ich hätte sterben sollen.

Bin ich aber nicht und das muss einen Grund haben, sagte eine leise Stimme in mir, die ich direkt beiseiteschob.

Beim Treppensteigen musste ich aufpassen, wo ich hintrat, da sie komplett mit Algen und Seetang verschmutzt war, sodass ich immer wieder stolperte. Der Weg war schmal und verlief in einem runden Aufgang nach oben. Kein Licht drang herein, wodurch die Tiere in den Kerben begannen, wie Glühwürmchen zu leuchten. Immer wenn wir einer Stelle mit leuchtenden Wesen näher kamen, verschwanden diese und tauchten an einem anderen Ort wieder auf. Vor einer eisernen Tür, die um der nächsten Ecke erschien, blieben wir stehen. Keyna drehte sich zu mir.

»Also wir schleichen uns jetzt in mein Zimmer«, flüsterte sie. »Wichtig ist, dass uns niemand sieht, und vor allem darf dich niemand sehen.« Sie blickte zu Uri. »Du musst dafür sorgen, dass Delja es in mein Zimmer schafft, wenn uns jemand über den Weg läuft. Weißt du, wo die Schlafräume sind?«

Uri hüpfte wie ein Flummi auf und ab und Keyna lächelte.

»Sehr gut, mein Zimmer ist das mit der großen roten Blume an der Tür. Dann los. Und, Delja? Bitte nicht reden, die Wachen hören alles. Warte, bis wir im Zimmer sind.«

Damit stieß sie die Tür auf, die ins Innere des Palastes führte, und wir betraten diesen komplett.

An der Decke in den Gängen schwammen tausende von Quallen, die ein gedimmtes Licht abgaben. Selbst Uri fing leicht an zu leuchten, was mich zum Lächeln brachte. Der Boden war aus polierten Muscheln und die Säulen waren mit Korallen geschmückt. Ich kam aus dem Staunen nicht mehr raus.

»Wow, das ist -«

Ich hatte nicht zu Ende geredet, da hatte ich bereits Keynas Hand auf den Mund gepresst bekommen und sie zog uns beide gegen die Wand. Sie blickte mir in die Augen, ein Finger auf ihren Lippen.

»Leise!«, mahnte sie mich. Vor uns im Gang hörte ich Geräusche, die lauter wurden.

»Wer ist da?« Eine Person mit strenger Stimme kam immer näher. Sie kam mir bekannt vor. Schritte polterten über den Boden.

»Das war ein kurzes Vergnügen.« Keyna wirbelte zu uns herum und sah Uri direkt an: »Uri! Du musst sie in mein Zimmer bringen. Schnell, ich lenke meinen Bruder ab.«

Damit verschwand Keyna in den Gang neben uns und ließ mich und den Fisch stehen.

»Bruderherz, was machst du denn hier?«, hörte ich sie Sekunden später fragen, während ihre Schritte immer leiser wurden, als entfernte sie sich von Uri und mir.

Langsam folgte ich Uri in die entgegengesetzte Richtung, als ich wieder diese männliche Stimme vernahm, die mir unter die Haut ging.

»Schwesterchen, solltest du nicht in deinem Bett liegen? Du sollst nachts nicht durchs Schloss spazieren!«

Wir liefen durch drei weitere lange Gänge. In der Hektik konnte ich nicht mal die Schönheit dieser wahrnehmen, als Uri plötzlich vor einer großen Flügeltür innehielt, mit einer riesig roten Blume.

»Da … rein.« Vor Uris Maul blubberten einige Blasen und ich öffnete vorsichtig die Tür, ehe ich das Zimmer betrat.

Nachdem Uri in den Raum gehuscht war, schloss ich diese wieder und schaute mich um. Quallen schwirrten an der Decke, die den Raum in warmes Licht tunkten. Das komplette Zimmer war mit Pflanzen geschmückt. Der Boden war mit unterschiedlich glänzenden Muscheln bedeckt und in der Mitte stand eine riesige aufgeklappte hellgrüne Muschel.

Ich trat weiter in das Zimmer und erkannte hinter den Pflanzen deckenhohe Fenster. Ich ging zu diesen und blickte nach draußen. Dort war es dunkel geworden und einige Häuser leuchteten wie Leuchtsterne, die in meinem Kinderzimmer an der Decke geklebt hatten. Für einen Moment wurde mein Herz schwer. Ich musste an zu Hause denken, an meine Tante, die mich vermutlich schmerzlich vermisste und suchte.

Sekunden nach meinem Gedanken fing es an, außerhalb des Zimmers über der Stadt zu funkeln, überall schwebten Quallen vom Boden hoch und beleuchteten die Wege wie Straßenlaternen. Der Anblick brachte mich zum Lächeln.

»Das ist wunderschön, oder?«, fragte eine leise Stimme hinter mir. Ich zuckte zusammen. Keyna trat neben mich und schaute sich das Schauspiel vor dem Fenster mit an. Ich war so abgelenkt, dass ich die Tür nicht gehört hatte, nickte ihr zu und gemeinsam beobachteten wir die Quallen. Nach einiger Zeit trat sie vom Fenster weg und setzte sich auf die große Muschel, die wie eine Art Sessel wirkte.

»Wir müssen ein paar Sachen besprechen, Delja. Ich muss morgen melden, dass du hier bist. Wenn die Wachen dich finden ohne das sie wissen, dass du offiziell hier sein darfst, oder ohne dass mein Vater davon weiß, dann könnte es sein, dass du im Kerker landest. Und glaub mir, da willst du nicht hin.«

Ich blickte sie erschrocken an, mit einer leisen Vermutung, warum dies so war. »Wer ist dein Vater?«

»Du weißt immer noch nicht, wer ich bin?« Fast gleichzeitig wanderten sowohl ihre als auch meine Brauen in die Höhe.

»Ich weiß nicht mal, wo ich bin, woher soll ich also wissen, wer dein Vater ist oder wer du bist? Ich weiß nicht mal, ob ich dir vertrauen kann, geschweige denn, ob das hier nicht doch bloß ein Albtraum ist!«

Denn wenn ich nicht tot war, musste ich mindestens träumen.

Keyna lachte.

»Du bist ...« Sie brach ab, weil sie noch lauter lachte. »Ich mag dich, du bist wirklich witzig.«

Ich hingegen fand es alles andere als lustig. Meine Augen fingen an, zu brennen. Ich spürte, wie sich ein Kloß in meinem Hals bildete, und langsam, aber sicher verschwamm meine

Sicht. Ein leises Schluchzen entkam mir und die erste Träne bahnte sich den Weg über meine Wange.

»Also erst mal …« Sie legte mir eine Hand auf die Schulter. »Du musst keine Angst vor mir haben, ich tue dir nichts. Und zweitens musst du nicht weinen, wir finden schon für alles eine Antwort und eine Lösung.«

»Das sagen Mörder auch zu ihren Opfern und dann …« Mit einer Handbewegung tat ich so, als würde ich mir die Kehle aufschneiden.

Keyna guckte mich verständnislos an. »Wenn ich dich umbringen wollen würde, hätte ich dich meinem Bruder überlassen oder dich im Wald zurückgelassen- Lass mich dir lieber erklären, wo du bist.«

Sie nahm meine Hand und ließ mich nicht aus den Augen.

»Du bist in Ostrea, der Hauptstadt der Meere. Mein Vater ist der König der Hauptstadt und dementsprechend bin ich die Prinzessin.«

Sie strich mit den Fingern über meine Hand und blickte dann auf meine Arme – wobei ihr Blick an meinem Kettchen hängen blieb.

»Und hier haben wir die Erklärung, wie du hergekommen bist.« Sie hob meinen Arm an. »Das ist ein Amar-Armband, es ist äußerst selten und schwer zu bekommen, daher besitzen es nur wenige Menschen. Wer hat es dir gegeben?«

Ich blickte auf das Armband und Traurigkeit erfüllte mein Herz.

»Das ist von meiner Mutter, sie hat es mir vermacht«, sagte ich bedrückt. »Meine Tante hat auch so eins.«

»Delja?« Sie legte einen Finger unter mein Kinn und zwang mich sanft, sie anzusehen. »Wir werden rausfinden, warum du dieses Armband bekommen hast, denn es muss jemanden geben, der deiner Mutter dieses gegeben hat. Genauso wie deiner Tante. Es gibt immer einen Grund für dieses Band. Wir werden diese

Personen finden.« Keyna stutzte plötzlich. »Deine Augen, sie kommen mir bekannt vor. Ich weiß nur noch nicht, warum.«

Ich blickte zu Boden und überlegte, wie ich das Thema wechseln konnte, als mir ihr Vater wieder in den Sinn kam.

»Meinst du, dein Vater schafft es, mich zurückzubringen? Ich will zurück zu meiner Familie.«

Ein Lächeln huschte auf Keynas Lippen.

»Entspann dich erst mal und lass meinen Vater mein Problem sein. Wir sollten uns jetzt erst mal ausruhen. Du kannst bei mir schlafen und morgen gucken wir weiter. Vielleicht bleibst du ja, wenn du schon mal hier bist, einfach etwas länger.«

Keyna stand auf. Sie ging auf eine Tür zu, die sie öffnete, dahinter befand sich ein begehbarer Kleiderschrank. Sie holte ein Nachthemd raus und reichte es mir.

»Es ist zwar etwas dünn und kurz, aber du kannst es anziehen. Ich denke, es sollte dir passen, und wir laufen so ja auch nicht durch die Gänge.«

Damit zog sie sich selber eins der dünnen Kleider an. In der Zeit, in der ich mich umzog, ging Keyna aus dem Zimmer. Schnell entledigte ich mich meiner Kleidung und schlüpfte in das hauchzarte Nachthemd, welches doch mehr verdeckte, als ich vermutet hatte. Langsam trat ich noch mal an das Fenster und blickte über die dunkle vor mir liegende Stadt. Ich nahm das Ganze hier viel zu locker, ich war zu unvorsichtig. Was ich gerade erlebte, schien real zu sein, und wenn es das war und ich Keynas Worten nur ein klein wenig Glauben schenken konnte, war ich in Gefahr. Warum sonst musste sie mich bei ihrem Vater anmelden und mich im Palast verstecken?

Einige Zeit später kam Keyna mit einem Tablett bewaffnet wieder und stellte dieses auf das Bett. Diverse Speisen waren darauf drapiert – Kekse, mehrere Arten von für mich undefinierbaren Salaten in Schüsselchen, außerdem zwei kleine Karaffen.

»Ich denke, du hast Hunger, da ich nicht weiß, was dir schmeckt, habe ich mal ein paar Sachen mitgebracht.« Sie zeigte auf die unterschiedlichen Gerichte. »Das hier sind Tangkekse und das andere hier ist Algensalat. Schmeckt wirklich gut und sättigt.«

Beim Erklären kletterte sie aufs Bett. Danach griff sie sich eine Schüssel und fing an zu essen. Ich setzte mich zu ihr und schob mir einen der Tangkekse in den Mund. Der Keks war etwas salzig und matschig, aber in der Konsistenz mit einem normalen Keks zu vergleichen. Jetzt bemerkte ich auch, dass ich durstig war, und fragte mich, wie man unter Wasser etwas trinken konnte. Als hätte Keyna wieder meine Gedanken gelesen, reichte sie mir einen Krug.

»Das ist Dunkelmonwasser, es bedeutet, dass man es nur aus diesem Krug trinken kann, sonst vermischt es sich mit dem Meer. Trink.«

Ich nahm die Karaffe entgegen.

»Ich habe das Gefühl, du kannst Gedanken lesen, das ist gruselig.«

»Kann ich nicht, aber deine sieht man dir an«, erwiderte Keyna lachend, schob sich ihrerseits einen Keks in den Mund und trank dann aus ihrer Karaffe.

Ich begutachtete mein Getränk und spürte tief in mir einen Widerwillen, es zu trinken. Zu viel Angst hatte ich davor, dass es nicht etwas Gefährliches war, das sie mir vorsetzte. Doch mein Durst überwog, und ich trank einen großen Schluck. Eine zuckersüße Flüssigkeit benetzte meine Lippen. In meinem Mund explodierten die Geschmäcker: Mango, Ananas, Pfirsich Orangen und viele süße Früchte mehr schmeckte ich.

»Das ist wirklich lecker«, stellte ich begeistert fest und nahm einen weiteren großen Schluck.

Keyna lachte auf.

»Du solltest nicht zu viel trinken, es ist eine Flüssigkeit, die den Kopf benebelt, bei uns dürfen das junge Meerkinder nicht trinken.«

Ich hielt in der Bewegung inne.

»Du hast mir also Alkohol gegeben?«, stieß ich aus.

Keyna betrachtete mich mit schief gelegtem Kopf.

»Ich weiß zwar nicht, was Alkohol ist, aber wenn es den Kopf benebelt, dann sage ich jetzt einfach mal ja.«

Auch ich lachte nun und nickte, sodass sie ein paar Sekunden später mit einfiel.

»Gibt es auch etwas Normales?«

»Klar«, antwortete Keyna. »Das ist aber nicht so lecker wie das hier, und ich dachte, du bist groß und freust dich darüber.« Damit trank sie einen Schluck ihres Getränks und aß weiter.

Nachdem wir gegessen hatten, sah ich, dass Uri es sich auf einer Muschel bequem gemacht hatte und seine Augen geschlossen hielt. Ich gähnte und spürte, dass auch ich sehr müde war.

»Lass uns schlafen, Delja. Morgen wird ein langer Tag. Du wirst meinen Vater kennenlernen, und das kann schon mal anstrengend sein.«

Keyna breitete sich auf ihrem Bett aus und zog sich eine Decke über den Körper.

»Du bist dir sicher, das ich nicht ertrinke?«, sprudelte die Frage aus meinem Mund.

»Bist du denn bis jetzt ertrunken?«, stellte sie mir eine Gegenfrage.

Ich überlegte einen Moment, schüttelte meinen Kopf und legte mich neben sie.

»Siehst du.« Sie lächelte. »Morgen finden wir mehr raus. Vertrau mir, Delja.«

Damit schloss sie die Augen und drehte sich auf die Seite. Ich blieb noch lange Zeit wach und beobachtete, wie die Quallen über uns langsam erloschen. Erst dann schlief auch ich ein.

KAPITEL 4

Es klingelte an der Tür. Ich drehte das Wasser ab, *welches in den Putzeimer lief.*

»Ich komme. Moment!« Schnell trocknete ich meine Hände ab und lief zur Tür. Als ich sie geöffnet hatte, blickte ich in das Gesicht einer Polizistin.

»Guten Abend, sind Sie Delja Baker?«

In mir machte sich ein ungutes Gefühl breit und ich nickte nur.

»Darf ich reinkommen?«

Für einen Moment blieb ich wie angewurzelt stehen. Blaulicht flackerte hinter der Polizistin, die ich anstarrte. Ich trat einen Schritt zurück, ohne den Blick von ihr zu lassen. Sie trat ein und ich schloss die Tür.

»Können wir uns irgendwo hinsetzen?«

Wie ein Roboter hob ich meine Hand und deutete ins angrenzende Wohnzimmer. Die Polizistin ging vor, wartet, bis ich zu ihr kam.

»Setzen Sie sich, bitte.«

Ich setzte mich und in dem Moment donnerte es draußen. Gleichzeitig hörte ich die ersten Regentropfen an die Scheibe prasseln.

»Mrs. Baker, ich muss Ihnen sagen, dass Ihre Eltern einen tödlichen Unfall hatten.«

Stille, um mich herum war nur Stille. Alles um mich drehte

sich. In meinen Ohren begann es zu pfeifen. Ich starrte die Poli-
zistin an. Was hatte sie gesagt?

»Mrs. Baker? Haben Sie verstanden, was ich gesagt habe?«
Ich schüttelte den Kopf, nickte dann, um danach einmal den
Kopf zu schütteln.

Die Polizistin hockte sich vor mich. Sie legte ihre Hände auf
meine Oberschenkel. »Ihre Eltern hatten einen tödlichen Unfall,
es tut mir sehr leid.«

Während sie mich ansah, hatte ich das Gefühl, durch sie
hindurchzuschauen.

»Sie sind über die Brooklyn Bridge gefahren und in einen
Verkehrsunfall geraten. Das Auto ist über die Planken ins Wasser
gestürzt. Leider haben wir Ihren Vater nur noch tot bergen können
und Ihre Mutter …«

Schweißgebadet und mit pochendem Herzen wachte ich aus
meinem Albtraum auf. Wieder hatte ich von dem schlimmsten
Abend in meinem Leben geträumt. Wieder alles neu erlebt
– gefühlt. Ich spürte die Hände der Polizistin auf meinen
Oberschenkeln. Tränen liefen mir über die Wangen. Mein
Atem ging schnell und ich spürte Schmerzen in der Lunge.
Für einige Sekunden wusste ich nicht, wo ich war.

Ich setzte mich auf, blickte mich um. Überall waren Pflanzen und kleine Quallen, die schwach leuchteten. Langsam
kehrten die Erinnerungen an den Vortag zurück.

Der Strand, die Welle, das Korallenriff, Uri, die Haie und
Keyna, die ich neben mir entdeckte, wo sie eingeschlafen war.
Ich schluckte. Es war kein Traum. Ich war in einer Unterwas-
serstadt gelandet. Allein, ohne zu wissen, ob und wie ich je
wieder an Land gelangen würde.

Keyna bewegte sich und als ich mich ihr zuwandte, sahen
ihre hellgrünen Augen in meine. Auf Keynas Lippen breitete
sich ein müdes Lächeln aus.

»Du bist ja früh wach!« Sie streckte sich und setzte sich ebenfalls hin. Vorsichtig lehnte sie sich an das Kopfteil des Bettes.

»Geht es dir gut?« Ihre Stimme klang besorgt. Ich starrte sie nur an, verstand nicht, wie ich gestern einfach so mit jemand Wildfremdes hatte mitgehen können. Wie ich einem Fisch vertrauen konnte, der sprach. Wie ich überhaupt hier gelandet war.

»Delja?« Keyna wedelte mit ihrer Hand vor meinem Gesicht rum und ich zuckte zusammen.

»Ja, mir geht es gut, aber ich will einfach nur hier weg«, sprudelte es aus mir heraus. Ich sprang aus dem Bett und suchte meine Sachen – doch sie waren weg. »Wo ist meine Kleidung?«

Ich drehte mich um, als hinter mir Keyna das Bett verließ und zu mir rüberkam.

»Ich gebe dir was von mir und dann reden wir mit meinem Vater.« Sie verschwand wieder in ihrem Wandschrank ohne meine Frage beantwortet zu haben, während ich stumm am Bett stehen blieb. Das konnte alles nicht wahr sein. Ich kniff mir in den Arm, es tat weh – kein Traum.

Keyna kam mit einigen Kleidern aus ihrem Schrank geflitzt. »Hier, das müsste dir passen. Die Welse haben diese letzte Nacht geholt, sie reinigen sie und bringen deine Kleidung wieder zurück. Jetzt kannst du erst mal diese tragen.« Sie hielt mir ein gelb-türkisfarbenes Kleid hin.

»Das soll ich anziehen?«, fragte ich entgeistert. Das Kleid war eng geschnitten, bestand aus einer türkisfarbenen Korsage, die gefühlt nur das Wichtigste bedeckte. Der gelbe Rock glitzerte und würde mir vermutlich nur bis knapp über die Knie gehen. Dabei sah er extrem durchsichtig aus, weswegen ich schluckte.

Keyna legte ihren Kopf schief und betrachtete das mir angebotene Kleid genauer. »Ja«, sagte sie und runzelte die Stirn. »Warum nicht? Alle Frauen tragen hier so was.«

Sie drückte mir das Kleid in die Hand und schob mich mit diesem in ihren Kleiderschrank.

»Zieh es an, dann sehen wir, wie es an dir aussieht.« Mit diesen Worten schloss sie die Tür hinter mir und ließ mich allein. Für einige Augenblicke schaute ich auf die verschlossene Tür.

Wieso hatte ich das Gefühl von Vertrauen bei Keyna? Wieso empfand ich keine Angst? Ich blieb eine Zeit lang stehen, dann drehte ich mich um. Der Raum, in dem ich stand und der von außen wie ein normaler Kleiderschrank ausgesehen hatte, war riesig. Überall an den mit Muscheln verzierten Wänden hingen Kleider, und zwar in unterschiedlichsten Farben. Sie erinnerten mich an einen Regenbogenfisch.

Ich glitt mit meinen Fingerkuppen über die verschiedensten Stoffe und schmunzelte. Sie fühlten sich an wie Uris Haut. Dann ging ich weiter in den Raum rein und entdeckte auch hier Quallen, die Licht spendeten.

»Könnt ihr das Licht dimmen?«, fragte ich, in der Hoffnung, die Quallen würden mich verstehen.

Ich hatte meine Worte kaum zu Ende gesprochen, da erlosch das Licht ein wenig. Mein Blick huschte durch den Raum.

»Und wieder heller?«, fragte ich und keine Sekunde später wurde es hell. »Gruselig.«

Kurz flackerten die Quallen auf, dann gaben sie wieder ein warmes Licht von sich. Ich schüttelte den Kopf und ging weiter durch den Raum.

Auf der gegenüberliegenden Seite der Tür stand ein Spiegel. Es war umrundet von schwarzem Stein. Ich trat vor diesen und betrachtete mich. Meine Augen hatten dunkle Ränder, meine Iriden hingegen strahlten um einiges deutlicher, als ich es je zuvor gesehen hatte. Vorsichtig fasste ich die glatte Fläche an, von der ein leises Rauschen ausging und die mein Spiegelbild zeigte. Die Fläche war nicht so glatt, wie ich erwartet hatte, denn sie bestand aus zartem Wasser, wie ich bei der Berührung bemerkte. Feine Wellen überzogen sie.

Nachdem ich meine Hand zurückgezogen hatte, wurde die Oberfläche wieder ebenmäßig. Der schwarze Stein der Umrandung erregte meine Aufmerksamkeit. Ich berührte diesen und schreckte zurück. Er war warm und rau und pikste leicht. Ich sah auf meine Hände, die nun kleine rote Punkte säumten, als hätte ich eine Brennnessel berührt, dann sah ich auf das Kleid, was ich immer noch festhielt.

Langsam zog ich das Nachthemd aus und kletterte in den weichen Stoff. Von außen fühlte er sich wie Uris Haut an. Wieder sah ich in den Spiegel und erstarrte vor mir selber. Meine Haare wellten sich leicht über meine Schulter. Das Kleid saß wie eine zweite Haut, am Ende der Korsage war es etwas aufgebauscht, sodass es meine Hüfte betonte. Es bewegte sich wie Blumen im Wind, vermutlich weil die leichte Strömung des Meeres den Stoff umspielte.

Die Farbe des Kleides traf meine Augenfarben nicht genau, lag dennoch nah dran. Ich drehte mich und stellte fest, dass mein Rücken komplett frei war und dass das Kleid zum Glück nicht wie vermutet zu kurz und zu aufreizend war. Meine Haut war gebräunt, weswegen die Farbe des Kleides noch besser zur Geltung kam. Die Korsage verdeckte meine Brust und lag angenehm auf meiner Haut. Der Rock endete wie vermutet, knapp unter meinem Knie, was meine Beine länger wirken ließ. Ich drehte mich, als mich ein Klopfen aus meinen Gedanken holte.

»Bist du fertig? Passt es?« Keynas Stimme hallte hinter der geschlossenen Tür, dennoch blieb sie brav vor dieser stehen, doch in ihrer Stimme hörte ich Neugier. »Darf ich reinkommen?«

Ich überlegte zu verneinen, um den Moment ein wenig zu genießen, entschied mich aber dagegen.

»Komm rein!«, rief ich. Die Tür ging leise auf und ich sah Keyna im Spiegel näher kommen.

»Delja, du siehst wunderschön aus! Das Kleid steht dir hervorragend!«, plapperte sie drauf los und stellte sich neben mich.

In der Zeit, in der ich mich umgezogen hatte, hatte sie auch ein Kleid angezogen. Ihres war dunkelgrün und fiel ihr, wie mein Kleid bei mir, über ihre Knie. Auch ihr Rücken war komplett frei. Auf diesem hatte sie eine leichte grünlich schimmernde Stelle. Bevor ich darüber nachdenken konnte, berührte ich sie. Keyna zuckte zusammen.

»Was ist das?«, fragte ich, den Blick auf die schimmernde Stelle gerichtet.

»Das erkläre ich dir ein andermal.« Sie lächelte. »Lass uns jetzt erst meinem Vater einen Besuch abstatten. Damit du offiziell als Gast hier bist.«

Sie zog mich an der Hand aus dem Schrank und zur Zimmertür.

»Uri!«, rief sie. »Komm, dich stelle ich als ihren Begleiter vor, damit du im Schloss rumschwimmen kannst.«

Sie öffnete die Tür und wir traten raus in den Flur der mir im Gegensatz zu gestern, größer und imposanter erschien.

Der Königssaal, wie Keyna ihn genannt hatte, war etwas weiter von ihrem Zimmer entfernt. Auf den Gängen liefen uns unterschiedliche Wachen über den Weg. Manche hatten Speere in der Hand und begutachteten uns skeptisch. Andere wiederum hatten Harpunen oder Pfeil und Bogen, wieder andere hatten Schwerter dabei. Manche grüßten uns, oder besser Keyna die immer nett zurückgrüßte. Wieder andere verbeugten sich tief und eilten schnell an uns vorbei. Ich beobachtete das alles stumm und lauschte Keyna, die mir etwas über den Palast erzählte.

»Ostrea ist der größte Palast im ganzen Meer. Der Palast in Amphissa ist etwas kleiner. Die Familie, die dort lebt, schottet sich jedoch ziemlich ab. Einmal im Mondzyklus kommt jemand als Vertreter zu uns, falls irgendwas für das Meer und deren Bewohner bestimmt werden muss. Wobei sie auch einmal alle zwölf Monde zu unserem Fest kommen. Meine Familie ist seit vielen Jahrhunderten die einflussreichste Familie, die am Ende die Gesetze bestimmt.«

Ihre Informationen sprudelten aus ihr raus und ich konnte gar nicht alles aufnehmen, was sie mir erzählte. Zu sehr war ich damit beschäftigt, die Gänge und die Personen um uns zu beobachten.

Als wir um eine Ecke bogen, drangen Stimmen zu uns und wir sahen kurz darauf zwei Personen. Eine kannte ich bereits. Die Stimme gehörte zu einem muskulösen jungen Mann, der penetrant auf den anderen Mann einredete. Die andere Stimme war neu, sie gehörte dem deutlich älterem Mann neben diesem.

»Vater, es kann nicht sein, dass sie nachts durch das Schloss geistert und den Wachen die Arbeit erschwert! Sie hat gestern Abend einen Alarm ausgelöst.« Wütend strich seine Stimme an den Wänden des Gangs entlang.

»Jaja«, erwiderte der ältere Mann. »Reg dich nicht auf, nimm es ihr nicht übel, du weißt doch, wie sie ist. Sie -«

Weiter kam der Mann nicht, denn Keyna unterbrach ihn.

»Vater!«, säuselte sie und bei ihren nächsten Worten wurde ihre Stimme schneidend und kälter: »Bruderherz! Redest du von mir?«

Sie griff nach meiner Hand und stolzierte mit hoch erhobenem Kopf auf die zwei Männer zu. Der ältere begegnete meinem Blick erst erstaunt, schmunzelte dann, als er Keyna und mich sah. Doch der jüngere, Keynas Bruder, blickte mich grimmig an.

»Keyna, mein Schatz!«, rief der ältere Mann und trat auf uns zu. »Wieso bist du schon wach?«

Sie ließ meine Hand los und schlang diese um ihren Vater.

»Vater, ich will dir jemanden vorstellen«, hörte ich mit einem Ohr mit, doch meine Augen waren immer noch auf ihren Bruder gerichtet, der mich inzwischen entgeistert anstarrte. Plötzlich drehte er sich um und unterbrach unseren Blickkontakt.

»Vater, wir reden später, ich muss noch was erledigen«, sagte er.

Keynas Vater sah seinem Sohn hinterher. »Alles klar, Kain, bis später.«

Dann verschwand Kain ohne ein weiteres Wort. Ich sah ihrem Bruder für einen Moment hinterher, dann wandte ich mich wieder an die beiden.

»Das ist mein Vater König Chelan. Vater, das ist Delja, ich habe sie gestern im Garten am Rande unseres Waldes kennengelernt und sie mit rein genommen. Sie war ganz allein hier und ich wollte sie nicht draußen lassen. Es tut mir leid, wenn ich einen Alarm dadurch ausgelöst habe.« Sie zog einen Schmollmund. Ihr Verhalten brachte mich zum Schmunzeln und auch ihr Vater lächelte. Mit seiner rechten Hand strich er ihr über die Schulter.

»Schon gut, Schatz, es ist ja nichts passiert.«

Dann richtete er seine Aufmerksamkeit auf mich und zeigte ein wenig des Entsetzens, das Kain zuvor gezeigt hatte, als er mich erblickt hatte. Nur dass sich Keynas Vater sein Entsetzen für einen Wimpernschlag anmerken ließ.

»Hallo, Delja. Schön, dass du bei uns bist. Aus welchem Reich kommst du?« Er strahlte nur so vor Macht, er hatte einen tiefgrünen Bart und dunkle Haare. Seine Nase war etwas schief, seine Stirn groß. Die dunkelgrünen Haare fielen ihm ins Gesicht. Die Macht, die er ausstrahlte, schüchterte mich ein. Als ich antworten wollte, quatschte Keyna dazwischen.

»Lass uns das besser irgendwo anders besprechen als hier, Vater.« Sie griff nach meinem Arm und nach dem ihres Vaters und zog uns in den Raum, der sich neben uns befand.

Obwohl ich beim Eintreten feststellte, dass es ein Saal war, und zwar ein gewaltiger. Der Name Königssaal war auf jeden Fall berechtigt. Er umfasste um die fünf Fußballfelder und an der Decke hingen riesige Kronleuchter, auf denen ausgewachsene Quallen mit langen Fäden saßen, die nach unten hingen. Licht glitzerte in unterschiedlichen Farben über den Boden. Zwischen ihnen schwammen einige kleine sowie größere Fische. Vor einem großen goldenen Tisch blieben wir stehen. König Chelan setzte sich auf einen Stuhl und bedeutete uns, dass wir es ihm gleichtaten.

»Also, Tochter, warum müssen wir allein sprechen?«, fragte er ernst.

»Das sollte Delja dir erklären, Vater«, antwortete sie und sah mich aufmunternd an. Der König drehte seinen Kopf zu mir und betrachtete mich.

»Gut, woher kommst du nun, Delja?«

Ein Schaudern schlich sich über meine Arme. In Chelans Blick erkannte ich Zweifel und gleichzeitig eine Macht, die mir fremd war. In mir machte sich der Gedanke breit, dass ich ihm nicht sagen wollte, wie ich hergekommen war, aber als mir einfiel, dass ich Keyna davon erzählt hatte, war mir bewusst, dass er es erfahren würde. Bevor ich nur ein Wort sagen konnte, platze es allerdings aus Keynas heraus.

»Delja ist sozusagen ins Wasser gefallen.« Sie sah über ihre Schulter zu Uri, der an der Tür hin und her schwamm. »Uri, der kleine Fisch da, gehört zu ihr.«

»Du bist ins Wasser gefallen? Wie meint sie das?« Bevor Keyna wieder für mich antworten konnte, hob ihr Vater seine Hand, um sie zum Schweigen zu bringen. Seine Augen bohrten sich in meine, weswegen die Angst in mir ein neues Level erreichte. »Delja, du brauchst keine Angst vor mir zu haben«, sagte er, etwas sanfter. »Egal, wer unseren Palast betritt. Ich will darüber Bescheid wissen, vor allem wenn derjenige dann mit meiner Tochter einen Alarm auslöst. Ich will dir keine Angst machen. Bitte sag mir, was genau passiert ist.«

Ich schluckte. Trotz des Meeres um mich herum fühlte ich mich wie ein Fisch auf dem Trockenen.

Keyna legte eine Hand auf mein Bein.

»Erzähl es, dir wird nichts passieren.« Ihre grünen Augen fanden meine und ihr Lächeln schenkte mir Mut. Ich schluckte den Kloß, der in meinem Hals entstanden war, hinunter und begann, zu erzählen.

»Ich wollte Uri ins Wasser bringen, da er an Land gespült worden war«, erzählte ich, wenn auch unsicher. »Ich bin von einer Welle ins Meer gezogen worden und dann war ich plötzlich hier unten.« Ich stockte. »Ich wollte nach Hause, aber wusste nicht wie. Als diese Haie da waren, sind wir gerannt und ich habe entschieden, dass ich mich umschauen könnte. Dennoch will ich zurück zu meiner Familie.«

Eine Träne lief mir über die Wange und ich wischte sie mir hastig weg, um nicht schwach zu wirken.

König Chelans Gesichtsausdruck wurde weicher. Er beugte sich zu mir vor.

»Delja, du kommst wieder zurück.« Seine Stimme klang ruhig und hatte ihren strengen Ton verloren. »Wir müssen nur rausfinden, wie du es überhaupt geschafft hast, hier runter zu gelangen. Da ich aus deinen Erzählungen vermute, dass du kein Meeresbewohner bist, muss es eine Erklärung dafür geben, dass du hier unten überlebst.«

Seine Stimme gab mir ein Gefühl des Vertrauens und ich spürte, wie sich die Angst, die ich zu Anfang gehabt hatte, langsam legte.

»Den kann ich dir sagen, Vater.« Keyna hob in einer sanften Bewegung meinen Arm in die Höhe. »Hier ist der Grund, warum sie es geschafft hat.«

Alle Augenpaare lagen auf dem Armband, welches leicht funkelte.

»Woher hast du ein Amar-Armband?«, fragte der König erstaunt und strich vorsichtig über das Kettchen, betrachtete es wie einen kostbaren Schatz, von dem er dachte, ihn verloren zu haben.

»Es ist ein Erbgeschenk meiner Mutter.«

Abrupt sah er auf. »Wer ist deine Mutter und wie heißt sie?« Die Frage kam zwar nicht unerwartet, dennoch stach sie in mein Herz. Ich drehte mich weg und zog meine Hand aus Keynas Griff.

»Meine Mutter hieß Inna«, flüsterte ich. Ich fühlte mich unwohl, über meine tote Mutter zu sprechen.

»Ich wollte dir nicht zu nahetreten, tut mir leid.« König Chelan stand von seinem Stuhl auf und hockte sich vor mich. »Du musst mir nicht antworten, Delja. Ich verspreche dir, dass ich dich nach Hause bringe, ich bitte dich nur, dass du noch eine Weile bei uns bleibst. Ich verspreche, bis dahin auf dich Acht zugeben. Du musst mir im Gegenzug nur versprechen, dass du niemandem von uns erzählst, wenn wir dich nach Hause gebracht haben. Und versprich mir ebenso, erst mal niemandem zu erzählen, wer deine Mutter ist.« Er sah mich geduldig an und wartete.

»Ich verspreche, dass ich nichts sagen werde«, flüsterte ich. »Ich werde mit niemandem reden, außer mit meiner Tante.«

Für einen Moment zögerte der König und sah mich an, doch dann ergriff er ohne ein weiteres Wort meine Hand und drückte sie. In dem Moment, wo sich unsere Handflächen trafen, geschahen zwei Dinge: Ein Blitz glitt durch meine Handfläche und ich hatte das Gefühl, in eine Flamme zu fassen. Gleichzeitig sah ich aus den Augenwinkeln, wie sich Keyna die Hand vor den Mund schlug und einen spitzen Schrei ausstieß. Ich zog meine Hand, so schnell ich konnte, aus der des Königs und begutachtete meine Handfläche, auf der sich ein roter Seestern abzeichnete, der schmerzte.

»Was haben Sie mit mir gemacht?«, fragte ich mit einem Zittern in der Stimme. In mir stieg Panik auf und die Angst kehrte mit einem Schlag zurück. Ich strich über meine Hand.

»Deine Haare«, sagte Keyna verwundert.

Ich nahm eine Strähne zwischen die Finger und sah die blaue Farbe, die sich durch mein Haar zog. Ich drehte die Strähne mehrmals und rieb über diese. Ich konnte nicht glauben, was ich dort sah.

»Das kann nicht sein«, hauchte der König.

»Das geht nicht!« Keyna starrte mich besorgt an.

Ich stand auf und bewegte mich einige Schritte rückwärts.

»Was habt ihr mit mir gemacht?«, wiederholte ich.

König Chelan stand auch auf und machte einen Schritt auf mich zu, blieb aber stehen, als er merkte, dass ich weiterhin zurückwich.

»Wir haben nichts mit dir gemacht. Es ist nur …« Er stockte und schaute seine Tochter an. Diese blickte verblüfft von ihrem Vater zu mir, der mich weiter betrachtete. »Dein Versprechen, mit niemandem zu reden, hätte sich nicht bei dir verfestigen dürfen. Es hätte nur ein einfaches Versprechen sein sollen. Aber du hast ein Zeichen bekommen genauso wie ich.« Er hielt mir seine Hand hin. Auf seiner leuchtete genauso wie bei mir ein roter Seestern sowie viele andere Zeichen, die ich nicht beachtete. »So etwas passiert nur bei Bewohnern des Meeres.«

Er schluckte, schloss die Augen, rieb sich mit seiner Hand über die Lider. Diese Geste ließ ihn älter und müde wirken. Schließlich öffnete er die Augen und musterte mich.

»Nicht nur das«, sagte er heiser. »Es passiert nur bei königlichem Blut …«

Das konnte nicht sein.

Das durfte nicht sein.

Zwei Gedanken, aber sie hingen in Dauerschleife in meinem Kopf fest.

»Was meinen Sie damit?«, fragte ich leise.

»Ich würde vorschlagen, dass wir später noch mal reden«, sagte Keyna. »Lasst uns -«

»Ich will wissen, was das zu bedeuten hat!«, unterbrach ich sie laut.

König Chelan ergriff das Wort, bevor ich weitere Fragen stellen konnte.

»Keyna hat recht«, stimmte er zu. »Wir sollten später weiterreden. Ich würde vorschlagen, dass Keyna dir erst mal die Stadt zeigt, damit du dich nicht verläufst. Heute Nachmittag stelle ich dich der Familie vor.« Er richtete das Wort an Keyna: »Lass ihr nach eurem Spaziergang ein Zimmer herrichten.«

Die Stimme des Königs klang ungläubig. In Gedanken schien er weit weg. Ich verstand nicht, was los war, begutachtete stattdessen meine Hand und den kleinen Seestern in deren Fläche. Ich hatte königliches Blut? Hätten meine Eltern mir das nicht erzählt? Hätten sie das nicht wissen müssen? Was bedeutete das für mich?

Plötzlich stand Keyna vor mir und griff nach meiner Hand.

»Komm, ich zeige dir dein Zimmer.«

Auch wenn ich sie nicht kannte, waren sie und Uri meine einzige Konstante.

»Kann ich bei dir bleiben? Solange wie ich hier bin?« Meine Worte waren raus, bevor ich drüber nachdenken konnte, ob es schlau war, sie in Gegenwart des Königs anzusprechen. Er sollte nicht hören, wie schwach und allein ich mich fühlte.

Doch Keyna überraschte mich mit einer direkten Antwort.

»Klar. Du musst nicht allein sein.« Sie drehte sich zu ihrem Vater. »Ist das okay?«

Dieser nickte stumm. »Geht jetzt. Und kommt pünktlich zum Essen. Deine Mutter will heute kochen.«

Auch wenn er zu uns sprach, war er in Gedanken immer noch woanders, wie mir sein leerer Ausdruck verriet.

Beim Verlassen des großen Saales hörte ich, wie er zu sich selbst sagte: »Das ist unmöglich …«

Dann schloss Keyna die Tür hinter uns.

KAPITEL 5

Keyna war wunderbar. Sie zog mich schnell durch die Flure und wir verließen auf direktem Weg den Palast. Draußen fühlte ich mich gleich freier und mein von der Aufregung verkrampfter Körper entspannte sich.

»Warum kann ich hier unten eigentlich atmen?«, sprach ich meine Gedanken laut aus.

Keyna drehte sich zu mir, auf ihre Lippen legte sich ein Lächeln.

»Das liegt an deinem Armband. Mit jeder Kugel kannst du bei einem Besuch unter Wasser atmen. Sie funktionieren in zwei Richtungen. Von Land ins Meer und vom Meer aufs Land. Solltest du wieder zurückwollen, hast du« – sie deutete auf mein Armband – »nur noch einmal die Möglichkeit, hierher zu kommen. Die Kugel zerplatzt und in ihr ist ein Zauber verankert, der dich atmen lässt. Wenn die letzte Kugel aufgebraucht ist, kannst du nie wieder zu uns zurück.«

Über ihr Gesicht huschte kurz Traurigkeit, trotzdem blickte sie mich streng an. Ich hingegen überlegte fieberhaft. Meine Tante hatte so ein Band. Und an ihrem waren nur zwei Perlen. Wusste sie von dieser Unterwasserwelt und hatte sie mir verheimlicht? Luian hatte ja etwas zum Armband sagen wollen, aber meine Tante hatte ihn unterbrochen …

»Hat jedes dieser Armbänder vier Perlen?«, fragte ich sie,

in Gedanken bei Tante Tiva.

»Eigentlich nicht. Es gibt immer sechs Perlen und dazu gibt es einen Spruch.« Sie räusperte sich und befeuchtete ihre Lippen. »Zwei Herzen gemeinsam, doch zwinge sie nicht. Lass das eine Herz gehen und folge nicht. Am Anfang wird es schwer, doch vertraue dir da, den Meer und Land sind verbunden. Es ist wahr.«

Stirnrunzelnd dachte ich über Keynas Worte nach.

»Was bedeutet das jetzt?«, fragte ich sie und ihre Lippen verzogen sich zu einem Lächeln.

»Keine Ahnung, ich weiß nur, dass es immer zwei Perlen für die Herzen sind, zwei fürs Land und Meer und zwei fürs Gehen und Wiederkommen.«

Für einen Augenblick überlegte ich, nichts zu sagen. Doch meine Neugier gewann.

»Meine Tante hat auch eins, ich hatte es dir gestern erzählt. Sie hat nur zwei Perlen, was heißt -«

»Sie war schon mal hier unten und kam wieder«, beendete Keyna meinen Satz. Neugier lag in ihrer Stimme. Ich nickte.

»Das heißt, deine Tante muss in der Vergangenheit mal unter Wasser gewesen sein. Und das heißt« – Begeisterung glitzerte in Keynas Augen – »es gibt einen Grund für dich, hier bei uns zu bleiben und rauszufinden, was es mit dieser Vergangenheit auf sich hat.«

Ich wollte zwar nach Hause, dennoch machte sich in mir die Neugier breit, daher musste ich nicht lange überlegen.

»Okay. Ich bleibe, aber nur, so lange bis wir etwas rausgefunden haben. Kannst du mir mehr zu dem Armband erzählen? Vielleicht kommt mir etwas bekannt vor. Eventuell hat meine Tante mal was erwähnt.«

Keyna machte ein paar Schritte weiter auf die Stadt zu, drehte sich und lief dabei rückwärts.

»Man sagt, dass ein Armband für jemand anderes nur hergestellt werden kann, wenn man die Person wirklich liebt.

Das Herz muss voll und ganz bei dieser Person sein, sonst funktioniert es nicht.« Sie schluckte. »Ich kenne nicht die ganze Geschichte, muss ich zugeben, da es bei uns eher um Macht und Politik geht als um die Liebe. Um mehr herauszufinden, müssten wir die Tage mal in die Bibliothek gehen, da könnten wir Genaueres erfahren.«

Ich verstand nicht, was sie mit Macht meinte und dass Liebe außen vor war, doch bevor ich fragen konnte, wechselte sie schon das Thema.

»Wie wäre es, wenn ich dir erst mal Ostrea zeige, und dann lernst du später meine Familie kennen? Sie können uns mit Sicherheit auch weiterhelfen und uns sagen, wo wir schauen können in der Bibliothek.«

»Gern«, antwortete ich.

Wir liefen zwischen den Häusern entlang und Keyna zeigte immer wieder auf die unterschiedlichen Formen.

»In Ostrea leben die Bewohner sehr frei und dürfen sogar in den Palast. Die Königsfamilie und die Menschen leben dadurch näher aneinander und es entsteht kein Unmut. In anderen Reichen ist dies nicht immer der Fall.« Keyna zwinkert mir fröhlich zu. »Vor einigen Jahren wurde allerdings die damalige Königin entführt, das ist schon lange her, daher haben wir jetzt Sicherheitsvorkehrungen im Schloss. Der Grund, warum du nicht sprechen solltest, ist, dass jedes gesagte Wort durch Trompetenfische an die Wachen weitergegeben wird, sodass Eindringlinge frühzeitig bemerkt werden. Das war auch der Grund, warum ich so laut zu meinem Bruder gegangen bin, damit dieser den Alarm zurücknimmt. Ich wollte nicht, dass noch mehr Wachen kommen und dich mitnehmen.«

Keyna verlangsamte ihre Schritte und an ihrer Mimik merkte ich, dass ihr das Ganze naheging.

»Warum dürfen dann noch alle in den Palast?«, fragte ich, als Keyna schwieg. »Wäre es nicht sinnvoller, diesen zu schließen und nur Personen reinzulassen, die ihr kennt?«

»Schon«, antwortete sie. »Eine sehr lange Zeit danach war der Palast auch nicht zugänglich. Doch mein Vater hat vor Jahren entschieden, dass es sich wieder ändern soll. Das Vertrauen zum Volk war ihm wichtig und er hat die Sicherheitsvorkehrungen so weit wie möglich gekippt.«

Ich wollte gerade meine nächste Frage stellen, als wir Schritte hinter uns hörten, worauf wir uns gleichzeitig umdrehten. Vor uns blieben drei Männer stehen, einer von ihnen war Keynas Bruder, der uns böse anstierte.

»Keyna! Warum seid ihr hier draußen?« Er musterte mich von oben bis unten, weswegen ich mich unwohl in meiner Haut fühlte, wandte sich dann aber an seine Schwester.

»Was ist dein Problem, Kain?«, fragte sie trotzig. »Vater hat gesagt, ich soll Delja alles zeigen. Also lass uns in Frieden.« Sie funkelte ihn böse an, doch störte ihn das offenbar nicht. Hinter Keynas Bruder tauchten außerdem Nalu und ein weiterer Mann auf.

»Kain, lass deine Schwester mit ihrer Freundin durch die Stadt ziehen. Ihnen wird hier nichts passieren. Überall sind Wachen unterwegs. Wir müssen sowieso zum Palast zurück.« Der andere Mann hinter ihnen drängte sich nach vorne. »Komm, mein Freund, lassen wir sie in Ruhe ihren Mädchenkram machen.«

Kain drehte sich zu den beiden Männern um, nicht aber, ohne uns zuvor einen grimmigen Blick zu schenken.

»In Ordnung, Nadish, dann kommt.« Schon lief er mit den beiden Männern zurück. Nalu drehte sich kurz um und zwinkerte Keyna zu. Ihre Wangen färbten sich rosa und sie wandte den Blick ab.

»Arschloch«, sagte sie leise und ich musste lachen.

»Ist Nalu dein Freund?« In dem Moment, als die Worte ausgesprochen waren, landete Keynas Hand auf meinem Mund

und ich lachte gegen ihre Finger.

»Kein Wort! Vor allem nicht hier draußen.« Sie funkelte mich besorgt an. Ich hob meine Hände als Zeichen, dass ich verstanden hatte, sodass sie ihre Hand sinken ließ.

»Ich schweige wie ein Grab.«

Sie schob verwirrt die Brauen zusammen.

»Was ist ein Grab?«

Wieder lachte ich.

»Du kennst kein Grab? Wo kommen denn eure Toten hin?«

»Also wenn bei uns jemand stirbt, dann wird er in die Gruft gebracht«, sagte sie. »Wie dem auch sei, kein Wort von Nalu hier draußen«, setzte sie nach.

Wir gingen weiter die Wege entlang und alberten ein wenig rum. Je mehr Zeit wir verbrachten, desto mehr spürte ich eine Verbindung zu Keyna und entschloss für mich selber, dass ich ihr hier unten vertrauen würde.

»Ich bleibe erst mal«, sagte ich und bekam einen verwirrten Blick von Keyna.

»Das sagtest du doch bereits.«

Ich musste lachen, ja, das hatte ich, doch diesmal gingen meine Gedanken weiter.

»Ich will wissen, was es mit dem Armband meiner Tante auf sich hat. Ich will aber auch wissen, was dein Vater meinte, zudem habe ich immer noch nicht verstanden, warum sich mein Haar gefärbt hat. Ich will das alles rausfinden. Nach Hause kann ich immer noch, denn wenn meine Tante bereits gemerkt hat, dass ich weg bin und sie mich sucht, kommt es auf ein paar Tage mehr auch nicht an.«

Ich beendete meinen Monolog mit einem Lächeln für Keyna. Mein Vorhaben verursachte ein aufgeregtes Kribbeln in meinem Magen. Was hatten meine Eltern mir verschwiegen? Ich würde dieses Rätsel entwirren, und zwar mit Keynas Hilfe. Vielleicht würde es ja ein Abenteuer sein, hier unten zu bleiben. Nach Hause würde ich kommen, immerhin hatte ich das Versprechen des Königs, und wenn ich es richtig verstanden hatte, war dieses bindend.

»Dem werden wir nachgehen, ich helfe dir dabei«, sagte Keyna lachend und zog mich in ihre Arme. Im gleichen Moment knallte etwas mit voller Wucht gegen meinen Arm – es war Uri, der kurz darauf in mein Blickfeld kam.

»Du bis so ein kleiner Tollpatsch!«, sagte ich lachend, rieb gleichzeitig über die Stelle, die er getroffen hatte.

»Der König hat mich geschickt«, sagte Uri.

Je mehr Zeit ich hier unten verbrachte, desto besser schien ich Uri verstehen zu können.

»Ich soll euch holen und … in den Speisesaal mitnehmen«, fügte er hinzu.

»Na gut«, sagte Keyna. »Dann lasst uns zurückgehen. Wir sind schon zu lange hier draußen. Wir ziehen uns etwas Schönes an und dann lernst du meine Familie kennen. Sie sind eigentlich ganz nett.«

Aufregung kroch in mir hoch und ich schluckte diese so gut wie möglich hinunter. Was sollte schon passieren? Das Essen würde gut laufen, redete ich mir zu.

Zurück im Schloss gab Keyna mir ein langes grün-gelbes Kleid, dessen Stoff meine Beine sanft umspielte. Sie selber trug ein dunkelblaues, welches ihre Haare erstrahlen ließ. Eine kleine Krone aus vielen winzigen Muscheln säumte ihren Haaransatz. Sie steckte sich weitere Muscheln in die Haare und auch in meine flocht sie einige davon.

Sie platzierte die Muscheln so, dass es nicht zu viele waren und durch die Türkisfarbenen strähnen kamen diese schön zur Geltung. Mit den Augen verfolgte ich ihre Handgriffe und musste an meine Mutter denken. Sie hatte mir immer die Haare gemacht. Mit gekonnten Griffen hatte sie mir zu den unterschiedlichsten Anlässen Frisuren gezaubert. Durch die

Erinnerung stellte ich mir die Frage, wie viele Geheimnisse meine Eltern vor mir gehabt hatten, und welche Tante Tiva hatte. Durch ihr Armband war sie vermutlich schon mal hier unten gewesen.

Ich blickte auf meine Hand und betrachtete den kleinen Seestern. Ein Versprechen, das nur bei Meeresbewohnern funktionierte, hatte der König gesagt. Nein, das stimmte nicht, Meeresbewohner mit königlichem Blut. Woher konnte ich adeliges Blut besitzen?

»Keyna, kann ich dich etwas fragen?«, brach es aus mir heraus. Ohne die Hände von meinen Haaren zu nehmen, sah sie mich im Spiegel an.

»Klar, schieß los.«

Ich überlegte, wie ich meinen Gedanken formulieren sollte. Ich wollte nicht unhöflich sein und dennoch Antworten bekommen.

»Gibt es noch mehr, was an mir komisch ist?«

Sie sah mich einen Augenblick lang schweigend an. Ihre Schultern verkrampften sich für einen Wimpernschlag, doch ich hielt ihren Blick, bereit für Antworten.

»Na ja.« Sie kratze sich mit der freien Hand an der Stirn. »Ich weiß nicht, ob ich die richtige Person dafür bin. Aber ...«

»Bitte sag es mir«, platzte ich ungeduldig heraus. »Du bist gerade die Einzige, die ich fragen kann«, drängte ich sie.

Keyna sah mich einen Moment still an, bis sie schließlich nachgab.

»Also gut.« Sie seufzte und sagte dann: »Du hast das Mal an deiner Hand bekommen, als mein Vater dir das Versprechen abgenommen hat, dass er dich nach Hause bringt. Und deine Haarsträhne ...« Jetzt strich sie über diese und zog sie etwas aus der Muschel-Konstellation heraus. »Sie ist eigentlich auch ein Zeichen, dass du zumindest etwas mit uns zu tun hast. Und ...«

Sie schloss kurz die Augen, atmete tief ein und aus und öffnete die Lider.

»Hast du dir deine Augen mal angeschaut?«

Ich blickte in den Spiegel.

»Sie sind denen meines Bruders sehr ähnlich, nicht die Farbe, sondern die Art. Deine Augen zeigen, dass du unser Erbe in dir trägst.«

Beim Betrachten fiel mir auf, wie intensiv ihr Türkis und Gelb strahlte, genauso wie die kleinen roten Punkte in ihnen, die hier unter Wasser deutlicher hervortraten.

»Warum hat mir das keiner gesagt, seitdem ich hier bin?«, fragte ich.

Keyna schluckte und wollte etwas erwidern, als es an der Tür klopfte.

»Lass uns später darüber sprechen. Wir werden abgeholt.« Erleichtert drehte sie sich zur Tür und ging auf diese zu. Mir war, als sei sie froh darum, dass wir gestört worden waren.

Als sie die Tür öffnete, schnaubte sie und ich sah, warum – Kain stand davor und trat einen Schritt ins Zimmer.

»Ich soll euch holen.« Seine Stimme war fest, sein Tonfall genervt. Sein Blick war starr auf Keyna gerichtet.

»Wir kommen, Bruderherz«, flötete sie.

Ich blickte noch einmal in den Spiegel und in meine Augen. Dann erst folgte ich Keyna zur Tür.

Der Weg durch die Flure war mit einer unangenehmen Stille zwischen uns dreien verbunden. Ich traute mich nicht, etwas zu sagen, da Kain stumm und erhobenen Hauptes neben uns herging. Unsere Schritte hallten an den Wänden wider. Von der Seite schaute ich mir ihn genauer an.

Kain war groß und muskulös gebaut. In seinen dunkelgrünen Haaren hatte er wie bei unserer ersten Begegnung unterschiedliche Muschlen eingeflochten. Sein Kinn war spitz zulaufend und seine Wangenknochen traten hervor. Seine Haut hatte einen türkisblassen Schimmer.

Es sah aus, als hätte sein Körper hauchzarte grüne Schuppen. Seine Haare verdeckten aus meinem Blickwinkel seine Augen. Seine Hände hatte er zu Fäusten geballt.

Um die nächste Ecke laufend, fiel mein Blick auf die Wachen, die vor dem Saal postiert waren. Vor der großen Tür des Saales stand Nalu und kam langsam auf uns zu.

»Da seid ihr ja. Das Essen wird gleich serviert.«

Keyna blieb stehen und Kain lief stumm an den Wachen vorbei, um anschließend die Tür aufzuziehen.

»Was ist bloß los mit ihm?«, fragte Nalu und schaute Kain hinterher.

»Ich bin mir nicht sicher«, antwortete Keyna. »Aber was ich weiß, ist, dass meine Mutter es nicht mag, wenn wir zu spät zum Essen kommen, denn so, wie es aussieht« – sie nickte Richtung Saal – »hat sie doch jemand anderes kochen lassen, sonst würde sie noch in der Küche stehen, statt schon im Saal zu sein.«

Von drinnen hörte ich, wie sich Personen unterhielten. Eine Frau und ein Mann, wobei die Stimme der Frau hell und klar durch die offene Tür hallte. Keyna griff meine Hand und zog mich hinter sich her. Vor der großen Tafel blieben wir stehen. Alle Augenpaare ruhten auf uns. Niemand im Saal sprach ein Wort.

»Hallo, Mutter«, sagte Keyna. »Das ist Delja. Hallo, Vater, du kennst sie ja schon.«

Sie zog mich auf einen freien Platz, direkt gegenüber von Kain, der erst mich und dann sie grimmig musterte, bevor er nach seiner Karaffe griff und einen großen Schluck der

Flüssigkeit zu sich nahm. Ich erhaschte einen Blick auf seine Augen und schluckte, denn er hatte zwei verschieden farbige. Fragen wirbelten in meinem Kopf umher, doch bevor ich mich mit ihnen beschäftigen konnte, fing die Königin neben König Chelan an, zu sprechen.

»Hallo.«

Durch ihre Stimme stellten sich die Härchen an meinen Unterarmen auf. Ich fühlte mich mit einem Mal unwohl und versuchte, ihrem Blick standzuhalten, was mir aus unempfindlichen Gründen schwerfiel. Ich musste mich beherrschen, mir die Hände nicht auf die Ohren zu legen, weil der Klang ihrer Stimme so unangenehm war.

»Schön, dass du bei uns bist. Ich hoffe, du fühlst dich hier wohl! Ich bin Calliope, die Königin von Ostrea.« Damit setzte sie sich und richtete ihren Blick auf König Chelan. Dieser sah erst seine Gattin an dann mich und lächelte.

»Delja. Schön, dass du mit uns isst und noch hier bist.« Sein Blick glitt weiter über den Tisch und er betrachtete uns alle reihum. Ein Lächeln machte sich auf seinen Lippen breit.

»Meine Mutter ist eine Sirene, deswegen wundere dich nicht, dass es sich komisch anfühlt, mit ihr zu reden«, flüsterte Keyna mir leise zu.

Kain schnaubte. In dem Moment, in dem Keyna weiter sprechen wollte, flackerten die Quallen über uns und die Tür zum Saal wurde aufgestoßen. Was hindurch kam, verwirrte mich.

Merkwürdige Gestalten, halb Mensch, halb Oktopus, die auf jedem ihrer fünf Tentakel Teller und Schüsseln balancierten. Ihre Haut hatte einen lilafarbenen Ton mit einem Rosastich. Sie traten hinter uns und stellten die Schüsseln und Teller vor uns ab. Es dauerte einen Moment, bis sie verschwanden, ohne ein Geräusch von sich zu geben, und wir wieder allein im Raum waren.

»Das sind unsere Bediensteten. Sie sind Oktopusianer. Halb Mensch, halb Oktopus«, sagte Keyna zu mir. »Sie sind nicht gern gesehen in der Meeresstadt und daher stellt mein Vater sie hier im Schloss an, damit sie sich etwas für ihre Familien verdienen können.«

»Das ist sehr nett von deinem Vater.« Sie erwiderte mein Lächeln.

»Danke! Lass uns was essen, sonst wird es kalt.«

Ich betrachtete meinen Teller und sah dann auf, um festzustellen, dass es Tangkekse und Dunkelmonwasser gab, was ich kannte. Diesmal gab es mehr, und zwar etwas, das ich als Kartoffeln identifizierte, und auch Salate. Ich griff nach dem Löffel in der Schüssel aus Muscheln und häufte mir etwas auf meinen Teller. Nachdem ich einige Bisse schweigend gegessen hatte, räusperte sich Kain, weswegen ich zu ihm sah.

»Wie bist du eigentlich hier gelandet, Delja?«, fragte er distanziert.

Ich stockte mitten in der Bewegung, denn ich hatte nicht mit einer Frage von ihm gerechnet. Generell hätte ich nicht damit gerechnet, dass er überhaupt ein Wort an mich richten würde.

»Ich komme vom Land über der Wasseroberfläche. Ich wurde von einer Welle erfasst und ins Meer gezogen«, sagte ich schnell ohne über meine Worte, nachzudenken.

»Und warum bist du jetzt hier?« Er fixierte mich. Noch nie war ich so angeschaut worden.

»Kain!«, rügte seine Schwester ihn. »Was soll das? Es geht dich nichts an. Sie ist unser Gast! Sie will uns nichts Böses. Also muss die Fragerei jetzt sein? Was ist dein Problem?« Keynas Stimme war schneidend und sie funkelte ihren Bruder an. »Lass doch einfach mal meine Freunde meine Freunde sein! Du weißt noch, was mit *ihr* passiert ist.«

Ohne Vorwarnung sprang Kain auf, was mich überrascht zusammenzucken ließ.

»Weißt du was? Mir ist egal, ob sie ein Gast ist, deine Freundin oder sonst wer! Sie könnte alles sein! Sie ist eine Gefahr für unsere Familie! Schau sie dir doch an, sie -«

»Es reicht!«, donnerte der König durch den Raum und unterbrach Kain damit.

Alle leuchtenden Quallen erloschen für eine Sekunde. Nur Keynas aufgeregtes Atmen sowie Kains Schnauben waren für kurze Zeit zu hören, ansonsten herrschte gespenstige Stille, als es wieder heller wurde.

»Ihr beide sollt aufhören, euch dauernd zu streiten!«, wetterte der König. »Wir haben einen Gast am Tisch, also reißt euch zusammen.«

Der Befehlston des Königs ging mir unter die Haut. Das Gefühl, ihm gehorchen zu müssen, war übermächtig. Kain schnaubte abermals.

»Ich sage nur die Wahrheit! Vater, schau sie dir doch an!«, gab Kain voller Zorn von sich. »Ich gehe und esse in meinem Zimmer! Komm mit, Nadish«, fügte er knurrend an seinen Freund hinzu.

»Bleib sofort stehen, Sohn!«, rief Chelan ihm nach.

Lediglich einen Blick auf Kains Rücken erhaschte ich noch, ehe er mit seinem Freund den Saal verließ.

»Arsch«, murmelte Keyna.

»Keyna!«, rügte der König sie. »Er ist dein Bruder!«

»Er ist ein Arsch, der alles besser weiß!« Auch sie sprang jetzt auf. »Ich gehe!«

Mit diesen Worten flüchtete sie aus der Tür, sodass ich mit dem Königspaar allein zurückblieb.

»Entschuldige, meine Liebe«, sprach die Königin zu mir. »Das war, glaube ich, dass längste Essen, was wir seit Langem gemeinsam an einem Tisch hatten. Die beiden haben einfach ein zu großes Temperament! Sei ihnen nicht böse. Du bist hier wirklich willkommen!«

Sie lächelte, doch es erreichte ihre Augen nicht.

Verbirgt sie etwas?, schoss es mir durch den Kopf.

»Es tut mir leid, wenn ich Unmut reinbringe«, sagte ich ehrlich.

Calliope sah mich mitfühlend an.

»Du bringst keinen Unmut rein, wir haben bloß selten Besuch, erst recht keinen, der von Land kommt. Du hast Ähnlichkeit mit jemandem, den die beiden sehr gut kannten.«

»Doch das spielt jetzt keine Rolle«, beteuerte der König. »Ich denke, Nalu sollte dich zu Keyna bringen. Nalu!«, rief er, worauf sich die Tür öffnete und Angesprochener eintrat. »Bring Delja auf Keynas Zimmer.«

Nalu nickte. Ich stand auf und legte meine Gabel neben den Teller. Dann drehte ich mich noch mal zu dem Königspaar um.

»Entschuldigt, wenn ich euch Schwierigkeiten bereite. Das will ich nicht!« Tränen verschleierten mir die Sicht, doch ich versuchte, sie zurückzudrängen.

»Meine Liebe.« Keynas Mutter stand auf, eine Hand auf der Schulter ihres Mannes. »Du musst dich für nichts entschuldigen. Du bist unser Gast. Ich hoffe, dass du noch eine Weile bleibst. Du tust unserer Tochter gut. Sie hat lange niemanden mehr mit zu uns genommen. Und was Kain betrifft ...« Sie kicherte leise. »Der wird sich schon wieder einkriegen. Er hat ein großes Ego.«

Ich blickte in ihre dunkelroten Augen und ein unangenehmes Gefühl kroch mir unter die Haut. Auch wenn sie freundlich war, hatte ich das Gefühl, etwas brodelte in ihr.

»Danke für eure Gastfreundschaft«, sagte ich. »Ich würde sehr gern noch etwas bleiben.«

Ich machte einen Knicks und verließ mit Nalu den Saal. Hinter der geschlossenen Tür atmete ich erst einmal aus.

»Du musst übrigens keine Verbeugung vor dem Königspaar machen«, sagte er und grinste mich an. Verständnisvoll legte er eine Hand auf meine Schulter. »Geht es dir gut?«

»Klar«, log ich so überzeugend ich konnte.

Nalu legte seinen Kopf schief. Ich hatte das Gefühl, dass er mich durchleuchtete, und wich einen Schritt zurück.

»Was ist? Denkst du, ich drehe durch, weil ich hier bin?« Sein Gesicht nahm einen zufriedenen Ausdruck an. »Nicht jeder kann die Begegnung mit Calliope so gut wegstecken. Das meine ich. Ich mag dich. Ich habe im Gefühl, dass wir mit dir Spaß haben werden.« Langsam schritt er den Gang lang und lachte. »Komm, ich bringe dich zu Keyna.«

Was meinte er damit, dass nicht jeder die Begegnung mit der Königin so gut wegsteckte? Verbarg sie tatsächlich etwas? Ja, sie war komisch, aber sie war ja auch die Königin.

Allerdings … sie war eine Sirene – und die waren gefährlich. Das musste ich im Hinterkopf behalten.

Als Nalu um die Ecke verschwand, registrierte ich erst, dass ich ihm nur hinterhergestarrt hatte. Ich lief los, um ihn einzuholen, wollte um dieselbe Ecke wie er biegen – doch dort knallte ich kopflos gegen eine feste Brust.

»Verdammt! Du musst ja nicht gleich hinter der Ecke stehen bleiben.«

Ich rieb mir über die Stirn und wollte Nalu einen Spruch drücken, als ich aufblickte und in zwei unterschiedliche Augen schaute. Im gleichen Moment erstarrte ich. Vor mir stand Kain. Sein Gesichtsausdruck war für eine Sekunde verwundert, dann überrascht und wechselte schließlich zu einer ausdruckslosen Maske.

»Warum läufst du hier allein rum?«, raunte er. »Du willst doch irgendwas von uns und niemand außer mir merkt es.«

In mir brodelte Wut auf. Was hatte ich ihm eigentlich getan?

»Was geht dich das an?«, fragte ich herausfordernd. Ich spürte, wie sich Hitze in mir ausbreitete, dennoch setzte ich nach: »Was habe ich dir getan, dass du so unfreundlich zu mir bist? Dass du mir so einen Mist vorwirfst?«

Ich starrte ihn wütend an. Mit seinem Blick durchbohrte er mich und hätte ich nicht genau hingeschaut, wäre mir die kurz aufflackernde Verwunderung in seinen Augen entgangen.

»Ich bin der Sohn des Königs und gehöre zu den Wachen und darf rumlaufen, so viel ich will. Du hingehen« – er zeigte mit dem Finger direkt auf mein Herz – »bist eine Plage, die aus Versehen hier gelandet ist! Also verschwinde!«

Die Kälte in seiner Stimme schnitt tief in meine Brust. Er starrte mich immer noch an.

»Was hast du gesagt?«, fragte ich gedämpft. Mein Zorn wurde zunehmend stärker und stärker.

»Du hast mich schon richtig verstanden«, sagte er jetzt etwas leiser, aber immer noch bedrohlich. »Du hast hier nichts zu suchen! Du. Bist. Eine. Plage! Du solltest hier einfach verschwinden, du gehörst hier nicht her.«

Hinter ihm erklangen Schritte und ich sah aus den Augenwinkeln, dass Nalu auf uns zugeeilt kam. Doch ich ignorierte ihn, Kains Worte stachen wie Splitter in meiner Brust. Die Wut in mir wuchs. Die Äußerung setzten mir zu, und ich verstand nicht, warum mich seine Worte so verletzten, denn er war mir fremd. Mein Herz raste mir davon. Die Hitze in mir stieg weiter an.

Ohne nachzudenken, knallte ich Kain meine flache Hand ins Gesicht. Sein Kopf ruckte zur Seite. Ich starrte ihn an und begriff, als es schon zu spät war, was ich getan hatte.

Ich hatte den Sohn des Königs geschlagen! Was war in mich gefahren? Seit wann war ich jemand, der anderen aus Wut Gewalt antat?

»Das wollte ich nicht!«, sagte ich erschrocken über mich selber.

In dem Moment tauchte Nalu neben mir auf. Er schaute erst Kain an, wie er seine Hand auf seine Wange drückte, dann mich. Innerhalb von Sekunden erkannte er die Situation, griff nach meinem Arm und zog mich mit sich, einen Schritt weg von Kain.

»Ich bringe dich in Keynas Zimmer«, sagte Nalu.

»Bring sie bloß weg von mir.« Ohne den Blick zu heben, blieb Kain reglos an der Stelle stehen. »Sonst vergesse ich mich«, fügte er flüsternd und drohend hinzu.

Nalu zog mich schnell um die nächste Ecke und blieb erst zwei Flure später mit mir stehen.

»Was ist passiert?«, wollte er leise wissen. Ich starrte an ihm vorbei und spürte, wie die Hitze immer weiter durch meinen Körper floss. Mein Herz polterte in meiner Brust, als wäre ich einen Marathon gelaufen. Meine Hände waren schweißnass. Was hatte ich getan? Ich hatte aus Wut noch nie jemanden geschlagen. Nalu umschlang meine Oberarme und hielt mich in der Position an Ort und Stelle.

»Sprich mit mir, Delja!«

Seine Worte drangen zwar an meine Ohren, trotzdem brachte ich keine Antwort über meine Lippen. Die Wut in mir war heiß wie Lava.

»Sprich, Delja.« In Nalus Augen stand Sorge.

»Ich habe den Sohn des Königs geohrfeigt, weil er mich beleidigt hat.«

»Delja, geht es dir wirklich gut? Hat er dir wehgetan?«

Ob er mir wehgetan hat? Ja, das hatte er, aber nicht körperlich.

»Kannst du mich in Keynas Zimmer bringen?«, stieß ich schwer atmend aus. In mir brodelte ein Sturm, den ich mit aller Kraft versuchte, zu bändigen.

»Klar.« Ich sah Nalu an, dass er weitere Fragen hatte, aber sie blieben ungefragt. Vermutlich würde er sich später mit Keyna austauschen. Das war mir egal.

Wir gingen schweigend durch drei weitere Gänge. Zum Glück zog sich meine Wut mit jedem zurückgelegten Meter zurück. Als wir vor Keynas Tür standen, wandte ich mich an Nalu.

»Danke, dass du mich hergebracht hast.« Ich lächelte ihn an, drehte mich und ging durch die Tür.

»Gern, schlaf gut«, hörte ich ihn sagen, bevor ich die Tür schloss und mich im Inneren des Zimmers gegen diese lehnte. Hier war es dunkel. Niemand war da. Ich atmete tief ein und aus.

»Licht an«, sagte ich und das Zimmer wurde hell durchflutet. Vor mir tauchte Uri auf. Seine großen Kulleraugen beobachteten mich.

»Geht es dir gut?«, fragte er.

Ich starrte stur an ihm vorbei.

»Delja?«

Ich schob ihn mit der Hand zur Seite, sodass er von mir wegtrieb, und ging auf das Muschelbett zu, setzte mich auf den Rand und vergrub mein Gesicht in den Handflächen.

»Ich hätte dich nie finden sollen. Dann wäre ich nie zum Meer gegangen und das Ganze hier wäre nie passiert!«

Mit einer Handbewegung zeigte ich auf alles um mich herum. Die ersten Tränen stahlen sich aus meinen Augenwinkeln.

»Das meinst du nicht so«, sagte Uri.

Ich fühlte mich elend und wollte grade etwas erwidern, als es im Raum klapperte. Aber ich hatte keine Kraft, mich umzuschauen.

»Delja! Was ist passiert?«, hörte ich Keyna. Laut ihrer Schritte kam sie schnell auf mich zu, dann hockte sie sich vor mich und legte die Hände auf meine Oberschenkel.

»Was ist los? Ich habe nur die Tür zufallen gehört.«

Ich hob meinen Kopf und sah sie an. »Dein Bruder ist los! Ich habe ihn geohrfeigt«, sagte ich.

Noch immer war mir schleierhaft, wie das hatte passieren können.

Keyna schlug sich die Hand vor den Mund und murmelte ein »Oh« gegen ihre Finger. Dann fing sie an, aus vollem Hals zu lachen!

»Das hat er bestimmt verdient!«

»Ich habe den Sohn des Königs geschlagen! Deinen Bruder! Mich wundert, dass er mich nicht in den Kerker gesteckt hat!«

Ganz langsam löste sich eine Träne aus meinem Augenwinkel und lief meine Wange hinab. Keyna hörte auf zu lachen und wischte über meine Wange.

»Erstens: Wenn du ihm eine geknallt hast, hat er es verdient, da bin ich mir sicher. Zweitens: Er ist zwar ein Arsch, aber er würde dich nicht einsperren, und drittens …« Sie fing wieder an zu lachen. »Endlich hat sich mal eine Frau getraut, ihm eine zu knallen. Das hat bis jetzt noch nie jemand gemacht und es war mal an der Zeit!«

»Warum sollte das jemand tun? Gewalt ist keine Lösung, das war dumm.« Skeptisch betrachtete ich Keyna.

»Sagen wir mal so, er ist, wie du schon sagst, der Sohn des Königs, doch seit einem Jahr benimmt er sich wie ein Arsch. Deswegen finde ich es nicht schlimm.«

Nochmal strich sie mir über die Wange und wischte die letzten Tränen weg, die mir die Wange entlangliefen.

»Du kannst jetzt nichts mehr daran ändern, was passiert ist. Was hat er eigentlich getan, dass du so aufgelöst hier auf meinem Bett sitzt?« Sie nahm eine meiner Haarsträhne, die mir ins Gesicht gefallen waren, zwischen ihre Finger. »Und wann haben sich deine Haare noch weiter verändert?«

Ich stocke und griff nach der Strähne, die sie gerade hinter mein Ohr gelegt hatte. In meiner Hand lag eine weitere türkis schimmernde Strähne, deutlich dunkler als die erste, die sich verfärbt hatte.

»Was passiert mit mir?«, murmelte ich wie zu mir selbst.

»Ich glaube, dass du mehr mit uns zu tun hast, als wir bis

jetzt glauben. Jeder Bewohner bei uns hat unterschiedliche Haarfarben, das ist dir bestimmt schon aufgefallen. Doch wir werden schon noch rausfinden, mit wem du hier verwandt bist. Das verspreche ich dir. Aber als Erstes« – sie stand auf und hielt mir ihre Hand hin – »zeige ich dir etwas.«

Sie zog mich auf die Beine und lief mit mir Richtung begehbaren Kleiderschrank.

»Was hast du eigentlich alles in deinem Schrank versteckt?«

Lachend stieß sie die Tür auf. »Das, meine Liebe, weiß keiner so genau.«

Keyna bugsierte mich an unterschiedlichen Kleidern entlang auf einen etwas dunkleren Durchgang zu. An der Wand war ein Gang, der so unscheinbar war, dass mir dieser beim erstem Mal gar nicht aufgefallen war. Die Wände waren mit glitzernden Steinen versehen, die wie funkelnde Diamanten aussahen.

»Echte Diamanten«, sagte Keyna, die meinen Blick bemerkt haben musste. »Sind sie nicht schön?«

»Wunderschön«, staunte ich.

Als wir das Ende des Ganges erreichten, betraten wir eine große Grotte. In der Mitte war ein See, der aus kristallklarem Wasser bestand. Der See war umrandet mit den gleichen Steinen, wie es der Spiegel von Keyna war, nur dass zwischen den Steinen unterschiedlich kleine Pflanzen angebracht waren. Ein fruchtiger Geruch strömte zu uns herüber. Automatisch ging ich in die Richtung, aus der ich den Geruch vermutete. Auch hier waren die gleichen Diamanten wie in der Wand eingelassen. Ihr Funkeln spiegelte sich an den Wänden der Grotte wider.

»Wie kann im Meer ein See vorhanden sein?«, fragte ich immer noch staunend.

Keyna lief auf das Wasser zu und zog sich das Kleid dabei über den Kopf. Ihre Haut glänzte unter den zarten Lichtstrahlen, die die Diamanten auf die Szenerie warfen.

»Komm, Delja, das Wasser ist warm und wird dich entspannen.«

Ich trat jetzt auch auf das Wasser zu, das so kristallklar war, wie ich es noch nie gesehen hatte.

»Wie geht das?«, fragte ich wieder, während ich mich entkleidete. Keyna ließ sich vom Rand ins Wasser gleiten.

Sie hatte einen wunderschönen Körper, sie war nicht dünn, aber auch nicht dick, die Proportionen passten perfekt. Ihre langen Beine bewegte sie elegant im Wasser und je nachdem, wie sie sich bewegte, schimmerte ihre Haut. Als sie im Wasser war, legte sie ihr Kinn auf die Steine am Rand.

»Das hier ist eine heiße Quelle. Durch den schwarzen Stein, den du überall siehst, ist das Wasser an diesen Teil des Meeres gebunden. Wir haben einige dieser Stellen im Schloss. Komm rein.« Kurzerhand ging ich auf den Rand am Wasser zu. Ich betrachtete meine Beine und stellte fest, dass diese auch leicht schimmerten.

»Warum schimmern meine Beine wie deine?«, fragte ich neugierig.

»Das weiß ich nicht. Aber wir wollen ja herausfinden, warum du so viele Eigenschaften von uns hast, und doch nichts von uns weißt.« Sie lächelte mich an. »Und jetzt komm endlich rein.« Sie kicherte und sah mich erwartungsvoll an.

Langsam ließ ich mich ins Wasser gleiten und musste mir ein genüssliches Stöhnen verkneifen. Es fühlte sich traumhaft an.

»Und wie findest du es? Ist es nicht perfekt?« Keyna ließ sich bis zu den Schultern ins Wasser sinken und betrachtete mich. Langsam schwamm ich durch das Wasser und dann wieder zu Keyna.

»Ja, es ist perfekt, es tut gut.« Ich lehnte mich mit dem Rücken an die Seite des Beckens und genoss für einen Moment die Wärme. Es tat gut, das Wasser auf der Haut zu spüren, die

Wärme lockerte meine Muskeln. Doch ich verstand nicht, warum ich schwimmen musste.

»Wie funktioniert das hier? Warum muss ich überhaupt schwimmen, wenn ich längst im Wasser bin?«

Keyna lachte. »Das ist eine heiße Quelle. Klar musst du schwimmen. Es ist anders, als im Meer zu schwimmen. In dem Gewässer, das von den Steinen hier eingekreist ist« – Keyna zeigte rund um das Becken auf die dunklen Steine – »geht eine Schwerkraft aus. Diese zieht einen nach unten und da wir im Wasser sind und du dich bewegst, entsteht ein Auftrieb und du bleibst in diesem Bereich an der Oberfläche und gehst nicht unter.«

Ich spürte, wie mir Hitze in die Wange schoss. Ich musste an meinen kläglichen Schwimmversuch denken, bei dem mich Keyna gesehen hatte.

»Du denkst gerade an deinen Versuch im Wald, oder? Jeder hat mal klein angefangen. Und das, was du da gemacht hast, war nicht schlecht. Wir könnten es mal üben und gucken, ob du es besser hinbekommst, wobei ich dich warnen muss. Nur die wirklich talentierten Leute schaffen es, im Meer ohne Flosse zu schwimmen«, erklärte sie und ließ sich weiter ins Wasser sinken.

Auch mich umschloss das warme Wasser und ich hatte das Gefühl, mich das erste Mal seit Tagen zu entspannen. Ich ließ mich im Wasser treiben und schaute zu Keyna rüber. Sie schwamm auf dem Rücken und sah nach oben Richtung Höhlendecke. Ich tat es ihr gleich und zählte die einzelnen Diamanten, die glitzerten.

Meiner Tante hätte dieser Anblick gefallen. Ich vermisste sie. Innerlich wusste ich, dass ich dringend zu ihr zurückmusste, sie machte sich wahrscheinlich schon schreckliche Sorgen. Andererseits hatte ich das Gefühl, hier etwas Großes über meine Familie herauszufinden – und wer hatte schon die Chance, eine Unterwasserwelt kennenzulernen? Ich war hin- und hergerissen.

»Wann können wir anfangen, etwas über meine Herkunft rauszufinden?«, sprudelte es aus mir heraus.

Neben mir trieb Keyna. »Wir können, wenn du willst morgen anfangen. Die Bibliothek ist immer offen, und wir können meinen Vater auch befragen.«

Langsam zog ich mich am Rand des Beckens nach oben und setzte mich auf den Rand.

»Das ist eine gute Idee. Kann ich dich etwas fragen?«

»Klar, was möchtest du wissen?« Keyna platzierte sich neben mich und wir ließen beide unsere Füße im Wasser baumeln.

»Warum hasst mich dein Bruder so sehr?«, fragte ich. »Ich habe ihm nichts getan.«

Ich erinnerte mich an seine Wut und strich mir mit beiden Händen über die Schulter, weil mir plötzlich kalt war.

»Es ist nichts gegen dich, Delja.« Sie schluckte und blickte an die Decke. »Du kannst nichts dafür, er ist vor Jahren mal …« Sie stockte und atmete tief durch. »Sein Herz wurde gebrochen. Er hat sich in den letzten Jahren einfach verändert, ist ernster geworden und misstrauischer.« Sie schwieg, ignorierte meinen Blick. »Er ist ein guter Bruder und ein guter Freund. Wenn ich ihn brauche, ist er für mich da. Gib ihm Zeit, auch du wirst ihn mögen.«

Ich dachte über ihre Worte nach. Darüber, dass er mal verletzt worden war. Wieso ließ er seine Wut an mir aus? Ich verstand es nicht. Wir kannten uns nicht mal.

Eine Weile sagte niemand von uns etwas und ich bewegte meine Füße leicht im Wasser.

»Delja?« Keynas Stimme riss mich aus meinen Gedanken.

»Ja?« Ich drehte mich zu ihr.

»Willst du nicht noch eine Weile bleiben? Auch nachdem

wir etwas über deine Familie rausgefunden haben? Ich kann meinen Vater sicher dazu überreden. Wir haben bald ein Fest und es wäre schön, jemanden hier zu haben, mit dem ich mich verstehe.«

Sie blickte mich mit ihren großen Augen an und ich verstand sofort, warum ihr Vater nicht wütend auf sie sein konnte.

»Kann man irgendwie eine Nachricht von hier verschicken? Sodass sich meine Tante keine Sorgen macht?«

Auf Keynas Lippen breitete sich ein Lächeln aus.

»Das geht, es ist zwar etwas kompliziert und du kannst nicht viel in deine Nachricht schreiben, aber es klappt.«

Nach ihren Worten musste ich nicht mehr lange überlegen. Ich konnte meiner Tante eine Nachricht zukommen lassen und ich würde hier unten etwas über meine Familie erfahren. Daher nickte ich und lächelte sie an.

»In Ordnung, aber ich bleibe nur, bis das Fest vorüber ist.«

Sie strahlte und umarmte mich. »Danke, danke, danke! Ich freue mich darauf, dich noch besser kennenzulernen.«

Wir blieben eine ganze Zeit am Wasser, bis wir rauskletterten und uns in warme Handtücher wickelten, die versteckt in einer Nische der Grotte lagen.

Im Schlafzimmer angekommen, standen einige Knabbereien auf dem Bett und ich schnappte mir einen Tangkeks.

»Ich könnte mich an den Service gewöhnen«, sagte ich mit vollem Mund und nahm mir bereits den zweiten Keks.

»Ich könnte mich daran gewöhnen, dass du da bist«, sagte Keyna, noch immer strahlend.

KAPITEL 6

Am Morgen brachte mich Keyna erst mal zu einer jungen Frau, die sich als Luzia vorstellte. Sie war für die Post in den einzelnen Reichen zuständig und sollte den Brief zu meiner Tante bringen.

»Was kann ich für euch tun, Prinzessin?«, sprach sie und schaute Keyna dabei ehrwürdig an. Sie war eine der wenigen Frauen, die Keyna auf diese Weise betrachtete, die meisten wirkten eher, als wollten sie vor ihr flüchten.

»Meine Freundin möchte eine Nachricht verschicken«, sagte Keyna lächelnd. »Es soll eine Nachricht an Land sein.«

Die junge Frau musterte mich.

»An Land? Kann ich machen, dauert aber länger. Ich brauche jemanden, der an Land die Nachricht annimmt, und das ist schwierig.«

»Kein Problem, dann lass uns schnell was schreiben. Ich will mit Delja« – sie zeigte auf mich – »noch in die Bibliothek.«

Aus einem Schrank, der hinter Luzia an der Wand stand, holte sie einen Stapel Blätter heraus, die so groß wie Servietten mit leichtem Gelbstich waren. Dazu nahm sie eine Schreibfeder aus diesem und legte beides vor mir auf die kleine Theke ab. Danach schnipste sie einmal und keine Sekunde später schwamm ein kleiner Oktopus auf uns zu. Er setzte sich neben die Schreibfeder auf die Theke und fing an, blaue Farbe auf die Spitze dieser zu verteilen.

»Wie praktisch«, rutschte es mir erstaunt raus und Luzia lachte. Ihr Lachen war unfreundlich und herablassend mir gegenüber.

»Wo soll der Brief hingehen?«, fragte sie und hörte abrupt mit dem Lachen auf. Sie faltete das Blatt an einer Ecke zusammen und machte dort ein kleines Loch in das Papier. »Du bist nicht von hier, oder?«, fragte sie direkt weiter.

Keyna forderte meine Aufmerksamkeit, indem sie mich anstupste. Als ich zu ihr sah, schüttelte sie kaum merklich den Kopf.

»Ich komme von weiter her, würde aber gern einen Brief an Land schicken«, sagte ich.

»Aha, und an wen?« Mit ihren neugierig glitzernden Augen beobachtete sie mich.

»An eine Frau Namens Tiva, sie lebt am Strand von Brasilien, in Punta Loyola. Kannst du das?«

»Ich bin hier die Einzige, die diesen Brief verschicken kann«, überging sie meine Frage. »Schreib eine Nachricht auf das Blatt. Danach muss es gefaltet werden. Einer unserer Boten kann der Frau den Brief bringen.«

Als hätte sie plötzlich das Interesse an mir verloren, drückte sie mir die Schreibfeder in die Hand, den der Oktopus losgelassen hatte.

»Du kannst *acht* Worte schreiben. Mehr passt nicht auf das Blatt.«

»Delja? Schreib bitte etwas Unverfängliches, nicht das jemand Falsches den Brief in die Hände bekommt.«

Keynas Vorsicht verwirrte mich, doch ich wollte vor Luzia keine Fragen stellen.

Mit dem Stift schrieb ich: *Tiva, mir geht es gut. Bis bald. Delja.*

Acht Worte waren viel zu wenig, aber sie mussten reichen. Und ich hoffte, dass meine Tante die Nachricht verstand.

Ich reichte Luzia den Zettel. Diese faltete ihn mehrmals und steckte ihn in eine Kiste vor sich.

»Er wird gleich weggebracht, ich denke, dass er heute Abend angekommen wird. Sollen wir dann auf eine Antwort warten?«

»Nein«, sagte ich schnell. »Es reicht, wenn sie den Zettel bekommt.«

Luzia kniff kurz die Augen zusammen, nickte dann aber nur. »Okay, kann ich sonst noch was für euch tun?«

Kopfschüttelnd lächelte Keyna die Frau an.

»Nein, das wäre alles. Danke dir, Luzia.«

Schnell bugsierte mich Keyna aus dem Raum und lief mit mir den Gang entlang.

»Tut mir leid, dass es so überstürzt war, aber wenn Luzia einmal Fragen stellt, beißt sie sich fest«, sagte sie und blieb an einem kleinen Fenster stehen. »Guck mal.«

Sie deutete nach draußen. Dort war es hell und ich sah ein großes Feld, auf dem sich zehn Personen mit Schwertern und Bögen gegenüberstanden. Plötzlich begannen sie, gegeneinander zu kämpfen.

»Die Wachen haben Kampftraining. Lass uns hingehen, dann können wir Nalu zuschauen.« Begeistert drehte Keyna ihren Kopf vom Geschehen weg und mir zu. Es sprach nichts dagegen. Ich hatte meiner Tante einen Brief geschrieben und würde ein paar Tage bleiben, bis das Fest vorüber war.

»Können wir machen, danach gehen wir aber in die Bibliothek, oder?«, fragte ich. Ich wollte mehr über die Armbänder rausfinden und auch mehr über meine Familie oder besser gesagt: über das Königsblut, das offenbar durch unsere Adern floss.

»Kein Problem, dann lass uns runterlaufen.« Keyna ergriff wieder meine Hand und zog mich schnellen Schrittes durch die Gänge. Wir passierten einige Wachen, die an Eingängen zu Räumen standen. Vor einem großen Tor blieb Keyna stehen und blickte die Wache neben diesem an.

»Wachmann!«, sagte sie laut und deutlich. »Öffnen Sie uns das Tor, wir wollen auf den Trainingsplatz.«

Der Wachmann eilte an uns vorbei und öffnete mit einer weiteren Wache, die neben diesem stand, das große Tor, welches quietschend aufschwang.

Draußen war es angenehm hell und wir liefen durch das Tor direkt auf den Platz zu, auf dem die Schwerter immer noch klirrend gegeneinander knallten. Kurz vor dem Platz ließ Keyna meine Hand los und setzte sich auf einen der großen Steine, die das Feld umrandeten. Es wirkte wie eine Tribüne, die das Feld umschloss. Der Boden des Platzes war aus grauem Stein und erstreckte sich über eine Größe eines Fußballfeldes. Ein paar Meter von uns entfernt trainierte Nalu mit einem mir Unbekannten und neben diesem stand Kain mit Nadish. Nalu grinste seinen Gegner an und ließ ihn keine Sekunde aus den Augen.

»Macht er das nicht toll?«, flüsterte mir Keyna zu und beobachtete, wie sich die beiden gegenseitig versuchten, zu entwaffnen.

»Es sieht sehr brutal aus«, sagte ich, während mein Blick zu Kain schweifte. Dieser schlug mit voller Wucht sein Schwert gegen das von Nadish, der den Schlag locker parierte. Als Nadish ausholte, fiel genau in dem Moment Kains Blick auf mich. Dabei passte er nicht auf und Nadishs Schwert sauste mit voller Wucht auf Kain zu. Ich sprang auf.

»Vorsicht!«, schrie ich und Kain drehte sich gerade noch zur Seite, doch das Schwert traf ihn am Arm. Keyna lief schreiend auf ihren Bruder zu. Die umstehenden Trainierenden hielten in ihren Bewegungen inne und blickten zu Kain, der mit grimmiger Miene eine Hand auf seinem Arm presste.

»Das tut mir leid, Kain, hätte nicht gedacht, dass ich dich treffe«, platzte es aus Nadish heraus, der bereits sein Schwert fallengelassen hatte und Kains Arm von oben bis unten abtastete. Dieser hingegen fixierte mich. Ohne den Blick von mir zu nehmen und auf die Fragen von Keyna oder Nadish eingehend, kam er auf mich zu.

»Was machst du hier?«, zischte er mir zu und stellte sich direkt vor mich. Wut stieg in mir auf, wie bei unserem ersten Zusammentreffen, weswegen ich mich zusammenreißen musste, ihn nicht anzuschreien.

»Keyna und ich schauen uns nur an, wie ihr trainiert, ich kann ja nicht ahnen, dass ihr so eine Show hier abzieht«, fuhr ich ihn an und verschränkte die Arme vor der Brust. Sein Blick wurde etwas weicher und er lockerte seine Schultern, dabei ließ er die Hand sinken, die er auf die Wunde gedrückt hatte.

Er beugte sich zu mir runter und flüsterte: »Hat es dir denn gefallen, was du gesehen hast?«

Sein Atem streifte meine Wange, ich versteifte mich. So schnell wie er sich zu mir gelehnt hatte, so schnell zog er sich wieder zurück. Wie ein Blitz schnellte mein Puls in die Höhe. Mit aller Macht versuchte ich, meine Stimme fest zu halten.

»Es war ganz nett, nur …« Ich stockte und schaute ihm dabei unnachgiebig in die Augen. »Nur hätte ich nicht gedacht, dass der Königssohn so schlecht im Abwehren ist.«

Ich deutete auf seine Wunde. Bei meiner Geste zuckte er zurück und setzte einen Schritt von mir weg.

»Das solltest du flicken lassen, nicht dass du uns hier noch verblutest.«

»Da hast du wohl recht«, sprach er und ging ohne ein weiteres Wort Richtung Tor, aus dem Keyna und ich gekommen waren.

Ich beobachtete ihn, bis er hindurchgetreten war.

»Was war das denn, Delja?«, fragte Keyna. Neben ihr stand Nalu, der auch in Richtung Kain schaute.

»Er wurde seit Monaten nicht mehr getroffen, und dann kommst du und bringst ihn total durcheinander.«

Ein Grinsen bereitete sich auf Nalus Lippen aus.

»Das bedeutet...« – er wandte sich uns zu und grinste noch viel mehr – »dass ich ab heute derjenige bin, der schon lange nicht mehr getroffen wurde. Das heißt, ich darf mir ab jetzt meine Trainingspartner selber aussuchen.«

Keyna strahlte ihn an und ich verstand nicht, wie man sich freuen konnte, dass sich jemand verletzt hatte.

Wir blieben noch eine Weile, da Keyna Nalu so gern beim Training zuschaute. Als der Unterricht fertig war, verabschiedeten wir uns und liefen wieder ins Schloss.

»War das nicht spannend? Es ist schon lustig, wie du meinen Bruder durcheinanderbringst.« Lachend lief sie neben mir den Flur entlang.

Ich drehte mich zu ihr und sah sie verständnislos an.

»Warum sollte ich das?«

Keine Ahnung, warum er sich in meiner Nähe so benahm – konnte es wirklich damit zu tun haben, dass ich jemandem aus seinem Leben ähnlich sah?

»Weißt du, Delja, du solltest mehr von dir halten. Lass uns in die Bibliothek gehen, ich zeige dir, wie ähnlich du der Frau siehst, wegen der mein Bruder so durcheinander ist.«

Die Bibliothek, in die mich Keyna führte, war riesig. Im Raum waren unterschiedlich große Tische und überall saßen Leute rum, die in Büchern blätterten. Die Wände waren vollgestellt mit Regalen, in denen Bücher um Bücher nebeneinanderstanden. Mal aufgestellt, mal übereinandergestapelt.

Zielsicher zog mich Keyna in einen Gang und blieb mit mir vor einer Wand stehen, in der alle Bücher einen goldenen Einband hatten. Vorsichtig strich Keyna über die Buchrücken und suchte augenscheinlich nach einem Buch.

»Nach was suchst du genau?«, fragte ich neugierig und las mir den Titel eines sehr alt wirkenden Buches durch. »*Die*

Geschichte des Königshauses von Ostrea«, las ich laut vor. »Okay, wir machen also erst mal Geschichte.«

»Genau«, sagte Keyna und zog im gleichen Atemzug ein großes, schwer aussehendes Buch aus dem Regal. »Das hier ist ein Buch über die Geschichte der letzten Könige, zudem wird hier auch etwas über das Armband sowie die Herstellung erklärt. Du kannst das Buch daneben noch mit nehmen, in dem möchte ich mal schauen, ob wir jemanden finden, der dir ähnlich ist.«

Ich griff nach dem Buch, auf welches sie gezeigt hatte.

»*Familienstammbaum der unterschiedlichsten Völker der Meere*«, las ich vor und Neugierde machte sich in mir breit.

»Genau, wir werden schon rausfinden, was es damit auf sich hat, dass du so viel mit uns gemeinsam hast.«

Keyna drehte sich um und lief auf einen freien Tisch zu. Bei diesem angekommen legte sie das Buch auf den Tisch und fing direkt an, zu blättern.

»Ich dachte mir, wir schauen uns einfach mal Bilder der Königshäuser an, weil wenn du mit jemandem hier verwandt sein solltest, dann müssten wir ja ein Foto von Verwandten von dir finden.«

Ich starrte Keyna an und spürte, wie mir warm ums Herz wurde. Noch nie hatte ich jemanden getroffen, der meine Bitte so ernst genommen hatte. Deswegen legte ich das zweite Buch neben sie auf den Tisch und schlug es auf. Direkt auf der ersten Seite war ein großes Porträt mit König Chelan und der Königin. Um sie herum stand eine ganze Gesellschaft, die alle in Richtung des Künstlers schauten. Auf dem Bild war das Gesicht des Königs unnachgiebig gezeichnet. Seine ernste Miene lag auf seiner Frau, die im Gegensatz zu ihrem Mann fröhlich dreinschaute.

»Guck mal, da ist meine Mutter mit meinem Bruder schwanger.« Keyna zeigte auf den Bauch ihrer Mutter und lächelte dabei. »Die beiden lieben sich einfach schon so lange, so etwas will ich auch haben. Die wahre Liebe.«

Ohne etwas auf Keynas Worte zu erwidern, blätterte ich weiter. Das Buch, welches ich in der Hand hatte, stellte sich als ein Lexikon heraus. Viele unterschiedliche Dokumente und Erklärungen waren hier drin vereint. Auf einer Seite wurde erklärt, wie es dazu kam, dass die Oktopusianer ins Schloss gekommen waren und nun als Angestellte arbeiteten. Auf anderen Seiten wurde die Bauzeit des Schlosses erläutert.

Was kann eine Sirene und warum fühlt man sich unwohl?, lautete die Überschrift auf der nächsten Seite und fesselte mich damit. Ich blickte auf zu Keyna, die aber in ihr Buch vertieft war, sodass ich beschloss, in meinem Buch zu lesen.

Eine Sirene hat eine Stimme, die Personen gefesselt halten kann. Ohne dass man es will, fühlt man sich in ihrer Gegend unwohl. Keiner versteht die Anziehung dieser Wesen. Man weiß nur, dass die Vergangenheit gezeigt hat, dass Sirenen Menschen von Land in ihren Bann ziehen können. Stärker ist die Anziehung von weiblichen Sirenen auf Männer, doch auch Frauen können auf den Klang reagieren. Wenn man häufiger mit ein und derselben Sirene zusammen ist, schwächt diese Empfindung ab und man fühlt sich wohler. Sirenen …

Ab hier war die Seite abgerissen und ein ganzer Text fehlte. Doch durch die wenigen Worte wurde mir klar, warum ich so sehr auf die Mutter von Keyna reagiert hatte.

Ich blätterte ein paar Seiten weiter, als ein weiteres Bild auftauchte, das König Chelan zeigte sowie jemanden, der ihm ähnlich sah. Neben beiden standen zwei Frauen und ich konnte meinen Augen nicht trauen.

»Keyna, guck mal«, brachte ich heraus und deutete schon auf die Frau neben dem Mann.

»Hast du was gefunden?«, fragte Keyna und beugte sich über das Bild, auf welches ich zeigte.

»Das ist Taren, der Bruder meines Vaters, und das neben ihm ist seine damalige Freundin, ich weiß ihren Namen aber nicht mehr.«

»Ihr Name ist Tiva und sie ist meine Tante.« Immer noch starr schaute ich auf das Foto vor mir. Meine Tante war hier gewesen, in Ostrea, an der Seite des Königs.

Keyna sah mich ungläubig an. »Ist das dein Ernst?«

Ich nickte, während sich meine Gedanken überschlugen. Hatte meine Tante mal etwas über das Unterwasserkönigreich erwähnt? Irgendetwas, was ich mit diesem Bild verknüpfen konnte? Sie hatte mir als Kind Geschichten erzählt. Von Königen und Meerjungfrauen, aber es waren eben bloß Geschichten. Zumindest hatte ich das damals geglaubt.

»Kann ich mit dem Bruder deines Vaters sprechen?«, fragte ich mit Blick auf Keyna. Diese betrachtete immer noch fieberhaft das Bild.

»Keyna?«, fragte ich abermals und sie zuckte zusammen.

»Ja?«

»Kann ich mit ihm reden?«, stellte ich meine Frage nochmals.

»Mit Sicherheit, nur nicht jetzt. Er ist gerade verreist und kommt erst später wieder. Du müsstest noch ein paar Tage Geduld haben, wenn du willst, könnten wir aber meinen Vater befragen, sobald das Fest rum ist.«

Ich nickte und war dankbar, dass Keyna mir half, denn für mich stand längst fest: Ich musste mehr herausfinden. Vor allem aber musste ich dringend mit dem Bruder des Königs und meiner Tante sprechen.

KAPITEL 7

Total übermüdet wachte ich am Morgen auf. Wir hatten die letzten zwei Tage, nachdem wir das Bild gefunden hatten, in der Bibliothek verbracht. Zudem hatte ich ein, zwei Bücher mitgenommen und diese die Nächte gelesen, wenn Keyna geschlafen hatte. Doch jetzt lag Keyna nicht mehr neben mir und ich setzte mich hin, als ihre Stimme freudig durch das Zimmer hallte.

»Heute ist das Fest der Delfinverabschiedung«, riss mich Keyna aus meinen Gedanken. Die Gedanken, die immer noch an dem Bild hingen, welches meine Tante neben den Königs-brüdern zeigte. »Wir haben dafür im Saal eine Feier angesetzt. Es werden viele Besucher kommen, auch aus anderen König-reichen. Wir haben von meinem Vater Kleider bekommen, die wir tragen. Du sitzt mit an unserem Tisch.«

Das aufgeregte Glitzern in ihren Augen war nicht zu über-sehen.

»Was passiert bei dem Fest?«, fragte ich sie und Keyna setzte sich zu mir aufs Bett. »Ich habe noch nie davon gehört.«

»Die Delfinverabschiedung findet alle zwölf Mondzyk-len statt. Sie soll den Delfinen bei uns helfen, dass sie ihren Partner finden und mit Nachwuchs zu uns zurückkommen. Du kennst es bestimmt. An Land kommt es manchmal vor, dass du einen riesigen Schwarm Delfine siehst. Sie reisen

durchs ganze Meer und schwimmen natürlich zum Atmen
an die Oberfläche. Es ist ein wunderschönes Schauspiel, sie
werden viele Kunststücke aufführen.«

Ihre Augen leuchteten beim Erzählen und ihre Begeisterung
steckte mich an.

»Sobald sie losschwimmen, geht bei uns eine Feier los und
wir singen und tanzen.« Sie sprang auf und drehte sich im Kreis,
als würde sie bereits mit jemandem tanzen. »Es ist traumhaft
und ich bin froh, dass du das miterleben kannst.« Lachend
setzte sie sich wieder zu mir aufs Bett, griff nach meinen
Händen und drückte sie. »Komm, wir machen uns fertig.«

Aufgedreht stand sie auf und zog mich mit sich in ihre
Wandschrankhöhle.

Den ganzen Tag war Keyna dabei, uns für das Fest hübsch zu
machen. Sie flocht uns wunderschöne Zöpfe, dabei schaffte sie
es, dass diese so voluminös aussahen, dass ich staunte, woher
sie die ganzen Haare überhaupt nahm.

Ihre waren glatt und hingen ihr bis zur Brust. Zusätzlich
arbeitete sie uns Muscheln in die Haare, so viele, dass ich den
Überblick verlor. Als sie fertig war, schob sie mich vor den
Spiegel und ich musste schlucken. Mit den Muscheln hatte sie
mir eine Art Krone gezaubert, die zwar nicht an ihre rankam,
dennoch ähnlich war. Dezent hatte sie mir kleine Glitzersteine
ins Gesicht geklebt, sodass meine Haut wie Fischschuppen
schimmerten. Ich strich vorsichtig mit meinem Finger über
diese und bemerkte, dass sie sich auch wie Schuppen anfühlten.

»Du siehst wunderschön aus«, sagte Keyna stolz hinter
mir. Ich musste lächeln, denn auch ich fand mich wirklich
bildhübsch.

»Das kann ich nur zurückgeben. Aber meinst du nicht, dass es etwas zu viel ist?«

Kopfschüttelnd betrachtete sie uns im Spiegel. »Unseren Meermännern werden die Augen rausfallen.« Sie zwinkerte, drückte meinen Arm und drehte sich herum. »Du kannst heute einfach mal entspannen und dich freuen. Vielleicht lernst du ja jemanden kennen, der dir gefällt, und du willst gar nicht mehr gehen.«

Ich zog die Brauen hoch, doch sie grinste nur und drehte sich um.

»Wohl kaum, Keyna«, schnaubte ich.

»Ach komm«, sagte sie laut lachend. »Als ob. Jeder möchte den perfekten Partner an seiner Seite haben, egal, ob für immer oder nur für eine Nacht. Wenn es für immer sein soll, dann sollte er liebevoll, treu und stark sein und gleichzeitig deine Schwächen und Stärken kennen und dich bei allem, was du tust, unterstützen.«

Bei ihrer Aufzählung von Merkmalen hatte ich das Gefühl, dass sie Nalu beschrieb.

»Du kannst dir so jemanden suchen, wobei du ihn ja anscheinend schon hast«, meinte ich. »Ich brauche das nicht.«

»Werden wir sehen«, sagte sie und deutete eine wegwerfende Geste an. »Ich kann dir ja jemand Nettes für heute Abend suchen.«

»Wag es dich, das zu tun, Keyna!«

Bei dem Versuch, ihr meine Faust gegen den Arm zu hauen, hüpfte sie lachend einen Schritt nach hinten und grinste mich verschmitzt an.

»Wir werden sehen«, sagte sie, weiterhin mit einem Kichern. »Und weil du gerade von Nalu sprichst, der müsste jeden Moment da sein.«

Bei ihrem letzten Wort klopfte es an der Tür. Ihr Grinsen verstärkte sich.

»Sage ich doch.« Schnellen Schrittes lief sie zur Tür und öffnete diese.

Nalu stand vor ihr. Seine blonden Haare waren mit feuerroten Strähnen durchzogen, sie sahen aus wie ein wärmendes Lagerfeuer und bewegten sich wie eins, als würde von irgendwo her ein Wind wehen. Dank Keyna und einigen Büchern, die ich die letzten Tage mit ihr gelesen hatte, wusste ich, dass die Strömung im Meer vergleichbar mit dem Wind an Land war. Manchmal war die Strömung bloß leicht zu spüren, manchmal hingegen stärker. Lächelnd musterte Nalu unsere Kleider. Wobei sein Blick eindeutig länger auf Keyna lag. Ich schmunzelte.

»Ihr seht wunderschön aus«, sagte er und hielt Keyna seinen Arm hin.

Sie ergriff ihn und lehnte sich an seine Seite. Er drückte ihr einen hauchzarten Kuss auf die Stirn und sie schloss für einige Sekunden die Augen. Die beiden waren so süß zusammen, weswegen ich nicht verstand, weshalb König Chelan seiner Tochter nicht erlaubte, mit Nalu zusammen zu sein.

»Sollen wir los?«, fragte ich, da mir die Situation langsam unangenehm wurde. Nach unserem Gespräch gerade, hatte ich das Gefühl, das fünfte Rad am Wagen zu sein. Keyna und Nalu schauten zu mir und beide nickten.

Kurze Zeit später liefen wir die Gänge Richtung Saal entlang. Bei jedem Schritt hörte man das Rascheln unserer Kleider. Ich schritt hinter Nalu und Keyna her und beobachtete die beiden, wie sie leise miteinander redeten. Ein wenig erinnerten sie mich an Luian und meine Tante Tiva. Sie waren so vertraut und liebevoll miteinander.

Der Gedanke an meine Tante erinnerte mich wieder daran, dass ich unbedingt mit König Chelan oder seinem Bruder reden wollte. Zudem würde ich meine Tante fragen, sobald ich zu Hause war, was es mit dem Armband auf sich hatte, welches sie angeblich von meinem Onkel bekommen hatte.

»Wo hältst du in dieser Nacht Wache, Nalu?«, fragte Keyna.
»Ich dachte, alle feiern zusammen?«, fragte ich. »Bist du
nicht auf der Feier, Nalu?«

»Das wäre schön«, sagte er und räusperte sich. »Nur leider
müssen wir den Dunkelwald bewachen, damit sich die Was-
sertiere nicht in die Stadt verlaufen. Das könnte gefährlich
werden. Vor allem, weil gerade die ganzen Meerwasserkatzen
geboren werden.«

»Meerwasserkatzen?«, fragte ich verwirrt. »So was gibt es?
Kann ich die mal sehen?«

Keyna lachte. »Die sind gefährlich. Also nicht die kleinen,
aber die großen. Was meinst du, warum Nalu aufpassen muss,
dass sie nicht in die Stadt kommen? Hoffe einfach, dass du nie
einer begegnest, vor allem nicht den Babys, und wenn doch,
dann lauf am besten so schnell du kannst weg, denn die Eltern
sind meistens in der Nähe.«

»Aber ich mag Katzen«, sagte ich schmollend.

»Glaub mir, du wirst sie zwar süß finden, dennoch nimm
meinen Rat an und renn, wenn du sie irgendwann mal sehen
solltest«, sagte Keyna streng.

Im nächsten Moment bogen wir um die Ecke zum Saal.
Nalu begann, langsamer zu gehen, lehnte sich dabei eine Spur
näher zu Keyna.

»Wir können heute Abend noch einen Tanz haben, wenn
du willst«, flüsterte er. »Ich lasse mich ablösen.«

Keyna strahlte und nickte, während er sich zurückzog.

»Ich lasse euch jetzt allein«, sagte er dann. »Bis später und
trinkt nicht zu viel Dunkelmonwasser.«

Damit drückte er noch mal Keynas Hand und lief zurück
in die Richtung, aus der wir gekommen waren, ehe Keyna
und ich den Saal betraten. Wieder staunte ich. Der Saal war
gefüllt mit großen Tischen und Stühlen. Jeder Tisch war mit
Speisen hergerichtet. Überall saßen die unterschiedlichsten

Gestalten. An einem der Tische erkannte ich Oktopusianer, an anderen saßen Meeresbewohner, die Kiemen besaßen, die sie offen zur Show stellten.

Es gab fünf lange Tafeln und an jeder dieser saßen um die hundert Personen. Jede Tafel hatte etwas Eigenes, das sie besonders machte. An einem der äußeren Tische saß eine Gruppe Männer mit dunkelrotem Haar und Frauen mit hellrotem. An der fünften Gruppe blieb mein Blick hängen. Die Frauen in dieser besaßen türkises Haar, doch das war nicht, was mich fesselte. Es waren die Augen. Denn die Frauen hatten gelbe Augen, wohingegen die Männer hellgrüne hatten.

Bei der Gruppe am Tisch saß ein junges Mädchen, die mich anschaute, und deren Augen sahen meinen so ähnlich, dass ich blinzeln musste. Ihr Blick war starr auf mich gerichtet. Als ich einen Schritt auf das Mädchen zumachen wollte, zog mich Keyna mit sich durch die Reihen und der Blickkontakt brach ab. Ehe ich über die Begegnung nachdenken konnte, standen alle im Saal von ihren Plätzen auf und sahen Keyna und mich an. Vor ihrem Vater blieb sie stehen, verbeugte sich, zog mich dabei mit herunter und verharrte in der Position.

»Wir müssen kurz warten. So zeigen wir meinem Vater Respekt vor allen Völkern«, flüsterte Keyna. In diesem Moment war ich froh, nicht allein hier zu sein.

»Erhebe dich, meine Tochter«, sprach König Chelan eine Sekunde später, worauf sie tat, was er sagte. Er reichte Keyna seine Hand. »Und du, Delja«– er betonte meinen Namen so deutlich, dass mir Röte in die Wange schoss, trotzdem entging mir das Raunen in den Reihen nicht – »erhebe dich auch.«

Er schaute uns jetzt beide an, blickte dann in die Masse hinter uns. Ein Blick über meine Schulter verriet mir, dass sich die Gäste setzten.

»Ich danke euch, dass ihr heute alle gekommen seid, um mit uns das Fest der Delfinverabschiedung zu feiern.« Der

König klatschte zweimal in die Hände, nachdem er Keyna einen Kuss gegeben hatte und wir an der Tafel unsere Plätze einnahmen. Ich saß zwischen Keyna und Kain, der mich jedoch nicht beachtete, sondern stur nach vorne sah.

Einen Augenblick später wurden die oberen Fenster geöffnet und hunderte von Delfinen kamen durch diese hindurchgeschwommen. Kleine sowie große. Sie alle vollführten eine Show, die mich völlig einnahm. Durch die schnellen Bewegungen der Tiere entstanden im Wasser viele kleine und große Blasen, die aussahen wie ein Feuerwerk aus weißem Schaum. Alle Gäste sahen mit Begeisterung auf die Tiere, die durch blubbernde Kreise schwammen und dabei Tänze ausführten, absolut synchron und immer eleganter. Urplötzlich bewegten sich die kleineren Delfine zügig im Kreis, sodass sie wie ein Riesenrad wirkten. Dabei schwammen die größten durch den Strudel, der so entstand.

»Ist das nicht wunderschön?«, drang Keynas Stimme an mein Ohr. Kurz schwenkte ich meinen Blick zu ihr und sah, wie begeistert sie von der Show war. Für einen Augenblick wandte ich mich in Kains Richtung – ein Lächeln lag auf seinen Lippen. Für einen viel zu langen Moment betrachtete ich ihn genauer. Seine funkelnden Augen sahen in Richtung der Delfine und ich konnte diese intensiv von der Seite betrachten. Eine seiner Iriden war blutrot und die andere hellblau. Bei unserem ersten gemeinsamen Essen in diesem Saal hatte ich sie bereits gesehen, doch erst jetzt wurde mir richtig bewusst, wie ähnlich wir wirkten.

Sein Blick schwang zu mir rüber und seine Züge verhärteten sich augenblicklich. Langsam beugte er sich zu mir.

»Starrst du jeden so intensiv an?«, fragte er sehr leise. Er fixierte mich und seine Stimme ging mir unter die Haut, sodass ich nichts erwidern konnte. Seine Augen durchbohrten mich, weswegen ich stockte.

»Warum hast du auch unterschiedliche Augenfarben so wie ich?«, verließen die Worte meinen Mund, bevor ich mich zurückhalten konnte.

»Das«, hauchte er mir zu, »kannst du in der Bibliothek nachlesen.« Ruckartig drehte er sich wieder weg und betrachtete weiter die Show.

»Entschuldige«, sagte ich, wütend über sein Verhalten und sah in die andere Richtung, als er blitzschnell seine Finger sachte unter mein Kinn legte und meinen Kopf wieder zu ihm zurückdrehte.

»Wofür entschuldigst du dich?«

Ich schluckte. Seine Finger fühlten sich so zart auf meiner Haut an, dass sie nicht zu seiner Mimik passt, die hart und unnachgiebig wirkte.

»Dafür, dass ich dich etwas gefragt habe, dich geschlagen habe und dafür, dass ich hier bin«, hauchte ich, während ich versuchte, mich gedanklich davon abzulenken, dass seine Finger an meinem Kinn lagen.

Die Berührung verwirrte mich. Ich verstand nicht, warum ich so sehr darauf reagierte. Er sah mich noch einen Augenblick an. Seine Augen studierten mich, und ich fühlte mich unter seiner intensiven Musterung durchleuchtet.

»Du bist wie *sie*«, sagte er plötzlich, ließ mein Kinn los und beobachtete weiter die Show.

Ich starrte ihn noch einen Moment an. Wer war *sie*, und was war das gerade gewesen? Ich drehte mich wieder zu den Delfinen, ließ meinen Blick über unsere Sitznachbarn gleiten. Niemand hatte unser Gespräch am Tisch mitbekommen, alle waren auf die Tiere fixiert. Ich blickte weiter durch den Saal und blieb an einem Augenpaar hängen.

Dieses starrte mich an.

Eisig und mit grimmiger Miene betrachtete mich und Kain ein junger Mann, neben dem eine Frau saß. Ein eiskalter

Schauder überkam mich und setzte sich in meinem Inneren frei. Angespannt widmete ich mich wieder der Show, mit dem Gefühl, den Blick des Mannes auf mir zu spüren. Beobachtet von außen und meine Gedanken bei Kain achtete ich weiter auf die Delfine. Ich wurde aus Kain nicht schlau. Sein Tun war so widersprüchlich, seine Mimik passte nicht zu seinen Berührungen. Während der Show bemerkte ich seinen Blick immer mal auf mir, trotzdem erwiderte ich ihn nicht. Ich musste für mich erst mal rausfinden, warum ich so sehr auf ihn reagierte.

Die Aufführung der Delfine war nach einigen Kunststücken vorbei und König Chelan stand von seinem Platz auf.

»Liebe Bewohnerinnen und Bewohner von Ostrea, liebe Gäste aus allen Meeresreichen. Ich danke euch, dass wir dieses Fest heute mit euch zusammen feiern können. Ich wünsche unseren tierischen Freundinnen und Freunden, dass sie eine erfolgreiche Reise der Fruchtbarkeit haben werden. Dass ihnen nichts passiert und dass sie heil wieder zu uns kommen. Dass, wenn sie wiederkommen, wir viele neue Delphinkinder begrüßen dürfen, die bereits einen Teil des Meeres sehen durften. Lebt wohl und bis bald.«

König Chelan klatschte und alle Gäste applaudierten und standen auf, weswegen ich es ihnen gleichtat. Die Delfine schwammen in einer Schleife, dann verließen sie den großen Saal aus dem Fenster der gegenüberliegenden Seite, die von zwei Wachen offen gehalten wurden. Als der letzte Delfin rausgeschwommen war, verstummte der Applaus.

»Lasst uns essen, lasst uns tanzen und dieses wundervolle Fest gebürtig feiern!«, sprach der König, als sich die Gäste beruhigt hatten. Alle jubelten noch einmal und begannen, sich an den Speisen und Getränken auf den Tischen zu bedienen.

Nach ungefähr einer Stunde fingen die Bedienstete an, die Tische freizuräumen, und einige Gäste liefen auf die extra vorbereitete Tanzfläche, die auf etwa einem Meter hohen Säulen im Saal platziert war. Ich beobachtete das Ganze, während ich mit dem Fuß wippte. Es war schön, zu sehen, wie normal die Personen miteinander tanzten, manche hatten einen Stil, den man mit Walzer vergleichen konnte, andere tanzten einen Tango mit eigenen Kreationen.

»Delja«, sprach mich der König an. Seine Stimme war sanft und nicht so streng, wie ich ihn bis jetzt erlebt hatte. »Du kannst gern auf die Tanzfläche gehen, es findet sich bestimmt jemand, der mit dir tanzt.«

Ich lächelte und Keyna sprang auf.

»Komm, wir beide tanzen zusammen. Dann musst du dir niemanden suchen.«

Sie zog mich mit sich bis zu dem Podest der Tanzfläche. Für die drei Stufen, die wir hochgingen, ließ sie mich los, ehe wir auf der Tanzfläche erneut zueinanderfanden. Wir lachten und hatten so unglaublich viel Spaß. Ich fühlte mich tatsächlich wohl, auch wenn ich meine Tante vermisste. Trotzdem wollte ich gerade den Moment leben. Ich spürte, wie ich an Leichtigkeit gewann und wie schön es war, der Musik zu lauschen und mich in ihrem Takt zu bewegen.

Ein Klopfen auf meiner Schulter ließ mich kurz in meinem Tanz stocken und herumwirbeln. Ein junger Wassermann sah mich erwartungsvoll an.

»Darf ich um den Tanz bitten?«, fragte er mich und ohne zu zögern nickte ich und ergriff seine Hand. Sein Freund, der mit dabei stand, schnappte sich Keynas Hand und wir tanzten gemeinsam einen schnellen Walzer. Als das Lied auslief, bedankte ich mich bei meinem Tanzpartner.

»Ich habe zu danken«, sagte er. Nach einer Verbeugung verließ er die Tanzfläche.

»War das nicht ein netter Kerl?«, fragte Keyna und grinste mich verschmitzt an.

»Ja, das war er«, antwortete ich, als plötzlich Nalu neben uns auftauchte, um sich vor Keyna zu verbeugen.

»Prinzessin, darf ich um den nächsten Tanz bitten?«

Keynas Augen glitzerten erfreut.

»Sehr gern«, sagte sie, sah aber direkt zu mir. »Ist es okay für dich?«

Ich nickte und drehte mich bereits um, als ich, mal wieder, gegen eine Brust lief. Kain stand mit fragendem Blick vor mir, ich hingegen war vollkommen verwirrt über sein Auftauchen.

»Darf ich bei dir um den nächsten Tanz bitten?«, wollte er wissen.

»Ja«, sagte ich, ehe ich mich bremsen konnte. Er nahm meine Hand in seine und drehte mich im Kreis, bis er seine andere Hand an meine Hüfte legte. Im gleichen Moment setzte ein neues Lied ein, deutlich langsamer und gefühlvoller als die letzten. An der Stelle, an der Kains Hand meinen Köper berührte, prickelte es.

»Du kannst gut tanzen«, sagte er, ohne mich aus den Augen zu lassen. Ich musste zu ihm hochsehen, da er zwei Köpfe größer als ich war, und drehte mich mit ihm.

»Danke, ich hatte Tanzstunden.«

Seine Mundwinkel zuckten belustigt. »Das war eine gute Entscheidung.« Gerade als ich etwas darauf erwidern wollte, sprach er schon weiter: »Es tut mir leid, dass ich so unfreundlich zu dir war. Ich bin nicht gut darin, nett zu Fremden zu sein.«

Seine rechte Hand bewegte sich langsam auf meinem Rücken auf und ab, ehe wir uns noch einmal im Kreis drehten.

»Ich hatte deine Ohrfeige verdient. Du tust meiner Schwester gut. Sie sah lange nicht mehr so« – er stockte für einen Bruchteil einer Sekunde – »glücklich aus.«

Als er den Satz beendet hatte, umschloss er mit seiner Hand meine, und zwar deutlich fester. Mit der nächsten Drehung zog er mich näher an sich und ich spürte seine warme Brust an meiner. Ich schluckte. Die Nähe zu ihm überwältigte mich auf eine Art, die ich bisher nicht für möglich gehalten hätte.

»Ich muss mich auch entschuldigen, ich wollte dich bei deinem Training nicht ablenken«, sagte ich und mein Blick fiel kurz auf die Stelle, an der die Wunde prangte.

»Das muss dir nicht leidtun, ich war unkonzentriert, es war meine Schuld.«

Wieder kam mir in den Sinn, dass er jemandem nachtrauerte.

»Darf ich dich etwas fragen und bekomme auch eine Antwort darauf?«

Während wir im Takt hin- und herwogen, betrachteten wir einander. Ein Aufblitzen in seinen Augen zeigte mir, dass er über meine Frage nachdachte. Kurz darauf nickte er nur stumm.

»Wer ist *sie*?«, fragte ich gerade heraus, denn diese Frage war, was mich brennend interessierte.

»Sie war alles für mich, mehr musst du nicht wissen«, sagte er leise und zog mich etwas näher an sich. Kain roch nach Salzwasser, aber auch nach Sandelholz und eine leichte Note Zimt. Der Geruch zog in meine Nase. Seinen Kopf hatte er dicht neben meinem platziert und er lehnte sich dezent an meine Schulter.

»Es tut mir leid, dass ich so unfreundlich war, Delja. Ich versuche, mich zu bessern.«

Plötzlich gab er mir einen hauchzarten Kuss auf die Wange. Hitze breitete sich in mir aus, die mich komplett überflutete. Gleichzeitig stoppte die Musik. Im gleichen Moment trat Kain einen Schritt von mir weg und ohne ein weiteres Wort, ließ er mich stehen und verließ die Tanzfläche. Ich starrte ihm nur hinterher und fragte mich, was das gerade gewesen war. Hatte er sich bei mir entschuldigt? Der Kain, der mich die ganze Zeit so abweisend behandelt hatte, und ich hatte nichts Besseres zu tun, als stumm vor ihm zu stehen?

Nalu und Keyna tauchten neben mir auf.

»Hast du gerade wirklich mit meinem Bruder getanzt?« Erstaunt schaute Keyna diesem nach, der soeben den Saal verließ.

»Ja«, sagte ich verwirrt.

»Wow«, sagte Nalu. »Ich glaube, das hat seit« – er legte zwei Finger an sein Kinn und überlegte fieberhaft – »bestimmt drei Jahren niemand mehr gemacht. Ich kann mich nicht mal daran erinnern, wann er das letzt Mal getanzt hat.«

»Er hat mich nach einem Tanz gefragt«, sagte ich. »Ist das so ungewöhnlich?«

»Ja!«, stießen beide gleichzeitig hervor.

»Und dass er dich gefragt hat«, sagte Keyna, »ist noch viel ungewöhnlicher. Ich habe dir doch erzählt, dass es für ihn nicht so einfach mit Fremden ist. Er hat bis jetzt nur mit einer Person in seinem Leben getanzt. Du hast eventuell leichte Ähnlichkeit mit ihr.«

»Was für Ähnlichkeiten?«, fragte ich, schaute die beiden interessiert an.

»Du hast die gleiche Haarfarbe und die gleiche Größe, mehr aber auch nicht«, sagte Nalu und kam Keyna damit zuvor. Seine Antwort erschien mir merkwürdig, so schnell, wie sie seinen Mund verlassen hatte. Skeptisch schaute ich beide abwechselnd an.

»Ihr verheimlicht mir doch was. Könnt nicht wenigstens ihr ehrlich zu mir sein? Keyna?« Ich sah sie direkt an, in der Hoffnung, dass sie einknickte, was auch Sekunden später geschah.

»Ach, Delja«, sagte sie. »Du siehst seiner Freundin sehr ähnlich, ihr könntet Geschwister sein. Das ist, glaube ich, auch der Grund, warum er so zu dir ist. Er kann mit der Situation nicht umgehen, und er vergräbt sich weiter im Unfreundlichsein.«

»Nur deswegen ist er so zu mir?«

»Nicht nur das«, sprach Keyna weiter, doch Nalu unterbrach sie direkt.

»Ihr habt nicht nur eine Ähnlichkeit, ihr seht gleich aus«, formulierte er. »Jedoch ist dieses Thema nicht für diesen Abend bestimmt, ihr könnt später darüber sprechen.«

»Nalu hat recht, Delja.«

Ich nickte und drehte mich noch mal in die Richtung, in die Kain verschwunden war. Mein Blick blieb an dem Mann hängen, der mich vorhin bereits eisig beobachtet hatte.

»Wer ist das, Keyna?« Ich deutete unauffällig auf den Mann, der gerade begann, in der Masse von Gästen zu verschwinden.

»Wen meinst du?« Suchend schaute Keyna in die Richtung, doch der Mann war zu schnell verschwunden, sodass ich ihn aus den Augen verloren hatte.

»Egal«, sagte ich und drehte mich wieder um. »Ich glaube, ich sollte mich langsam schlafen legen. Es war etwas viel heute. Und ich habe zu viel Dunkelmonwasser getrunken.«

Keyna nickte. »Ist es okay, wenn Nalu dich bringt? Ich würde gern noch bleiben.«

»Klar«, erwiderte ich.

»Das ist auch auf meinem Weg«, sagte Nalu. »Ich muss sowieso zurück zu meiner Schicht, ich wollte dir nur den versprochenen Tanz schenken.«

Die beiden verabschiedeten sich und ich trat mit Nalu auf den Gang vor dem Saal. Vor diesem merkte ich erst, wie erschöpft ich war. Ich kannte solche Feste nicht und die vielen Menschen waren überfordernd für mich, zusätzlich zu der Erkenntnis, dass ich Ähnlichkeit mit Kains Freundin hatte. Das war eine Sache, der ich auf den Grund gehen muss. Als Erstes musste ich allerdings herausfinden, ob meine Tante den Brief bekommen hatte.

»Du, Nalu?«, fragte ich an ihn gewandt. »Ist der Brief

bei meiner Tante eigentlich angekommen? Kannst du das rausfinden?«

»Entschuldige, Delja!« Nalu schlug sich mit der flachen Hand gegen die Stirn. »Ich wollte dir Bescheid sagen und habe es aus Versehen vergessen, der Brief für deine Tante ist angekommen«, sagte er. »Du musst dir keine Sorgen mehr machen, dass sie nach dir suchen. Wenn du willst, können wir dich zurückbringen oder du bleibst noch eine Weile.«

Von der Seite schaute ich Nalu an und lächelte. »Ja, ich denke, ich bleibe, ich will rausfinden, was es mit meiner Tante auf sich hat, aber auch, warum ich diese Augenfarben habe.«

Gedankenverloren lief ich Nalu hinterher. Auf dem Weg zu Keynas Zimmer kamen uns einige Wachen entgegen, die Nalu alle grüßte. Vor dem Zimmer blieben wir stehen, eine Wache stand etwas abseits der Tür.

»Ruh dich aus, morgen hole ich euch beide zum Frühstück«, sagte Nalu. »Und, Delja, denk nicht so viel nach. Wir können alles rausfinden. Hab eine gute Nacht.«

»Danke, dass du mich gebracht hast«, sagte ich schnell und nachdem er gelächelt hatte, verschwand er, während ich die Tür schloss und ins Zimmer trat.

Das erste Mal, seitdem ich hier war, war ich komplett allein. Ich atmete tief durch und ging in Keynas begehbaren Kleiderschrank, dort entledigte ich mich meines Kleides und zog eine braune Hose sowie ein hellgrünes Oberteil an, welches ich von Keyna bekommen hatte. Danach ging ich wieder in den Schlafraum. Für einen Augenblick überlegte ich, mich einfach ins Bett zu legen und zu schlafen. Doch meine Neugier trieb mich dazu, rauszugehen und mich einmal umzusehen, jetzt, wo alle auf dem Fest waren.

Ich öffnete vorsichtig die Tür und blickte aus dem Raum. Der Gang war ein wenig erleuchtet durch die Quallen, die an der Decke schwammen. Irgendwo plätscherte etwas, doch abgesehen davon war es ruhig. Mit wenigen Schritten stand ich im Flur und lief diesen entlang. Ich nutzte die entgegengesetzte Richtung, um der Wache am Ende des Flurs zu entwischen, außerdem weg von dem großen Saal, aus dem immer noch Musik erklang.

Nach einigen Minuten entdeckte ich auf der rechten Seite eine unscheinbare Tür, die in der Schlossmauer eingelassen war, und drückte diese vorsichtig auf. Dahinter erschien ein Gang, in dessen Wände wie in der Grotte kleine Diamanten leuchteten. Ich betrat diesen und mit wenigen Schritten stand ich vor einer weiteren Tür, die halb geöffnet war und nach draußen führte.

Ich überlegte gerade, ob ich wirklich hinausgehen sollte, als ich etwas hinter der Tür knacken hörte. Schnell stellte ich mich näher an die Wand in den Schatten der Tür und keinen Augenblick später tauchte Kain in meinem Blickfeld auf. Langsam ging er auf eine kleine Bank zu, die etwas abseits der Palastmauer vor einem See stand. In seiner rechten Hand hatte er ein Schwert, welches er neben diese auf den Boden legte. In der linken Hand trug er einen Stock. Mit diesem setzte er sich auf die Bank und fing an, dass Holz in kleine Stücke zu brechen. Seine dunkelgrünen Haare lagen ihm auf den Schultern und er blickte gen Wasseroberfläche. Dabei warf er die Holzstücke, die er abbrach, in den See vor sich.

Einige Minuten beobachtete ich ihn. Er hatte immer noch das hellgrüne Hemd an, welches auch die anderen Wachen getragen hatten, nur die verzierte Uniform trug er nicht mehr. Seine Muskeln bewegten sich leicht unter dem Hemd, immer wenn er seinen Arm hob und ein weiteres Stück des Holzes wegwarf.

Von der Seite sah er so entspannt aus, wie ich ihn hier im Schloss noch nie gesehen hatte. Trotzdem lag etwas Trauriges in seinem Gesicht. Seine Augen waren in die Ferne gerichtet und seine Mimik war in sich eingefallen, träge warf er ein

Stückchen Holz nach dem anderen ins Wasser. Bei seinem nächsten Wurf stockte er, bevor er auch dieses hineinwarf.

»Willst du die ganze Zeit da stehen bleiben und mich anstarren oder willst du dich zu mir setzen?«, stellte er plötzlich eine Frage.

Ich zuckte zusammen und überlegte, ob ich lieber wieder abhauen sollte, ging dann aber auf ihn zu, weil er mich bereits entdeckt hatte.

»Ich wollte dich nicht stören«, erklärte ich, als ich neben der Bank zum Stehen kam. »Vielleicht sollte ich wieder gehen.«

Zu meiner Verwunderung drehte er sich zu mir und lächelte mich an.

»Du störst nicht, und du bist ja jetzt schon da also setz dich.«

Er klopfte mit der Hand auf die Bank neben sich. »Bitte«, setzte er nach.

Durch seine Freundlichkeit verwirrt setzte ich mich neben ihn. Unsere Arme berührten sich leicht. Seine Wärme ging auf mich über und wieder zog der Geruch von Salz und Sandelholz so wie Zimt in meine Nase.

»Warum läufst du so allein hier draußen rum? Hat Keyna dir nicht gesagt, dass es gefährlich ist und eine Wache immer bei dir sein sollte?«

»Sie hat nur am ersten Tag gesagt, dass mich niemand sehen soll, bevor ich nicht bei eurem Vater vorgestellt wurde«, sagte ich ehrlich.

»Du solltest nicht allein hier rumlaufen«, erwiderte er, eh er sich mir zuwandte. Nun berührten auch seine Knie meine. Ohne dass ich es kommen sah, strich er mir eine Haarsträhne hinter mein Ohr. Seine Finger berührten meine Wange und hinterließen ein Kribbeln auf meiner Haut.

»Wie kann es sein, dass du ihr so ähnlich siehst? Dass du einfach so bei uns auftauchst, ohne dass jemand damit gerechnet hat?« Vorsichtig strich er mit seinem Daumen über meine Wange bis zu meinem Kinn und ließ mich dann los. Sein Blick lag dabei auf meinen Lippen. Seine Berührung löste ein Schaudern in mir aus, während mein Herz heftig hämmerte. Er lehnte sich etwas weiter zu mir. Sein Atem streifte meine Haut und meine Lippen. Mein eigener Atem kam stoßweise.

»Wie kann es sein, dass du niemanden an deiner Seite hast, der auf dich aufpasst?«, flüsterte er. »Heute Abend hatten die meisten nur Augen für dich – ich hatte nur Augen für dich – Du bist wunderschön. Ich habe gesehen, wie alle ihre Blicke über dich gleiten ließen, aber du … du hast niemanden beachtet.« Er lächelte und ließ seine Hand langsam sinken. »Glaubst du an Liebe auf den ersten Blick? Dass es eine Person gibt, bei der man fühlt, dass sie für einen gemacht ist?«

Ich schluckte, doch Kain sprach unbeirrt weiter.

»Ich wünschte, ich hätte dich früher kennengelernt, dann müsste ich dich nicht aus der Ferne betrachten.« Er hob noch einmal seine Hand und legte sie an meine Wange. »Selbst mein Vater sagt -«

Ein leises Knacken ließ uns erschrocken herumfahren und er ließ seine Hand von meiner Wange sinken. Doch niemand war zu sehen. Mit einem Mal wurde mir kalt, da Kains Berührung nicht mehr da war. Ruckartig sprang Kain auf und sah sich um.

»Wir müssen rein«, sagte er stürmisch und zog mich auf die Beine.

Bevor ich seine Worte realisierte, kroch eine riesige See-schlange mit gelben Schuppen aus dem Unterholz vor uns. Ein Schrei blieb in meiner Kehle stecken, als Kain mich hinter sich schob.

»Schau ihr nicht in die Augen, das macht sie aggressiv.« Ein Zischen der Schlange ließ mich zusammenzucken. »Bleib hinter mir.«

Kain griff nach dem Schwert auf dem Boden und wir bewegten uns langsam auf die Tür zu, aus der ich nach draußen getreten war. Dabei ließ er die Schlange, die sich immer mehr vor uns aufrichtete, nicht aus den Augen.

»Wenn ich *jetzt* sage, rennst du los, ohne dich umzudrehen.«

Ich nickte, auch wenn er es nicht sehen konnte. Wir bewegten uns immer weiter Richtung der Tür. Mir wurde bewusst, wie unvorsichtig wir im Garten gesessen hatten. Ohne eine zusätzliche Wache.

»Jetzt!«, schrie Kain und stieß mich von sich weg, gleichzeitig rannte er auf die Schlange zu, die fauchend auf uns zusprang.

Ich lief los und im nächsten Moment schlängelte aus einem Gebüsch vor mir eine weitere Schlange und schlang sich um mein Bein. Ich stolperte und fiel auf den kalten Boden. Der Griff um mein Bein verstärkte sich, etwas drückte sich auf meinen Körper. Ich sah über meine Schulter und erstarrte. Kain stand mit einem Schwert vor der riesigen Schlange und versuchte, sie zu treffen. Unter den Büschen neben der Bank kamen drei weitere kleinere Schlangen hervor, die alle auf mich zuschlängelten. Eine dieser hatte sich um mein Bein gewunden und entblößte zwei glänzende spitze Zähne. Ihre giftgrünen Augen stierten mich an. An ihnen tropfte gelbe Flüssigkeit hinab. Als die Zähne mein Bein trafen, schrie ich auf.

Die Stelle, an der sie mich gebissen hatte, begann, wie Feuer zu brennen, meine Schreie hallten von der Schlossmauer wider. Die Schlange ließ los und wollte noch einmal zubeißen, als Kain vor mir auftauchte und der Schlange den Kopf abschlug. Das Tier sackte in sich zusammen und ihr Blut verteilte sich vor mir auf dem Boden.

In Kains Blick lag Panik, er schlug auf die Schlangen ein, die näher kamen, dann ließ er sein Schwert neben mir fallen und kniete sich neben mich auf den Boden. Schwarze Punkte tanzten vor meinen Augen. Eiseskälte kroch mein Bein hinauf.

»Delja, bleib bei mir. Bitte.« Seine Stimme hörte sich weit entfernt an. »Lass die Augen geöffnet!«, schrie er mich an, doch seine Stimme verschwand immer mehr in den Hintergrund.

Auch ich schrie, aber der Schrei klang selbst in meinen Ohren wie aus weiter Entfernung.

Schritte näherten sich und ich vernahm, wie jemand erschrocken meinen Namen rief.

»Sie muss sofort zu unseren Heilern!«, sagte eine Männerstimme, die ich nicht erkannte, dann wurde alles schwarz um mich und ich versank in totaler Dunkelheit.

KAPITEL 8

Leise Stimmen schwirrten um mich herum und drangen an mein Ohr. Manche etwas gedämpfter als andere. Mein Körper kribbelte. Der Versuch, meine Augen zu öffnen, blieb das: *ein Versuch*. Panik stieg in mir auf und ich versuchte, meine Beine und Arme zu bewegen. Doch es geschah nichts. Das Gefühl von Furcht machte sich in mir breit.

»Was ist da draußen passiert?«, hörte ich eine besorgte Stimme neben mir fragen. Es raschelte. Schritte wurden lauter. Wieder versuchte ich, meine Arme zu bewegen, jedoch klappte es nicht. Was war hier los? Warum konnte ich alles hören, aber mich nicht bewegen? Etwas krachte zu Boden und ich spürte, dass mein Körper instinktiv zuckte. Also konnte ich mich doch bewegen, ich musste mich nur anstrengen.

»Keyna! Ich habe dir jetzt schon hundertmal gesagt, dass ich es nicht weiß«, raunte eine männliche Stimme.

Die Stimme kannte ich, doch der Name der Person fiel mir nicht ein. Ich lauschte trotzdem weiter.

»Sie waren auf einmal überall und dann haben sie Delja angegriffen.«

Eine Hand legte sich auf meine Stirn und ich wollte etwas sagen, aber es drang einfach kein Laut über meine Lippen. Wieder versuchte ich, meine Arme und Beine zu bewegen, und hatte das Gefühl, das etwas geschah, doch niemand schien es zu bemerken.

»Sie hat Fieber, wir brauchen etwas zum Kühlen. Los, ihr beiden, holt etwas«, sagte eine mir fremde Stimme. Schritte erklangen und eine Tür knallte zu. Danach war es still.

Wieso konnte ich meine Augen nicht öffnen? Leise Schritte drangen wieder an mein Ohr. Etwas wurde über den Boden gezogen. Ich spürte, wie jemand meinen Arm hochhob, war aber unfähig, mich zu wehren.

»Delja, ich bin Helena, ich hoffe, du hörst mich. Ich gebe dir jetzt ein Beruhigungsmittel. Es wird kurz wehtun. Dann wirst du dich noch etwas ausruhen können«, sprach Helena zu mir. »Und hoffentlich bald aufwachen«, setzte sie flüsternd hinzu.

Ich wollte brüllen, dass sie mir nichts geben soll, ich brauchte nur einen Moment, dann würde ich zeigen, dass ich wach war. Ich wollte mich bewegen, ich hatte doch schon gezuckt. Ein Stich in meinem Arm ließ diesen brennen, am liebsten hätte ich aufgeschrien, doch noch immer war ich absolut stumm. Ganz langsam verlor ich wieder mein Bewusstsein, bis alle Töne um mich herum verblassten.

»Es sind jetzt sieben Tage vergangen, in denen sie sich nicht einmal bewegt hat.« Kains Stimme riss mich aus meiner Dunkelheit. »Das kann nicht sein. Diese Viecher haben doch nicht so ein starkes Gift in sich.«

Seine Stimme bebte vor unterdrücktem Zorn. Warum machte er sich solche Sorgen um mich? Warum war er überhaupt bei mir und was war passiert?

»Kain«, mahnte König Chelan. »Du solltest deinen Verpflichtungen nachkommen. Geh jetzt!«

Ein lautes Schaben auf dem Boden erklang und Schritte, die über den Boden stampften. Kurz darauf fiel eine Tür ins Schloss. Ein angestrengtes Ausatmen zeigte mir, dass noch jemand im Raum war. Ich versuchte, meine Augen zu öffnen, stockte aber, als König Chelan sprach.

»Was meinst du, Helena? War es ein Giftanschlag?« Seine Frage klang bedächtig. Von welchem Gift war die Rede? Träumte ich? Etwas berührte mein Bein.

»Ich denke, es könnte sein. Es war Gift, welches die Schlangen eigentlich nicht in sich tragen, und es war stärker als üblich. Im Normalfall wäre sie ein paar Tage bewegungsunfähig. Aber dieses Gift und diese Dosis, die sie abbekommen hat, hätte sie töten können.«

In mir machte sich Angst breit. Jemand hatte mich töten wollen? Wovon sprachen sie?

»Sie hatte großes Glück, dass Kain eine der Schlange mitgenommen hat und wir das Gegengift herstellen konnten. Sonst wäre sie …« Helena verstummte. »Ich verstehe nicht, warum das Ganze überhaupt passiert ist. Irgendwer muss die Seeschlangen in den Garten gelassen haben. Niemals wären sie an unseren Wachen vorbeigekommen. Wären Kain und Delja nicht da gewesen, ist es möglich, dass die Schlangen ins Schloss hätten gelangen können – und wer weiß, was dann passiert wäre.«

In seiner Stimme klang Wut mit und Schritte halten durch den Raum, als würde sie auf- und abgehen.

»Sie muss mit jemandem verwandt sein, der sie hier nicht haben will, und wir müssen rausfinden, wer dies ist. Sie sieht ihr so unglaublich ähnlich …«

Sie?

»Sie ist …«

Helena räusperte sich und strich vorsichtig über meinen Fuß, der aufgrund dessen zuckte.

»Ich glaube, da wacht jemand langsam auf«, sagte sie. »Delja, hörst du mich?« Helenas Stimme wurde lauter. Ich versuchte, meine Augen zu öffnen, und es klappte. Um mich war alles in grelles Licht getaucht. Als ich zum Sprechen ansetzen wollte, drang nur ein heiserer Laut aus meiner Kehle.

»Warte, meine Liebe, ich gebe dir etwas zu trinken.« Die Frau, die vermutlich Helena war, entfernte sich von meinem Bett und trat an den Tisch am Fußende meines Bettes, auf dem ein Krug und Gläser standen. Eins der Gläser füllte sie und kam mit diesem zurück, das ich hastig leerte. Das Getränk schmeckte nach Orange.

»Was ist passiert?«, krächzte ich leise, da mein Hals wehtat.

König Chelan kam auf mich zu und zog sich einen Stuhl neben mein Bett, auf diesen setzte er sich und sah mich an.

»Kannst du dich an etwas erinnern, Delja? An irgendetwas?«

Ich überlegte, was er meinen könnte, ich wusste ja, dass sie von Schlangen gesprochen hatten und dass jemand es auf mich abgesehen hatte, dennoch schüttelte ich den Kopf. Weder wusste ich, was passiert war, noch, warum ich hier im Bett lag. In einem Raum, den ich nicht kannte.

»Was ist passiert und von was für einem Gift habt ihr gesprochen?«

»Du hast unsere Gespräche mitbekommen?«, fragte er erstaunt.

Ich nickte, allerdings wusste ich ihre Worte nicht einzuordnen.

»Was genau ist passiert, und was meinen Sie mit, man will mich loswerden?«, fragte ich.

»Du und Kain, ihr seid im Garten angegriffen worden.« Im Gesicht des Königs erkannte ich Bedauern. »Eine Seeschlange hat dich gebissen und wir haben es gerade so geschafft, dass sich das Gift nicht weiter ausbreiten konnte. Wäre das passiert, dann wärst du …« Er brach ab und strich sich mit der flachen Hand durch seine Haare.

Wäre ich gestorben, beendete ich seinen Satz in Gedanken und musste schlucken. Nie war ich dem Tod so nah gewesen, begriff ich in dem Moment, nur warum konnte ich mich an diese Situation nicht erinnern? Ich hatte keinerlei Erinnerungen an den Garten, an Kain oder an die Seeschlange, von der der König sprach.

»Warum kann ich mich an das Ganze nicht erinnern? Ich weiß, dass ich noch mal aus dem Zimmer gegangen bin, aber von da an ist alles schwarz.« Verunsichert versuchte ich, König Chelans Blick zu halten. Zu viele Emotionen spiegelten sich in seiner Mimik.

»Das Gift muss so stark gewesen sein, dass es dein Gedächtnis angegriffen hat. Wenn wir Glück haben, wird deine Erinnerung wiederkommen. Du bist kein gewöhnlicher Mensch. Du trägst ein Erbe in dir, wir wissen zwar noch nicht von wem, aber das werden wir rausfinden.«

Mit einem Mal kam mir der Gedanke, dass der König mir etwas verheimlichte. Gerade, als ich nachfragen wollte, ging die Tür auf und Kain, Keyna und Nalu standen in deren Rahmen. Ersterer hatte einen erleichterten Gesichtsausdruck, als er mich sah, und schritt genauso schnell wie Keyna auf mich zu.

»Wie geht es dir?«, sprach sie als Erste und ergriff meine Hand.

Ich schmunzelte. »Mir geht es gut, nur leider kann ich mich an nichts erinnern.« Mein Blick huschte zu Kain, dessen Ausdruck sich mit einem Mal verschloss. »Mir wurde gesagt, du hast mich gerettet?«

»Nicht der Rede wert«, sagte er kühl. »Du warst im Garten, ich habe dich gesehen und gerettet. Mehr war da nicht.«

Ruckartig drehte er sich um und verließ schnellen Schrittes den Raum. Ich starrte ihm nach und verstand nicht, was los war. Schlagartig hatte ich das Gefühl, dass mir jeder etwas verheimlichte.

»Habe ich etwas Falsches gesagt?«, fragte ich, den Blick auf die Tür gerichtet.

Nalu legte mir eine Hand auf die Schulter. »Nein, hast du nicht, er ist nur …« Er legte nachdenklich den Zeigefinger unters Kinn. »Kain ist angespannt. Du weißt schon – Verpflichtungen als Prinz und so was.« Er lächelte und drehte sich zu König Chelan, der immer noch auf dem Stuhl neben meinem Bett saß.

»Können wir Delja mitnehmen? In Keynas Zimmer wird sie sich bestimmt besser ausruhen können. Ich werde auch Wache stehen, wenn das okay ist?«

Der König nickte und erhob sich. »Ich muss sowieso noch etwas erledigen. Delja«, wandte er sich an mich. »Geh gern mit in das Zimmer meiner Tochter, lauf bitte nicht ohne jemanden durchs Schloss. Wir müssen vorsichtig sein, solange wir nicht wissen, ob noch Schlangen in der Nähe sein könnten.«

Damit verschwand er durch die Tür und ließ uns drei hier allein stehen.

»War das jetzt ein schlechter Scherz?«, fragte ich in die Runde.

»Wir sollten auf ihn hören«, sagte Nalu und drehte sich Richtung Tür.

Verschmitzt grinste Keyna erst mich, schließlich Nalu an. »Lasst uns mal in mein Zimmer gehen.«

»Und dann erzählst du uns, was du und mein Bruder im Garten getrieben habt.«

»Ich weiß aber nichts von dieser besagten Situation«, versuchte ich mich zu verteidigen.

»Papperlapapp, du wirst dich schon erinnern.« Sie zog mich auf die Beine und ich schaffte es, gerade so stehen zu bleiben. Schnell griff Nalu nach meinem Arm, der glücklicherweise gemerkt hat, dass ich kurz vorm Umfallen war. Er hielt mich fest, sodass ich nicht stürzte.

»Ich helfe dir und keine Widerrede.« Er stützte mich und wir liefen den Gang zu Keynas Zimmer entlang.

Nalu half mir aufs Bett und ich legte mich seufzend hin. Mir war, als sei ich stundenlang gelaufen, ohne eine Pause gemacht zu haben.

»So, jetzt, wo Helena und mein Vater nicht mehr dabei sind, an was kannst du dich erinnern?«, quasselte Keyna drauf los und setzte sich genauso wie Nalu mit aufs Bett. Ich überlegte angestrengt.

»Das Einzige, woran ich mich erinnere, ist: der Tanz mit Kain, dass Nalu mich aufs Zimmer gebracht hat und dass ich danach noch mal durch die Gänge gelaufen bin. Mehr ist da nicht. Ich wüsste auch nicht, warum Kain und ich im Garten gewesen sein sollten.«

Ich war enttäuscht von mir selbst, keine Erinnerungen an das Gespräch mit Kain oder den Angriff zu haben.

»Ich verstehe auch nicht, warum er mit dir da gesessen haben sollte«, sagte Keyna abwesend, klang jedoch gleichzeitig geknickt und fast, als würde sie zu sich selbst sprechen. »Er hätte eigentlich bei Ligeia sein müssen. Die beiden müssten bald ihren Vertrag unterschreiben.«

»Wer ist das?«, fragte ich.

Keyna machte eine wegwerfende Handbewegung. »Ligeia ist die Tochter von König Merric. Sie soll meinen Bruder heiraten, damit unsere Völker zusammen regieren können. Ich habe dir doch vom Königreich Amphissa erzählt? Erinnerst du dich? Das ist das Volk, welches nur jeden Mondzyklus zu uns kommt. Beim Fest hast du sie gesehen, vielleicht erinnerst du dich an ihre türkisen Haare und die gelben Augen?«

Ich nickte. »Durch die Hochzeit wollen sie die Völker vereinen. Ligeia wird bei uns wohnen und an den Treffen für ihren Vater teilnehmen«, fügte Keyna hinzu. »Gleichzeitig erlischt für mich die Pflicht, zu heiraten. Oder besser: jemanden zu heiraten, der königlich ist.«

Sie schüttelte angewidert den Kopf. Als würde es ihr nicht gefallen, dass ihr Bruder diese Bürde auf sich nahm, was ich verstand.

»Die beiden lieben sich nicht, aber mein Vater sagt, dass mein Bruder diese Bürde annehmen soll, da er der nächste König dieses Reichs wird.« Keyna sprang verärgert auf. »Mein Vater versaut ihm sein Leben mit dieser Frau. Klar ist es schön für mich. Sobald er geheiratet hat, kann jeder erfahren, dass ich mit Nalu zusammen bin. Dennoch ist es nicht in Ordnung, dass Kain das tun muss. Sie hätten einfach warten können, bis er sich verliebt.«

Ohne ein weiteres Wort stapfte sie in Richtung ihres begehbaren Kleiderschranks, in dem sie verschwand.

Ich sah ihr hinterher.

»Also ich verstehe, warum sie sauer auf diese ganze Situation ist, aber was ist passiert, dass sie sich so darüber aufregt?«, fragte ich an Nalu gewandt.

Dieser stand auf und lehnte sich an den Rand des Bettes und schaute auch Richtung Kleiderschrank.

»Sie liebt ihren Bruder«, sagte er vorsichtig. »Sie findet es furchtbar, dass er heiraten soll, obwohl er das nicht will. Du musst wissen, vor ein paar Jahren starb seine damalige Verlobte. Niemand spricht mehr über sie. Sie ist durch einen …« Mit einem gequälten Ausdruck sah er zu mir herüber. »Sie ist bei einem Giftanschlag durch Seeschlangen ums Leben gekommen. Nur dass es bei ihr ein anderes Gift war. Eins, welches sie direkt umgebracht hat.«

Schlagartig setzte mein Herz aus. Seiner Verlobten war das Gleiche passiert wie mir? Konnte das noch ein Zufall gewesen sein?

»Kurze Zeit später«, sprach er weiter, »kam die Anfrage von König Merric, ob die Reiche verbunden werden sollten. Auch König Chelan dachte schon länger darüber nach. Und eigentlich überlegt er, Keyna mit einem der Söhne zu verheiraten, da kam ihm dies gelegen. Er sprach mit Kain, dem zu diesem Zeitpunkt alles egal war. Und dieser stimmte der Verlobung mit der Tochter von König Merric zu. Er tat es, glaube ich, am meisten für Keyna. Er liebt sie unglaublich und würde alles für sie tun. Jetzt hat sie die Chance, sobald er verheiratet ist, mich offiziell als ihren Freund zu zeigen. Zudem hat der König mehr Einfluss, da die Väter der Männer immer noch mitregieren werden, auch wenn die jüngeren Könige an der Macht sein werden.«

»Das hört sich logisch an und gleichzeitig wie der größte Mist«, sprach ich meinen ersten Gedanken zu dem ganzen Chaos aus. Nalu nickte.

»Das ist es auch, Kain macht es für seine Schwester und gleichzeitig ist er todunglücklich mit der Situation. Jetzt bist du da und siehst seiner Verlobten so verdammt ähnlich. Wir sollten rausfinden, woran das Ganze liegt.«

Mit einem Mal stieß sich Nalu vom Bett ab und lief zum Kleiderschrank, dort drehte er sich noch mal um. In seinen Augen spiegelte sich eine Bitte.

»Auch wenn du gesagt hast, du willst nur so lange bleiben, bis dieses Fest um ist, würde ich mich freuen, wenn du noch etwas länger bleibst. Keyna mag dich und sie ist glücklicher mit dir. Ich spüre das, sie vertraut dir. Du könntest ihr helfen, die Verlobungsfeier zu überstehen, und sie könnte dir helfen, mehr über dein Erbe rauszufinden.«

Damit trat er in den Schrank und schloss die Tür hinter sich. Ich blickte auf die Stelle, an der er verschwunden war. Und der einzige Gedanke, der in meinem Kopf hängen blieb, war der, dass Kain verlobt war.

Ich wachte mit dem Gedanken an Kain auf. Neben mir lag Keyna, von der ich nicht bemerkt hatte, wie sie sich neben mich gelegt hatte. Auf dem Nachtschrank neben dem Bett lag ein Zettel. Ich schnappte mir diesen und las ihn.

Wenn ihr Frühstück braucht, schickt mir Uri. Ich bringe euch etwas, dann müsst ihr nicht mit allen zusammen am Tisch sitzen. Nalu.

Ich schmunzelte. Nalu war wirklich ein netter Kerl und ich freute mich, dass er und Keyna sich gefunden hatten. Dennoch war da ein bitterer Nachgeschmack, dass die beiden nicht zusammen sein durften. Ich faltete das Blatt und legte es zurück auf das Schränkchen.

Mit einem Mal regte sich Keyna und schaute nur mit den Augen und ihrer Nasenspitze unter der Decke hervor.

»Du bist ja schon wieder so früh wach«, nuschelte sie verschlafen.

Ich drehte mich zu ihr um und zog die Decke höher.

»Wie geht es dir?«, fragte ich.

Keyna schnaubte und ließ ihre Decke weiter sinken.

»Du bist fast gestorben und fragst mich, wie es mir geht?« Sie lachte einmal laut auf. »Ach, Delja! Mir geht es gut. Nalu hat mir erzählt, dass er dir von Ligeia erzählt hat. Dann weißt du ja, wie es mir geht.«

Jetzt setzte sie sich auf und in einen Schneidersitz.

»Weißt du, ich will nicht, dass mein Bruder diesen Schritt wagt. Sie ist nicht die Richtige für ihn. Ich verstehe nicht, warum er da mitmacht. Er kann so eine Entscheidung doch nicht nur treffen, damit ich glücklich bin. Er muss es auch sein.«

Sie klopfte mit ihren Händen auf der Decke rum und Luftbläschen stiegen auf.

»Es kann doch nicht sein, dass er unglücklich wird. Er braucht jemanden, der ihm Widerworte gibt, der mit ihm auf einer Wellenlänge ist. Nur gibt es diese Person hier irgendwie nicht.« Sie schluchzte und plötzlich liefen ihr Tränen die Wange herunter. Ich zog sie an mich und drückte sie.

»Hey! Es ist seine Entscheidung. Du kannst da nichts machen. Sprich doch einfach mit ihm darüber.«

Ein sarkastisches Lachen kam von ihr.

»Mit ihm sprechen, du bist lustig. Meinst du nicht, dass ich das versucht habe? Ebenso habe ich mit meinem Vater sprechen wollen, aber es bringt nichts. Niemand sieht ein, dass es eine dumme Idee ist.«

Ihr Körper zitterte, als sie sich in Rage redete. Es tat mir im Herzen weh, sie so zu sehen. Sie war mir in den letzten Tagen so wichtig geworden, was mir gerade schmerzlich bewusst wurde. Ich drückte sie noch mal fest an mich und schob sie dann von mir.

»Wenn du willst, kann ich mit ihm reden. Ich weiß zwar nicht, ob er mit mir reden will, aber einen Versuch ist es wert.«

Ich wusste nicht, was mich geritten hatte, diese Worte zu sagen, doch Keyna sah mich freudestrahlend an.

»Das würdest du tun?«

Ich nickte und ahnte im gleichen Moment, dass es eine richtig dumme Idee war, diesen Vorschlag gemacht zu haben.

»Ja, kann ich, lass uns jetzt erst mal frühstücken, ich habe Hunger.« Weil mein Magen wie auf Kommando knurrte, lachten Keyna und ich auf. Keyna wollte gerade aufspringen, doch ich hielt sie am Arm zurück.

»Warte, heute gibt es für uns Frühstück im Bett.« Ich hielt ihr den Zettel hin. »Es ist also nicht notwendig, dass du aufstehst, wir schicken Uri.«

Keyna überlegte einen Moment, schüttelte dann aber den Kopf.

»Lass uns in den Saal zum Essen gehen. Vielleicht erfahren wir noch mehr über die Schlangen, die euch angegriffen haben. Oder Kain erzählt, was ihr draußen gemacht habt. Ich will alles wissen.«

Als wir vor dem Saal ankamen, hörte ich aus dem Inneren lautes Gebrüll.

»Schick sie nach Hause, Vater! Sie ist hier nur in Gefahr!«

»Kain!«, donnerte König Chelans Stimme. »Sie ist hier bei uns am sichersten, wenn wir sie jetzt wegschicken, ist sie in Gefahr. Wir wissen nicht, wer ihr die Seeschlangen geschickt hat!«

Etwas ging lautstark zu Bruch. Ein Stuhl kippte um.

»Oh, ich weiß ganz genau, wer es war, das kann doch alles kein Zufall sein!« Laut polterten Schritte hinter der Tür und wurden mit einem Mal lauter.

Mit einem Ruck öffnete sich die Tür und Kain kam in ihr zum Vorschein. Seine Muskeln waren gespannt und er schnaubte.

»Morgen, auch schon wach?« Er blickte mich abschätzig an. Das erste Mal hatte ich in seiner Gegenwart das Gefühl, dass er mich wirklich hasste. Er lehnte sich zu mir runter, sodass sich unsere Nasenspitzen fast berührten.

»Verschwinde von hier! Du bist hier nicht willkommen.«

Sein Blick war eiskalt und ließ mich erzittern. Er marschierte an uns vorbei, wobei er mich an der Schulter streifte, ich stolperte, und stieß gegen den Türrahmen. Kain schien das nicht zu stören, denn er lief unbeirrt weiter.

»Kain!«, schrie Keyna ihm hinterher, da verschwand er bereits um eine Ecke.

In mir machte sich wieder der Gedanke breit, dass ich nicht hierher gehörte, und ich lehnte mich an die Wand. Er hatte recht.

»Nimm diesen Karpfenkopf einfach nicht ernst«, sagte Keyna. »Er ist ein Arsch.«

Unwillkürlich musste ich grinsen. »Wie nennst du deinen Bruder? Karpfenkopf?«

Wir beiden fingen an zu lachen. Hinter uns erklangen Schritte und König Chelan trat neben uns.

»Was macht ihr beiden hier?«, fragte er stirnrunzelnd.

»Wir wollten eigentlich mit euch frühstücken, doch dann haben wir euer wundervolles Gespräch belauscht«, sagte Keyna. »Warum will Kain, dass Delja geht? Es gibt keinen Grund dafür.« In Keynas stimme schwang Wut mit.

Ich legte meine Hand auf ihre Schulter und drückte sie. Dann sah ich zu König Chelan.

»Wenn ich störe, dann gehe ich und -«

»Du darfst nicht gehen«, unterbrach mich Keyna. Ihre Stimme hatte einen verzweifelnden Ton angenommen. »Kain hat das nicht zu entscheiden.«

»Delja, du wirst uns nicht verlassen«, sprach König Chelan. »Erst mal bleibst du, bis wir wissen, was passiert ist.« Er schritt an uns vorbei, drehte sich aber noch mal um. »Wenn du das wünschst, bringen wir dich nach Kains Verlobungsfeier zurück an Land.«

Ohne auf meine Antwort zu warten, wandte er sich ab. Doch diesmal wollte ich mich nicht abspeisen lassen.

»Und was ist, wenn ich jetzt schon zurückwill?«, rief ich ihm hinterher. Am liebsten hätte ich ihm meine ganzen Fragen an den Kopf geworfen, doch ich hielt mich zurück. Ich wollte in Ruhe mit ihm sprechen, um auch wirklich Antworten zu bekommen.

Der König blieb stehen und drehte sich wieder zu uns. »Dann kann ich das gern in die Wege leiten, aber dir muss bewusst sein, dass der nächste Angriff, falls noch einer kommen sollte, schlimmer sein könnte und du nicht mit dem Leben davonkommst. Und es muss diesmal auch nicht unbedingt eine Seeschlange sein.«

König Chelan schaute mich einen Moment an und wartete auf eine Erwiderung, doch mir hatte es die Sprache verschlagen. Stumm beobachtete ich, wie er verschwand.

»Willst du wirklich so schnell gehen?« In Keynas Blick spiegelte sich so viel Verzweiflung und ich zog sie in meinen Arm.

»Habt ihr schon rausgefunden, woher mein Armband ist? Oder was meine veränderte Haarfarbe bedeutet?«

Kleinlaut nuschelte Keyna ein »Nein« an meine Brust. Ich strich über ihren Rücken.

»Na siehst du, das finden wir erst mal raus. Und wie dein Vater sagt, es wäre dumm, wenn ich jetzt gehe, bevor wir wissen, was passiert ist. Wann ist diese Feier eigentlich?«

Keyna sah auf den Boden und murmelte: »Sie ist in ein paar Tagen, die Besucher aus dem Königreich von König Merric sind im Schloss geblieben. Sie sollen alles mit vorbereiten.«

Ich drückte Keyna etwas von mir weg. In Ihren Augen lag Trauer, aber auch ein Hauch Freude, die ich darauf schob, dass ich erst mal bleiben würde.

»Hey. Das Ganze ist die Entscheidung von deinem Bruder«, redete ich drauf los. »Nicht deine. Nimm es nicht so persönlich.«

Ich zog sie noch mal in meine Arme und umarmte sie fest, gleichzeitig strich ich ihr übers Haar und spürte, wie sie zitterte.

»Danke, Delja, du bist eine gute Freundin. Doch er macht es meinetwegen, damit ich glücklich sein kann. Ich will aber nicht, dass er wegen mir unglücklich ist.«

Einen langen Moment hielt ich sie weiterhin im Arm. Ich wollte ihr etwas Gutes tun, und auch mir tat die Umarmung gut. Bevor sie mich losließ, wurde ihre Umarmung noch einmal stärker.

»Danke, Delja!« Ein Lächeln huschte wieder auf ihre Lippen, auch wenn dieses ihre Augen nicht erreichte.

»Wie läuft die Feier eigentlich ab? Und was müssen wir anziehen? Ich habe ja nichts.« Ihre Mine wurde freudig.

»Ich habe die perfekten Outfits für uns. Lass uns ein paar Kleider anprobieren, damit wir etwas finden, was uns beiden gefällt. Dann können wir über die Feier reden.« Sie zog mich mit sich und ich stolperte ihr hinterher.

»Ich dachte, wir essen erst?«, wollte ich wissen und musste aufpassen, nicht hinzufallen.

»Uri?«, schrie Keyna unbeirrt und der kleine grüne Kugelfisch tauchte wenige Sekunden später neben uns auf. »Sagst du Nalu, dass wir auf unserem Zimmer essen wollen?«

Wie zur Bestätigung rauschte Uri torpedogleich an uns vorbei.

KAPITEL 9

Keyna und ich verbrachten zwei Tage lang so viel Zeit in ihrem begehbaren Kleiderschrank, dass ich irgendwann keine Kleider mehr sehen wollte. Zwischenzeitlich hatte sie entschieden, dass wir in die Stadt gehen und dort einen Schneider aufsuchen, der uns ein paar Kleider anfertigen sollte.

Am Morgen der Verlobungsfeier holte sie Kleider aus Nischen, denen ich zuvor keine Beachtung geschenkt hatte. Eins nach dem anderen beförderte sie in meine Richtung. Zwischendurch brachte uns Nalu etwas zu essen, aber schnell schmiss Keyna ihn wieder raus. Gefühlt über hundert Kleider musste ich anprobieren, trotzdem war es seit Langem die lustigste Zeit, die ich verbracht hatte, seit meine Eltern gestorben waren. Es tat gut, nicht daran zu denken, und es lenkte mich von meinem Schmerz ab, den ich kurz vergessen hatte.

Mit meinen Gedanken bei meinen Eltern zog ich das nächste Kleid an. Es war rot und hatte überall glitzernde Steinchen. Es gefiel mir nicht, doch ich zog alles an, was Keyna mir in die Hand drückte.

»Mehr Freude, bitte«, befahl Keyna auch schon, als ich mich im Spiegel betrachtete. »Schau nicht so betrübt, du hast ein wundervolles Kleid an.«

Das Kleid war viel zu rot und außerdem zu auffällig.

»Das ist es nicht, Keyna. Es hätte meiner Mutter gefallen,

aber nicht mir.« Rot war die Lieblingsfarbe meiner Mutter gewesen. Sie hatte alles in dieser Farbe dekoriert oder angezogen. Auch wenn ich nicht oft an sie gedacht hatte die letzten Tage, war es doch so, dass ich sie sehr vermisste.

»Wie war deine Mutter so?«, fragte mich Keyna und hielt schon das nächste Kleid in der Hand.

»Sie war liebenswert, gefühlvoll und ehrlich. Sie war immer für mich da, so wie ich für sie. Sie war das pure Chaos und ich musste hinter ihr herräumen, also genau so, wie es nicht sein sollte zwischen Mutter und Tochter.«

Ein Lachen verließ meine Kehle, da ich mich daran erinnerte, wie mein Kinderzimmer immer unglaublich ordentlich gewesen war und ihr Schlafzimmer grauenhaft unordentlich. Selbst mein Vater war ordentlicher. Aber die beiden hatten sich geliebt und daher war es ihm egal.

»Ich vermisse sie«, sprach ich meinen nächsten Gedanken ehrlich aus. »Ich habe ein schlechtes Gewissen, dass ich, seitdem ich hier bin, nicht an sie gedacht habe.«

Langsam schälte ich mich wieder aus dem roten Kleid raus.

»Das brauchst du nicht«, stieß Keyna aus. »Du bist großartig, sie wäre stolz auf dich, wenn sie dich sehen würde.«

Ich stieg aus dem Kleid und reichte Keyna es.

»Danke, dass du das sagst. Es ist trotzdem falsch von mir, sie zu vergessen.« Ich drehte mich von ihr weg.

»Aber, Delja« – sie griff an meine Schulter, um mich zu sich zu drehen – »du bist nicht schlecht. Du hast sie nicht vergessen. Du lebst nur dein Leben weiter. Für dich ist das hier alles neu, du findest immer mehr raus, was du nicht wusstest. Meinst du nicht, dass es einen Grund gibt, warum sie dieses Armband aufbewahrt hat und du es jetzt erst bekommen hast?«

»Um ehrlich zu sein, verstehe ich nicht, warum sie so viel verheimlicht hat. Ich verstehe auch nicht, warum meine Tante das Gleiche getan hat, denn wenn ich so darüber nachdenke, glaube ich, dass sie etwas weiß.«

»Und genau das werden wir rausfinden, wir wissen inzwischen, dass sie meinen Vater kennt. Also werden wir ihn fragen. Und jetzt hören wir auf zu schmollen und du probierst dieses Kleid hier auch noch an. Denn ich denke, das ist es.«

Sie hielt ein knallgelbes Kleid in der Hand, welches vor einer halben Stunde mit weiteren Kleidern von einem Schneider gebracht worden war. Sie reichte mir das Ungetüm aus mehreren Lagen Spitze.

»Okay, das ist dann aber das letzte, Keyna, ich habe wirklich keine Lust mehr.«

»Das wird das perfekte Kleid sein. Los, zieh es an.« Aufgeregt öffnete sie die Knöpfe, damit ich in das Kleid steigen konnte, was ich kurz darauf tat.

Als ich gefühlt eine halbe Stunde später mit Keynas Hilfe in diesem steckte, schob sie mich vor ihren Spiegel und mir fehlten das erste Mal bei einem Kleid die Worte.

Ich hatte einen Traum aus Gelb an. Es war schulterfrei und hatte eine kleine Schleppe. Bis zur Hüfte lag es eng an meinem Körper und die Knopfleiste auf dem Rücken ging bis zu meinem Becken, dann bauschte es sich auf. Überall waren kleine Blüten eingestickt, die dezent an meine Augenfarbe erinnerte, die dadurch mehr leuchtete. Die Farbe passte perfekt zu meinem Hautton und ich hatte das Gefühl, zu schimmern. Fast war mir, als würde ich ein Hochzeitskleid tragen, so festlich war es.

»Das kann ich nicht tragen«, hauchte ich, ohne den Blick von meinem Spiegelbild zu nehmen. Ich sah aus wie eine verfluchte Prinzessin. Als wäre ich die, die heute eine Verlobung feierte. Der Gedanke traf mich unerwartet, denn bis jetzt hatte ich nicht darüber nachgedacht, dass mir die Vorstellung, dass Kain heiratete, nicht gefallen würde – irgendetwas hatte er an sich, das mich zu ihm zog …

»O doch!«, unterbrach Keyna meinen Gedanken. »Das kannst du tragen! Du siehst wundervoll aus. Alle werden heute mit dir tanzen wollen. Egal wer. Du kannst das Kleid tragen«, sagte sie erneut und strich mir über meine Arme, die augenblicklich eine Gänsehaut überzog. »Und seien wir mal ehrlich, hast du Lust, noch mehr Kleider anzuziehen?«

»Nein, auf keinen Fall«, sagte ich prompt, worauf Keyna lachte.

»Sagte ich doch.«

»Weißt du was?«, fragte sie grinsend. »Jetzt ziehe ich mein Kleid an und dann geht es los.«

Sie lief wieder in die Mitte des Raumes und zog ihr Kleid vom Boden, welches wir schon gestern Abend gefunden hatten. Ihres war ähnlich zu meinem. Auch bei ihr lagen die Schultern frei und kleine Blüten zierten den Stoff des Kleides. Nur dass ihres mit dunkel- und hellgrüne Perlen bestickt war. Sie sah aus wie eine Prinzessin, allerdings war sie ja eine. Im Gegensatz zu mir.

»Wir werden den Männern heute den Kopf verdrehen«, sagte sie lasziv und ihre Augen funkelten. Ihre Aufregung steckte mich mit an, sodass ich versuchte, mich auf das Fest zu freuen. »Jetzt machen wir noch unsere Haare schön und dann geht es auch schon los. Wir haben nicht mehr viel Zeit.«

Sie zog mich zu ihrer Frisierkommode, dann drückte sie mich auf den kleinen Hocker davor. Erst jetzt wurde mir bewusst, dass wir die letzten Tage nur Kleider anprobiert hatten und nichts mehr über meine Familie oder das Armband herausgefunden hatten. Hinter mir fing Keyna an, meine Haare in eine kunstvolle Hochsteckfrisur zu legen. Gleichzeitig arbeitete sie mir die unterschiedlichsten Muscheln in die Haare. Durch die glänzende Oberfläche dieser sah es aus, als glitzerten kleine Diamanten in meinen Haaren.

Als Nächstes klebte sie mir türkise Fischschuppen ins Gesicht, die die gleiche Farbe wie meine Haare hatten. Als sie mit mir fertig war, tat sie das Gleiche bei sich, nur dass sie sich grüne Schuppen aufklebte und zusätzlich ihre Muschelkrone aufsetzte.

Meine Gedanken schweiften wieder zu Kain. Fing ich tatsächlich an, Gefühle für ihn zu entwickeln? Ich kannte ihn ja nicht mal, beziehungsweise nur seine arrogante Art. Ob er auch anders sein konnte?

»Wir sehen perfekt aus«, durchbrach Keyna meine Gedanken und zog mich wieder auf die Beine. »Jetzt kann es losgehen, lass uns ein paar Männern den Kopf verdrehen.«

»Du hast doch Nalu?«, fragte ich lachend und Keyna schlug mir grinsend auf die Schulter.

»Den habe ich, ja. Wir suchen dir jemanden.«

Sie reichte mir eine Hand und zog mich auf die Beine. Ich sollte Ihre Idee annehmen und Kain vergessen. Er würde heiraten und hatte sowieso kein Interesse an mir, zudem würde ich bald wieder zu Hause sein, warum also keinen Spaß haben?

Der ganze Palast war voll von Wachen. An jeder Ecke standen sie und beobachteten jeden, der an ihnen vorbeiging, grüßten jedoch freundlich, ehe sie sich wieder umsahen.

»Warum sind so viele Wachen hier?«, flüsterte ich Keyna zu. Es fühlte sich komisch an, derart unter Beobachtung durch den Palast zu gehen.

»Mein Vater will, dass alles kontrolliert wird. Der Vorfall mit der Seeschlange soll sich unter keinen Umständen wiederholen.« Sie stockte. »Entschuldige. Ich wollte nicht -«

»Schon gut«, unterbrach ich und unterdrückte ein Schaudern. Ich konnte mich zwar nicht mehr an die Schlangen erinnern, aber durch die Wunde an meinem Bein wurde ich täglich daran erinnert.

»Es ist gut, dass dein Vater auf uns Acht gibt«, sagte ich und wir liefen weiter den Gang entlang. Umso näher wir dem Saal kamen, umso lauter wurde das Stimmengewirr.

»Wie viele Gäste kommen heute?«, fragte ich und schaute mich überrascht um. Vor uns gingen immer mehr Gäste in den Saal. Niemand von ihnen achtete auf uns.

»Um die zweihundert. Eigentlich ist es noch recht wenig und die meisten Verlobungsgfeste sind deutlich voller. Die Feierlichkeiten dauern auch drei Tage, damit sich die Familien besser kennenlernen können.«

»Muss ich allein reingehen?«, fragte ich und beobachtete, wie die restlichen Personen nach und nach einzeln in den Saal gingen.

»Mach dir keine Sorgen, wir gehen zusammen rein. Wir warten, bis alle drin sind, dann sind wir an der Reihe. Du sitzt am Tisch meiner Familie.« Bei Keynas letztem Wort kam Nalu durch die Tür auf uns zu. Mit strahlendem Lächeln musterte er Keyna.

»Ihr seid dran. Kommt«, sagte er freundlich und stellte sich neben die große Saaltür, durch die wir jeden Moment treten würden.

»Alle werden mich sehen«, flüsterte ich ängstlich. »Ich kann das nicht, ich will nicht auf dem Präsentierteller sein, kann ich mich nicht reinschleichen?«

»Kopf hoch, Delja. Tu so, als wärst du eine Prinzessin«, sagte Keyna lapidar. Sie straffte ihre Schultern und Nalu winkte uns hinein. Er zwinkerte uns zu und im Saal wurde es augenblicklich still, als Keyna den ersten Schritt in diesen tat. Ich folgte ihr und spürte alle Blicke auf uns, sobald wir den Saal betreten hatten.

»Wer ist die Kleine neben ihr?«

»Wer ist die Frau in dem gelben Kleid?«

»Hat der König zwei Töchter?«, hörte ich Geflüster um mich, sah jedoch stur geradeaus. Die Gäste stellten noch mehr Fragen, doch ich bekam nicht alle mit. Am Tisch angekommen ging ich in eine tiefe Verbeugung. Keyna folgte mir und wir blieben einen Moment in der Position.

»Liebe Gäste«, hörte ich eine männliche Stimme hinter mir. »Unsere ehrenwerte Prinzessin Keyna und ihre Freundin Delja.« Wir erhoben uns wieder und mein Blick huschte von König Chelan zu Calliope und zurück.

»Setzt euch, ihr beiden«, sagte König Chelan stolz und mit warmer Stimme. Wir gingen hinter den Tisch und setzten uns nebeneinander.

»Du hättest mich warnen können, dass wir im Saal bekannt gegeben werden. Ich kenne so etwas nicht«, zischte ich Keyna zu.

Sie lachte nur und grinste mich an. »Hast du gehört, wie sie von dir geredet haben?«, raunte sie.

Ich nickte. »Ja, und es ist unangenehm.«

Bei meinen Worten erforschte ich den Saal. Überall saßen die unterschiedlichsten Personen, alle hatten türkise Haare, doch anders als meine, waren ihre um einiges dunkler.

»Du wirst heute Abend ganz bestimmt noch einige nette Männer kennenlernen«, flüsterte Keyna und lächelte mich an. Ich lächelte zurück. Gerade als ich antworten wollte, erregte ein Klirren meine Aufmerksamkeit und alle im Raum wurden still.

An einem der Tische erhob sich ein Mann. Er hatte wie König Chelan eine Krone auf. In der Hand hatte er eine Harpune.

»Hallo Bewohner von Ostrea! Ich, König Merric vom Volk Amphissa, danke euch für eure Gastfreundschaft.« An seinem Tisch begannen einige Männer, zu jubeln, stoppten jedoch nach wenigen Momenten. »Wir sind heute hier, um die Verlobung unserer Kinder und die daraus entstehende Vereinigung unserer

Königreiche zu feiern.« Er klopfte mit seiner Harpune auf den Boden und ein Raunen ging durch die Reihen. Die Saaltür wurde aufgezogen und herein kamen Kain und eine Frau.

»Das ist Ligeia«, flüsterte Keyna mir zu. Ich konnte meinen Blick nicht von ihnen nehmen.

Ligeia war wunderschön. Sie war fast genauso groß wie Kain, ihre Haare waren helltürkis und darin waren unzählige Seesterne eingearbeitet. Sie hatte ein wunderschönes hellblaues Kleid an, welches ihren Körper betonte. Ich hatte noch nie eine so wunderschöne Frau gesehen – aber es waren ihre Augen, die extrem hervorstachen und die meine volle Aufmerksamkeit forderten. Das linke war gelb, das rechte grün. Ich schluckte, ließ meinen Blick zu Kain wandern.

Er war atemberaubend schön neben ihr. Er hatte eine Uniform an. Sein Hemd war eng, vorne hatte es einen Ausschnitt, wodurch seine Brust frei lag. Dadurch sah ich das Spiel seiner Muskeln, bei jedem Schritt, den er weiter in den Raum trat. Sein Gesicht war ernst und sein Blick starr geradeaus gerichtet.

Die beiden waren ein wunderschönes Paar. In mir machte sich ein unbekanntes Gefühl breit. Mein Herz pochte aufgeregt. War ich etwa eifersüchtig? Kain war doch immer nur unfreundlich zu mir. Ich lockerte meine Hand, die ich unbewusst zu einer Faust verschlossen hatte.

»Sie hat die gleichen Augenfarben wie du«, sagte Keyna leise und verwundert.

»Wusstest du das nicht?«, flüsterte ich zurück und löste meinen Blick von Kain und richtete diesen wieder auf Ligeia. Bis auf ein paar Details waren unsere Augen gleich. Ihre strahlten in der gleichen Intensität wie meine, lediglich eine Nuance dunkler. Jetzt erinnerte ich mich auch, wo ich sie schon mal gesehen hatte. Sie war die Frau, die mich angestarrt hatte, als wir bei der letzten Feier den Saal betreten hatten.

»Nein, tatsächlich nicht, ich weiß, wie sie heißt. Allerdings habe ich sie noch nie persönlich kennengelernt«, antwortete sie und beobachtete die beiden weiter.

Ich ließ meinen Blick durch den Raum gleiten. Dabei sah ich mir alle Gäste genauer an und entdeckte, dass Ligeias Vater, König Merric, auch zwei Augenfarben hatte, das linke war orange, das rechte gelb.

»Warum haben nur manche unterschiedliche Augenfarben?«, raunte ich Keyna zu. Keynas Blick lag weiterhin auf ihrem Bruder.

»Es bedeutet, dass man die Erstgeborene oder der Erstgeborene eines Volkes ist«, sagte sie und wandte sich dabei zu mir um. Für einen Moment erstarrte ich. Nur Erstgeborene hatten diese Anomalie? »Ich kann richtig von deinem Gesicht ablesen, was du denkst«, sagte Keyna ernst. »Ich habe da auch schon drüber nachgedacht und wollte in nächster Zeit in der Bibliothek suchen, was genau es mit den Augenfarben noch auf sich haben könnte. Weil es müsste ja auffallen, wenn eine Erstgeborene verschwindet.«

»Sollte so was nicht bei allen auffallen, egal ob Erst- oder Zweitgeboren?«, fragte ich verwirrt.

»Klar bei allen, aber Erstgeborene werden mehr bewacht«, war alles, was sie sagte, bevor sie sich wieder abwandte.

Das war eine gute Idee. Immer mehr Geheimnisse offenbarten sich mir und ich fragte mich, was man mir alles verheimlicht hatte oder derzeit verheimlichte. Ich würde noch mal mit Keyna sprechen, damit sie mir alles über das Königreich erzählen konnte.

Ich drehte mich wieder von ihr weg und mein Blick traf Kains nachdenklichen. Dann zog er einen Stuhl zur Seite, sodass sich Ligeia mit einem Lächeln setzte. Er nahm neben ihr Platz und unterbrach unseren Blickkontakt.

»Keyna«, flüsterte ich mit wild schlagendem Herzen. »Wir

müssen dringend mehr über meine Herkunft rausfinden.«

»Das werden wir«, sagte sie. »Morgen fragen wir meinen Vater und -«

»Ich freue mich, dass dieses Verlobungsfest nun beginnt!«, unterbrach König Chelan unser Gespräch und wir drehten uns beide zeitgleich zu ihm.

»Lasst uns auf das Verlobungspaar anstoßen!«, sagte nun König Merric und hob einen Kelch in die Höhe. »Auf dass unsere Völker Großes zusammen bewirken!«

Alle Gäste taten es ihm gleich und standen auf, auch Keyna und ich, ehe wir unsere Becher hoben.

»Auf dass unsere Völker Großes zusammen bewirken!«, wiederholte Chelan und nahm einen großen Zug aus seinem Becher.

»Auf dass es hoffentlich kein Fehler war«, flüsterte Keyna und trank ebenfalls aus ihrem Becher.

Ich tat es ihr gleich, während mein Blick zu Kain flog.

Ich wurde aus seinem Verhalten nicht schlau: Er war so großzügig, dass er für seine Schwester diesen Schritt der Hochzeit ging, gleichzeitig war er so unfreundlich zu mir. Dieses Verhalten passte nicht zu dem, was er gerade tat. Ich fragte mich, warum er das tat? Warum er so gegensätzlich agierte? Doch die Frage konnte ich nicht mehr stellen, da alle anfingen, kurze Reden zu halten.

Das Fest war in vollem Gang, als ein junger großer und gut aussehender Mann vor mir stehen blieb.

»Darf ich um einen Tanz bitten?«, fragte er mich freundlich und ich verschluckte mich an meinem Getränk. Er hatte blaue Haare, die wild von seinem Kopf abstanden, als wäre er sich öfters hindurchgefahren. Seine Augen strahlten mich in einem intensiven Orange an. Sein Lächeln war atemberaubend schön. Ich musste schlucken. Keyna stieß mir in die Seite.

»Prinz Morogh hat dich etwas gefragt, Delja«, sagte sie und betonte meinen Namen dabei viel zu deutlich. Ihre Augen lagen durchgehend auf dem Mann vor mir. Ich musste noch mal schlucken. Das war ein Prinz?

»Delja ist ein schöner Name. Möchtest du tanzen?«, fragte er ein weiteres mal höflich. Das Schmunzeln auf seinen Lippen trieb mir Hitze in die Wangen. Ich nickte und stand auf. Er hielt mir seinen Arm hin und wir schritten gemeinsam auf die Tanzfläche.

Obwohl viele Gäste in ihre Tänze vertieft waren, spürte ich dennoch Blicke auf mir. Morogh und ich stellten uns in die Menge, ehe er mir seine Hand hinhielt und sich leicht vor mir verbeugte. Ich tat es ihm gleich und legte meine Hand in seine. Wie selbstverständlich schloss er seine Hand fest um meine und zog mich näher. Dabei blickte er mich intensiv an.

Er war der geborene Tänzer, wie ich feststellte. Seine Schritte waren leicht und fließend. Nicht ein einziges Mal kamen wir uns in die Quere, sondern verschmolzen zu einer Einheit. Wir wirbelten über die Tanzfläche und ich hatte so viel Spaß und lachte ausgelassen, dass ich alles um mich herum vergaß.

»Du kannst wirklich gut tanzen, Delja«, sagte er außer Atem und mit einem intensiven Blick, bevor das nächste Lied begann.

»Danke schön«, raunte ich lächelnd. »Du kannst auch nicht schlecht tanzen.«

Er lachte und die Umstehenden sahen uns interessiert an.

»Danke für das Kompliment!«

Als das nächste Lied einsetzte, lachte er noch mal und drehte uns, bis auch dieses vorbei war.

»Ich hoffe sehr, dass dies nicht unser letzter Tanz war«, sagte er mit tiefer Stimme, verbeugte sich leicht vor mir und gab mir einen Kuss auf den Handrücken. Ich wurde rot und hörte, wie einige der Gäste um uns herum kicherten. Er zog mich von der Tanzfläche, seine Hand in meiner, und brachte mich an meinen Platz, dann lief er zurück zu seinem, während ich ihm hinterhersah. Dabei glitt mein Blick über Kain, der mich anstarrte.

»Du hast mit dem Prinzen getanzt!«, kreischte Keyna und zog damit die Aufmerksamkeit einiger in unserer Nähe sitzenden Gäste auf uns.

»Entspann dich«, sagte ich und setzte mich auf meinen Stuhl. Doch sie hörte mir gar nicht zu.

»Wie war es? Ich will alles wissen! Worüber habt ihr gesprochen? Ihr habt ja ewig getanzt.« Sie hibbelte neben mir rum wie ein Fisch auf dem Trockenen und ich musste über diesen Vergleich lachen.

»Er ist sehr nett und höflich«, sagte ich verlegen, während Keyna an meinen Lippen hing. »Und wir haben nur getanzt, nicht geredet.«

»Und das soll ich dir glauben?«, fragte sie mit schief gelegtem Kopf.

»Du kannst ja selber mit ihm tanzen und ihn fragen, ob es stimmt«, sprach ich meinen Gedanken aus. »Warum sollte ich lügen?«

»Du hast recht, entschuldige. Ich finde es nur amüsant, dass du niemanden kennenlernen willst, und dann kommt der Prinz zu dir.«

Ich fragte mich, warum sie mich so entgeistert anschaute, als Kain vor unserem Tisch auftauchte. Auch er war auf der Tanzfläche gewesen und hatte mit Ligeia getanzt. Zwar nicht so lange, wie ich vermutet hatte, aber die beiden hatten den Tanz eröffnet, danach hatten sie wieder an ihrem Platz gesessen. Ich schaute zu ihm auf, doch bevor er etwas sagen konnte, kam mir Keyna zuvor.

»Was willst du hier? Willst du nicht zu deiner *Verlobten*? Sie schaut schon sehnsüchtig zu uns rüber.« Sie spuckte das Wort Verlobte aus, als wäre es eine Beleidigung. Ich schaute an Kain vorbei und entdeckte Ligeia, die sich mit jemandem unterhielt und uns keines Blickes würdigte. Meiner huschte derweil wieder zu Kain, der seinen intensiv auf mich gerichtet hatte. Dabei ignorierte er seine Schwester komplett.

»Willst du mit mir tanzen?«, fragte er kühl, weswegen eine Gänsehaut meine Arme überzog. Ich wollte gerade verneinen, als Keyna neben mir schon lossprudelte.

»Du weißt ganz genau, wie unhöflich es wäre, jetzt nein zu sagen«, fauchte sie ihren Bruder an.

»Wie meinst du das?«, fragte ich sie verständnislos.

»Na ja, wie sieht es aus, wenn du mir, dem Sohn des Königs, den Tanz verwehrst?«, erklärte Kain. »Es einem anderen Prinzen aber erlaubt hast?«

Mein Blick huschte wieder zu Keyna, doch sie zuckte nur mit den Schultern.

»Entschuldige, das habe ich wohl vergessen, zu erwähnen, als du mit Morogh tanzen gegangen bist«, war alles, was sie zu mir sagte.

Kain hingegen hielt mir seine Hand auffordernd entgegen. Für einen Moment schaute ich diese nur an. Entschied mich aber dafür, dass ich tanzen wollte, sodass ich die mir angebotene Hand ergriff und wieder aufstand. Meine Beine fühlten sich weich an – ob vom letzten Tanz oder Kains Nähe, wusste ich nicht.

Wir gingen auf die Tanzfläche und er griff direkt nach meiner anderen Hand, die er an seine Hüfte legte.

»Danke, dass du nicht verneint hast«, sagte er und fing im nächsten Moment an, uns im Takt der Musik zu bewegen. Bei den ersten Klängen sagte keiner von uns ein Wort und ich ließ mich einfach von ihm durch diesen Tanz führen. Kain war ein großartiger Tänzer. Aber ich würde ihm das nicht unter die Nase reiben und sein Ego noch höher steigen lassen.

»Du musst vorsichtig sein bei Prinz Morogh«, sagte er plötzlich und drehte uns in einer Pirouette. »Er spielt dir etwas vor«, flüsterte er mir zu, bevor er mich wieder etwas von sich schob.

Ich stockte, da sein warmer Atem meine Haut streifte, und ich mich beherrschen musste, nicht aus dem Takt zu geraten. Seine Hand an meiner Hüfte machte das Ganze nicht besser.

»Woher willst du das wissen?«, murrte ich. »Es interessiert dich eh nicht, was mit mir passiert, du bist doch auch jemand, der mir etwas vorspielt.«

Für einen Moment spürte ich, wie sich Kain versteifte. Dann drehte er uns zweimal schnell im Kreis, sodass ich aufpassen musste, nicht zu fallen.

»Du weißt gar nichts über mich oder was mich interessiert«, flüsterte er, als ich wieder an seine Brust stieß. In mir explodierte ein Chaos, als ich seine nackte Haut berührte. Ein Kribbeln kletterte über meinen Körper.

Das Lied stoppte und er ließ mit einem Mal meine Hüfte sowie meine Hand los.

»Danke für den Tanz«, sagte er rau, nahm wieder meine Hand und brachte mich zurück an meinen Platz.

In mir machte sich ein Gefühl breit, dass ich irgendetwas übersah. Warum sonst sollte er so reagieren? Ich verstand selbst nicht, weshalb ich so sehr auf ihn reagierte. Er ließ mich vor unserem Tisch los und lief zurück zu seinem. Dort nahm er Ligeia in den Arm und hauchte ihr einen Kuss auf die Stirn. In mir versteifte sich alles, wegsehen konnte ich trotzdem nicht. Als sein Blick noch mal auf mich fiel, drehte ich mich weg und musste mir meine Tränen verkneifen.

Ich verstand nicht, was los war. Diese Emotionen hatte ich noch nie gespürt. Ich kannte keine Eifersucht und verstand nicht, wieso ich sie bei ihm empfand. Ich setzte mich schnell auf meinen Platz und trank einen großen Kelch Dunkelmonwasser, dann ließ ich mir von einem der Oktopusianer einen weiteren Kelch bringen.

»Nimm es ihm nicht übel.« Nalus Stimme ließ mich zusammenzucken und ich drehte mich zu ihm. Er beobachtete Kain und Ligeia. »Er weiß nichts mit seinen Gefühlen anzufangen. Du bist die erste Frau, die ihm Kontra gibt, seit er seine Freundin verloren hat«, flüsterte er.

»Es geht mich nichts an, was damals passiert ist«, sagte ich ernst, doch meine Stimme bröckelte und mein Herz sagte etwas ganz anderes.

Ich hätte Keyna schon längst fragen sollen, was damals eigentlich passiert war. Ich drehte mich wieder zu Kain, der gerade seiner Verlobten eine Strähne hinters Ohr strich und sie damit zum Kichern brachte. Der Anblick tat weh und am liebsten wäre ich weggelaufen.

»Wusstest du, dass es bei uns eine Legende gibt, die besagt, dass sich ein Bewohner nur einmal verlieben kann? Also so richtig?« Nalu sah zu Kain und Ligeia herüber. Mein Blick hingegen streifte Nalu. »Ich glaube, dass Kain damals verliebt war. Aber dass sein Herz nicht für sie geschlagen hat.« In Nalus Augen erkannte ich den Ernst seiner Worte. »Ich glaube, du bist ihm wichtig und er versteht nicht, warum. Wieso sonst kommt er jedes Mal wieder zu dir, redet mit dir und fragt dich, ob du tanzen willst? Ihr habt jetzt das zweite Mal getanzt und die letzten Jahre hat er nie jemanden aufgefordert«, redete er weiter. »Auch nach dem Angriff mit den Schlangen hat er dich kein Mal allein gelassen, nicht mal, um sein Training durchzuziehen. Das hat er noch nie gemacht.«

»Er war die ganze Zeit da?«, fragte ich mit leiser Stimme. Nalu nickte. Als er weitersprechen wollte, tauchte Keyna neben ihm auf.

»Was machst du denn hier?«, fragte sie Nalu.

»Ich wollte nur kurz nach euch schauen«, sagte Nalu lächelnd und trat einen Schritt vom Tisch weg.

»Das ist lieb. Danke! Und du, Delja« – sie sah mich an – »bist ja schon fertig mit tanzen. Ich hoffe, du bist meinem Bruder schön auf die Füße getreten.«

Ihr Lachen steckte mich an.

»Natürlich.«

»Möchtest du tanzen, Keyna?«, fragte Nalu leise und seine Augen glänzten vor Verlangen. Keyna nickte und hielt ihm ihren Arm hin.

»Na dann los, solange du noch hier bist.«

Beide liefen zur Tanzfläche und ich schaute ihnen hinterher. Die beiden sahen wundervoll zusammen aus und ich verstand erneut nicht, warum sie nicht zusammen sein durften. Alle Gäste schauten auf die beiden, wie sie über die Tanzfläche wirbelten. Sowohl Keyna als auch Nalu strahlten über das gesamte Gesicht. Als das Lied vorbei war, verbeugte er sich tief vor ihr. Er hielt ihre Hand und gab ihr einen Kuss auf diese. Ihr Anblick erwärmte mein Herz.

Eine Bewegung rechts von mir erregte plötzlich meine Aufmerksamkeit und ich sah, wie Kain den Saal verließ. Ohne nachzudenken, stand ich auf und ging auf die Tür zu, durch die Kain verschwunden war, als der König vor mich trat.

»Wo willst du hin?« König Chelan sah mich durchdringend an und ich musste schnell improvisieren.

»Auf die Toilette«, sagte ich und machte einen Schritt an ihm vorbei.

»In Ordnung, beeil dich, wiederzukommen.« Für einen Moment sah ich Chelan hinterher, wie er sich wieder an den Tisch zu seiner Frau setzte, dann lief ich Kain hinterher.

Schnellen Schrittes ließ ich den Saal hinter mir und betrat den dunklen Gang hinter dieser. Erst jetzt merkte ich, wie spät es bereits war. Ich strich über meine nackten Arme und versuchte der Kälte, die sich auf diesen ausbreitete, zu entkommen. Langsam schritt ich den Gang entlang und fragte mich, was mich dazu geritten hatte, Kain hinterherzulaufen. Bei jedem Schritt leuchteten in die Wand eingelassene Perlen auf und ließen den Weg vor mir in einem sanften Blau erstrahlen.

Ich ging um die Ecke und stieß mit jemandem zusammen – Kain, wie ich erkannte, als ich aufsah.

»Bist du mir gefolgt?«, fragte er mit tiefer, ruhiger Stimme. Ich zuckte bei seinen Worten ertappt zusammen.

»Ja ... also ... nein. Ich brauchte einfach nur frische Luft«, stotterte ich und wollte mich von ihm wegdrehen, weil es offenbar keine gute Idee gewesen war, ihm hinterherzulaufen.

Kain packte meinen Arm und zog mich hinter sich her.

»Was soll das?«, protestierte ich und wollte ihm meinen Arm entziehen. Doch er ließ mich nicht los und bog mit mir in einen anderen Gang ein, ehe wir an einer Brüstung zum Stehen kamen und ich meinen Augen nicht traute. Unter uns konnte ich über ganz Ostrea schauen. Überall leuchteten kleine Lichter. Durch die Wege schwammen bunte Fische und Kinder liefen über diese.

»Das ist wunderschön«, staunte ich.

Kain ließ mich los und stellte sich neben mich.

»Ich stehe gern hier oben, allein. Keiner weiß, dass ich hier Zeit verbringe.«

Sein Atem streifte meine Wange und mir wurde bewusst, wie nah beieinander wir standen. Mit seiner Fingerspitze strich er mir über meine Hand, die ich auf die Brüstung gestützt hatte. Gänsehaut wanderte meinen Arm hinauf. Ich hörte ihn leise lachen und mir wurde warm. Für eine ganze Zeit sagte niemand von uns ein Wort, wir beobachteten nur die Stadt vor uns.

Meine Gedanken flatterten wie loses Papier im Wind durch meinen Kopf. Hier und jetzt war mir Kains Verhalten noch suspekter. Im Saal war er kalt wie ein Eisblock gewesen und hier wärmend wie die Sonne. Ich hörte seinen gleichmäßigen Atem neben mir und seine Finger strichen immer noch über meine Hand. Ich fragte mich, ob er meinen Herzschlag spürte, der bei jeder Berührung seiner Finger auf meiner Haut schneller wurde.

»Kannst du dich an die Nacht des Angriffs wieder erinnern?«, fragte er leise, sodass ich es fast nicht verstand.

In mir spielte alles verrückt, als ich sah, wie erwartungsvoll er mich betrachtete. Mit einem Mal fiel mir das Atmen schwer. Ich wusste nicht, was ich denken oder fühlen sollte, so intensiv lag sein Blick auf mir. Worte kamen erst recht nicht aus meinem Mund. Daher schüttelte ich stumm meinen Kopf.

»Schade«, hauchte er und schloss seine Augen. Er machte einen Schritt von mir weg, und diesmal war ich diejenige, die nach seinem Arm griff.

»Was ist in der Nacht passiert und warum fragst du mich dauernd, ob ich mich dran erinnere?«

Kain schien an Ort und Stelle zu erstarren, bis er sich langsam mir zuwandte, sodass wir uns nun genau gegenüberstanden. Er machte noch einen Schritt auf mich zu. Mein Atem ging schneller und er musste ihn auf seiner Haut spüren. Als sein Atem meine Wange traf, wurde mir schwindelig vor Freude darüber.

»Wenn du dich nicht daran erinnerst«, flüsterte er, »dann müssen wir warten, bis es soweit ist.«

Er lehnte sich weiter nach vorne und schloss dabei seine Augen. Der Geruch nach frischem Salz, Sandelholz und Zimt stieg mir in die Nase und ich atmete tief ein.

Ich legte meine Hand auf seine Brust und spürte, wie auch sein Herzschlag immer schneller wurde. Als Kain seine Augen wieder öffnete, strahlten diese und sahen mich mit purer Entschlossenheit an.

»Ich hoffe, ich tue nichts Falsches«, flüsterte er so leise, dass ich es erst richtig verstanden, als im nächsten Moment seine Lippen auf meinen lagen.

Sie waren warm und weich und er zog mich in seine Arme. Ein heißer Schauder schoss durch mich hindurch, während ich den Kuss erwiderte. Es fühlte sich unglaublich gut an. Er drückte mich leicht gegen die Brüstung. Ich legte ihm meine Arme auf die Schultern und zog ihn näher an mich heran.

Vorsichtig tastete seine Zunge über meine Lippen und ganz leicht öffnete ich diese. Unsere Zungen verbanden sich, erst langsam, dann mit mehr Leidenschaft. Kain stöhnte leise und drückte sich fester gegen mich. Behutsam hob er mich auf die Brüstung und ich schlang meine Beine um seine Hüfte. Wieder trafen unsere Lippen zu einem Kuss aufeinander und mein Verlangen, ihm näher zu kommen, wuchs. Mit der Hand strich er über meinen freien Rücken, bis er den Ansatz des Kleides berührte und dort stoppte. Die andere schob er in meine Haare und drückte sich fester an mich heran. Ich bekam nichts mehr um uns mit und wusste nicht, wie lange wir hier so standen und uns küssten, als hinter Kain ein Räuspern erklang.

»Ich denke, das reicht jetzt«, drang eine Stimme an mein Ohr, die ich irgendwo schon mal gehört hatte.

Kain ließ mich so plötzlich los, dass ich schwankte und nach vorne von der Brüstung kippte. Doch Kain hielt mich, bevor ich auf die Knie fiel. Als ich wieder auf meinen Füßen stand, schaute ich in Nadishs blaue Augen. Sein Blick sagte nichts über seine Gefühle aus. Stumm betrachtete er uns beide. Wobei seine Aufmerksamkeit hauptsächlich auf mir lag.

»Du solltest zurück zu deiner Feier und zu deiner Verlobten. Die Gäste tuscheln schon, wo du bist«, sagte er ernst. Kain sah stur zu Nadish, drehte sich nicht mehr zu mir um, sondern ging ohne ein weiteres Wort zurück Richtung Saal. Nadish sah ihm hinterher und wandte sich an mich.

»Du solltest niemandem hiervon erzählen«, sagte er, dann folgte er Kain.

Ich sah den beiden hinterher, spürte nichts. Was war gerade passiert? Meine Finger wanderten zu meinen Lippen, die geschwollen vom Kuss waren. Ich schmeckte Kains Geschmack auf den Lippen und roch seinen Geruch an mir. Fühlte seine Hände auf meiner Haut.

In mir machte sich eine Kälte breit, die ich so nicht kannte. Mein Herz hatte Risse bekommen, tausende Gedanken rasten mir durch den Kopf, aber nicht einen konnte ich greifen. Ich war so verwirrt über diese Situation, über mich selber, dass ich stumm in die Richtung schaute, in die beiden verschwunden waren. Eine Träne lief über meine Wange, die ich wegwischte. Meine Gefühle spielten verrückt. Meine Haut kribbelte von den Berührungen. Immer mehr Tränen kamen und wollten nicht aufhören. Ich sackte an der Brüstung zusammen und legte meine Stirn auf meine Knie. Dann ließ ich meinen Tränen endgültig freien Lauf.

KAPITEL 10

Ich wusste nicht, wie lange ich an der Brüstung saß und weinte. Immer wieder machte ich mir bewusst, dass ich Kain geküsst hatte und mit diesem Kuss mein Herz total durcheinanderbrachte. Ich wusste auch nicht genau wie und vor allem, dass ich einen Teil meines Herzens an ihn verschenkt hatte. Doch jetzt war unendlicher Schmerz in mir. Als Uri auftauchte und mich anblubberte, folgte ich ihm, ohne zu zögern. Ich hatte keinen Blick für den Weg zurück ins Zimmer. Ich durchquerte den Raum und lief auf den Schrank zu, diesen durchlief ich und ging durch den Gang Richtung Grotte. Dort versuchte ich, das Kleid zu öffnen, kam aber selber nicht an die Knöpfe an meinem Rücken.

»So ein Scheiß!«, meckerte ich und hüpfte auf der Stelle, in der Hoffnung, mit etwas Schwung an den obersten Knopf zu gelangen.

»Kann ich dir helfen?« Ich erschrak, wirbelte herum und sah wie Uri unentschlossen am Eingang trieb. Ich nickte und er kam direkt angeschwommen und öffnete die Knöpfe geschickt mit seinem Maul.

»Danke, Uri.« Ich lächelte ihn an, doch mein Lächeln erreichte nicht meine Augen.

»Kein Problem, wenn du was brauchst, ruf mich«, blubberte er und schwamm zurück ins Zimmer.

Ich zog mir das Kleid komplett aus und sprang ins warme Wasser. Es umarmte meinen Körper und ich versuchte, so lange unten zu bleiben, bis ich keine Luft mehr bekam. Als ich auftauchte, stand Keyna vor mir und sah mich besorgt an.

»Delja! Ich habe dich überall gesucht, wo warst du?«

Sie schlüpfte aus ihrem Kleid und kletterte gekonnt in das Becken. Dann schwamm sie auf mich zu. Ohne dass ich die Chance hatte, etwas zu sagen, redete sie auch schon weiter.

»Du hast mich allein gelassen«, beschwerte sie sich bei mir. »Irgendwann kam Nadish zu mir und meinte, ich soll nach dir schauen, weil du bereits so lange weg bist.«

»Du solltest niemandem hiervon erzählen«, hallten Nadishs Worte in meinem Kopf wider. Mein Herz verkrampfte sich.

»Was ist denn los mit dir?«, fragte mich Keyna und ich spürte, wie mir wieder Tränen über die Wangen liefen. Schnell wischte ich sie fort und drehte mich von ihr weg.

»Nichts«, hauchte ich, doch selbst in meinen Ohren klang das nicht überzeugend.

»Erzähl mir keine Lügen. Ich habe gesehen, wie du den Saal verlassen hast«, sagte sie jetzt ruhiger.

In mir machte sich kurz die Angst breit, dass sie gesehen hat, wie ich Kain hinterhergelaufen war.

»Morogh ist dir hinterhergegangen, also sag schon, was ist zwischen euch passiert?« Mit einem Mal verflog die Angst und ich überlegte, ob ich es richtigstellen sollte, doch Keyna nahm mein Schweigen falsch auf.

»Hat er dir wehgetan?«, fragte sie entsetzt. »Was hat er gemacht, sollen wir zu meinem Vater gehen?«

»Nein, er hat nichts getan!«, sagte ich schnell, um Keyna zu beruhigen.

»Und was ist dann passiert, dass du hier so aufgelöst bist? Und warum sind deine Haare jetzt vollständig blau? Was ist los?«

Ich starrte sie perplex an. »Meine Haare sind was?«

»Blau, Delja. Sie sind komplett blau, du hast keine einzige blonde Strähne mehr.«

Das konnte doch unmöglich sein. Ich schwamm an den Rand und setzte mich mit Schwung auf die Steine, die den See umrandeten. Dann schaute ich wieder auf die Oberfläche des Wassers, in der sich mein Gesicht und meine blauen Haare langsam spiegelten, als dieses sich beruhigt hatte.

»Wie konnte das passieren?«, fragte ich, allerdings mehr zu mir selber.

»Das habe ich dich doch gerade gefragt«, sagte Keyna, kam näher und setzte sich zu mir auf den Rand. »Was ist passiert?«

»Ich habe …«, fing ich an, beendete den Satz jedoch nicht.

»Was hast du?«, fragte sie mit zu Schlitzen verengten Augen.

»Es könnte sein, dass ich jemanden geküsst habe und es sich gut angefühlt hat«, sagte ich hastig. »Es war nicht Morogh«, warf ich hinterher.

Als sie das hörte, riss sie ihre Augen auf, schlug sich die Hand vor den Mund.

»Das hast du nicht gemacht?! Hast du den besten Freund meines Bruders geküsst?«

»Wie kommst du darauf?«, fragte ich verwirrt und gleichzeitig glücklich, dass sie nicht auf Kain gekommen war.

»Na, deswegen hat er mich zu dir geschickt. Heiliger Karpfenkopf.«

Ich nickte, auch wenn mir gerade bewusst wurde, dass ich Nadish mit in meine Lüge einbezog.

»Ja, das habe ich«, sagte ich und hoffte inständig, Nadish würde mitspielen, sollte er von dieser Lüge erfahren.

»O Delja, hat euch jemand gesehen? Ich hoffe nicht.« Sie klang beunruhigt.

»Uns hat niemand gesehen. Aber selbst wenn, wäre es so schlimm?«, fragte ich verunsichert. Wäre es ein Problem, hätten

Nadish und ich uns tatsächlich geküsst?

»Na ja.« Sie straffte die Schultern und glitt mit den Beinen langsam durchs Wasser. Sie wirkte kleinlaut. »Bei uns gibt es so was wie einen Brauch.«

Ich blickte von ihren Beinen auf und sah Keyna ins Gesicht. Sie knabberte an ihrer Unterlippe und schien darüber nachzudenken, welche Worte sie nutzen sollte.

»Es ist so«, fing sie an und ihr Blick lag weiterhin auf ihren Beinen. »Der Brauch oder besser gesagt der Bann besagt, wenn sich Mann und Frau auf einer Feierlichkeit wie dieser küssen, dann kommt eine Art Besitzanspruch zustande. Wobei Besitzanspruch das falsche Wort ist. Eher haben die Personen die Möglichkeit, eine Partnerschaft einzugehen, ohne dass die Familie etwas mitbestimmen kann. Dies gilt aber nur, wenn euch jemand gesehen hat.«

»Was?«, fragte ich etwas zu laut. Ich verstand nicht, was Keyna da sagte. Ich erstarrte, denn Nadish hatte Kain und mich gesehen und wenn ich Keynas Worten glauben schenken durfte, dann hatte er jetzt einen Anspruch darauf ...

Nun drehte Keyna ihren Kopf zu mir und sah mich direkt an.

»Ja, so ist es. Das ist auch der Grund, warum niemand von Nalu wissen soll. Es ist was anderes, wenn er meine Hand küsst. Oder mir einen Kuss auf die Wange gibt. Aber sobald jemand sieht, dass er mich auf den Mund küsst, könnte das, wie an einem Tag wie heute, große Konsequenzen haben.« Sie strich sich über ihren Handrücken und lächelte. »Das ist der Grund, warum ich nicht möchte, dass du außerhalb des Zimmers mit jemandem darüber sprichst.«

Als sie verstummte, schweifte ihr Blick wieder übers Wasser. Ich hingegen musste daran denken, dass Nadish Kain und mich gesehen hat. Was er zu mir gesagt hatte, erlangte eine ganz andere Bedeutung. Ich hatte einen Besitzanspruch auf Kain, so wie er auf mich. Das hieß, ich könnte uns in eine riesige Katastrophe katapultieren. Sollte Nadish irgendwem von dem Kuss erzählen … Man würde mich, eine unscheinbare Person, aus dem Weg räumen, oder? Immerhin war Kain jemand anderem versprochen.

»Hat euch wirklich niemand gesehen? Bist du dir sicher?« Keyna sah mich besorgt an. Ich schüttelte den Kopf.

»Ich denke nicht«, sprach ich meinen Gedanken aus, auch wenn es gelogen war. Ich musste an Kains Lippen auf meinen denken, an seine Hände auf meiner Haut.

O ja, das muss Nadish gesehen haben.

»Das hoffe ich, spätestens morgen wissen wir mehr! Denn so was ist ein gefundenes Fressen für diese ganzen Tratschtanten da draußen und so was würde nicht geheim bleiben, gerade nicht beim Hauptgeneral der Königsarmee.«

Oder dem Prinzen selber, dachte ich und sah zu, wie Keyna aufstand.

»Ich wollte noch zu Nalu, ist das okay für dich?«

»Klar ist das okay für mich.«

Aus einer Nische in der Felswand holte sie ein großes, kuschelig aussehendes Handtuch und legte es neben mich, dann drückte sie mir einen Kuss auf die Stirn. »Es wird schon alles gut, du musst nur aufpassen.« Mit den Worten lief sie Richtung Grottenausgang.

»Keyna!«, rief ich ihr nach und sie drehte sich noch mal zu mir um. »Warum habt ihr diesen Brauch eigentlich?«

»Ganz einfach«, sagte sie und lächelte mich traurig an. »Es gab eine Zeit, in der die Reiche gegeneinander gearbeitet haben. Die Menschen haben Angst gehabt, haben nicht mehr geheiratet, niemand hat mehr die Liebe gesucht oder gefunden. Nur wenige Kinder erblickten das Licht der Welt. Zu dem Zeitpunkt wurde dieser Bann vom damaligen König heraufbeschworen. Er war in eine Prinzessin verliebt, die er laut seiner Familie nicht haben durfte. Durch den Bann mussten sie es ihm gestatten, sie zu heiraten. Leider ist dieser Bann etwas schief gegangen und doch konnte so das Volk gerettet werden, so konnte Ostrea gerettet werden. Mehr kann ich dir dazu aber nicht sagen, weil ich selbst nicht mehr weiß. Tut mir leid.«

Damit drehte sie sich um und ließ mich allein. Ich lehnte mich zurück und starrte an die Decke und dachte über ihre Worte nach. Genauso dachte ich an den Kuss und was dieser bedeuten könnte. Warum ich ausgerechnet für Kain Gefühle entwickelte und warum sich meine Haare jetzt vollständig blau eingefärbt hatten.

Ich wachte auf, als wäre ich von einem Truck überfahren worden. Ich schlug die Decke zurück und setzte mich auf den Rand des Bettes, dabei fiel mir auf, dass ich allein im Raum war. Auf meinem Nachtschränkchen lag ein gefalteter Zettel. Ich griff nach ihm und faltete ihn auseinander.

Ich habe dir ein Kleid zum Anziehen hingelegt. Nalu holt dich zum Frühstück ab. Ich musste zu meinem Vater. Keyna.

Es war schön, dass sie mich nicht ohne Erklärung zurückließ. Ich legte den Zettel wieder zurück und stand auf. Ich streckte mich erst mal ausgiebig und spürte jeden Muskel bei dieser Bewegung – das musste vom Tanzen kommen. Danach ging ich auf direktem Weg in Keynas Kleiderschrank. In diesem stand eine Kleiderstange, wegen der ich innehielt. An ihr hing ein weiteres gelbes Kleid. Nur dass es diesmal grüne Elemente mit eingearbeitet hatte. Das Oberteil war aus grün-glänzenden Muscheln gefertigt und dennoch durchscheinend. Ich fasste das Material an und musste lächeln.

Wie eine Fischhaut, dachte ich.

Ich schlüpfte in das Kleid und stellte mich vor den Spiegel. Meine türkis verfärbten Haare ließen mich vor Schreck aufstöhnen.

»Das kann nicht sein!«, sagte ich ungläubig zu meinem Spiegelbild, dabei strich ich durch meine Haare, doch tatsächlich war keine blonde Strähne mehr zu sehen.

Hinter mir klopfte es und ich fuhr herum.

»Entschuldige, Delja! Ich wollte dich nicht erschrecken.« Vor mir stand Calliope und lächelte mich an. Ich lächelte zurück und wandte mich ihr zu.

»Das haben Sie nicht, Königin«, sagte ich und verbeugte mich vor ihr. Sie lachte.

»Nenn mich bitte Calliope und bitte verbeug dich nicht vor mir.« Sie trat auf mich zu und strich durch meine Haare. »Es ist kein blondes Haar mehr zu sehen«, sprach sie aus, was ich gerade erst entdeckt hatte. »Meine Tochter ist bei ihrem Vater und bringt ihn um den Verstand, ich dachte, ich helfe dir bei deiner Frisur für heute.«

Sie schob mich an Keynas Frisiertisch und drückte mich auf den Hocker davor, ehe sie begann, meine Haare zu kämmen.

»Wie gefällt es dir hier?«, fragte sie und drehte eine Strähne nach der anderen in einen wunderbaren Zopf.

»Es ist sehr schön«, antwortete ich und beobachtete, wie sie immer mehr Muscheln in meine Haare flocht, die sie vom Schränkchen nahm.

»Ich spüre, dass bei dir etwas nicht in Ordnung ist. Das ist eine Sirenengabe«, sagte sie und sah mir im Spiegel tief in die Augen.

Ich überlegte, ob ich mit ihr über den Kuss reden konnte, dachte aber im gleichen Augenblick an Keynas Reaktion und an Nadishs Warnung.

»Ich habe Heimweh«, versuchte ich, abzulenken, wobei ein Fünkchen Wahrheit in meinen Worten steckte.

»Es muss schwer für dich sein, plötzlich in eine Welt geschubst zu werden, die du nicht kennst. War Chelan schon bei dir und hat dir gesagt, wie du nach Hause kommst?«

»Nein, das war er nicht.« Mit Schwung drehte ich mich zu ihr um und Calliope ließ die Strähne los, die sie hatte feststecken wollen. »Wie komme ich nach Hause?«

Sie schob die Brauen zusammen. »Es ist einfacher, als er dachte. Einer von uns muss dich nur an die Oberfläche bringen, denn da können wir hin, wir kommen nur nicht an Land. Durch das Armband kannst du wieder ganz normal an Land atmen.« Indem sie meine Schultern umfasste, drehte sie mich sanft Richtung Spiegel und begann weiter, an meiner Frisur zu flechten.

»So einfach ist es?« Freude machte sich in mir breit. Ich würde wieder nach Hause kommen, zu meiner Familie. Ich könnte meine Tante fragen, was sie wirklich über unsere Familiengeschichte wusste.

»Ja, so einfach ist es«, sagte Calliope und schaute mich einen Moment an. »Jetzt, wo wir das geklärt haben, Prinz Morogh hat gefragt, ob du heute bei ihm am Tisch sitzen möchtest. Ich habe für dich zugestimmt, da ihr so schön getanzt habt gestern. Und da ihr hintereinander den Saal verlassen habt, dachte ich, es wäre in deinem Interesse. Ich hoffe, es ist in Ordnung, dass ich das erlaubt habe«, sagte sie und ließ die Hände auf meine Schultern sinken.

Ich versteifte mich, weil ich nicht wusste, was ich davon halten sollte. Zum einen wusste ich nicht, was der Prinz von mir wollte, und zum anderen war mir bis jetzt nicht bewusst gewesen, wie aufmerksam Calliope überhaupt war.

»Ja, es war sehr schön mit ihm. Ich finde es okay. Danke für die Frisur«, sagte ich und versuchte, mir meine Unruhe nicht anmerken zu lassen. Calliope drückte meine Schulter und beobachtete mich im Spiegel.

»Ich hoffe, dir ist bewusst, dass du jederzeit zu uns kommen kannst, wenn dir etwas auf dem Herzen liegt. Ich spüre, dass du noch nicht bereit bist, mit mir zu sprechen. Aber denk immer dran, dass wir für dich da sind. Mein Mann hat es dir versprochen.«

Ich sah in ihre tiefroten Augen und nickte – in mir tobte jedoch ein Sturm. Ich wollte nicht neben Morogh sitzen, sondern neben Kain. Ich wollte wissen, was der Kuss zwischen uns bedeutete. Und ich wollte seine Lippen noch mal auf meinen spüren.

»Dann bis später, Delja«, sagte Calliope, verließ den Raum und ließ mich mit meinen Gedanken an Kain und Morogh zurück.

Nachdem ich es geschafft hatte, mich allein in das Kleid zu verfrachten, und Nalu immer noch nicht da war, hatte ich kurzfristig beschlossen, schon mal zum Saal zu laufen. Mein Gefühl sagte mir, dass ich bei dieser Feier nichts zu suchen hatte, dennoch stellte ich mich vor die Tür und wartete. Kurz bevor die Türen von den Wachen geöffnet wurden, trat Morogh neben mich und reichte mir seinen Arm.

»Hallo, Delja, es freut mich, dass du meiner Einladung nachgekommen bist und heute bei mir am Tisch sitzt«, sagte er, griff nach meiner Hand und legte diese auf seinen Arm. Ich versteifte mich, denn seine Haut fühlte sich kühl an. Er nickte einer der Wachen zu, lächelte mich an und die Tür vor uns schwang auf.

Alle Augenpaare waren auf uns gerichtet, als wir durch den Saal schritten und kurz vor dem König hielten. Einige tuschelten hinter vorgehaltener Hand. Wir verbeugten uns vor dem König und warteten einen Augenblick, bevor wir uns gleichzeitig erhoben.

»Ich danke Euch, König Chelan, dass Delja heute bei mir und meiner Familie am Tisch sitzen darf«, sagte Morogh, ohne den König zuerst sprechen zu lassen. »Ich werde gut auf sie achten.« Ein Raunen ging durch die Reihen und König Chelan verengte kurz die Augen.

»Ich wünsche Euch einen wunderbaren Abend, Prinz Morogh und nehme euch beim Wort.« Dann betrachtete er mich. »Dir auch, Delja, und wenn du zurück aufs Zimmer willst, sag bitte Bescheid, dann bringt dich eine von unseren Wachen.«

Pass auf dich auf, sagte sein Blick dabei. *Und pass auf, was du sagst.*

Ich nickte ihm zu, was er erwiderte. Dann sah er wieder zu Morogh. »Ihr dürft euch jetzt setzen.«

Morogh legte meine Hand auf seinen Arm und wir gingen gemeinsam auf den Tisch seiner Familie zu. Er zog mir den Stuhl hervor, sodass ich mich auf diesen setzen konnte, und schob ihn heran, als ich Platz genommen hatte. Dann setzte er sich neben mich.

»König Chelan mag dich sehr«, sagte er freundlich.

Er versuchte, ein lockeres Gespräch aufzubauen, was ihm auch durch seine Art gut gelang. Ich fühlte mich etwas wohler, jetzt, wo nicht mehr alle Blicke auf uns gerichtet waren.

»Es kommt selten vor, dass er so was offen zugibt.«

Ich wunderte mich ein klein wenig über seine Wortwahl, als sich die Tür öffnete und ein Raunen durch den Saal ging.

Diesmal kamen Kain und Ligeia herein. Auch heute sahen beide wieder wunderschön aus. Ligeia hatte ein Kleid an, welches ihre Figur betonte. Ihre Schultern lagen frei und sie hatte ihre Hand in Kains Armbeuge gelegt. Auch er sah gut aus, was mein Herz zum Rasen brachte. Seine Augen streiften durch den Raum, als sie an meinen hängenblieben. Er stockte für einen Moment und sah kurz zu Morogh herüber, dann wieder zu mir. Ich erinnerte mich an seine Worte des Vortages, dass ich vorsichtig sein sollte. Doch ich schüttelte sie ab, denn Morogh hatte mir keinen Anlass gegeben, ihm zu misstrauen.

Kain und seine Verlobte schritten nach vorne und verbeugten sich vor dem König, dann setzten sie sich an ihren Tisch. Ich spürte Kains Blick auf mir, ignorierte ihn aber.

»Du bist also Delja«, erklang eine tiefe männliche Stimme hinter mir. Ich drehte mich auf meinem Stuhl herum und sah direkt in König Merrics Augen. Er setzte sich neben mich auf den leeren Platz und schaute zwischen mir zu seinem Sohn hin und her.

»Es freut mich, dass du die Einladung meines Sohnes angenommen hast. Erzähl doch ein wenig von dir«, sagte er interessiert. In mir schrillten alle Alarmglocken. König Chelan hatte mir gesagt, dass ich niemandem verraten solle, woher ich kam.

»Meinen Namen kennen Sie ja bereits.« Morogh neben mir lachte leise. »Ich komme von weiter her und bin zu Besuch bei der Tochter des Königs«, sagte ich und lächelte mein schönstes Lächeln. In der Hoffnung, dass der König mir keine weiteren Fragen stellte, griff ich nach meinem Kelch und trank einen Schluck daraus. König Merics sah mich einen Augenblick an, nickte und wartete, bis ich den Kelch wieder hinstellte.

»Von wo kommst du denn genau? Ich habe dich bei meinen Besuchen noch nie gesehen.« Sein Blick wurde immer intensiver und ich fühlte mich unwohler, je länger er mich ansah.

»Das könnte daran liegen, dass ich noch nicht so oft hier war«, wich ich ihm aus.

»So muss es sein. Darf ich fragen, wo deine Eltern sind? So eine hübsche junge Frau wie du wird wohl kaum allein hier sein.« Er sah sich im Raum um, doch ich unterbrach seine Suche direkt.

»Meine Eltern sind nicht hier, ich bin allein zu Besuch.«

Er nickte und musterte mich eindringlicher. »Du kommst mir bekannt vor, als hätte ich dich schon mal gesehen.«

»Das kann nicht sein«, sagte ich. Angst kroch mir unter die Haut.

»Ich hoffe sehr, dass du heute viel Spaß haben wirst«, sagte er und beendete unser Gespräch abrupt. Er griff nach seinem Kelch, trank einen Schluck und stellte diesen demonstrativ vor sich ab. Dann drehte er sich in die andere Richtung und begann ein leises Gespräch mit der Frau neben sich. Ich wandte mich ebenfalls um und nahm einen Schluck aus meinem Kelch.

»Mein Vater ist immer etwas direkt«, sagte Morogh.

»Liebe Gäste«, begann König Chelan eine Rede. Ich konzentrierte mich auf den König und ging nicht auf Moroghs Gesagtes ein. Chelan erzählte über die Reiche und wie stark diese Verbindung werden würde. Doch ich hörte nur mit einem Ohr zu, sodass ich nur die Hälfte mitbekam, weil ich Merric von der Seite musterte. Etwas kam mir an ihm bekannt vor, doch ich wusste absolut nicht, was. Und mein Bauchgefühl sagte mir, dass ich vorsichtig bei ihm sein musste.

Nachdem die Rede und das Essen vorbei waren, wurde die Tanzfläche wie am Tag zuvor eröffnet. Morogh und ich unterhielten uns eine ganze Weile über belanglose Sachen.

»Sollen wir tanzen gehen?«, fragte er, nachdem uns die Fragen ausgegangen waren.

»Gern.« Ohne zu zögern, stand ich auf und schob den Stuhl nach hinten, Morogh tat es mir mit seinem gleich und wir gingen zu den anderen Paaren auf die Tanzfläche. Er legte mir eine Hand auf die Hüfte und nahm meine andere in seine. Dann fing er an, uns langsam im Takt der Musik zu bewegen.

»Tut mir leid, wenn mein Vater dir Angst gemacht haben sollte«, sagte er. »Er ist manchmal anstrengend und eben ein König.«

»Hat er nicht«, versicherte ich schnell und spiegelte Moroghs Schritte bei unserem Tanz.

»Du wärst nicht die Erste, bei der er sich so verhält. Wenn es dich nicht stört, dann lass uns heute einfach Spaß haben.«

Er wirbelte mich herum und wir tanzten in einem schnellen Rhythmus, ohne zu reden. Als ein langsameres Lied anfing, legte mir Morogh einen Arm um meine Taille und schaukelte mich hin und her.

»Erzählst du mir, woher du kommst?«, fragte er leise und drehte uns im Kreis. »Die Frage hast du meinem Vater nicht beantwortet – aber mir beantwortest du sie vielleicht.«

Ein Lächeln bildete sich auf seinem Gesicht und zwei Grübchen kamen zum Vorschein. Es fühlte sich richtig an, mit ihm hier zu stehen. Er gab mir das Gefühl, dass ich ihm vertrauen konnte.

»Ich komme nicht von hier«, antwortete ich daher. Er stockte in seinen Schritten und ich trat ihm auf den Fuß. »Entschuldige!«, japste ich schnell und wollte mich zurückziehen, doch er hielt mich fest.

»Nicht von hier? Von wo dann?«, fragte er stirnrunzelnd. »Wo sind deine Eltern, wenn sie nicht hier sind?«

Wir drehten uns wieder im Takt.

»Das ist eine lange Geschichte. Lass uns woanders drüber sprechen.«

Morogh lachte, was ich erwiderte. »Na gut, dann lass uns tanzen. Und später kannst du mir ein wenig mehr erzählen.«

Wir tanzten eine lange Zeit und es machte unglaublich viel Spaß, da er uns so gut zwischen den anderen Paaren entlangführte, dass wir niemandem im Weg standen.

»Delja?« Keyna tauchte neben uns auf, sie legte ihre Hand

auf meine Schulter. Ihr Blick huschte zu Morogh und Keyna deutete eine leichte Verbeugung an, danach drehte sie sich wieder zu mir. »Es wird Zeit. Komm, wir gehen in unser Zimmer.«

Ihr Blick hielt mich gefangen, worauf ich Morogh wie aus Reflex losließ.

»Danke für den schönen Abend, Prinz Morogh«, sagte ich zu ihm.

Er nickte und lächelte mich an. Keyna griff nach meiner Hand und zog mich aus dem Saal.

»Delja, du musst vorsichtiger sein«, sagte sie streng.

»Warum? Ich habe doch nur getanzt.«

»Ja, das hast du, aber du hast es mit dem Prinzen gemacht, in der Öffentlichkeit. Er zeigt Interesse an dir, du musst mit so einer Aufmerksamkeit einfach vorsichtiger sein.«

Sie schleifte mich durch die Gänge, bis wir vor ihrem Zimmer ankamen. Im Inneren drehte sie sich zu mir, nachdem sie die Tür geschlossen hatte.

»Ich hatte die ganze Zeit Angst, dass er dich vor allen küsst. Wenn das passiert …«

»Stopp, Keyna, wir hatten einfach Spaß, warum sollte er das tun? Ich bin die Fremde, keiner weiß, woher ich komme, und er war nur nett zu mir.«

Sie schüttelte den Kopf und ging an mir vorbei. In Keynas Worten schwang Angst mit, die ich nicht zuordnen konnte. Lange würde ich sowieso nicht mehr hier unten bleiben. Ich verstand nicht, wieso ich dann vorsichtig sein musste.

»Warum sollte er das tun?«, fragte ich.

Sie zog ihr Kleid aus und ein Hemd zum Schlafen an.

»Du bist eine wunderschöne Frau und ich will nicht, dass du Probleme bekommst. Pass einfach auf dich auf, sei vorsichtig, du kennst die Leute hier nicht, du kennst die Intrigen der Königsfamilien nicht.« In ihrer Stimme war Bitterkeit zu hören und sie kletterte in ihr Bett.

»Was sollen die denn davon haben?«

»Ich weiß es nicht. Aber ich habe ein ganz ungutes Gefühl. Warum sollte er jemanden, den er nicht kennt, an seinen Tisch holen? Da ist doch etwas faul.«

Ihre Worte verletzten mich.

»Du hast zu mir gesagt, ich soll Spaß haben. Und jetzt sagst du mir, ich bin nicht gut genug?«, fragte ich und sah ihr hinterher. »Es ist immer noch meine Entscheidung, mit wem ich hier etwas mache.«

Die ganze Zeit, seitdem ich hier war, hatte sie nie so abweisend mit mir gesprochen. Und jetzt? Ich schüttelte den Kopf und zog auch mein Kleid aus, kämmte meine Haare und stieg in das weiße Nachthemd von Keyna. Dann legte ich mich mit dem Rücken neben sie und zog die Decke über mich.

»Es tut mir leid.« Sie legte eine Hand auf meine Hüfte. »So sollte das nicht rüberkommen. Sei mir nicht böse, ich möchte einfach, dass du vorsichtig bist. Ich mache mir Sorgen um dich.« Sie drückte meine Schulter, bevor sie ihre Hand wieder zurückzog.

»Schon gut, ich bin wirklich unvorsichtig an die Sache rangegangen. Lass uns schlafen. Morgen ist sowieso alles vorbei.«

Keyna wusste nicht, dass ich mit ihrer Mutter gesprochen hatte, und die Möglichkeit bestand, dass ich nach Hause kam. Innerlich wollte ich Keyna so gern davon erzählen, doch ich wollte ihr den letzten Tag mit mir nicht kaputtmachen. Ich hatte sie so ins Herz geschlossen, dass es mich selber bereits traurig machte, sie verlassen zu müssen. Nach kurzer Zeit hörte ich Keynas langsame und tiefe Atemzüge.

Ich schloss meine Augen und dachte eine ganze Zeit über ihre Worte nach, bis ich schließlich auch einschlief.

Ein Geräusch weckte mich und ich öffnete meine Augen. Um mich herum war alles dunkel, die Bettseite neben mir war frei. An der einen Spaltbreit geöffneten Tür stand Keyna und redete leise, aber dennoch aufgebracht mit jemandem.

»Ja, ich habe ihr gesagt, dass sie vorsichtig sein soll! Verschwinde jetzt.«

»Sag es ihr morgen noch mal! Er ist gefährlich, er hat sie nicht verdient!« Kains Stimme hallte durch den Raum und ich hielt die Luft an. Was wollte er hier? Mitten in der Nacht?

»Kannst du bitte gehen?! Was ist eigentlich dein Problem, sonst interessierst du dich doch auch nicht für meine Freunde. Oder liegt es daran, dass sie so aussieht wie *sie*?« Keynas Stimme war wütend.

»Sie interessiert mich eben, wie sie aussieht, spielt in dem Fall keine Rolle«, fuhr er sie zischend an. »Das kann dir aber auch egal sein, Keyna, kümmere dich darum, dass sie morgen nicht bei ihm sitzt!«

Laute Schritte entfernten sich von der Tür, kurz darauf wurde sie mit einem leisen Klicken geschlossen. Ich tat, als würde ich schlafen, als Keyna ins Bett kletterte. Für einen Moment hatte ich das Gefühl, dass ihre Augen auf mir lagen.

»Was ist zwischen euch passiert?«, flüsterte sie, wie zu sich selbst. »Mein Bruder ist eigentlich nicht so fürsorglich, was Fremde betrifft. Das war er immer nur bei ihr …«

Ich nahm eine Bewegung wahr und kurze Zeit später hörte ich ihren flachen Atem. Die gesamte Nacht lag ich wach. Wer war diese Frau, von der Keyna immer wieder sprach und der ich angeblich ähnlich sah?

KAPITEL II

Mein Kopf platzte und in meinen Ohren pfiff es. Ich hatte die ganze Nacht nicht geschlafen und am Morgen weckte mich Keyna viel zu früh.

»Aufwachen, du Schlafmütze.« Fröhlich rüttelte sie an meiner Schulter und ich zog die Decke über meinen Kopf.

»Lass mich in Ruhe, ich dachte, du schläfst gern aus«, murrte ich und gähnte herzhaft.

»Keine Chance! Heute ist der letzte Tag des Festes. Es ist etwas ganz Besonderes. Also wir müssen uns fertig machen, komm schon!« Sie riss einmal kräftig an der Decke, sodass ich nun ohne dalag.

»Keyna, lass das. Ich will heute nicht da hin. Lass mich doch im Bett liegen und sag, dass ich krank bin«, quengelte ich und stieß einen dumpfen Schrei ins Kissen.

»Mach schon! Ich habe neue Kleider für uns. Sie sind noch viel schöner als die letzten.«

Ihre Stimme wurde immer höher und meine Kopfschmerzen schlimmer. Ich setzte mich auf den Rand des Bettes. Keyna stand hellwach vor mir.

»Guck es dir wenigstens an«, sagte sie und drehte sich in Richtung ihres begehbaren Schrankes, in dem sie direkt verschwand. Ich blickte ihr hinterher und folgte ihr. Beim Anblick des Kleides stockte ich, rieb mir dann die Augen, um sicher zu sein, was ich da sah.

Sie hatte recht. Das Kleid war wirklich noch mal eine Spur schöner und unbeschreiblicher. Vor mir an einer Kleiderstange hing ein Kleid, das hellgrün war, es glich meiner Augenfarbe auf den Punkt genau. Der obere Part war hellgelb und auf dem ganzen Kleid waren kleine rote Diamanten eingearbeitet, die glitzerten.

»Das soll ich tragen? Damit lenke ich doch erst recht die Aufmerksamkeit aller auf mich«, hauchte ich und ging auf das Kleid zu. Dieses Kleid gehörte von mir getragen, egal, wie viel Aufmerksamkeit ich auf mich zog, denn es war perfekt. Ich strich über den Stoff, ein Kribbeln schlich sich auf meine Handfläche. Ich probierte es noch mal und drehte mich zu Keyna um.

»Warum fühlt es sich nach nichts an und gleichzeitig kribbelt es auf meiner Haut?«, fragte ich erstaunt und ließ meine Finger ein weiteres Mal über den Stoff gleiten.

Keyna schaute mich ernst an. »Das, Delja, ist Königsstoff.« Sie selbst strich über das Kleid und leichte Funken stoben daraus hervor. Ich tat es Keyna nach, doch bei mir gab es kein Funkenregen nur das Gefühl von Kribbeln. Sie war aber auch eine Prinzessin, ich nicht, ich würde in dem Kleid nur wie eine aussehen. Das hoffte ich zumindest.

»Das Kribbeln, welches du fühlst, ist normal. Nur bei Personen mit königlichem Blut gibt es einen Funkenregen, wenn man über diesen streicht. Es ist ein besonders leichter Stoff, damit du besser tanzen und gleichzeitig schwimmen kannst.«

»Ich habe bis jetzt noch nie jemanden schwimmen sehen. Warum sollte ich das mit so einem Kleid tun?«

»So oft schwimmt hier auch niemand, hauptsächlich die Wachen«, sagte Keyna. »Da die Rüstung aus einem ähnlichen Stoff gemacht ist. In den Schulen lernen die Kinder hier schwimmen.«

»Und ich ziehe das Kleid jetzt nur zum Tanzen an?« Ich hob es vom Kleiderständer. Es war unglaublich leicht.

»Mein Vater hat gesagt, du sollst dieses Kleid anziehen, er wollte gucken, was du fühlst und ob Funken sprühen. Er glaubt nämlich, dass du einer königlichen Wurzel entspringst.«

»Was? Ich? Königlich?« Ich lachte schallend, und zwar so, dass mir die Tränen kamen und meine Kopfschmerzen mehr zu spüren waren. Doch Keyna blieb ernst, auch als ich mich beruhigt hatte.

»Er glaubt es, und es muss so sein. Du hast so viele Eigenschaften von uns. Die Haare, deine Augen und du fühlst zwar bei dem Stoff nichts, doch wer weiß, was noch kommt, deine Haare haben sich auch erst nach und nach geändert.«

»Du meinst das ernst?«, fragte ich sie ungläubig.

»Ich meine es nicht nur ernst, alles spricht dafür.« Sie setzte sich auf den Hocker vor ihrem Frisiertisch und beäugte mich weiterhin.

»Das ist doch Quatsch!«, sagte ich und versuchte, ihre Worte aus meinem Kopf zu streichen. »Meine Eltern müssten auch königliches Blut haben, oder zumindest einer von ihnen, und das stimmt nicht.« Ich berührte ein weiteres Mal den Stoff und wieder spürte ich nur das Kribbeln, doch kein Funken stieg auf.

»Delja, ich schwöre dir, dass ich dich nicht anlüge!« Keyna stand auf, stellte sich neben mich und griff nach meiner Hand. »Ich schwöre dir, dass ich nicht lüge, niemals. Komme, was wolle.«

Im gleichen Moment stach etwas in meiner Hand, worauf ich sie zurückzog. Neben dem Seestern strahlte nun eine Muschel. Sie war deutlich kleiner als der Seestern. Ich starrte erst die Muschel dann Keyna an.

»Das wollte ich nicht. Entschuldigung, aber das ist auch so etwas, das nur mit königlichem Blut funktioniert.«

Ich konnte nicht fassen, was sie sagte. War das ihr Ernst, dass sie mir alles so beweisen wollte?

»Und deine Augen«, setzte Keyna hinzu.

»Was ist mit meinen Augen?«, fragte ich.

»Nur Personen mit königlichem Blut können zwei unterschiedliche Augenfarben haben.«

»Du hast bloß eine Augenfarbe«, verteidigte ich mich. »Dann stimmt deine These schon mal nicht.«

Keyna hatte wunderschöne grüne Augen aber keine unterschiedlich farbigen. In meine Gedanken huschten zwei andere Augen – die von Kain. Ein rotes und ein hellblaues. Ich musste sofort an unseren Kuss denken und drehte mich von Keyna weg, damit sie nicht in meinem Gesicht lesen konnte, was ich dachte.

»Das stimmt. Dafür gibt es einen Grund, ich bin nicht die Erstgeborene. Denn nur die haben zwei verschiedenen Farben.« Sie legte mir ihre Hand auf die Schulter. »Es tut mir leid, wenn ich dich damit überfordere. Aber bitte pass auf dich auf. Ich habe Angst um dich.«

Sie drückte mich und drehte sich zu ihrem Kleid.

»Ich will dich nicht damit nerve, trotzdem muss ich es, weil ich nicht will, dass dir etwas passiert. Komm, wir machen uns fertig und dann bringen wir den Tag hinter uns.«

Sie streifte sich ihr Kleid über und machte sich danach ihre Frisur, und auch ich schlüpfte in das neue Kleid. Es schmiegte sich perfekt an meine Haut und ich hatte das Gefühl, ein Hauch von Nichts zu tragen. Das Kleid bauschte sich von der Taille an nicht auf, sondern fiel in einer A-Linie um meine Beine. Ich drehte mich und das Kleid schwang um meine Füße. Kleine Funken stoben über den Boden und ich stockte. Ein weiteres Mal ließ ich das Kleid schwingen, doch kein weiterer Funken machte sich los.

»Was ist, wenn jemand merkt, was es für ein Stoff ist und mich fragt und ich nicht aufpasse?«, fragte ich Keyna leise.

»Sag einfach jedem, dass es sich weich anfühlt. Wie die Fischflosse von Uri. Dann wird es niemand merken.« Sie setzte sich ihre Krone auf und winkte mich zu sich. »Du bist dran«, befahl sie und fing an, meine Haare so zu frisieren, dass diese in Wellen über meinen Rücken fielen.

Als wir den Saal betraten, dirigierte Keyna uns an den Tisch ihrer Familie. Sie ließ nicht zu, dass ich ein weiteres mal an den Tisch zu Morogh kam. Dadurch saß ich heute wieder zwischen Keyna und König Chelan. Ich versuchte, das ganze Essen über nur auf meinen Teller zu starren, ohne ein Gespräch zu führen. Ich wollte es nicht riskieren, dass mich jemand zum Tanzen aufforderte. Zudem dachte ich über Keynas Worte nach, dass ich königliche Wurzeln hatte.

Ich nahm meinen Kelch und trank einen Schluck. Das Dunkelmonwasser schmeckte heute stärker und ich war leicht beschwipst, als Nadish vor unserem Tisch auftauchte.

»Delja? Darf ich dich um einen Tanz bitten?«, fragte er, jedoch in einem ernsten Ton. Das konnte nicht wahr sein.

»Ich möchte nicht«, flüsterte ich, doch Keyna stieß mir auch schon in die Seite.

»Mach schon«, hauchte sie mir zu. »Er kann tanzen, vertrau ihm einfach.«

Ich blickte Keyna an und dann Nadish, der mir auffordernd seinen Arm hinhielt.

»Bring sie heil wieder zu mir«, sagte Keyna, bevor wir zur Tanzfläche gingen.

Dort tanzten einige Paare sowie Kain und Ligeia, auch Morogh und eine junge Frau. Alle schienen Spaß zu haben. Ich hingegen wollte den Tanz mit Nadish schnell hinter mich bringen.

Ich griff nach seiner Hand, als ein langsames Lied begann.

Super!, dachte ich sarkastisch und legte meinen Arm auf Nadishs Schulter. Wenn das kein perfektes Bild für Keyna wäre. Er zog mich an sich und drehte uns leicht im Takt.

»Du darfst Kain nicht so anstarren. Ihr werdet beobachtet«, raunte er mir ins Ohr. Ich versteifte mich in Nadishs Griff. »Sei ihm nicht böse, er mag dich, glaube ich«, sprach er leise weiter und drehte uns ein Stück aus Hörweite der anderen.

»Woher willst du das wissen?«, raunte ich wütend und versuchte, mich aus seinem Arm zu befreien, doch sein Griff war zu stark.

»Weil er dich geküsst hat und ich es gesehen habe«, sagte er. »Er hat gewusst, dass ich hinter der Säule stand, ich bin seine Wache, aber es war ihm egal, dass ich da war.«

Sekunden, nachdem er zu Ende gesprochen hatte, stoppte das Lied und Nadish ließ mich los. Er verbeugte sich vor mir und ich starrte ihn sprachlos an. Morogh trat neben uns.

»Euer Tanz war wundervoll. Darf ich um den nächsten bitten?«, fragte er mich mit ruhiger Stimme.

Nadish spannte sich an, sagte aber nichts. Ich nickte, da ich sowieso nicht nein sagen konnte oder durfte, ich war mir nicht sicher. Nadish verbeugte sich vor mir und Morogh. Dieser ergriff meine Hand und wir begannen, zu tanzen.

»Nadish kann das zwar gut« – er drehte uns schneller im Kreis – »doch ich kann es besser.«

Wie um diese Aussage zu bestätigen, wirbelte er uns weiter über die Tanzfläche und ich spürte immer mehr Augenpaare auf uns. Ich hatte zwar Tanzstunden gehabt, aber Morogh war ein weitaus besserer Tänzer als ich eine Tänzerin. Bei einer Drehung stolperte ich über seine Füße, da er das Tempo plötzlich erhöhte, und fiel nach vorne gegen Morogh. Ich hatte eindeutig zu viel Dunkelmonwasser getrunken. Morogh fing mich auf, doch ich rutschte aus seinem Griff und knallte so gegen ihn, dass unsere Münder gegeneinanderprallten und ich viel zu nah bei ihm stehen blieb.

Ich verkrampfte mich, da es sich falsch anfühlte, ihn so zu berühren. Andere Lippen hätten auf meinen liegen sollen. Mir wurde kalt und warm zugleich und ich stieß ihn von mir weg.

»Pass doch auf!«, fauchte ich ihn an und merkte, dass der ganze Saal still war. Ich sah mich um und erblickte Keyna, die ihre Hand vor den Mund gepresst hatte. Mein Blick ruckte zu Kain, der Morogh wütend anfunkelte. König Chelan stand auf und wollte gerade etwas sagen, als ein lautes Klatschen den Saal durchdrang. König Merric war aufgestanden, genauso wie seine Wachen.

»Bravo!«, sagte er laut und deutlich. »Mein Sohn, Prinz Morogh von Amphissa, erhebt Anspruch auf dich, Delja.«

Er kam um den Tisch herum und auf uns zu, stellte sich neben seinen Sohn und legte ihm eine Hand auf die Schulter. Ich sah Morogh wütend an.

»Es war ein Versehen, ich bin gestolpert«, sagte ich immer noch mit der gleichen Wut im Bauch. In mir brodelte es wie in einem Vulkan, der jeden Moment drohte, auszubrechen. In Moroghs Augen lag Unzufriedenheit und ich glaubte, so etwas wie Schuld zu erkennen. Doch als ich kurz wegsah, war dieses Gefühl verschwunden. Jetzt sah mich nur noch ein berechneter junger Mann an, mit einem frechen Lächeln auf den Lippen.

»Moment!«, donnerte da König Chelans Stimme durch den Raum. Schlagartig wurde es zehn Grad kälter. König Merric sah erst mich mit einem berechnenden Grinsen an, ließ dann seinen Blick zu König Chelan gleiten.

»Ich höre«, sagte Merric abfällig. Die Blicke der Könige verkeilten sich ineinander und ein stummes Blickduell begann. Chelan durchbrach die Stille.

»Delja kann und wird nicht von eurem Sohn in Anspruch genommen. Sie kennt unsere Regeln nicht!« Chelans Stimme donnerte wie ein Gewitter durch den Raum, keiner traute sich, auch nur ein Geräusch von sich zu geben. Hätte jemand eine Stecknadel fallen gelassen, wäre es ein ohrenbetäubendes Geräusch gewesen.

»Wie kann es sein, dass sie hier ist, wenn sie keine unserer Regeln kennt? Woher kommt sie denn?«

Bei König Merrics Frage versteifte ich mich. Von hinten legte mir jemand eine Hand auf die Schulter, kurz darauf trat Nadish neben mich. Ich beobachtete, wie sich König Chelan und Merric wütend anstarrten.

»Sie kommt vom Land!«, donnerte Chelan durch den Raum und ich erstarrte. Er hatte von mir verlangt, dass ich es niemandem sagte, und jetzt hatte er es verraten. Wie konnte er nur? Ein Raunen ging durch die Reihe der Gäste.

Nadish beugte sich zu mir vor, so dass seine Lippen nah an meinem Ohr lagen. »Ich bringe dich gleich in dein Zimmer, du musst dort so lange warten, bis der König zu dir kommt«, flüsterte er.

»Aus der Menschenwelt kommt sie also?«, sprach König Merric so laut, dass es nun auch der Letzte gehört haben musste. Wieder ging ein Raunen durch den Saal. »Dann wäre es eure Aufgabe gewesen, sie darauf aufmerksam zu machen, dass man mit seinen Küssen sparsam umgehen sollte.«

Jedes kleinste Gefühl in mir gefror zu Eis.

»Lass das, Delja, hör auf damit«, sagte Nadish zu mir und ich verstand nicht, was er meinte. Plötzlich zeigten einige der Gäste auf mich und ein Gemurmel entstand. Ich sah auf meine Arme, die kribbelten. Auf meiner Haut breiteten sich Schuppen in einem Türkisblau aus, die meinen Arm hinaufkrochen. Erschrocken versuchte ich sie, fortzustreichen, doch sie blieben an Ort und Stelle.

»Was ist das?«, hauchte ich.

»Beruhig dich!«, sagte Nadish forsch und kniff mich in den Arm.

»Aua!« Ich zuckte zusammen und das Kribbeln verschwand so schnell, wie es gekommen war, genauso wie die Schuppen. Ich blickte auf und sah direkt in König Merrics Augen, die mich erwartungsvoll anstarrten.

»Ich denke, es wäre jetzt angebracht, dass Delja auf ihr Zimmer begleitet wird«, sagte König Chelan. »Nadish! Bring sie dort hin.«

Dem Befehlston von König Chelan konnte man nicht entkommen und ich ließ mich von Nadish aus dem Saal ziehen. Das Letzte, was ich sah, war Kain, der mir hinterherblickte. In seinem Blick lagen Angst und Erstaunen.

Den ganzen Weg zum Zimmer sprach Nadish kein einziges Wort. Er zerrte mich hinter sich her und schob mich dann in den Raum.

»Was soll das?«, stieß ich hervor und strich über mein Handgelenk.

»Bleib einfach hier, bis König Chelan kommt, und lass niemanden herein!«, motzte er mich an. »Er hat dir doch gesagt, dass du vorsichtig sein sollst, stattdessen küsst du vor allen Gästen den Prinzen und König Chelan wird gezwungen, etwas zu deiner Herkunft zu sagen.«

»Ich bin gestolpert«, fuhr ich ihn wütend an.

»Vergiss es, Delja, warte einfach.« Daraufhin drehte er sich um und schloss geräuschvoll die Tür hinter sich.

Ich setzte mich aufs Bett und dachte über die Situation nach. Was war gerade geschehen? War das geplant gewesen? Hatte Morogh es die ganze Zeit darauf abgesehen, mich zu küssen? Nur warum sollte er? Die Tür wurde aufgestoßen und Kain trat herein, der mich aufgebracht anfunkelte.

»Wie konntest du ihn küssen?«, schrie er mich an, während

er näher an mich herantrat. »Hast du denn nicht gemerkt, wie er immer näher zu dir gekommen ist und es drauf angelegt hat? Ich habe dir doch gesagt, halt dich von ihm fern!« Er raufte sich die Haare.

»Woher hätte ich den wissen sollen, dass genau so was passiert?«, stieß ich hervor und machte einen Schritt von ihm weg. Wieso war ich denn jetzt plötzlich schuld an der ganzen Situation? Auf einmal legte er seine rechte Hand liebevoll auf meine Wange, seine Berührung passte überhaupt nicht zu seinem Ausdruck und seinen Worten.

»Ich wollte dich nicht anschreien«, sagte er bedrückt. »Es tat weh, zu sehen, wie ihr euch küsst.«

»Das war doch kein Kuss«, meckerte ich. »Ich bin gestolpert, ja, ziemlich blöd, aber da muss man ja was machen können.«

Vorsichtig streichelte er mich und zog mich dann auf die Beine.

»Das kann man leider nicht. Keyna hat dir doch bestimmt von dem Bann erzählt, oder?« Erwartungsvoll sah er mich an. »Das sollte dir nicht passieren. Nicht hier bei uns.«

»Ja, aber mir war auch nicht bewusst, dass ihr das Ganze hier so ernst nehmt.«

Mit einem Mal zog er mich in seine Arme und drückte mich fest an sich. Ich verstand die Welt nicht mehr.

»Es tut mir leid«, flüsterte er in meine Haare und drückte mir einen Kuss auf den Kopf. »Ich mache mir einfach Sorgen.«

Wärme und Sehnsucht stiegen in mir auf. Ich wollte seine Lippen auf meinen spüren. Ohne nachzudenken, drückte ich mich von ihm weg und stellte mich auf meine Zehenspitzen und küsste ihn. Kain verkrampfte, doch dann erwiderte er den Kuss. Ich fühlte mich wie im siebten Himmel und verlor mich im Kuss. Ich war nie eine Frau gewesen, die sich Dinge nahm, wenn sie diese wollte, ich war schüchtern und ängstlich. Doch umso mehr ich mir meine Gefühle Kain gegenüber eingestand, umso näher wollte ich ihm sein. Ich wollte ihn kennenlernen.

Mit den Händen strich er über meinen Rücken und drückte mich Richtung Bett. Als meine Beine den Rahmen berührten, ließ ich mich nach hinten fallen und zog Kain mit mir. Ein leichtes Stöhnen drang aus seiner Kehle und ich musste an seinen Lippen schmunzeln.

»Was machst du nur mit mir?«, keuchte er und verstärkte unseren Kuss.

Ich ließ meine Hände über seinen breiten Rücken wandern und unter sein Hemd. Eine Gänsehaut machte sich auf seinem Körper breit, als ich über seine Muskeln strich. Er drückte mich in die weichen Kissen und hinterließ eine Spur aus heißen Küssen auf meinem Hals. Ein Seufzer verließ meine Lippen und ich spürte, wie er an meiner Haut lachte.

»Du fühlst dich so gut an«, hauchte er und küsste mich erneut, bis er wieder meinen Mund fand und eroberte.

Vor der Tür polterte es und Kain sprang ohne Vorwarnung vom Bett, dabei zog er mich so weit mit sich, dass ich auf dem Bett zum Sitzen kam. Keine Sekunde zu spät, denn die Tür flog auf und König Chelan kam mit Keyna ins Zimmer gestürmt. Keyna betrachtete mich und dann ihren Bruder, doch König Chelan sah nur mich an.

»Alle raus hier! Bis auf dich, Delja!«, donnerte er. Kain verließ sofort das Zimmer, was mich schmerzlich zusammenzucken ließ. Keyna sträubte sich erst, aber nach einem strengen Blick von ihrem Vater ging auch sie.

»Was machst du in meinem Zimmer?«, hörte ich sie Kain fragen, ehe sich die Tür schloss.

König Chelans Miene wurde etwas entspannter und er trat auf mich zu.

»Delja, wie geht es dir?«

»Ich bin verwirrt«, gab ich ehrlich zu, denn ich verstand immer noch nicht, welches Ausmaß der Kuss mit Morogh für mich hatte. Genauso wenig verstand ich, was das gerade mit Kain gewesen war. Wenn wir allein waren, war er so ... anders. Je mehr ich über diese Situation nachdachte, desto mehr merkte ich, dass sich Kain um mich sorgte, wie er es gesagt hatte.

»Ich muss dich etwas fragen und ich möchte eine ehrliche Antwort von dir«, sagte Chelan ernst. Er setzte sich neben mich aufs Bett und schaute auf seine Hände. »Du und Kain, habt ihr Gefühle füreinander?«

Ich starrte König Chelan an und sagte kein Wort. Mir war, als hätte jemand ein Eimer mit kaltem Wasser über mir ausgegossen. Wie kam er denn bitte auf uns beide, bei dem, was zwischen Morogh und mir passiert war?

»Dein Schweigen ist Antwort genug«, sagte er und strich sich mit der flachen Hand über sein Gesicht. Dann stand er auf und bewegte sich zur Tür, doch bevor er diese öffnete, drehte er sich noch mal zu mir herum.

»Du musst in diesem Zimmer bleiben, bis unsere Gäste wieder abreisen. Solange Morogh dich nicht freigibt, können sie dich heimlich mitnehmen, und ich kann dich so nicht schützen. Durch diesen Kuss habe ich kein Recht dazu.« Seine Worte waren hart. Ich verstand, was er meinte, verstand aber gleichzeitig nicht, warum es so war.

»Ich wollte diesen Fluch immer brechen, doch ich bin nie so weit gekommen. Pass ab jetzt bitte besser auf dich auf. Nalu holt dich und Keyna morgen zum Frühstück ab. Wir werden mit Morogh und seinem Vater morgen frühstücken. Ruh dich aus, ich habe dir versprochen, dich zu schützen, also werde ich das auch tun.«

Ohne ein weiteres Wort drehte er sich um und verließ das Zimmer. Draußen stritten sich Keyna und Kain noch einen Moment, bevor Keyna ins Zimmer kam und die Tür vor ihrem Bruder zuwarf. Sie schritt auf mich zu und kniete sich vor mich.

»Ich habe dir doch gesagt, dass du aufpassen musst«, schluchzte sie und zog mich in eine Umarmung. Die Berührung löste etwas in mir aus und ich begann, zu weinen. Die ganze Anspannung verließ meinen Körper, ich verstand nicht, in was ich hineingeraten war, und mit einem Mal wuchs mein Heimweh höher als nie zuvor.

Nach einer langen Umarmung schwiegen Keyna und ich uns an. Sie half mir aus dem Kleid, wir zogen Nachthemden an und legten uns ins Bett. Keyna kroch nah an mich heran und schlang ihren Arm um mich.

»Mein Vater macht das schon«, flüsterte sie.

»Können wir nicht sagen, dass mich Nadish geküsst hat? Dann hätte er das erste Recht? Oder habe ich das falsch verstanden?«, fragte ich mit der Überlegung, ihr vielleicht von Kain zu erzählen. Doch meine Hoffnung zerbrach direkt im nächsten Moment, als sie mir antwortete.

»Nein, können wir nicht. Einmal, weil dich und Morogh jeder gesehen hat, und zum anderen, weil dies ein Vertrauensbruch gegenüber dem anderen Volk ist, den mein Vater nicht begehen darf.«

Sie schwieg und ich auch. Denn mir wurde so langsam bewusst, in was für einen Schlamassel ich da geraten war, auch wenn mir das Ausmaß noch nicht klar war.

»Kannst du mir eine Frage beantworten?«

Keyna drehte sich auf den Rücken und hatte ihre Augen bereits geschlossen.

»Was denn?«, nuschelte sie schlaftrunken.

»Was ist eben mit meiner Haut passiert? Nadish hat mich ganz komisch angeschaut, als wäre es nicht … normal gewesen.«

Aber ich bekam keine Antwort mehr, denn ihr leiser, stetiger Atem sagte mir, dass sie eingeschlafen war. Ich hingegen lag noch lange in Gedanken versunken wach. Gedanken an Kain, an unseren Kuss, an meine Haut. An Morogh und seinen

Kuss, der alles durcheinandergebracht hatte, und an Nadish, der Kain und mich gesehen hatte und darauf bestand, dass niemand davon erfahren durfte.

Irgendwann schlief ich ein, fiel jedoch in einen unruhigen Schlaf.

KAPITEL 12

Ich band meine Haare zu einem Pferdeschwanz und hielt Keyna auf Abstand. Wichtig war für mich nur noch, an Land zu kommen, um mit meiner Tante über alles zu reden. Ich wollte von ihr wissen, wie sie hier unten gelandet war und was es zu bedeuten hatte. Zu Hause konnte ich über alles in Ruhe nachdenken und mir klar über meine Gefühle werden. Das intensive Blau meiner Haare verwirrte mich, weswegen ich mich im Spiegel gerade selbst kaum erkannte. Keyna trat hinter mich. In der Hand trug sie ein schmales Kleid, welches sie mir hinhielt.

»Auch wenn du gern deine eigenen Sachen wieder haben möchtest, ich habe nur Kleider, die ich dir geben kann«, entschuldigte sie sich und reichte mir das Kleid.

»Das ist nicht schlimm, es ist sehr schön«, sagte ich monoton. Ich drehte mich um und zog mich aus.

»Geht es dir gut?«, fragte Keyna vorsichtig.

Es ging mir alles andere als gut. Dennoch sagte ich »Ja« und zog mein Kleid an. Diesmal war es ein tiefgrünes Kleid, was mir über die Schultern ging und sich an meinen Körper schmiegte.

»Darf ich dich etwas fragen?« Keyna kam näher und stellte sich hinter mich. Wir sahen uns im Spiegel an. Ich nickte und betrachtete sie weiter. »Wie sehr magst du meinen Bruder?«

Ihre Augen durchbohrten mich, sodass ihr keine Regung entgehen konnte. Ich schluckte. In ihren mandelförmigen Augen glitzerte es leicht und sie sah mich erwartungsvoll an.

»Zu sehr«, wisperte ich.

Zu sehr, wiederholte ich in Gedanken.

»Ich habe es geahnt«, sagte sie und nahm mich von hinten in den Arm. »Es tut mir leid, dass du dieses Problem mit dem Kuss jetzt hast und da durch musst. Du bist so eine gute Freundin geworden und du hast das absolut nicht verdient«, nuschelte sie in meine Haare. »Lass uns das Frühstück hinter uns bringen und wenn König Merric und Prinz Morogh weg sind, gucken wir, was wir machen können.«

Entschlossen schaute sie mich an und brachte mich damit zum Lächeln.

»Danke, dass du nicht darauf rumreitest«, sagte ich ehrlich. »Ich hätte vorsichtiger sein sollen und ich hätte dir viel früher sagen sollen, dass ich deinen Bruder ganz nett finde, du bist eine wirklich gute Freundin.«

Sie drückte meine Hand. »Ich bin hier unten die einzige Freundin, die du hast. Und deswegen musst du mir demnächst alles sagen, was dich bedrückt oder dir auf dem Herzen liegt. Wir kennen uns zwar nicht lange, aber ich denke, du weißt inzwischen, dass du mir vertrauen kannst.« Sie gab mir einen Kuss auf die Wange, als es an der Tür klopfte. »Das muss Nalu sein.«

Mit einem Lächeln auf den Lippen ging sie zur Tür und öffnete diese. Nalu trat ein und nahm sie in den Arm.

»Hallo, ich soll euch abholen.« Er schloss die Tür hinter sich und drückte Keyna einen Kuss auf den Mund. Ich schmunzelte über die offene Geste, und gleichzeitig schmerzte mich ihr Anblick, denn ich dürfte Kain niemals so küssen. Es würde nie dazu kommen, dass er und ich uns so nah kommen würden.

Erst mal musste ich aber das Frühstück überstehen und gucken, wie ich Morogh wieder loswurde.

Wir gingen nicht in den großen Saal, in dem die Feier stattgefunden hatte, sondern in einen kleineren daneben. Dort saßen König Merric, Morogh, Kain und Ligeia, so wie König Chelan und Calliope.

»Da seid ihr ja«, sagte Letztere und kam auf uns zu. Sie nahm erst Keyna in den Arm und dann mich. »Geht es dir gut?«, flüsterte sie mir zu. Ihre Stimme ging mir unter die Haut, doch diesmal nicht unangenehm, sondern weil sie so mitfühlend klang.

»Ja«, hauchte ich und drückte sie leicht. Sie bot uns einen Stuhl gegenüber von Morogh und seinem Vater an, sodass ich nicht neben ihnen sitzen musste, wobei es ebenso unangenehm war, vor ihnen zu sitzen. Links von mir saß Kain, den ich versuchte, zu ignorieren. Seine Wärme an meiner Seite spürte ich dennoch. Ich schluckte.

»Warum sitzt Delja nicht neben meinem Sohn? Er hat Anspruch auf sie erhoben!«, donnerte Merric durch den Saal. Bevor jemand etwas sagen konnte, sprach Calliope.

»Lasst uns das an einem anderen Tag diskutieren. Jetzt wird erst mal gefrühstückt.« Bestimmend klatschte sie in die Hände und zwei Oktopusianer kamen mit Essen herein. Sie deckten den Tisch mit allerlei Leckereien und verschwanden wieder aus dem Raum.

Während des Essens herrschte Schweigen. Ich fragte mich, ob es an der Situation lag oder daran, dass zwei Könige am Tisch saßen. Ich griff nach meinem Kelch und trank einen Schluck Wasser. Schmerzlich vermisste ich Tee und drehte mich zu Keyna.

»Gibt es so was wie Tee? Also heißes Wasser, in das Kräuter kommen?«

Keyna lachte schallend auf und sah mich belustigt an. Auch König Chelan und Calliope konnten sich ein Schmunzeln nicht verkneifen.

»Delja, wir leben zwar im Meer, aber auch bei uns gibt es Tee.« Sie winkte einem der Oktopusianer und gab ihm meinen Wunsch weiter. Keine zwei Minuten später, hatte ich einen Tee vor mir stehen.

Ich wartete einen Moment, damit der Geschmack in das Wasser übergehen konnte, und trank einen großen Schluck aus dem Krug. Es schmeckte nach Süßholz und Minze, ich liebte diese beiden Gewürze. Beim nächsten Schluck schmeckte ich ein weiteres Gewürz und wollte gerade fragen, was in dem Getränk war, als Kain mir den Krug aus der Hand schlug.

»Nicht weitertrinken!«, schrie er mich an.

Ich wollte protestieren, aber es kam kein Laut aus meinem Mund. Hitze schoss durch meinen Körper und ich zitterte. Ich bekam nur noch Bruchstücke um mich mit. Mit einem Mal kippte ich samt Stuhl zur Seite und prallte auf den Boden. Mir wurde schwindelig, alles verschwamm vor meinen Augen. Innerlich brüllte ich vor Schmerzen.

»Ihr Tee war vergiftet!«, rief jemand, doch ich erkannte keine Stimmen mehr, alles war verwaschen und in mir breitete sich immer mehr Schmerz aus. Tränen quollen aus meinen Augen. Vor mir tauchte ein Gesicht auf, ich kannte es, aber wusste nicht, zu wem es gehörte.

»Kannst du mich hören, Delja?«, fragte die Person. Doch ich konnte nicht antworten. Ich spürte, wie ich immer schwerer Luft bekam, Wasser drang in meinem Mund ein und Panik machte sich in mir breit.

»Wir brauchen eine Seefeder!«, hörte ich die Stimme vor mir sagen.

»Uri!«, sagte eine aufgebrachte Frauenstimme, die ich nicht zuordnen konnte. »Bring uns eine Seefeder! Schnell«, rief die Frau aufgeregt.

Ich wurde hochgehoben und an eine warme Brust gedrückt. Durch meinen Körper schossen Blitze. Ich sah nichts mehr, alles war schwarz um mich, die Angst hatte mich völlig eingenommen. Ich musste husten, mehr Wasser drang in meine Kehle.

Ich würde sterben. Ein scharfer Schmerz schnitt durch meine Kehle, es fühlte sich an, als würde mir jemand meine Lunge rausreißen wollen.

»Bring sie in mein Zimmer! Ich komme mit Uri nach.«

Schnelle Schritte drangen an mein Ohr. Ich spürte, wie ich fester gehalten wurde und mein Körper anfing, zu krampfen.

»Ruhig, gleich hast du es geschafft«, raunte mir die Stimme ins Ohr. Ich wollte dieser Stimme so sehr vertrauen. Aber die Angst nahm mich komplett ein. Ich musste an meine Eltern denken. Wie ironisch es war, dass ich genauso wie sie ertrinken würde. Immer stärker nahm mich ein plötzliches Husten ein.

»Schnell, Keyna! Sie ertrinkt!«, schrie die männliche Stimme.

»Ich bin ja schon da!«

»Gleich geht es dir besser«, hauchte mir jemand ins Ohr.

Ich spürte, wie mir etwas in den Mund geschoben wurde. Etwas Weiches berührte meine Lippen, jemand bewegte meinen Kiefer. Irgendwann wurde es um mich immer leiser, gleichzeitig drang ein Schrei aus meiner Kehle, Wasser sprudelte aus meinem Mund. Die Schmerzen wurden so stark, dass mich im nächsten Moment die Schwärze holte.

Durch eine kreisende Bewegung auf meinem Rücken wurde ich wach. Ich blieb stumm liegen und bewegte mich nicht.

Die Berührung fühlte sich schön an und ich wollte nicht, dass sie aufhörte.

»Ist sie schon wach?«, hörte ich Keyna flüstern.

»Nein«, sagte Kain ernst. Dabei bewegte sich der weiche Untergrund unter mir, ich musste auf einem Bett liegen. Seine Stimme war so nah, dass er vermutlich neben mir saß und mich berührte. Augenblicklich spürte ich, wie mir Röte ins Gesicht stieg und ich hielt meine Augen weiterhin geschlossen.

»Ich sage dir Bescheid, wenn sie wach wird«, flüsterte er jetzt und kurz darauf hörte ich eine Tür sich schließen.

Kain strich weiterhin sanft über meinen Rücken.

»Wie geht es dir?«, wisperte er. »Ich weiß, dass du wach bist.«

Auf meiner Haut begann sich eine Gänsehaut breitzumachen und ich hörte Kain leise lachen. Seit ich hier war, hatte ich Kain noch nie lachen gehört. Ich versuchte, mich zu bewegen, blieb aber sofort still liegen, als ein Schmerz durch meinen Körper schoss, der mich dazu brachte, zischend auszuatmen.

»Nicht bewegen«, sagte er jetzt etwas lauter. »Du hast ein Gift getrunken, das sich in deinem Körper ausgebreitet hat. Dein Körper braucht Ruhe. Wir haben es gerade so geschafft, dir das Gegengift zu geben. Du hattest Glück, dass …« Er stockte und strich weiter über meinen Rücken. Ich verstand sein Zögern, denn ich wäre fast gestorben.

»Warum hatte ich Glück, woher wusstet ihr, was es war?«, krächzte ich und trotz Warnung und Schmerzen drehte ich mich zu ihm.

Kain lag neben mir auf dem Bett und schaute mich aus wachsamen Augen an.

»Es war Zufall«, sagte er, doch seine Augen sagten etwas anderes. Dennoch fragte ich nicht weiter nach. Seine Miene zeigte einen Anflug von Schmerz.

»Ich sollte Bescheid sagen, dass du wach bist«, sagte er hastig und wollte aufstehen, ehe ich ihn zurückhielt.

»Noch nicht! Bitte«, flehte ich ihn an, endlich hatten wir mal die Möglichkeit miteinander zu reden, ohne dass wir uns stritten oder jemand dazwischenfunkte. Sein Blick huschte zu mir und er lächelte mich an. Er ließ sich wieder zurück aufs Bett fallen, und mit der Hand fuhr er weiter in kreisenden Bewegungen über meine Haut.

Ich betrachtete ihn. Kain war ein wirklich gut aussehender Mann, seine grünen Haare hingen ihm zum Teil ins Gesicht. Seine vollen Lippen hatten einen zarten Roséton und seine Nase einen kleinen Knick sowie eine Narbe. Seine Ohren lugten unter seinen Haaren hervor und waren leicht spitz. Seit unserem Kuss war ich ihm nicht so nah gewesen. Nie war mir jemand wie er begegnet.

Als ich in New York gelebt hatte, gab es auch Jungs, mit denen ich zusammen gewesen war. Aber nie, wirklich nie, hatte jemand so eine Anziehungskraft auf mich gehabt wie er. Er forderte mich mit seiner widersprüchlichen Art heraus, ich wollte ihn kennenlernen, egal, welche Hindernisse auf uns warteten. Ich spürte ein Kribbeln in meinem Bauch und lächelte ihn an.

»Was ist das zwischen uns?«, fragte ich schüchtern, ohne ihn aus den Augen zu lassen. Ich wusste nicht, woher diese Gedanken plötzlich kamen, dennoch musste ich ihn aussprechen.

In seinen Augen spielten sich unzählige Emotionen ab, von Erstaunen, Traurigkeit bis hin zu Angst, doch er blickte mich nur stumm an. Unsicherheit machte sich in mir breit. Ich konnte an seiner nackten Brust sehen, dass sein Herz schneller schlug. Ohne darüber nachzudenken, legte ich meine Hand auf seinen Bauch. Starke Muskeln zeichneten sich unter meiner Handfläche ab. Ich musste schlucken und er stieß ein Seufzen aus.

»Wir dürfen das nicht«, raunte er leise, doch seine Worte klangen lasch.

»Warum nicht?«, fragte ich und versuchte, mich langsam aufzusetzen, rutschte aber wieder hinunter, zu sehr tat mir alles weh.

»Du hast mich zuerst geküsst, du wusstest von dem Bann, den es gibt. Ich nicht. Dementsprechend hast du einen Anspruch auf mich. Ich verstehe nur nicht, wieso du das getan hast«, sprach ich aus. »Erklär mir, warum du das getan hast, du wusstest, dass Nadish uns beobachtete.«

»Morogh hat dich auch geküsst, und zwar vor allen anderen«, stieß er widerwillig hervor und ignorierte meine Frage. In seinen Augen glitzerte es verräterisch, als er seinen Blick abwenden wollte. Doch das ließ ich nicht zu. Deswegen griff ich nach seinem Kinn und drehte seinen Kopf zu mir.

»Du aber zuerst«, konterte ich, ohne ihn loszulassen. »Erklär es mir. Bitte.«

»Ich weiß«, hauchte er und sah dabei auf meine Lippen. In seinen Augen spiegelten sich Verlangen, Sehnsucht, Angst und Unsicherheit. »Wir dürfen es aber nicht.«

Er legte seine Hand auf meine Wange. Dabei streifte er meine Unterlippe, auch wenn ich das Gefühl hatte, dass es alles andere als ein Zufall gewesen war.

»Warum?«, murmelte ich und drückte mich dichter an seine Hand. In seinen Augen blitzte es, seine Finger an meiner Wange zitterten. Er beugte sich langsam zu mir vor, ich hielt die Luft an, als seine Lippen sachte meine berührten. Kurz darauf lehnte er sich wieder zurück und sah mich fest an.

»Weil du ein Mensch bist. Deswegen.«

Seine Worte brauchten einen Moment, um in mein Bewusstsein zu gelangen. Seine Stimme klang liebevoll, seine Worte jedoch lösten einen Schmerz in meinem Herzen aus. Noch stärker, als Kain von mir abrückte und aufstand.

»Das ist alles?« Ich setzte mich trotz der Schmerzen auf. Mein Körper rebellierte, und ich ignorierte es. »Weil ich ein

Mensch bin, leugnest du das, was zwischen uns ist?« Ich zeigte zwischen uns hin und her. »Sag wenigstens die Wahrheit! Du spürst es doch auch.«

Ungläubig starrte ich ihn an. Ich wollte wissen, ob er die gleichen Gefühle für mich hegte, wie ich für ihn. Er musste es spüren, dass da etwas ist.

»Laut Keyna habe ich königliches Blut, das heißt dann wohl, dass ich nicht nur ein Mensch bin, also warum sollte eine Beziehung zwischen uns nicht funktionieren?«

Fahrig wischte ich mir Tränen von den Wangen und versuchte, vom Bett aufzustehen. Dabei knickte ich um und fiel. Ein höllischer Schmerz schoss von meinem Knöchel zu meinem Oberschenkel.

Mit wenigen Schritten war Kain bei mir und hielt mich.

»Pass doch auf!«, herrschte er mich an und ignorierte meine Worte komplett. Ich krallte mich an ihn und zog mich an ihm hoch.

»Ich will aber nicht aufpassen, ich will, dass du bleibst! Ich will, dass du mit mir redest, ich will dich kennenlernen!«, schrie ich ihn an.

Er drückte mich zurück aufs Bett. »Ich kann nicht, ich bin verlobt«, hauchte er.

Seine Stimme war von Schmerz getränkt, während mein Herz unter der Last seiner Worte Risse bekam. Immer mehr Stücke brachen aus ihm heraus. Ja, er war verlobt und ich konnte trotzdem sehen, dass er mich wollte. Dass er seine Verlobte nicht liebte.

»Du liebst sie doch gar nicht!«, schrie ich lauter. Ich stellte mich wieder hin und schwankte, mein Bein schmerzte und ich hielt mich schnell am Bett fest. Langsam machte ich einen Schritt nach dem anderen auf ihn zu.

»Ich spüre genauso wie du, dass zwischen uns eine Verbindung ist. Da ist eine Anziehungskraft, die ich noch nie gespürt habe.«

Meine Stimme wurde brüchig und versagte bei dem letzten Wort. Jeden Schritt, den ich auf ihn zumachte, stach unglaublich. Doch ich ignorierte die Schmerzen. Ich wollte antworten, und zwar jetzt.

»Warum kannst du nicht einfach zu uns stehen? Warum sagt Nadish nicht, dass er uns gesehen hat?« Kurz bevor ich vor ihm stand, machte er einen schnellen Schritt von mir weg, worauf ich stehen blieb. Ich musterte ihn. Sein Blick wurde kalt und seine Miene verschloss sich zu der eiskalten Maske, wie ich sie bei unserem ersten Zusammentreffen gesehen hatte.

»Ich muss gehen«, sagte er kühl. »Zu meiner Verlobten, die ich heiraten werde.«

»Nein«, schluchzte ich mit Tränen in den Augen. »Ich habe eine Antwort von dir verdient! Sag mir warum!«

»Du solltest von hier verschwinden. Du gehörst hier nicht her und ich gehöre nicht zu dir«, sagte er ernst. »Die Gefühle, die ich für dich habe, könnte ich niemals öffentlich zeigen, ohne dich in Gefahr zu bringen«, flüsterte er, machte einen Schritt auf mich zu und strich die Tränen von meiner Wange.

Seine Worte und seine Berührung passten nicht zu seinem harten Blick, den er aufgesetzt hatte. In seinen Augen sah ich, wie er eine Mauer vor seine wahren Gefühle zog. Bevor ich etwas erwidern konnte, lief er zur Tür und rannte aus dem Zimmer.

Ich starrte ihm nach und spürte, wie mein Herz in tausend Teile zerbrach. Tief in mir fühlte ich, dass ich nicht in dieses Unterwasserreich gehörte, dennoch liebte ich diese Stadt, ich liebte Keyna und ihre verrückte Art, ihre Freundschaft. Trotzdem: Ich wollte weg.

Weg von Kain.

Ich wollte weglaufen vor meinen Gefühlen.

Ich blickte auf mein Armband und verfluchte meine Mutter,

dass sie es mir zurückgelassen hat. Das erste Mal, seitdem sie nicht mehr da war, war ich wütend auf sie. Ohne sie wäre ich nie hier gelandet. Ohne das Armband hätte ich Kain nie getroffen und ohne es hätte mein Herz nicht einen Teil an ihn verloren. Ich würde ihn nie wieder berühren können, ihn niemals anfassen dürfen. Er würde nie mir gehören. Nach Hause zu meiner Tante und meinem Onkel – da wollte ich jetzt hin.

Lange Zeit kam keiner mehr in mein Zimmer. Ich war allein mit den Gedanken an Kains Worte, die mir nicht mehr aus dem Kopf gingen. Es war an der Zeit, dass ich nach Hause ging. Ich hatte mein Herz an einen Prinzen verschenkt, den ich nicht haben durfte und der nicht um mich kämpfen wollte. Der lieber mit seiner Verlobten, für die er augenscheinlich keine Gefühle hegte, zwei Königreiche verband, weil er zu feige war, zu seinen Gefühlen zu stehen. Weitere Fragen konnte ich meiner Tante stellen, und wenn ich es nicht aushalten würde, hätte ich mit meinem Armband noch einmal die Möglichkeit, zurück ins Unterwasserreich zu kommen.

Ich ging in den begehbaren Schrank und suchte in den Schubladen nach meinen Sachen.

Glücklich darüber, sie kurze Zeit später gefunden zu haben, schlüpfte ich hinein und band meine Haare zusammen. Ich sah noch mal in den Spiegel und begutachtete das Blau meiner Haare. Vielleicht würde meine ursprüngliche Haarfarbe wieder zum Vorschein kommen, sobald ich an Land war, oder die Farbe blieb und würde mich für immer an Kain und die anderen erinnern.

Nachdem ich zurück ins Zimmer gegangen war, eile ich zur Tür, öffnete sie und spähte hinaus. Der Flur war leer, dennoch hörte ich Schritte. Ich schloss die Tür hinter mir geräuschlos und lief den Korridor entlang, bis die Schritte lauter wurden und ich Nadish erkannte, der mir den Rücken kehrte.

Perfekt!, dachte ich und ging leise zu ihm, darauf bedacht, dass keine andere Wache meine Schritte hören konnte. Hinter ihm angekommen tippte ich ihm auf die Schulter. In dem Moment geschahen zwei Dinge. Nadishs Hand umfasste blitzschnell meine Kehle, und mein Körper knallte mit voller Wucht gegen die Schlosswand.

»Bist du verrückt, Mädchen?«, schnauzte er mich an. Vor Schreck röchelte ich nur, da er mich immer noch festhielt.

»Lass mich -«, versuchte ich zu sagen, versagte aber mitten im Satz.

So schnell, wie er nach mir gegriffen hatte, ließ er mich los und ich sackte auf die Knie. Schmerzhaft spürte ich meinen Körper, ich fühlte Nadishs Hand immer noch an meinem Hals und meine Rippen taten weh vom Aufprall gegen die Wand.

»So geht man hier also mit Gästen um«, stieß ich hervor und packte mir an meine schmerzende Kehle.

»So geht man mit Gästen um, die sich von hinten an einen ranschleichen«, sagte er rasend. »Was stimmt nicht mit dir?«

»Du bist ja eine tolle Wache, wenn du nicht mal merkst, wenn ich hinter dir bin!«, sagte ich wütend und blickte auf. Nadish sah mich einen Moment ernst an, dann schlich sich ein zaghaftes Lächeln auf seine Lippen.

»Eins zu null für dich!« Er reichte mir seine Hand und half mir hoch. »Was willst du? Du solltest doch im Zimmer bleiben.«

»Kannst du mich an Land bringen?«, fragte ich, ehe ich die Worte aus Angst zurückhalten konnte.

Nadishs Augenbrauen schossen in die Höhe und er sah mich abschätzig an.

»Bitte«, fügte ich hinzu. Seine Augen und Körpersprache ließen erkennen, dass er nicht sicher war, was er machen sollte.

Nach einigen Sekunden nickte er zaghaft.

»Okay. Hast du König Chelan Bescheid gegeben? Er wollte dich bringen, wenn das Fest vorbei ist.« Ehe er auf dem Absatz kehrtmachen konnte, griff ich nach seinem Arm und hinderte ihn daran.

»Ich will nach Hause! Es muss keiner wissen, dass ich weg bin, sie werden es schon selbst merken. Ich bin plötzlich hier aufgetaucht, genauso will ich verschwinden«, sagte ich ernst. »Es muss niemand wissen.«

Entgegen meiner Worte protestierte mein Herz heftig in meiner Brust – ich wollte mich verabschieden, aber es war das Beste, wenn ich es nicht tat. Innerlich führte ich einen Krieg mit mir selber. Indem ich versuchte, ruhig zu atmen, zwang ich mein Herz, gleichmäßig zu schlagen, und schloss mein schlechtes Gewissen tief in mir ein.

»Bist du dir sicher, dass du niemandem Bescheid sagen willst?«, fragte Nadish, diesmal verwundert.

»Ja, das bin ich«, antwortete ich ihm mit fester Stimme.

Nadishs Blick glitt prüfend über mein Gesicht.

»Woran denkst du?«, wollte ich wissen.

»Ich überlege«, sagte er, »welches Risiko ich damit eingehe, dass ich dich nach Hause bringe, ohne jemanden davon wissen zu lassen. Vor allem ohne das Wissen des Königs.«

»Was sollte er denn schon sagen? Ich habe es geschafft, an einen Prinzen gebunden zu werden, weil ich ihn aus Versehen geküsst habe. Ich habe Kain geküsst, was niemand wissen darf, und ich bin hier, obwohl ich eigentlich nicht hier sein sollte«, zählte ich auf. »Inwiefern gibt es für dich also ein Risiko?«

»Delja, mein Risiko ist, dass ich den Befehl des Königs ignoriere.«

Er hatte recht und ich verstand, warum er zögerte, ich verlangte viel von ihm. Nach kurzer Überlegung trat ein entschlossener Ausdruck auf sein Gesicht.

»In Ordnung, ich mache es. Aber ich habe etwas bei dir gut dafür«, sagte er und machte meine Entscheidung, zu gehen, damit endgültig. Nie hätte ich gedacht, dass er ja sagen würde. Ein Lächeln stahl sich auf meine Lippen. »Wann willst du los?«

»Jetzt«, sagte ich, in Vorfreude auf mein Zuhause.

Er nahm meine Hand und zog mich in die Richtung, aus der ich gekommen war.

»Hast du dein Armband? Du bauchst es, um an Land zu kommen.«

Ich hob meine Hand, um ihm das Armband zu präsentieren.

»Gut. Wir müssen durch die Geheimgänge in den Garten, von dort aus kann ich dich an Land schwimmen, du musst ein Stück selber schwimmen, denn ich kann nicht so nah an Land. Das Armband wird bewirken, dass du an Land wieder ganz normal atmen kannst.«

Ich hörte ihm stumm zu und lief ihm hinterher. Plötzlich blieb er stehen und legte seinen Finger auf die Lippen. Im Gang neben uns standen zwei Personen und redeten miteinander. Ich konnte Kain und König Merric hören.

»Kain, ich bin froh, dass du meine Tochter zu deiner Frau nimmst. Dennoch muss ich langsam drauf bestehen, dass du sie vor allen küsst. Es kann nicht sein, dass immer noch jemand anderes dies bei ihr versuchen kann! Denk bitte an deine Familie und deine Freunde hier. Unerwartete Dinge passieren sehr schnell.« Merrics Stimme war angespannt, doch gleichzeitig lag eine Drohung in ihr, die mein Blut zum Gefrieren brachte.

»Ich werde sie früh genug küssen, spätestens bei der Hochzeit, vorher nicht. Es ist mein Recht, zu warten, bis es so weit ist. Meine Familie weiß das.«

Mir lief ein Schauder über den Rücken und ich spürte, wie mein Herz so heftig schlug, als würde es mir jeden Moment aus der Brust springen.

Du hast mich geküsst!, hätte ich am liebsten gebrüllt, aber ich ließ es bleiben, stattdessen starrte ich zur Wand und hörte dem Gespräch weiter zu.

»Wie du meinst! Sag nicht, ich hätte dich nicht gewarnt«, erwiderte Merric und seine schweren Schritte entfernten sich von uns. Kain stand einen Augenblick stumm an der Stelle, an der die beiden Männer gerade noch gesprochen haben. Als er sich in die gleiche Richtung bewegte wie Merric, atmete ich tief aus.

»Mistkerl«, flüsterte Nadish und zog mich augenblicklich, als der Gang leer war, durch eine Tür ins Freie.

Draußen angekommen, atmete ich schwer aus. Es war bereits abends und mir wurde erst jetzt bewusst, wie lange ich durch das Gift bewusstlos gewesen war.

»Ich verwandle mich jetzt, also schrei nicht«, sagte Nadish und riss mich damit aus meinen Gedanken.

Er zog sich seine Uniform aus und legte sie über die Bank, die neben uns war.

Mit einem Mal begann er, zu zittern. Auf seinen Beinen und seinen Armen entstanden kleine Schuppen, die sich wie das Innere eines Taschenwärmers über seiner Haut kristallisierten. Ich schlug mir die Hand vor den Mund. Ähnliche Schuppen waren auf meiner Haut gewesen, doch bei ihm fand die Verwandlung deutlich schneller statt. Um Nadishs Beine entwickelte sich eine Fischflosse, die glänzte und tiefrot wie seine Haare war, die teilweise noch einen blauen Schimmer zeigten. Als er aufhörte zu zittern, sah er mich an und schwamm ein Stück nach oben, sodass er den Boden nicht mehr berührte.

»Ich werde dich auf meinen Rücken nehmen und wir werden jetzt direkt losschwimmen. Sonst entdeckt uns noch jemand«, sagte er.

»Wie hast du das gemacht?«, fragte ich erstaunt und ignorierte seine Worte, betrachtete ihn von oben bis unten.

»Wir Wachen erhalten diese Gabe von der Königsfamilie. Aber für die Erklärung ist jetzt keine Zeit. Sie müssten inzwischen bemerkt haben, dass du verschwunden bist.«

Wie aufs Stichwort hörte ich jemanden meinen Namen brüllen.

Ich zuckte zusammen, als Nadish vor mich schwamm.

»Komm, wir müssen sofort los!«, sagte er jetzt drängender. »Kletter auf meinen Rücken.«

Er hielt mir seine Hand hin und ich tat, was er befohlen hatte. Schnell stiegen wir in die Höhe, entfernten uns vom Palast. Ich sah zurück und bemerkte, dass das komplette Schloss erleuchtet war. Überall schwammen große Seepferde sowie Wachen herum, die wie Nadish Flossen hatten. Einer sah in unsere Richtung, aber ich konnte nicht erkennen, wer es war. Eine Gruppe kam auf uns zu.

»Sie kommen!«, rief ich und beobachtete, wie sie immer näher kamen. Ich drängte mich näher an Nadish, der schneller wurde.

»Wir haben es gleich geschafft, es ist nicht so weit«, sagte er angestrengt und erhöhte sein Tempo ein weiteres Mal.

Angst flammte in mir auf. Angst davor, dass die Wachen uns einholen könnten. Ich presste die Augen zusammen, keine Sekunde später durchbrachen wir die Wasseroberfläche.

Luft drang in meine Lunge und ich öffnete meine Augen. Ich war wieder über der Wasseroberfläche. Kalte Luft strömte in meine Lunge und strich über meine Haut. Nadish ließ mir keine Zeit, meine Gedanken zu ordnen.

»Schwimm!«, schrie er mich an. »Da hinten ist Land. Ich kann nicht näher dran! Du musst die Perle auf den Sandstrand legen, damit deine Lunge wieder durchgehend Luft atmen kann.«

Er drehte sich um und ich sah in die gleiche Richtung. Hinter uns stiegen noch mehr Meeresbewohner auf, die uns mit gelb- und orange-leuchtenden Augen betrachteten. Ich erkannte König Merric und Morogh, die mich beide anstarrten, wobei Moroghs Blick traurig schien. Ich musste schlucken.

»Sag Keyna, dass es mir leidtut«, bat ich Nadish und drehte mich Richtung Land.

»Mache ich! Und, Delja? Pass auf dich auf! Ich will nicht gutheißen, was Kain getan hat, doch er mag dich.«

Damit stieß er mich von sich und ich schwamm, so schnell ich konnte, auf das Land zu. Hinter mir hörte ich ein Brüllen, drehte mich aber nicht mehr um. Wasser schwappte in meinen Mund und seit so langer Zeit schmeckte ich das Salz des Meeres auf meiner Zunge. Meine Kraft schwand, mein Körper wurde immer schwerer. Doch ich gab nicht auf, ich wollte das Land erreichen. Mit letzter Kraft schwamm ich an Land, bis ich mit den Füßen Sand berührte. Erleichterung machte sich in mir breit und ich schaffte die letzten Meter, bis ich das Meer verließ und auf dem Sandstrand auf die Knie fiel. Als meine Hand den Sand berührte, löste sich eine Perle meines Armbands auf.

Als mir klar wurde, dass ich tatsächlich wieder an Land war, atmete ich das erste Mal ganz bewusst ein und aus und spürte, wie meine Lunge brannte und mein Herz immer schneller raste. Meine Gedanken wirbelten umher. Ich war zurück, an Land. Weg vom Palast, weg von Keyna – weg von Kain. Ich schluckte. Plötzlich drangen Bilder in meinen Kopf.

»Ich wünschte, ich hätte dich früher kennengelernt«, hatte Kain zu mir gesagt.

Tränen stiegen mir in die Augen, weil mir bewusst wurde, was er mit seiner Frage gemeint hatte.

»Erinnerst du dich wirklich an nichts?«

Ich versuchte, seine Stimme abzuschütteln, und blieb so lange auf dem Sand liegen, bis sich mein Herzschlag beruhigt hatte und ich den Mut aufbrachte, mich herumzudrehen.

Das Meer hinter mir war unruhig und Wellen stießen ununterbrochen gegen die Klippen. Es fing an zu regnen. Dicke Wassertropfen bedeckten meine Haut.

Kraftlos ließ ich das Meer hinter mir, auch wenn ich die Augen nicht davon nehmen konnte. Weit entfernt sah ich jemanden schwimmen, nur konnte ich nicht erkennen, wer es war. Dennoch war ich mir sicher dunkelgrüne Haare auszumachen.

Das war der Moment, in dem ich mich abwandte, aufstand und auf das Haus meiner Tante zulief.

KAPITEL 13

Seit mindestens zwanzig Minuten stand ich tropfnass, zitternd und tränenüberströmt vor dem Haus meiner Tante und wusste nicht, ob ich klingeln sollte. Mein Herz schmerzte unglaublich. Meine Gedanken wirbelten wie die Wellen auf dem Meer hin und her.

Ich wusste nicht, an was ich zuerst denken sollte. Wind und Regen peitschten gegen meinen Körper, mein Zeigefinger schwebte über der Klingel, doch ich konnte mich nicht dazu hinreißen, sie zu betätigen. Ich hatte es zwar geschafft, ihr einen Brief zu schicken, dennoch wusste ich nicht, wie sie darauf reagierte, dass ich nach so langer Zeit wieder vor ihrer Tür stand.

Ich kann das nicht, dachte ich und entschloss mich, kehrtzumachen. Hastig trat ich von der Tür weg und lief den Weg zurück. Doch ich kam nicht weit. Hinter mir öffnete sich die Tür.

»Delja!«, keuchte meine Tante.

Ich drehte mich wieder um und im gleichen Moment zog mich meine Tante in eine feste Umarmung und drückte mich an sich. Ich ließ mich ohne Gegenwehr in ihre Umarmung fallen und legte meinen Kopf auf ihre Schulter. Es tat unglaublich gut, bei ihr zu sein.

»Luian! Delja ist wieder da!«, rief sie und zog mich ins Haus. Hinter uns fiel die Tür ins Schloss und von oben hörte ich laute Schritte die Treppe hinunterpoltern. Kurz darauf stand Luian im Wohnzimmer.

»Delja«, keuchte er, erleichtert und überrascht zugleich. Ich sagte kein Wort, als er mich und meine Tante gleichzeitig in den Arm zog. Ich lag nur in den Armen der beiden. Meine Tante schluchzte und mir liefen die Tränen die Wange hinunter.

»Wir sind so froh, dass du wieder da bist«, flüsterte sie mit zitternder Stimme und drückte mich fester an sich. »Wir haben deine Nachricht bekommen. Ich habe mir solche Sorgen gemacht.«

»Es tut mir leid«, schluchzte ich in ihrem Arm.

Lange Zeit sagte niemand von uns ein Wort. Ich hörte ausschließlich das Aufschluchzen und den lauten Atem meiner Tante. Wir lagen uns nur im Arm. Ich spürte, wie mir langsam immer kälter wurde. Die feuchte Kleidung klebte an meiner Haut. Leicht drückte ich mich von meiner Tante, sah ihr dabei fest in die Augen.

»Es tut mir wirklich leid«, flüsterte ich.

Auf den Lippen meiner Tante sowie denen meines Onkels breitete sich ein Lächeln aus.

»Du kannst nichts dafür, Schatz«, sagte meine Tante. »Geh erst mal duschen und dann kommst du zu uns und erzählst, was passiert ist.«

Ich nickte. »Es tut -«

»Keine Entschuldigungen mehr, Delja«, befahl meine Tante mit erhobener Hand. »Ab mit dir unter die Dusche, du wirst noch krank in deinen nassen Klamotten und dann sagst du uns, was passiert ist«, wiederholte sie.

Ohne Widerrede lief ich die Treppe nach oben und direkt ins Badezimmer. Dort entledigte ich mich meiner Klamotten, stellte das Wasser an und mich unter den warmen Strahl.

Ich wusste nicht, wie lange ich so dastand. Immer wenn ich meine Augen schloss, sah ich Kain vor mir. Spürte seine Hände an meiner Wange, in meinem Nacken. Seine Lippen auf meinen. Alles fühlte ich. In meiner Erinnerung starrte er mich so intensiv an, dass ich schlucken musste und meine Augen immer wieder aufriss.

Irgendwann stieg ich aus der Dusche, schnappte mir das Handtuch und wickelte dieses um mich. Mein Blick glitt zum Spiegel und ich erstarrte. Im Spiegel sah ich das volle Ausmaß meiner tiefblauen Haare. Meine Augen funkelten. Die kleinen roten Punkte waren gestochen scharf. Meine Haut glitzerte. Was war mit mir da unten nur passiert? Warum hatte ich mich so verändert? Ich öffnete meine Hand und starrte auf den kleinen Seestern und die Muschel.

»Das ist doch nicht normal«, sagte ich, als es an der Tür klopfte.

»Ist alles in Ordnung?«, drang die Stimme meiner Tante dumpf durch die Tür.

Kurz war es still draußen, als es ein weiteres Mal klopfte.

»Delja?«

»Ja!«, rief ich schnell.

»Geht es dir gut?«

»Ja«, antwortete ich. »Ich bin gleich fertig.«

»Okay, lass dir Zeit«, sagte sie, dann entfernte sie sich.

Für einen Moment betrachtete ich mich noch mal im Spiegel. Ich würde nachher Fragen stellen und hoffte, meine Tante und mein Onkel konnten sie mir beantworten. Viel wusste ich nicht. Bis auf die Fakten und das Foto von meiner Tante.

Ich verließ in das Handtuch gewickelt das Badezimmer und drückte die Tür meines Zimmers auf. Alles sah aus wie an dem Morgen, an dem ich Uri zurück ins Meer hatte bringen wollen.

Uri, dachte ich. Auch von ihm hatte ich mich nicht verabschiedet. Dabei hatte er mir so sehr geholfen. Er war von Anfang an bei mir gewesen, als ich seine Hilfe brauchte, war er da, und neben Keyna hatte er viel mit mir erlebt. Auch der Gedanke an Keyna tat weh. Zwar kannten wir uns nicht lange, aber sie hatte mich wie eine Schwester behandelt – mit so viel Herz.

Ich ließ das Handtuch fallen und zog Unterwäsche, eine Jeans und ein T-Shirt aus dem Schrank. Schnell schlüpfte ich hinein, band meine Haare zu einem Zopf und verließ mein Zimmer. Auf dem Weg nach unten hörte ich bereits, dass sich meine Tante mit meinem Onkel unterhielt. Am Treppenende blieb ich stehen und lauschte ihrem Gespräch.

»Sie war da! Sie verändert sich!«, sagte meine Tante leise. »Luian! Wir müssen es ihr sagen! Hast du gesehen, wie ihre Augen strahlen und wie blau ihre Haare sind?«

Ein Knurren kam von meinem Onkel. Was wussten die beiden alles und was wollte meine Tante mir erzählen?

»Wir können ihr nichts sagen. Das weißt du. Es wurde uns untersagt«, sagte er. Noch nie hatte ich meinen Onkel wütend mit ihr sprechen gehört. Ich betrat das Zimmer und blickte beide an, die zusammenzuckten.

»Was wurde euch untersagt?«, fragte ich schärfer als beabsichtigt. Gerade war es mir egal, wer ihnen etwas verboten hatte. Ich wollte antworten.

»Delja, setz dich«, versuchte meine Tante versöhnlich. Doch mir war nicht danach, mich ruhig zu verhalten. Ich wollte nicht noch mehr Ausreden hören. Ich machte einen weiteren Schritt auf sie zu und stellte mich neben den Esszimmertisch.

»Worüber habt ihr gerade gesprochen?«, fragte ich nachdrücklich und stützte mich auf dem Tisch ab.

»Wir erzählen dir alles«, sagte mein Onkel plötzlich. »Aber erst setz dich und berichte uns, was passiert ist.«

Ich zögerte für einen Moment, entschied mich dann dafür, mich hinzusetzen.

»Okay, wie ihr wollt.« Ich zog einen der Stühle unter dem Tisch hervor und setzte mich. Dann legte ich provokativ meine Arme so auf den Tisch, dass mein Armband gut zu sehen war. Die beiden taten es mir gleich und setzten sich mir gegenüber.

»Wo warst du?«, fragte meine Tante. Ihr Blick lag für einen Moment auf meinem Band, bevor er besorgt auf mir landete.

»Das weißt du doch«, sagte ich durch zusammengepresste Zähne. »Oder habe ich da was falsch verstanden?« Für einen Moment hörte man nur die Wellen, die gegen den Felsen prallten, sowie den heftig prasselnden Regen.

Meine Tante atmete tief ein und aus und griff nach meiner Hand.

»Ich hätte dir etwas über das Armband erzählen müssen, vor allem wie es verwendet wird. Ist es immer noch so schön dort unten?«, flüsterte sie und in ihren Augen bildeten sich Tränen.

Sie ist tatsächlich dort gewesen, dachte ich. *Das Foto war echt.*

»Ich lasse euch allein«, sagte mein Onkel mit dünner Stimme, stand auf und verließ mit eiligen Schritten das Wohnzimmer. Ein paar Sekunden später schloss sich die Tür mit einem dumpfen Klicken.

»Er mag es nicht, wenn ich über das Meer spreche. Über Ostrea«, antwortete meine Tante leise, die ihrem Mann hinterhersah. Sie strich über die Perlen an meinem Handgelenk und lächelte. »Ich war sechzehn, als ich Taren kennenlernte. Er war ein wirklich wunderbarer Mann. Zuvorkommend, gutaussehend, lustig und ehrlich.« Der Schmerz in ihrer Stimme ließ mich schlucken. »Als Taren achtzehn Jahre alt wurde, musste er heiraten. Sein Vater ...« Sie stockte und sah nun zu mir. »Sein Bruder Chelan wurde zum König ernannt und ich musste gehen.«

»Warum musstest du gehen? Nur weil er König wurde?«, fragte ich mit aufgerissenen Augen.

»Nicht nur deswegen, ich musste gehen, weil Taren heiraten musste und ich im Weg war. Damals wurden die Kinder des Königs verheiratet.«

»Das werden sie immer noch«, erwiderte ich und musste daran denken, das Kain auch gezwungen wurde, Ligeia zu heiraten. Keyna hatte dadurch zwar wahrscheinlich Glück, aber ihr schlechtes Gewissen gegenüber ihrem Bruder fraß sie förmlich auf.

»Ich kenne Chelan sehr gut, denn sein Bruder hat mir dieses Band gemacht.« Meine Tante hob ihren Arm an, worauf ich ihr Armband betrachten konnte. Die letzte Perle daran funkelte im Licht der Lampe perlmutt. Meine Tante sah mit so viel Liebe auf die einzelnen Kugeln, dass ich erst nach einigen Minuten begriff, was das bedeutete.

»Du warst mit Taren zusammen?«, hauchte ich. »Hat er dir dieses Band gemacht?«

Sie nickte. »Ja, das hat er. Ich weiß nicht, ob du es bereits rausgefunden hast, dieses Band kann nur von einem Mann hergestellt werden, und auch nur für die eine große Liebe. Ich weiß nicht genau wie, aber so konnte ich zu ihm reisen.«

Sie zog meine Hand zu sich und drückte sie leicht, ich öffnete sie und der kleine Seestern kam zum Vorschein. Ohne zu zögern, drehte sie meine Hand um, sodass auch die kleine Muschel zu sehen war.

»Wie ist das möglich?«, hauchte sie mit Unglauben in der Stimme. »Das geht nur, wenn …«

Ihre Augen durchbohrten mich.

»Nur wenn man königlich ist«, sagte ich, auch wenn ich nicht verstand, mit wem ich verwandt war. »Weißt du etwas darüber? Weißt du, warum sich meine Haare verfärbt haben? Weist du, warum sich Versprechen auf mir verfestigen können?«, fragte ich nun lauter. Ich entzog ihr meine Hand und starrte sie an.

»Ich bin mir nicht sicher«, flüsterte sie. Schmerz durchzog ihre Stimme. »Deine Mutter hat mal was erwähnt, doch ich habe dem keine Bedeutung geschenkt. Ich habe es nicht ernst genommen, weil ich selber nicht darüber sprechen wollte und durfte.«

Sie schluckte und versuchte, meinem Blick auszuweichen, schaffte es aber nicht.

»Sie hat mir immer viel erzählt und irgendwann hat sie mir das Kästchen mit den Muscheln gegeben, mit der Bitte, es dir zu geben, falls sie …« Sie brach ab und sah, statt weiterzureden, aus dem Fenster.

Eine gefühlte Ewigkeit sagte sie nichts mehr. Ich traute mich auch nicht, Fragen zu stellen, da in den Augen meiner Tante Tränen schimmerten.

»Ich sollte dir das Armband geben, falls sie sterben sollte«, beendete sie den Satz heiser, im gleichen Moment stand sie auf, bevor ich antworten konnte. »Möchtest du einen Tee haben?«

»Gern«, sagte ich und schon verschwand sie in der Küche.

Nach ein paar Minuten kam sie mit zwei dampfenden Tasse zurück und stellte diese vor mir ab. Mein Kopf war zum Platzen gefüllt mit Fragen, doch vor lauter Chaos darin hatte ich keine Kraft, auch nur eine auszusprechen.

»Erzählst du mir jetzt, warum du Tränen überströmt vor der Tür standest, nachdem du fast zwei Monate weg warst?«, fragte meine Tante.

»Wie lange war ich weg?«, fragte ich entsetzt. »Das kann nicht sein!«

»Zwei Monate.«

Ein Zittern breitete sich in meinen Muskeln aus. Meine Gedanken sprangen zu Kain und ich musste schlucken. Mir war gar nicht aufgefallen, dass ich nicht an ihn gedacht hatte, seitdem wir sprachen. Wollte ich meiner Tante von ihm erzählen? In gewisser Weise schon, vielleicht kannte sie ihn.

»Wir können auch morgen oder übermorgen sprechen, wenn du möchtest. Ruh dich erst mal aus«, erlöste sie mich aus meiner Verzweiflung und stand auf. »Einen Gefallen musst du mir allerdings tun: Halt dich heute und die nächsten Tage bitte vom Meer fern. Ich habe dich vermisst und es wird dich rufen. Du warst lange da, ich weiß, wovon ich spreche.«

Sie drehte sich zur Wohnzimmertür und verließ den Raum. Ich hingegen blieb sitzen und starrte durch die großen Fenster auf das Meer, welches noch immer tobte.

Ein rotes und ein hellblaues Auge starrten mich an. Rote geschwungene Lippen sagten immer wieder die gleichen Sätze.

»Ich wünschte, ich hätte dich früher kennengelernt.«

»Du gehörst hier nicht her.«

»Du gehörst hier nicht her. Verschwinde!«

»Ich wünschte, ich hätte dich früher kennengelernt.«

Ich spürte eine Hand auf meiner Wange. Warmer Atem streifte meine Lippen, worauf ich erschauderte.

»Ich wünschte, ich hätte dich früher kennengelernt«, sagte die Stimme sanfter, doch wurde direkt wieder wütend. »Aber du gehörst hier nicht her!«, sagte er. »Verschwinde!«

Ich schreckte auf und musste im selben Moment husten. Mein ganzes Bett war nass. Seit zwei Wochen hatte ich jede Nacht den gleichen Traum. Die Hitze, die durch das geöffnete Fenster von draußen drang, ließ mich noch mehr schwitzen. Mein Herz schlug viel zu schnell. Ich schloss die Augen und sah sofort das rote und blaue Auge aus meinem Traum vor mir aufleuchten. Eilig öffnete ich meine Lider und machte das Licht auf meinem Nachtschrank an, auf dem Uris Aquarium stand. Meine Tante hatte mir erzählt, dass sie es wieder ins Zimmer gestellt hatte, nachdem sie meinen Brief bekommen hatte und ich nicht wiedergekommen war. Jeden Tag sah ich die kleine Kirche im Aquarium und jeden Tag fragte ich mich, wie es Uri ging.

Ich setzte mich auf den Bettrand und griff nach der Wasserflasche auf dem Nachtisch. Mit zwei schnellen Zügen leerte ich sie bis zur Hälfte. Langsam beruhigte sich mein Herz. Ein Blick aus dem Fenster zeigte mir, das draußen wieder ein Sturm sein Unwesen trieb, wie die letzten zwei Wochen, seitdem ich hier war.

Seit zwei Wochen träumte ich nun von Kain. Zwei Wochen, in denen ich versuchte, meiner Tante und meinem Onkel aus dem Weg zu gehen. Drei Tage war ich an Land gewesen, als es anfing mit den Träumen.

Eine Polizistin hatte angerufen in der Zeit, in der ich in Ostrea gewesen war, um mir mitzuteilen, dass auch nach wochenlanger Suche meine Mutter immer noch nicht gefunden wurde. Man ginge davon aus, dass sie von Tieren gefressen wurde oder ins offene Meer getrieben sei.

Ein leichtes Summen an meinem Arm erregte meine Aufmerksamkeit. Die Perlen am Armband pulsierten in einem blassen Blauschimmer, das auf meiner Haut tänzelte.

Schnell sprang ich auf und zog mir eine Hose und ein Shirt an. Auch wenn meine Tante gesagt hatte, dass ich nicht ans Meer sollte, und ich mich die letzten Wochen davon abgehalten hatte, fühlte es sich immer unpassender an. Ich wollte dem Meer nah sein, und deswegen entschied ich, hinzugehen. Was sollte schon passieren? Ich würde ja nicht ins Wasser springen.

Ich schnappte mir die Schlüssel, die auf der Kommode neben der Tür in der Schale lagen, öffnete die Tür und lief leise aus dem Haus. Es hatte aufgehört, zu regnen, und der Sturm hatte sich gelegt, dennoch lag Feuchtigkeit in der Luft. Der Sandweg zum Strand war warm unter meinen Füßen und eine salzige Brise kam mir entgegen. Am Meer angekommen setzte ich mich gegen eine Palme gelehnt in den Sand und blickte auf das Meer hinaus.

Die Weite beruhigte mein Herz. Seit Langem hatte ich das Gefühl, atmen zu können und in mir zu ruhen. In der Ferne sah ich, wie Delfine über die Wasseroberfläche sprangen. Das Meer hatte sich entspannt und ich schloss die Augen. Ich hörte den Wellen zu, wie sie gegen die Brandung schlugen und wie das Wasser über den Sand lief. Schon als Kind hatte das Meer diese beruhigende Wirkung auf mich gehabt. Ich fragte mich, ob es daran lag, dass ich vermutlich Verwandte im Meer hatte. Oder ob es daran lag, dass ich die Personen im Meer auf eine verdrehte Art und Weise vermisste.

Mit geschlossenen Augen lauschte ich den Tönen des Meeres, als sich ein anderes Geräusch dazwischen schlich. Ein Knacken hinter mir ließ mich meine Augen öffnen und ich sah dabei zu, wie sich meine Tante neben mich setzte.

»Du lächelst immer noch wie früher, wenn du dich nachts heimlich an den Strand geschlichen hast und dachtest, du würdest allein hier sitzen«, sagte sie.

Ihre langen blonden Haare wehten im Wind und ihre Augen waren aufs Meer gerichtet, sie hatte ein Lächeln auf den Lippen. Bevor ich etwas sagen konnte, sprach sie weiter.

»Ich habe Taren von ganzem Herzen geliebt. Er und ich waren unzertrennlich. Ich habe ihn bei einem Schnorchelkurs kennengelernt. Erst dachte ich, er kann einfach sehr gut tauchen, doch er ist nie mit mir an Land gekommen. Wir haben uns immer auf einem Felsen getroffen und geredet.«

Ihr Blick driftete in eine längst vergessene Zeit zurück.

»Eines Tages fragte er mich, ob ich mit ihm kommen will, da waren wir sechzehn. Ich stimmte ohne zu überlegen zu, denn ich mochte ihn und wir kannten uns bereits über ein Jahr. Er reichte mir dieses Armband.« Sie sah auf ihren Arm und strich mit dem Zeigefinger vorsichtig über eine der Perlen. »Diese Perlen können nur Könige erstellen, oder besser gesagt, nur Personen aus einem Königshaus mit vollwertiger Königsblutlinie.«

Ihre Stimme klang ehrfürchtig und ich schaute mein eigenes Band an. Meine Perlen waren hellblau und die zwei, die dran waren, schimmerten im Mondschein.

»Ich legte das Band also an und im selben Moment zog mich Taren ins Meer«, sagte meine Tante. »Ein Strom aus vielen kleinen bunten Fischen zog uns immer weiter nach unten und ich hatte das Gefühl, zu ertrinken. Doch Taren hielt mich die ganze Zeit an sich gedrückt.«

Sie schluckte und strich sich eine Träne weg. Ich musste an den Tag denken, als ich ins Meer gezogen worden war. Auch ich hatte geglaubt, zu sterben. Nie im Leben hätte ich geahnt, was unter Wasser auf mich warten würde.

»Ich verstand nicht sofort, was passiert war, aber ich konnte plötzlich atmen. Taren hielt mich und lächelte mich an. Hinter ihm eine Stadt aus den buntesten Farben, die ich je in meinem Leben gesehen habe. In dem Moment wusste ich, dass egal, was kommt, wir würden für immer zusammen bleiben. Er küsste mich das erste Mal da unten, und es war nicht das letzte Mal.

Ich wurde siebzehn und Taren und ich stellten uns vor, wie es wäre, wenn wir heiraten würden. Da Chelan der erstgeborene Sohn war, hatte Taren keine Verpflichtungen ihm gegenüber. Wir gingen also zu seinem Vater und Taren bat darum, dass ich ihn heiraten dürfte.«

Die Stimme meiner Tante versagte und immer mehr Tränen liefen über ihre Wangen. Sie hatte aufgegeben, diese wegzuwischen, und blickte einfach stur das Meer an. Ich legte eine Hand auf ihr Knie, sie zuckte zusammen und legte direkt ihre Hand auf meine.

»Wie ging es weiter?«, fragte ich leise. Sie schluckte und drückte meine Hand.

»Du musst wissen, dass damals alles etwas altmodisch war. Auch wenn der Erstgeborene verheiratet wurde, durfte der Zweitgeborene trotzdem nicht die Person heiraten, die er wollte. Ich spürte die Veränderung, noch bevor der König etwas sagte. Er lachte uns aus. Er meinte, wie es sein kann, dass ein Königssohn jemanden heiraten will, der nichts könnte. Ich könnte die Blutlinie nicht aufrecht erhalten. Unser Nachwuchs würde niemals die Verwandlung durchstehen und es gäbe bereits eine Frau, der Taren versprochen war, und diese würde er in einem Monat heiraten, daran würde sich nichts ändern.«

Ich musste die letzten Worte verdauen. Meine Tante war verliebt in einen Königssohn. Bei ihren Worten spürte ich, dass sie dies immer noch war. Ihre Tränen sprachen Bände. Wie hatte sie es geschafft, nicht zurückzugehen? Und wie hatte sie geschafft, dass niemand etwas davon erfuhr?

»Du fragst dich, wie ich das überlebt habe, oder?«

Ihre Augen waren rot, als sie sich mir zuwandte, und ich erkannte tiefen Schmerz in ihnen, den sie hatte erleiden müssen und an dem sie offenbar immer noch litt.

»Taren beschimpfte seinen Vater, bis dieser ihn schlug. Chelan tauchte auf und brachte uns zurück in sein Zimmer. Zum Glück, denn ich weiß nicht, wie die Situation sonst eskaliert wäre. Chelan redete beruhigend auf ihn ein, doch Taren war zu wütend auf seinen Vater. In dieser Nacht schlief ich das erste und einzige Mal mit Taren. Ich wollte eine Erinnerung an ihn. Ich wollte spüren, wie sehr wir verbunden waren, wie sehr er mich liebte. Es war dumm, ich weiß, und nicht überlegt, aber ich war jung. Als er eingeschlafen war, stand ich leise auf und verließ das Zimmer. Ich fand Chelan, der mich zurück an Land brachte. Er gab mir das Bild aus dem Flur als Andenken an Taren mit. Sodass ich immer etwas von ihm haben würde.«

Sie schluckte. Ich dachte daran, dass Chelan also gewusst hatte, wie ich nach Hause kam, er mich aber hatte warten lassen. Meine Tante strich sich über ihr Armband und mir wurde mit einem Mal bewusst, dass sie ein weiteres Mal im Meer gewesen sein musste, denn sie hatte nur noch zwei Perlen.

»Wann warst du ein weiteres Mal bei ihm?«, fragte ich, meinen Blick weiterhin starr auf sie gerichtet, damit mir keine ihrer Gestiken oder Mimiken entging.

»Fünf Monate später«, flüsterte sie, sodass ich mich anstrengen musste, sie zu verstehen. »Ich war schwanger. Denn man kann in Ostrea nur Kinder bekommen, wenn man sich wirklich liebt.«

Ich keuchte. Meine Tante hatte ein Kind? Sie strich mit ihrer Hand über meine Wange.

»Ich habe mich noch mal zu Taren geschlichen. In der Hoffnung, ihn allein anzutreffen. Ich habe die vielen geheimen Wege genutzt, die er mir damals gezeigt hat. So konnte ich die Wachen umgehen. Ich wusste, was ich tat. Doch ich hatte erfolgreich verdrängt, dass sein Vater bereits seine Hochzeit geplant hatte und diese stattfand. Als ich in seinem Zimmer auftauchte, stand ich nicht ihm gegenüber, sondern einer Frau«, sagte sie und Traurigkeit spiegelte sich in ihren Augen. »Sie stellte sich mir als Majasi vor – als seine Frau.«

Ich schlug mir die Hand vor den Mund und sah sie mit großen Augen an. Doch sie erzählte direkt weiter, etwas schneller als zuvor, so als wollte sie die Worte hinter sich bringen.

»Taren tauchte auf und anstatt zu fragen, was ich bei ihm wollte, griff er nach mir und küsste mich. Vor seiner Frau. Sie erzählten mir, dass sie seit Monaten versuchten, schwanger zu werden, doch es würde nicht klappen. Er liebte sie nicht und sie ihn ebenso wenig. Beide waren in diese Ehe gezwungen worden. Als ich mich beruhigt hatte, und die beiden mir versprachen, niemandem zu sagen, dass ich da war, erzählte ich ihnen, warum ich gekommen war.«

Sie schloss für einen Moment die Augen. Ihr Schmerz war beinahe greifbar. Als sie ihre Augen wieder öffnete, redete sie weiter.

»Ich verriet ihnen, dass ich schwanger war. Als der erste Schock der beiden vorüber war, freute sich Majasi. Die beiden wollten mir helfen. Ich versteckte mich lange Zeit in Tarens und Majasis Gemächern. Beide brachten mir das, was ich brauchte, und halfen mir durch die Monate, bis das Kind kam. Taren kannte einen Arzt, dem er vertraute und dem er ein Versprechen abnahm, nicht über diese Schwangerschaft zu sprechen. Er fand raus, dass ich einen Sohn bekam, und das schmälerte unsere Freude. Bei Jungs war es so, dass sie mit kleinen Kiemen am Hals zur Welt kamen, die mit der Zeit verblassten und zurückgingen und erst wieder auftauchten, wenn sie sich verwandeln konnten. Bei Mädchen war dies nicht der Fall, sie besaßen keine Kiemen und konnten so an Land leben und geboren werden. Hätte ich meinen Sohn also an Land bekommen, dann wäre er gestorben. So machte ich einen Deal mit den beiden, ich blieb bis zur Geburt meines Sohnes bei ihnen. Majasi tat so, als würde sie schwanger sein und ließ ihren Bauch von Woche zu Woche langsam größer werden mit Tüchern und Kissen. Und wenn das Kind auf die Welt kam, würde sie sich als die Mutter ausgeben. Wir besiegelten das Ganze als Schwur, auch wenn ich diesen nicht geben konnte, da ich ein Mensch war und dies nur mit königlichem

Blut zu geben war. Sie versprachen, dass ich Meta – meinen Sohn – einmal im Jahr zu seinem Geburtstag sehen durfte. Damit es für ihn nicht gefährlich werden würde. Wir trafen uns immer auf unserem Felsen. Jedes Jahr, bis jetzt.«

Sie sah mich mit einem Lächeln an. Die tiefe Sehnsucht, die sie ausstrahlte, spiegelte sich in meinem Herzen. Mit einem Stich wurde mir bewusst, wie sehr ich Kain vermisste. Wie sehr mein Herz sich nach ihm sehnte.

»Du hast einen Sohn und kannst ihn nur einmal im Jahr sehen?«, fragte ich.

»Ja, das habe ich. Und es tut weh, dass ich ihn nur einmal jährlich sehen kann. Delja, du kennst jetzt meine Geschichte. Willst du mir erzählen, was in Ostrea passiert ist? Auch wenn du die ganze Zeit schweigst und uns aus dem Weg gehst, ich merke, dass dich etwas beschäftigt. Du kannst mir vertrauen. Ich liebe dich.«

Ich rückte zu ihr auf und sie drückte mich an sich.

»Ja, ich will es dir erzählen«, flüsterte ich. »Aber du musst mir auch ein paar Fragen beantworten. Ich brauche endlich Klarheit.«

Sie nickte und eine Last fiel von mir ab. Ich atmete einmal durch und begann, meine Geschichte zu erzählen.

KAPITEL 14

»Ich spüre die Anziehungskraft des Meeres«, begann ich zu erzählen und schaute aufs offene Meer hinaus. »Ich spüre, wie es mich ruft, dass ich zu ihm zurückkehre«, beschrieb ich meine Gefühle.

Da ich von klein an immer ein gutes Verhältnis zu meiner Tante gehabt hatte, war es befreiend, ihr alles erzählen zu können, und ich begann am Anfang, als ich Uri frei lassen wollte. Ich erzählte ihr von den Begegnungen mit Keyna und Kain und davon, wie unfreundlich er war. Wie ich ihm eine geknallt hatte. Wie er mich auf der Brüstung geküsst und dass Nadish uns erwischt hatte. Wie ich schweigen sollte. Wie mich Morogh vor allen Gästen geküsst hatte und wie wütend Kain darüber war.

Ich berichtete ihr vom Schlangenangriff und dem Giftanschlag und wie Kain bei mir war und sagte, ich solle verschwinden.

»Kain hat mich mit seinen Worten verletzt. Ich glaube, ich habe mich trotzdem in ihn verliebt. Auch wenn ich ihn nicht so lange kenne, diese Anziehungskraft zwischen uns ist da. Ich kann es nicht erklären«, endete ich schluchzend und lehnte mich wieder an die Palme.

»Du liebst ihn wirklich. Ich spüre Taren auch, immer wenn er mit Meta kommt, weiß ich ganz genau, wo sie auftauchen.

Jeden Meter, den er näher kommt, spüre ich. Ich kann es dir nicht erklären, aber unsere Herzen sind verbunden und es hört sich so an, als wären es eure auch.« Ihr Lächeln war so echt und so herzerwärmend, dass ich lächelte.

»Und was mache ich jetzt? Ich kann nicht zurück. Er wird Ligeia heiraten. Wenn die beiden dies nicht schon getan haben. Die beiden sind einander versprochen. Ich glaube nicht, dass sich daran etwas ändern wird.«

Die Augen meiner Tante funkelten.

»Du hast mir gerade erzählt, dass bis auf Nadish niemand von eurem Kuss weiß? Sprich Nadish doch darauf an, und frag, ob er es bekannt machen kann. Vielleicht hilft er euch.«

»Das geht nicht«, sagte ich ernst und erinnerte mich an das Gespräch von Kain und König Merric. »Die beiden sind einander versprochen und König Merric hat Kain gedroht, wenn er nicht seinen Willen bekommt, würde mir etwas passieren.«

Wut keimte in mir auf, als ich an Merric dachte.

»Du wirst das Richtige machen, Delja! Immerhin hast du jetzt nicht mehr das Problem, mit Morogh verbunden zu sein. Du hast Land betreten, dementsprechen ist die Verbindung gebrochen.«

Mein Kopf ruckte blitzschnell zu meiner Tante.

»Was hast du gesagt?«

»Eine Verbindung besteht nicht mehr, sobald man Land betritt. Das ist wahrscheinlich auch der Grund, warum König Merric nicht wollte, dass du gehst und mit zu ihm kommen solltest«, erklärte sie. »Du könntest also ohne Probleme zurück.«

Ich kam wie sie auf die Beine. »Aber dann ist die Verbindung zwischen mir und Kain auch vorbei.«

»Das stimmt. Doch man kann sich auch noch mal küssen«, sagte sie ernst. »Lass dich nur nicht vom Falschen küssen.« Sie drückte mir ein Kuss auf die Stirn. »Wenn du gehen möchtest, dann mach es. Lass dich nicht aufhalten.«

Sie nahm ihr Armband ab und reichte es mir.

»Nimm es, bitte. Damit du eine Erinnerung an mich hast. Falls du vorhast, nicht wiederzukommen.« Ich nahm nach kurzem Zögern das Band in die Hand. Meine Tante drückte mich noch mal, drehte sich dann um und ging zurück.

»Hast du jetzt noch etwas, das dich an Meta erinnert?«, rief ich ihr hinterher, ehe mich der Mut dazu verließ.

»Ja, das habe ich. Das Bild im Flur. Chelan hat es mir gegeben. Es ist von Taren. Ich habe es dort hingehängt, damit ich jeden Tag an ihn denke. Es ist aus einem Buch, welches Taren öfter gelesen hat. Ich weiß nicht, was draufsteht, aber das ist auch egal. Ich stelle mir vor, dass es ein letzter Liebesbrief von ihm ist. Aus der Zeit, als wir gemeinsam glücklich waren.«

Mit diesen Worten verschwand sie endgültig.

Als ich sie nicht mehr sah, schaute ich wieder zum Meer. Ich hatte einen Cousin, der im Schloss lebte und mich vielleicht kannte. Aber jemand namens Taren war mir in der Zeit unter Wasser nie untergekommen.

Ich schaute lange Richtung Meer und dachte über die Worte meiner Tante nach. Je länger ich darüber nachdachte, desto mehr wusste ich, was ich tun wollte.

Nachdem ich vier Stunden am Strand gesessen hatte und immer mehr das Gefühl bekam, jeden Moment ins Wasser springen zu müssen, lief ich zurück zum Haus. Ich hatte eine Entscheidung getroffen. Ich würde zurückgehen und Kain zur Rede stellen. Ich würde ihm sagen, was ich fühlte und was ich wollte und dass er entscheiden sollte, wie es nun weitergehen könnte zwischen uns. Ich besaß noch zwei Perlen, die ich nutzen konnte, sowie zwei am Armband meiner Tante.

Der Mond erhellte den Kiesweg vor dem Haus und ich schlüpfte leise ins Innere. Ich lief ins Wohnzimmer und fand meine Tante schlafend in ihrem Sessel, der zur großen Fensterfront Richtung Meer stand. Ich legte ihr eine Wolldecke über und gab ihr einen Kuss auf die Wange.

»Danke«, murmelte ich. Sie bewegte sich kurz, wachte aber nicht auf.

Ich lief hoch in mein Zimmer und suchte mir Kleidung zurecht. Ich schnappte mir meine Lieblingshose und eines meiner Lieblingsshirts, zog alles an und packte einiges in eine kleine Tasche, die ich an der Garderobe gefunden hatte. Dann lief ich die Treppe runter und hielt vor dem Bild mit der Schrift, die niemand von uns lesen konnte. Das erste Mal schaute ich bewusst darauf. Der Rand des Papieres war ausgefranst, die Seite selber war gelblich und im Hintergrund des Textes waren unterschiedliche Symbole aufgemalt. Unten in der Ecke hatte jemand ganz klein etwas hingekritzelt. Ich konnte nicht erkennen, was dort stand, nur dass es Buchstaben waren.

»Da steht, denk immer an ihn, er liebt dich, irgendwann kommt er zu dir zurück«, erschreckte mich meine Tante, die im nächsten Moment neben mich trat. Ich hatte nicht bemerkt, dass sie in den Flur gekommen war. »Du siehst aus, als hättest du dich entschieden, zurückzukehren?«

»Ja«, brachte ich leise hervor und schaute ihr dabei tief in die Augen. »Ist es okay für dich? Ich habe das Gefühl, es zumindest versuchen zu müssen.«

Sie lächelte mich an. »Dann hör auf dein Herz, Delja. Nichts leitet dich besser. Vergiss bitte nie, dass unsere Tür immer für dich offen steht, egal was passiert. Ich liebe dich!« Sie gab mir einen Kuss auf die Wange und zog mich in ihren Arm. »Vergiss niemals, dass du etwas Besonderes bist, du hast so viel in dir, was du nicht kennst.«

Sie drückte mich noch mal und drehte sich zur Treppe um. Ich sah ihr hinterher. Ihre Worte verfestigten meine Entscheidung. Ich wusste, dass das, was ich tun würde, sein musste.

»Danke«, flüsterte ich. Ohne mich umzudrehen, verließ ich das Haus und lief Richtung Meer.

Am Strand angekommen, betrachtete ich den Mond, der das Meer zum Glitzern brachte. Langsam betrat ich das Wasser und spürte, wie ein Gefühl von zu Hause über mich kam. Als das Wasser meine Ellenbogen berührte, atmete ich einmal tief ein und ließ mich nach vorne ins Meer fallen.

Es fühle sich anders an.

Vertrauter als beim letzten Mal.

Diesmal hatte ich keine Angst, als das Meer unruhig wurde und eine Strömung anfing, an mir zu ziehen. Ich öffnete den Mund, als wollte ich einen tiefen Atemzug nehmen, dabei trat das Wasser in meine Lunge ein. Ich hustete, doch spürte gleichzeitig, dass das Stechen schneller verschwand als beim ersten Mal. Der Strudel um mir ließ alles dunkel werden und plötzlich sah ich es: Die glitzernden Lichter der Stadt kamen zum Vorschein.

Ostrea lag hell erleuchtet vor mir. Ein Gefühl von Aufregung durchflutete meinen Körper. Es war ein wundervoller und beruhigender Anblick. Ich sank immer weiter nach unten, bis ich auf dem Meeresboden ankam.

Glücklich darüber, dass das Schloss nicht so weit entfernt war, lief ich los. Das Laufen fühlte sich komisch an, da ich die Strömung des Meeres spürte und diese mich zum Straucheln brachte. Doch zum Glück verbesserte sich mein Gleichgewicht schnell. Es fühlte sich ungewohnt und gleichzeitig so vertraut an, hier zu sein.

Immer zügiger lief ich Richtung Schloss. Ich wich unterschiedlichen Personen aus, die mir entgegenkamen, aus Angst, dass sie mich erkannten. Immerhin wusste ich nicht, was in der Zeit meiner Abwesenheit passiert war. Ich versteckte mich hinter Häusern, bis der Weg vor mir frei war. Mit schnellen Schritten lief ich in den kleinen Schlossgarten. Ich lehnte mich gegen einen der Bäume und versuchte, meinen Atem und meinen Herzschlag zu beruhigen. Nachdem mir Letzteres gelang, schaute ich mich um und entdeckte einige Meter entfernt die kleine Tür, durch die Nadish mich vor Kurzem herausgeschmuggelt hat. Ich lief auf diese zu und wollte sie öffnen, als hinter mir etwas knackte.

Ruckartig drehte ich mich um und bekam es augenblicklich mit der Angst zu tun. Die Härchen auf meinem Arm stellten sich auf. Um mich herum leuchteten plötzlich die unterschiedlichsten Pflanzen – grüne, orangefarbene und rote Pflanzen strahlten mich an. Das Schimmern war aber nicht das, was mich zum Zittern brachte. Sondern das Knurren, welches leise aus dem Wald gedrungen war.

Wieder erklang es. Viel zu nah. Ich drehte mich nach rechts und links, um herauszufinden, aus welcher Richtung es kam. Als vor mir aus dem Gebüsch zwei kleine Tiere hervorhuschten, die ineinander verkrallt waren. Sie waren so groß wie mein Kopf und sahen mich verwundert mit ihren großen gelben Augen an.

Ich starrte sie an, dann lächelte ich. Sie sahen unglaublich süß aus, ähnlich wie Katzen. Ich ging langsam auf die beiden zu und kniete mich hin.

»Was seid ihr denn für süße Tierchen?« Ich hielt den beiden meine Hand hin, sodass sie daran schnuppern konnten.

Die Kleinen legten sich flach auf den Boden, sodass sie wie kleine Dekokissen aussahen. Dabei blickten sie mich weiterhin an. Eine der beiden öffnete ihr Mäulchen und kleine, spitze Zähne kamen zum Vorschein. Plötzlich fingen beide Tiere an zu miauen, und ich erinnerte mich an Keynas Warnung vor den Baby-Wasserkatzen. Ich hielt mir meine Ohren zu und bewegte mich Schritt für Schritt rückwärts Richtung Tür und behielt die Tiere im Blick.

Ein viel zu nahes und viel zu lautes Knurren ließ die Kätzchen plötzlich verstummen und verursachte eine Gänsehaut auf meinen Armen. Hinter den Kätzchen bewegten sich die Büsche. Ich drehte mich um und wollte die Tür aufziehen, doch sie war verschlossen.

»Scheiße!«, fluchte ich und rüttelte am Türknauf.

Mein Kopf ruckte zurück zu den zwei Kätzchen, als eine riesige dunkelblaue Wasserkatze mit spitzen Zähnen aus dem Gebüsch tapste. Mir brach kalter Schweiß aus. Noch mal rüttelte ich an der Tür. Doch es geschah nichts. Ich drehte mich wieder um und die gelben Augen der Katze bohrten sich in meine, ihre Schuppen stellten sich gefährlich klackernd auf. Dort, wo ich ihren Schwanz erwartete, befand sich eine Flosse, die sie hin- und herpeitschte. Sie war riesig, glich beinahe einem Tiger, gekreuzt mit einem Krokodil. Das große Tier schaute von mir weg und ihre beiden Babykatzen an und ich bewegte mich im gleichen Moment langsam von der Türe weg. Dabei trat ich auf einen Ast und die Katze fixierte mich blitzschnell ein weiteres Mal. Sofort fuhr sie ihre Krallen aus und rammte sie in den Boden. Ich drehte mich nach links um und lief ohne zu Zögern los. Hinter mir hörte ich, wie die schweren Tatzen des Tieres auf dem Boden aufkamen, während es hinter mir hertrampelte.

Ich rannte.

Aus Versehen war ich vom Eingang weggelaufen, statt wieder in die Stadt hinein, wo mir vielleicht hätte jemand helfen können. Ich rannte immer weiter, neben mir weiterhin die Schlossmauer, in der Hoffnung, dass eine weitere Tür auftauchen würde.

Hinter mir flogen Steine und Muscheln umher und ich hörte die Flossen der Raubkatze durchs Wasser peitschen. Ich versuchte, schneller zu rennen, duckte mich unter umgefallenen Bäumen entlang, sprang über Felsbrocken, die aus dem Boden ragten. Für eine Sekunde drehte ich mich im Laufen um und sah, wie eine der riesigen Tatzen auf ein Korallenriff nicht weit von mir krachte, tausende von Clowns-Fischen verließen ruckartig ihre Unterkunft. Mit einem Mal wurde mir klar, dass ich viel zu langsam war.

Panik machte sich in mir breit und mein Körper fing an, zu kribbeln, mein Atem ging stoßweise. Adrenalin schoss durch meinen Körper. Ich lief um die Ecke und sah vor mir eine kleine Treppe, die in eine obere Etage des Schlosses führte. Ich rannte auf diese zu und wollte gerade die erste Stufe betreten, als ich einen furchtbaren Schmerz in meinem Rücken spürte.

Ich fiel zu Boden, bevor ich die Treppe überhaupt berührt hatte. Um mich im Wasser stieg frisches Blut auf. In meinem Rücken pochte es und mein Körper vibrierte. Hinter mir hörte ich die Katze jaulen, und mit einem Mal warf sie mich mit einer ihrer gefährlich großen Tatzen auf den Rücken. Schmerz explodierte durch meine Wirbelsäule und Tränen schossen mir in die Augen. Der Kopf der Katze kam mir beängstigend nah, sie bleckte die Zähne. In mir breitete sich Panik aus. Das hier war mein Ende. Das würde ich nicht überleben. Denn wer sollte mich im Dunkeln hier finden?

»Delja?«, hörte ich eine mir vertraute Stimme.

Vom Blick der Katze gefesselt traute ich mich nicht hochzuschauen. Schritte von mehreren Personen stampften die Treppe hinab. Die Katze über mir wurde unruhig und hob den Kopf. Im gleichen Moment ließ sie mich frei und rannte weg, Richtung Wald. Ich stieß einen tiefen Atemzug aus, in der gleichen Sekunde schoss mir ein stechender Schmerz von meinem Rücken aus bis hin in meine Brust. Ein Schrei verließ meine Kehle.

»Delja!«, rief Kain, der nun neben mir stand und sich herunterbeugte, ehe er mich in die Arme zog. Ich stöhnte und schloss vor Schmerzen meine Augen. Mein gesamter Rücken brannte, vor allem auch durch Kains Berührungen.

»Du bist verletzt!«, sagte Kain. »Keyna! Wir müssen sie verarzten. Sie blutet.«

Ich öffnete die Augen und blickte erst Keyna und dann Kain an. Schnell ließ ich meinen Blick wieder zu seiner Schwester wandern. Tränen des Schmerzes liefen über meine Wangen und eine Taubheit machte sich in meinem Rücken breit.

»Wir müssen sie sofort auf mein Zimmer bringen, sie darf nicht gesehen werden! Uri! Hol Verbandszeug und alles, was wir brauchen!«, befahl Keyna.

Ihre Stimme wurde immer leiser.

»Bleib wach, Delja«, sagte Kain leise und hob mich hoch. »Keyna, sie verliert zu viel Blut.«

Seine Stimme drang nur noch kaum vernehmbar an mein Ohr, immer mehr schwarze Punkte tauchten vor meinen Augen auf. Der Geschmack von Metall machte sich in meinem Mund breit, weswegen ich hustete.

»Wir müssen uns beeilen«, vernahm ich nur noch gedämpft.

»Ich sehe es, halt die Wunde zu, Uri kommt gleich und bringt den Arzt mit.«

Ich wurde hochgehoben.

»Bleib wach«, sagte Kain ein weiteres Mal, diesmal hörte ich die Angst in seiner Stimme deutlich. »Ich will dich nicht verlieren.«

Antworten konnte ich nicht mehr. Mein Mund bewegte sich, aber kein Ton verließ ihn. Die schwarzen Punkte wurden immer größer, gleichzeitig verlor ich jegliches Gefühl für meinen Körper. Ich hörte noch, wie eine Tür ins Schloss fiel und wie Menschen Befehle erteilten, als ich schließlich mein Bewusstsein verabschiedete.

Das Erste, was ich sah, als ich meine Augen öffnete, war Uri. Er war so nah vor meinem Gesicht, dass ich aufschreckte und gegen ihn knallte. Uri rauschte durch den Raum und sah mich aus seinen großen dunkelgrünen Augen böse an, als er wieder auf mich zuschwamm.

»Delja!«, blubberte er, doch statt ihm zu antworten, umarmte ich ihn so fest, dass winzige Blasen aus seinem kleinen Maul entwichen.

»Ich habe dich vermisst, es tut mir leid, dass ich dir nicht gesagt habe, dass ich gegangen bin!« Ich drückte ihm einen Kuss auf seinen kleinen Kopf.

Uri plusterte sich auf.

»Wie ich sehe, geht es dir wieder besser«, sagte plötzlich jemand rechts von mir und ich drehte mich in die Richtung, aus der die Stimme kam. Nadish stand lächelnd im Raum. »Ich hatte zwar vermutet, dass du länger durchhältst, aber zwei Wochen sind für dich bestimmt schon lang genug.«

Er trat einen Schritt auf mich zu.

»Das habe ich wohl nicht geschafft«, sagte ich und schaute mich im Raum um. »Wo bin ich?«

Abrupt setzte ich mich auf und tastete meinen Rücken ab. Ich erfühlte weder eine Wunde, noch nahm ich Schmerz wahr.

»Du wirst keine Wunden finden, wir haben dich versorgt. Du hast ein paar Tage hier in meinem Zimmer geschlafen, damit niemand mitbekommt, dass du wieder da bist. König Merric ist gestern mit seiner Tochter zurück in sein Schloss gereist, sie wollen in vier Wochen zurückkommen«, sagte Nadish und setzte sich mit aufs Bett. Ich zog meine Füße näher zu mir. »Er war außer sich, als du weg warst. Vor allem, als er erfahren hat, dass du zurück an Land bist.« Nadish lächelte. »Es war schon lustig, wie er sich aufgeregt hat«, setzte er leise hinzu.

»Er hat sich aufgeregt?«, fragte ich.

»König Merric ist ausgerastet. Er war unglaublich wütend und hat sich mit König Chelan gestritten.« In Nadishs Augen glitzerte Schadenfreude. Doch plötzlich verblasste sein Lächeln und er sah mich ernst an. »Kain vermisst dich, Delja. Das hat jeder mitbekommen.«

Sein Blick wurde härter und gleichzeitig schlichen sich Wut und Verzweiflung mit hinein. Ich senkte meinen Kopf und sah auf meine Hände. Ich vermisste Kain auch.

»Merric wird die Hochzeit vorverlegen. Egal, was alle anderen wollen, er hat drauf bestanden, dass diese in vier Wochen stattfindet, wenn er wiederkommt.«

Mein Kopf schnellte hoch.

»Aber Kain liebt sie doch nicht!« Meine Stimme war viel zu laut und mein Herz polterte gegen meine Brust, gleichzeitig stiegen mir Tränen in die Augen.

»Das wissen wir, das weiß er und Ligeia weiß es, da sie ihn auch nicht liebt. Aber König Merric zwingt beide. Er hat irgendwas in der Hand gegen Kain.«

»Und was?«, hauchte ich.

Nadish griff nach meiner Hand und drückte sie leicht. »Genau das wollen wir rausfinden. Gemeinsam. Wir treffen uns nachher mit Keyna und Nalu. Die beiden haben die letzten Tage schon einiges in der Bibliothek versucht rauszubekommen. Wir haben vier Wochen Zeit. König Merric will, dass Kain Ligeia an ihrem Geburtstag vor allen Anwesenden küsst, damit der Bann auf beiden lastet, ihm ist es auch egal, ob es von ihr kommt oder von ihm. Nur bis jetzt haben sich beide gewehrt.«

Ich ließ die Worte erst mal auf mich wirken.

Der Bann.

Er sollte sie belegen.

Sie wollten es nicht.

Beide.

»Warte mal. Heißt das, egal, wer den anderen küsst, beide können den Bann beginnen?«

Nadish drehte seinen Kopf zur Seite und wich meinem Blick aus. Als hätte er zu viel gesagt, nickte er.

»Ich dachte die ganze Zeit, dass der Kuss vom Mann ausgehen muss«, sagte ich und in meinem Kopf fing es an, zu arbeiten. Wenn beide, also egal, ob Mann oder Frau, den Bann auslösen können ... Sekunden später kam mir eine Erkenntnis.

»Das heißt, wenn ich Kain küssen würde ...«

»Nein!«, zischte Nadish, sodass ich meinen Satz nicht zu Ende bringen konnte. Er sprang auf. »Wenn du das machst, wird König Merric wahrscheinlich durchdrehen, ihm ist es so wichtig, dass die Reiche verbunden werden! Und wenn du das tust, dann schadest du damit Ostrea.« Er zog mich auf die Beine. »Es reicht schon, dass ich von eurem Kuss weiß. Glaub mir, mir wäre nichts lieber, als es hinaus zu posaunen, aber da ist mir mein Leben doch etwas lieber.«

»Jetzt gilt der Kuss nicht mehr, ich war an Land. Ich bin entbunden von dem Kuss. Von beiden.«

Nadishs Miene veränderte sich. Gerade als er etwas sagen wollte, klopfte es an der Tür, worauf sich Nadish ruckartig umwandte.

»Wer ist da?«, fragte er.

»Ich soll etwas abgeben«, erklang es dumpf durch die Tür.

»Ich komme«, sagte Nadish und drehte sich zu mir um. »Komm«, flüsterte er und zog mich Richtung Schrank.

Dabei fiel mir auf, dass ich ein Nachthemd trug, was mir knapp über die Knie ging. Nadish öffnete die Tür des Schranks und schob mich in diesen.

»Kein Wort«, sagte er und schloss die Tür hinter mir. »Bitte«, bat er mich leise.

Durch einen kleinen Spalt im Schrank konnte ich sehen, wie Nadish dem Unbekannten die Tür öffnete. Ich hörte gedämpfte Stimmen, konnte aber kein Wort verstehen. Nachdem Nadish die Person wieder verabschiedet hatte und die Tür hinter sich schloss, hielt er ein Paket in der Hand.

»Du kannst rauskommen«, sagte er und stellte das Paket aufs Bett.

Ich trat vorsichtig aus dem Schrank hervor. Er musste gespürt haben, dass ich mich plötzlich unwohl fühlte, denn er lächelte mich an und zeigte auf das Päckchen.

»Das hier kommt von Keyna. Sie hat dir ein T-Shirt von Kain angezogen, nachdem wir deine Wunden versorgt hatten. So konnten wir immer besser schauen … wie gut das Ganze verheilte, und gleichzeitig wurde der Stoff nicht in die Wunden gedrückt. In dem Paket ist Kleidung für dich. Das Bad ist hier vorne. Ich lasse dich jetzt allein. Keyna wird gleich kommen und dich abholen, dann werdet ihr in die Bibliothek gehen.«

Nadishs Worte waren sachlich formuliert, dennoch hörte ich aus ihnen heraus, dass es ihm unangenehm war. Ich beschloss, dass Thema ruhen zu lassen und widmete mich seiner zweiten Aussage.

»Warum in die Bibliothek?«, fragte ich verwundert.

»Weil ihr etwas rausfinden müsst«, sagte er kryptisch und wollte gerade aus dem Zimmer verschwinden, hielt aber noch mal inne und fügte hinzu: »Es ist schön, dass du wieder da bist, Delja, auch wenn ich anfangs nicht nett zu dir war. Und das meine ich vollkommen ernst, du tust Kain und Keyna gut.«

Damit ließ er mich allein.

Ein paar Sekunden blieb ich stehen und schaute die verschlossene Tür an.

»Alles okay bei dir, Delja?«, fragte mich plötzlich Uri der neben mich schwamm und vor mein Gesicht trieb.

»Ja, Uri, es ist alles gut«, antwortete ich und ging auf das Paket zu.

Es war achteckig und mit einer wunderschönen Schleife verziert. Ich zog an dieser und die Verpackung ging auf, zum Vorschein kam ein schlichtes Kleid. Auf diesem lag eine kleine Karte. Ich hob sie hoch und musste schmunzeln.

Wenn du noch mal verschwindest, bekommst du nie wieder was von mir geschenkt! Bis gleich. Keyna

Das Kleid bestand aus dunkelgrünem Stoff, als ich es hochnahm, fühlte er sich unglaublich weich und extrem leicht an. Ich zog mir das T-Shirt über den Kopf und schlüpfte ins Kleid. Es ging mir bis kurz über die Knie. Wie eine zweite Haut bedeckte mich dieses.

Vorsichtig strich ich das Kleid glatt, wobei kleine Funken über den Stoff tanzten und unter meinen Fingern zu spüren waren. Geschockt strich ich ein weiteres Mal über das Kleid und abermals entstanden Funken. Verwirrt über das Geschehene schüttelte ich den Kopf. Noch ein Zeichen, dass ich königliche Vorfahren haben musste.

Ich betrat das angrenzende Bad, welches deutlich kleiner war als Keynas. Über dem Waschbecken war ein Spiegel angebracht, in dem ich mich betrachtete. Meine Haare hingen wild durcheinander und ich versuchte, sie mit den Fingern, zu bändigen. Dann machte ich mich etwas frisch. Fünf Minuten später klopfte es an der Tür, die sich kurz darauf schwungvoll öffnete.

»Wehe, du haust noch einmal so plötzlich ab!«, bekam ich von Keyna an den Kopf geworfen.

Sekunden später schlossen sich Keynas Arme um mich und sie drückte mich feste an sich.

»Ich habe dich vermisst!«, nuschelte Keyna in meine Halsbeuge und ich schmunzelte. Auch ich drückte sie an mich.

»Ich dich auch, es tut mir leid, es war eine Kurzschlussreaktion. Kain …«

Sie drückte mich von sich weg. »Er hat auch schon eine Predigt von mir bekommen, wieso er dich weggeschickt hat. So geht das nicht, du bist meine Freundin und er hat dir nichts zu sagen.«

Ich blickte sie fragend an. »Er hat mich nicht weggeschickt.«

»Nimm ihn nicht in Schutz, Delja.«

»Das tue ich nicht«, beharrte ich und entließ sie meiner Umarmung. »Ich bin gegangen, weil es mir zu viel wurde und ich mit meiner Tante sprechen musste.«

»Er hat mir erzählt, dass er dich weggeschickt hat«, sagte sie verwundert und beobachtete mich genau.

»Das hat er nicht«, sagte ich ernst.

»Na gut, wir gehen jetzt in die Bibliothek, da kannst du mir alles erzählen, was du herausgefunden hast, und wir erzählen dir, wie wir die Hochzeit verhindern wollen.«

Erstaunt dass das der Plan war, folgte ich Keyna. Dann würden wir wohl jetzt eine Hochzeit verhindern.

KAPITEL 15

Keyna und ich gingen durch die Gänge des Schlosses, dabei achtete sie genau darauf, dass wir den einzelnen Wachen, die auf Patrouille waren, geschickt auswichen.

»Warum verstecken wir uns vor den Wachen?«, flüsterte ich, als wir zweien von ihnen aus dem Weg gingen.

»Ganz einfach, ich will nicht, dass irgendjemand Falsches erfährt, dass du wieder da bist. Du hast bereits zwei Anschläge hinter dir, von denen wir nur vermuten, wer es war. Okay, das mit den Wasserkatzen warst du selber schuld. Du musst einfach vorsichtiger sein.«

Keine zwei Minuten später betraten wir eine mir noch unbekannte größere Bibliothek.

»Warum haben wir vor einigen Wochen nicht schon in dieser Bibliothek nach Hinweisen gesucht?« Ich machte einige Schritte in die Räumlichkeit herein und staunte.

Regale um Regale standen aufgereiht wie Soldaten an den Wänden. In Reih und Glied stand ein Buch neben dem anderen, jeder Platz war besetzt. Alles roch nach altem Pergament. An einem Regal stand eine Bibliotheksleiter, die man durch die Gänge schieben konnte.

»Weil mein Vater mir beim letzten Mal gesagt hat, dass wir in seine private Bibliothek gehen sollten, diese hier ist für alle erlaubt«, antwortete sie mir und lief weiter in den Raum.

»Habt ihr noch mehr Bibliotheken versteckt?«, fragte ich und erntete dafür einen *Mach-keine-Witze*-Blick von Keyna. Ich zuckte nur mit den Schultern und sah mich weiter um. Leider war es mir nicht vergönnt, alles genau zu betrachten, da Keyna rechts abbog und zwischen zwei Regalreihen auf eine dunkelbraune Tür zu lief.

Vor ihr standen Figuren, die aussahen wie Großväter. Eine Statue hatte Ähnlichkeit mit Chelan.

»Wer sind die alle?«, fragte ich Keyna und berührte eine der Figuren mit der Fingerspitze. Das Material war kalt und massiv und sah aus wie Marmor.

»Das sind alle Vorfahren dieses Reiches, also meine Urgroßväter.«

»Warum stehen sie hier?« Im Gang zu unserer Linken standen weitere Figuren.

»Ganz einfach«, antwortete Keyna. »Hier dürfen alle rein, auch die Bewohner von Ostrea, und einige unsere Vorfahren fanden es wichtig, dass man alle Könige der letzten Jahrtausende sehen sollte, und ließ von allen eine Figur anfertigen.«

Es klang logisch, dass ein König ein Abbild von sich haben wollte.

Keyna trat auf die Tür zu und umfasste die Klinke. Mit einem leisen Klicken öffnete sich die Tür und schwang nach innen auf. Gesprächsfetzen waren zu hören.

»Hereinspaziert«, sagte Keyna und zeigte ins Innere. Ich ging an ihr vorbei und Keyna folgte mir sofort. Der Raum war relativ groß. Es fühlte sich ein bisschen wie ein Wohnzimmer an. An den Wänden standen Bücherregale, die bis hoch an die Decke reichten. In der Mitte stand ein großer Tisch, an dem sechs Stühle ihren Platz hatten. Von den sechs Stühlen waren vier besetzt. Die Tür hinter uns fiel ins Schloss und im nächsten Moment war es totenstill und alle Augenpaare waren auf mich gerichtet.

Vor uns saßen Nalu, Nadish und Kain sowie ein junger Mann, der mir extrem bekannt vorkam. Dieser schob seinen Stuhl zurück, stand auf und kam direkt auf mich zu. Er hielt mir seine Hand hin, die ich perplex betrachtete, ehe ich sie schüttelte.

»Ich bin Meta«, stellte er sich mit einem strahlenden Lächeln vor, was mir allzu bekannt vorkam. Er hatte das gleiche Lächeln wie meine Tante, die gleichen vollen Lippen und die gleichen Gesichtszüge, wenn er lachte. Nur die Augen waren anders. Seine hatten ein tiefes Grün und seine Haare waren wie meine türkisblau. Auf meinem Gesicht machte sich ein Lächeln breit und ich zog ihn in die Arme.

»Du bist also Meta. Schön, dich kennenzulernen«, flüsterte ich ihm zu und drückte ihn. Er legte seine Arme um mich und erwiderte meine Umarmung. Neben mir hüstelte Keyna und betrachtete uns stirnrunzelnd.

»Ihr kennt euch?«, fragte sie verwirrt. Ich hatte ganz vergessen, dass die Anwesenden noch nichts von meiner Tante wussten, und so ließ ich Meta erst einmal wieder los.

»Wir kennen uns nicht«, sagte ich und schaute dabei in die Richtung von Kain.

»Um genau zu sein, kenne ich sie nur aus Erzählungen, ich wusste allerdings nicht, dass sie hier ist«, sagte Meta und drückte meine Hand, die er sich bei seinen Worten gegriffen hatte.

»Das stimmt, ich habe auch jetzt erst von meiner Tante erfahren, das es Meta gibt«, erklärte ich.

»Was meinst du mit deiner Tante? Meta, was ist hier los?«, fragte Kain, der aufstand und zu uns trat. Seine Mimik war steinhart und unlesbar.

»Entspann dich, Cousin, Delja ist meine Cousine. Sie ist die Tochter meiner Tante.« Jetzt starrten mich wieder alle an.

»Aber deine Mutter lebt hier und nicht an Land«, sagte Kain. Mit seinem Blick schien er mich durchbohren zu wollen.

»Das heißt«, sagte Keyna, »dass die Lösung die ganze Zeit vor unseren Augen war?«

»Wenn du meinst, dass ihr wissen wolltet, mit wem Delja verwandt ist, dann ja«, sagte Meta. »Und Kain, meine Existenz ist ein Geheimnis, also wäre es super, wenn du das, was ich euch jetzt sagen werde, für dich behältst, und zwar auch vor deinem Vater«, sagte er ernst. »Ich war mit meinem Vater Taren vor drei Wochen bei meiner Mutter. Immer wenn ich Geburtstag habe, sind wir an Land.«

Meta ging auf den Tisch zu. Dort zog er sich einen Stuhl zurück, um sich zu setzen.

»Nehmt Platz«, sagte er und bis auf Kain taten es ihm alle gleich.

»Wir verschwinden immer für eine Zeit, damit niemand mitbekommt, dass wir meine Mutter besuchen. Es gibt da so einen Felsen am Strand, an dem sich mein Vater und meine Mutter kennengelernt haben. Sie war damals hier bei uns.«

»Daher das Foto, das wir gefunden haben«, sprach Keyna meinen Gedanken aus.

»Ich weiß zwar nicht welches Foto«, sagte Meta verwirrt, »aber vielleicht hat mein Vater welche von meiner Mutter geschossen, ja. Jedenfalls lebt meine Mutter an Land und meine Stiefmutter Majasi hier. Sie hat damals so getan, als sei sie schwanger gewesen, da sie keine Kinder bekommen konnte und damit ich hierbleiben konnte und niemand erfährt, dass mein Vater eine Frau vom Land geschwängert hat. Ich bin also ein Familiengeheimnis.«

Schmunzelnd blickte er in die Runde.

»Es wäre schön, wenn es auch ein Geheimnis bleiben könnte, sonst hätten mein Vater und meine Stiefmutter ein Problem.«

Nadish, Nalu und Keyna nickten und Kains Gesichtsausdruck wurde weicher, dennoch blieben seine Augen wachsam.

Ich rückte meinen Stuhl zurück und stand auf.

»Kain, ist es okay für dich, nichts zu sagen?«, fragte ich, weil mein Gefühl mir sagte, dass die Situation ihn verunsicherte.

Mit einem Mal kam er auf mich zu, zog mich an sich und schloss mich in eine feste Umarmung. Ich spürte ein leichtes Zittern, das durch seinen Körper ging, und legte meine Hände um ihn.

»Ich bin froh, dass du wieder da bist«, flüsterte er. »Klar werde ich nichts sagen, ich will nicht, dass du noch mehr in Gefahr gerätst«, sagte er lauter, drückte mich feste an sich und ließ mich wieder los. Dann ging er auf Abstand, was mir nicht gefiel.

»So, jetzt, wo wir alle Fragen beantwortet haben«, sagte Keyna und setzte sich gerade auf ihren Stuhl hin, »können wir ja endlich zum wichtigen Teil unseres Zusammentreffens kommen.«

Sie ließ ein großes dickes Buch auf den Tisch fallen und schlug es mittig auf.

»Jetzt warte mal, Keyna. Wir haben hier doch bereits eine super Spur«, warf Nalu ein und sah sich in der Runde um. »Mal ehrlich, seit wann weißt du, dass Delja mit dir verwandt ist, und warum hast du nie was gesagt, wenn wir uns gesehen haben?«, fragte Nalu und blickte Meta fragend an.

Meta atmete tief ein und aus und platzierte die Unterarme auf der Tischplatte. Dann sah er einmal durch die Runde.

»Ich durfte nicht. Stellt euch mal vor, es kommt raus, dass ich nicht der Sohn der Frau bin, die sich als meine Mutter ausgibt und dass mein Vater eine Affäre mit jemandem vom Land hatte.«

Er lehnte sich in seinem Stuhl zurück.

»Und ich war mir auch erst nicht sicher, ob sie es war, und als ich dann mit meinem Vater meine Mutter besuchte, war mir erst klar, dass sie es tatsächlich ist. Ich hatte sie bis dahin ja noch nie gesehen und nur aus Erzählungen von ihr gewusst. Doch als wir nach Ostrea zurückkamen, war sie schon weg und ich habe keinen Grund mehr gesehen, zu erzählen, dass wir verwandt sind.«

Alle fielen in Schweigen und Nalu wirkte bedrückt.

»Es wäre furchtbar geworden, hätte jemand von mir erfahren«, sagte Meta. »Meine Mutter wäre gejagt und zum Tode verurteilt worden, weil sie sich an jemanden gebunden hätte, der bereits verheiratet war. Deswegen haben wir nichts gesagt. Ihr wisst doch, wie unsere Gesetze sind.«

»Was für Gesetze meinst du?«, fragte ich.

»Nicht so wichtig«, wollte Nalu mich abwimmeln.

»Sagt schon, es ist wichtig, dass ich so was weiß, das letzte Mal wusste ich auch von nichts und ihr habt ja gesehen, in was für Probleme ich geraten bin.«

»Sie hat recht«, sagte Kain zu meiner Überraschung. »Sie sollte etwas über unsere Gesetze erfahren.«

Meta nickte und lächelte Keyna an, die vom Stuhl aufsprang und nach einem Buch im Regal suchte. Als sie es gefunden hatte, nahm sie es aus diesem und legte es auf den Tisch.

Sie schlug das Buch mittig auf. Mit dem Zeigefinger strich sie über einen vergilbten Text auf einer eingerissenen Seite.

»Dann hört mal zu«, sagte sie geschäftlich, räusperte sich und fing an, vorzulesen. »Es gibt *sechs Gesetze*, die kontinuierlich eingehalten werden müssen. *Das erste* besagt, dass in jedem Reich ein König sein soll, der das Reich regiert. *Das zweite* Gesetz besagt, dass der König eine Königin an seiner Seite haben muss, die ihm in jedem Belangen helfen und mitregieren darf. *Das dritte* Gesetz soll dazu dienen, dass dem Königspaar niemals geschadet werden kann, deswegen werden Wachen aus jedem Reich durch ein Ritual bemächtigt, an Land gehen zu können. Sollte ein König oder eine Königin oder sonst wer aus dem Land seinem Partner nicht treu sein, ihn hintergehen oder dem Volk schaden, dann soll derjenige zum Tode verurteilt werden, der dafür verantwortlich ist.

Das vierte Gesetz besagt, dass unsere Kinder und Kindeskinder mit einem Kuss einen Anspruch auf den Geküssten erheben können. Dieser Kuss muss gesehen werden, um erhoben zu werden, doch es gibt eine Ausnahme: Wenn die geküsste Person an Land geht, wird der Bann unterbrochen. Wer allerdings vor dem Bann wegläuft, wird bestraft. Die Strafe selbst entscheidet der herrschende König.

Das fünfte Gesetz erlaubt dem zweitgeborenen Kind, sich seinen Partner selber auszusuchen, solange das erste den Thron besteigt. Doch muss zuerst der Thron bestiegen werden, bevor das zweitgeborene Kind dies tun kann.

Das sechste Gesetz sagt, dass die Herstellung eines Amar-Bandes nur dann …«

Keyna stockte mitten im Satz und ich sah sie gespannt an. Doch Keyna blickte auf und sah uns einen nach dem anderen entschuldigend an.

»Die Seite hier ist rausgerissen und ich kenne das Gesetz leider nicht.«

»Zeig mal«, sagte Nalu und zog sich das Buch heran. Er blätterte ein paar Seiten weiter und wieder zurück, dann nickte er. »Leider steht hier auch nichts Weiteres.«

»Dann lasst uns doch jetzt erst mal unser zweites Problem lösen und dieses später, wir werden schon was finden, was uns hilft«, sagte Nadish und sah daraufhin Kain an. »Wir müssen erst mal rausfinden, wie wir diese Hochzeit verhindern können, und seien wir mal ehrlich, mit den Gesetzen und der Tatsache, dass König Merris gerade durchdreht und alles schnell über die Bühne bringen will, haben wir nicht viel Zeit, etwas zu finden.«

»Dann mal los«, sagte Keyna und klatschte in die Hände.

»Seit wann bist du eigentlich gern in der Bibliothek zwischen Büchern?«, fragte ich sie. Wenn ich an den Tag dachte, an dem wir das Bild meiner Tante gefunden hatten, hatte ich das Gefühl, dass sie die Bibliothek nicht mochte.

»Ach weiß du« – sie strich über das Buch – »es macht Spaß, Dinge rauszufinden, die einem nie gesagt wurden.«

Sie schob sich eine Strähne hinters Ohr und blickte durch die Runde.

»Ich habe noch ein Buch gefunden.« Sie grinste uns an und schlug ein weiteres Buch auf, welches schon vor ihr lag. »Wir wollten ja rausfinden, wie wir die Hochzeit verhindern können.«

Wir alle sahen gebannt ins Buch. Ich studierte die Worte darin, konnte aber kein einziges lesen.

»Was ist das für eine Schrift?«, fragte ich und betrachtete die einzelnen Zeichen.

Sie sahen aus wie Hieroglyphen und gleichzeitig erinnerten sie mich ein wenig an chinesische Schriftzeichen gemischt mit ägyptischer Wandmalerei und Blindenschrift.

Keyna lächelte mich an. »Das ist die Schrift der Könige. Ich kann sie auch nicht richtig lesen. Einige Zeilen oder Worte kann man entziffern und wiederum andere Abschnitte werden bildlich erklärt. Wir können alle ein wenig davon.« Dabei zeigte sie der Reihe nach auf Kain und Meta, so wie sich selber. »Aber wir müssen uns auch einiges zusammenreimen.«

Keyna deutete auf das Regal hinter sich.

»Hier im Regal«, sagte sie, stand auf und holte zwei Bücher, die sie auf den Tisch legte, »stehen die Übersetzungen. Die Texte müssen wir am besten so schnell wie möglich entschlüsseln.« Sie zeigte in dem dicken Buch auf die Überschrift. »Das hier habe ich die Tage bereits entschlüsselt, hier steht so viel wie: *Die Verbindungsregeln des Königreiches und wie sie zu handhaben sind.*«

Irgendwas kam mir an dem Text bekannt vor. Neben mir lehnte sich Meta nach vorne und griff nach dem Buch.

»*Vermählungen und ihre Bedingungen*«, las er vor. »*Das Paar muss sich lieben. Das Paar muss sich vor der Hochzeit geküsst haben, um den Bann zu festigen. Wenn dies nicht geschieht, kann es auch bei der Vermählungszeremonie dazu kommen, dass die Frau von jemandem anderen geküsst werden kann und der Bann sich auf diese Person überträgt*«, las er langsam vor, stockte aber immer wieder.

»Wenn ich gewusst hätte, dass du das lesen kannst, dann hätte ich dich direkt dazu geholt«, sagte Keyna und starrte Meta an.

»Mehr kann ich auch nicht, das war Zufall, den Rest hier verstehe ich nicht.«

»Wie altmodisch«, beurteilte ich das Übersetzte von Meta, ohne auf Keynas Bemerkung einzugehen. »Warum muss die Frau eigentlich immer das tun, was die Männer wollen?«

»Es kann auch sein, dass ich es falsch übersetzt habe«, antwortete Meta und kratzte sich am Kopf. »Ich sage ja, es war Zufall. Und wie wir jetzt schon wissen, ist es ja so, dass der Bann von beiden ausgehen kann und nicht nur vom Mann.«
Er hatte recht, das wussten wir. Das bedeutete aber auch, dass wir bei der Übersetzung aufpassen mussten.

»Deswegen müssen wir es ja herausfinden«, stellte Keyna klar und reichte uns allen ein Heft, welche sie aus einer Schrankschublade neben der Tür nahm.

»Hier könnt ihr eure Fortschritte eintragen, und Delja, du hast nicht so ganz unrecht, aber so einfach ist es nicht. Auch wenn eine Frau einen Mann küsst, ist dieser an den Bann gebunden.«

Ich legte den Kopf schief. Das hieß, dass, wenn jemand Ligeia küssen würde, wäre die Sache vom Tisch? Ich wollte gerade ansetzen, etwas zu sagen, als Meta meinen Gedanken aussprach.

»Ich habe bereits darüber nachgedacht, dass einer der beiden von jemand anderem geküsst werden könnte. Doch wir hätten dann zwei Probleme. Das erste wäre das Gesetz, es würde sich jemand dazwischendrängen und wir hätten das Problem von Hochverrat. Das zweite ist, dass Ligeia sehr gut bewacht wird und nicht so leicht abhauen kann.«

In mir machte sich ein schlechtes Gewissen breit, dass ich trotz Nadishs Warnung darüber nachdachte, Ligeia küssen zu lassen, da ich ja selber schon dazu gezwungen worden war, mit Morogh den Bann eingegangen zu sein. Mein Glück war, dass ich an Land verschwunden war.

»Ist dir aufgefallen, dass sie auf der Feier nur mit Kain, ihrem Vater oder ihrem Bruder getanzt hat?«, fragte Nalu, der immer noch auf den Text starrte. Ich überlegte, bis mir klar wurde, worauf er hinauswollte.

»Warum macht ihr das Ganze nur freiwillig mit, wenn ihr es beide nicht wollt?«, fragte ich und verstand einfach nicht, warum ein Vater so etwas seinem Kind antat.

»Meinst du, wir machen das gern? Ich mache es für meine Schwester, sonst wäre sie diejenige, die heiraten muss. Meinst du nicht, dass ich Ligeia schon längst von Meta hätte küssen lassen? Ich will diese Hochzeit genauso wenig wie sie!«, sagte er grob und stand auf. Mein Blick ruckte zu Meta, der mich verlegen und traurig zugleich ansah.

»Schuldig, ich würde es gern tun, aber es wäre zu gefährlich. Du kennst die Gesetze.«

»Ich muss zu Vater«, sagte Kain und machte sich auf den Weg zur Tür. »Wir sehen uns.«

Damit ließ er uns allein. Ich sah zur Tür, die langsam wieder zuschwang. Meta liebte Ligeia? Mein Blick schoss zu meinem Cousin und ich sah ihn mit großen Augen an. Er zuckte nur mit den Schultern.

»Was? Darf sich ein junger gut aussehender Mann wie ich nicht in eine Königstochter verlieben?«

Wie konnte er das so leicht nehmen?

»Guck nicht so. Seit Ligeia mit Kain allein sein darf, konnte ich sie endlich wieder häufiger sehen. Er hat uns gedeckt, sodass Merric es nicht mitbekommen hat.« Er zwinkerte mir zu. Jetzt klappte mein Mund auf.

»Aber …«, doch mehr Worte wollten mir nicht über die Lippen kommen. Ich sah zu Nalu und Nadish, die gerade aufstanden und zur Tür spazierten.

»Ich dachte, wir versuchen, den Text zu entschlüsseln?«, fragte ich und sah die beiden verständnislos an.

»Das machen wir morgen, es ist spät. Wir gehen Kain lieber mal hinterher, nicht dass er Mist baut«, sagte Nalu.

»Bis später« hauchte er Keyna zu und verließ den Raum.

»Und, Delja. Manchmal geht es um das große Ganze, es war damals Zufall, dass ich dich und Kain gefunden habe und nicht König Merric, deswegen habe ich nichts von eurem Kuss gesagt, ich wollte dich, Kain und Ligeia schützen.«

Damit schloss sich die Tür hinter Nadish und ich war einfach nur baff. Keyna sah mich mit hochgezogenen Augenbrauen an.

»Also, du musst mir, glaube ich, noch einiges erzählen. Und du …« Sie zeigte auf Meta und funkelte ihn an. »Du musst mir auch einiges erklären, vor allem, wie du geheim halten konntest, wie du dich aus dem Staub gemacht hast, um deine Mutter kennenzulernen.«

»Das werde ich, aber nicht jetzt. Jetzt darf Delja Fragen stellen.« Er sah mich an und wartete.

»Du und Ligeia? Wie kam es dazu?«, sprudelte auch schon die Frage aus mir heraus.

Er lachte und strich sich durch seine türkise Mähne.

»Ja, Ligeia und ich. Ich hätte ja an irgendwelche Fragen zu meiner Mutter gedacht, aber okay. Ich erzähle dir, wie es dazu kam. Wir kennen uns, seitdem wir klein sind. Sie war öfters mit, wenn Verhandlungen zwischen den Völkern durchgeführt wurden. Wir Kinder haben dann miteinander gespielt. Wir sind fast gleich alt, sie ist nur knapp ein Jahr älter als ich. Wir haben uns angefreundet. Du musst wissen, dass wir früher immer viel miteinander gemacht haben. Wir waren in den Dörfern feiern, haben gespielt, als wir klein waren. Haben gemeinsam gegessen, so was eben. Sobald man aber sechzehn wird, kann man geküsst werden und der Bann kann entstehen. Und da sie eine Prinzessin ist, durfte sie ab diesem Zeitpunkt nichts mehr mit uns machen. Seitdem sehen wir uns nur noch, wenn sie hier bei Kain ist. Da die beiden füreinander versprochen sind, darf ich mit ihr keine Zeit mehr verbringen, auch wenn sie immer mal ihren Wachen weggelaufen ist oder wie du gerade erfahren hast, bei Kain ist und er mir hilft.«

Ein Schmunzeln breitete sich auf seinen Lippen aus, worauf Keyna lachte.

»Wie gut, dass ich dich nie mit Ligeia erwischt habe, sonst hätte ich ja sonst was denken können.«

»Sagt diejenige, die sich an eine Wache und einen der besten Freunde ihres Bruders ranmacht.«

Keyna schubste ihn und beide fingen an, zu lachen. Ich starrte beide nur verdattert an.

»Du weißt davon?«, fragte ich Meta.

»Klar weiß er das, er ist hier der Einzige, der Geheimnisse bei sich behalten kann, zum Beispiel wusste ich bis jetzt nicht, dass seine Mutter an Land lebt. Das hat er mir komplett verschwiegen. Heute haben wir auch erst erfahren, dass er von dir wusste und dass ihr verwandt seid. Es war reiner Zufall, dass sein Geburtstag in die Zeit der Feier gefallen ist und er nicht da war. Sonst hätte er uns viel früher weiterhelfen können.« Sie boxte ihm gegen den Oberarm.

»Aua«, sagte er und lachte. »Ich wollte euch immer etwas sagen, aber es ging einfach nicht. Ich habe das nur zu eurer und meiner Sicherheit gemacht.«

»Seit wann weißt du es?«, fragte Meta mich.

»Ich wusste es nicht von klein auf, bis vor Kurzem wusste ich nicht mal, dass es Ostrea gibt«, antwortete ich. »Meine Tante hat es mir erst an Land erzählt. Um genau zu sein, an dem Tag, als ich wieder hierher gekommen bin. Daher wusste ich auch, wer du bist. Mir war nur nicht bewusst, dass sie dir von mir erzählt hat.«

»O doch, du bist ihre Lieblingserzählung, sie war todtraurig, als du sie nicht mehr besucht hast. Bis heute hat sie nie verstanden, warum. Als du hier unten warst und sie mir von deinem Brief erzählt hatte, bat sie mich einfach, ein Auge auf dich zu haben.«

Er lächelte mich an und das erste Mal hatte ich das Gefühl, dass das, was passiert war, mir nicht geschadet hatte, sondern dass ich einen neuen Teil der Familie kennen und lieben gelernt hatte. Ich spürte, wie winzige Stücke meines gebrochenen Herzens wieder zusammenfanden.

»Doch als ich da war, warst du bereits weg und ich habe niemandem von dir erzählt.« Meta schob seinen Stuhl zurück und stand lächelnd auf. »So Ladys, ich muss euch jetzt auch allein lassen. Denn mein Vater müsste bald kommen.«

Er beugte sich erst zu mir und dann zu Keyna runter, gab uns beiden einen Kuss auf die Wange und verließ genauso wie die anderen den Raum. Nun war ich mit Keyna allein. Ich wusste, was jetzt kommen würde, und machte mich auf eine Standpauke gefasst. Doch sie blieb aus. Tränen bildeten sich in ihren Augen und ohne groß nachzudenken, zog ich sie in meine Arme und drückte sie an mich.

»Es tut mit leid, dass ich einfach gegangen bin, ohne was zu sagen«, flüsterte ich ihr ins Haar. Derweil schluchzte sie und ich spürte, wie ihre Tränen meine Kleidung durchweichten. Nach einer ganzen Weile drückte mich Keyna von sich weg, strich sich über die Wangen und sah mich an.

»Mach das nie wieder. Delja, ich habe mir Sorgen gemacht, ich dachte, dass König Merric dich entführt hat. Dass er nur so tut, als würde er dich suchen. Ich habe einen riesigen Aufstand bei meinem Vater gemacht. Erst als Nadish Stunden später bei mir auftauchte und sagte, er habe dich an Land gebracht, konnte ich wieder richtig atmen. Also warum bist du weggegangen?«

Ich musste schlucken und hörte die Ernsthaftigkeit in ihren Worten, die auch in ihrem Blick lag. In dem Moment entschied ich, ihr alles zu erzählen, von dem Kuss mit Kain, bis zu meinen Gefühlen.

Als ich fertig war und ihr von dem Abschiedskuss von Kain und mir erzählt hatte, sah sie mich begeistert und gleichzeitig überrascht an.

»Du und Kain? Damit habe ich jetzt nicht gerechnet, weil du hast ja schon mal erwähnt, dass du ihn magst. Aber von ihm aus? Er war doch so unfreundlich zu dir?«, sagte sie.

»Ja, das war er, wenn wir nicht allein waren und bei unserem ersten Zusammentreffen, aber sonst war er immer zuvorkommend und freundlich. Ich weiß doch auch nicht, was mit mir los ist. Zwischen uns ist diese Anziehungskraft, ich kann es nicht erklären, ich habe das Gefühl, dass mich sein Aussehen anzieht, und gleichzeitig, dass da irgendwas anderes ist, so wie er mich manchmal anschaut. In seiner Nähe fühle ich mich frei, ich fühle mich richtig, ich habe das Gefühl, dass mein Herz jedes Mal spürt, dass er bei mir ist. Ich kann dir nicht erklären, wie es sich anfühlt, ihn mit Ligeia zu sehen. Jedes Mal zerbricht etwas in mir.«

Ich stockte und sah auf meine Finger, die ich knetete. Keynas Hand legte sich über meine und ich blickte wieder zu ihr auf.

»Das, Delja, nennt man Verliebtsein. Du hast dich Hals über Kopf in meinen Bruder verliebt.«

»Aber er, glaube ich, nicht in mich, er liebt mein Äußeres und dass ich Ähnlichkeiten mit seiner Freundin habe«, sprach ich meine Befürchtungen aus.

Keyna lächelte mich mitfühlend an. »Ich glaube, dass er dich auch so mag, und das nicht nur wegen deines Aussehens. Er wird es nur nicht zugeben, solange diese Vermählung mit Ligeia im Raum steht. Daher, lass uns einen Ausweg finden. Damit ihr euch danach besser kennenlernen könnt, und dann sehen wir weiter.«

Mit den Worten zog sie das Buch zu sich heran.

Irgendwann kamen wir an eine Stelle, an der eine zweite Seite rausgerissen war. Die Schrift an der Stelle kam mir wieder ungemein bekannt vor, doch ich konnte mich nicht erinnern, wo ich diese schon mal gesehen hatte.

»Ich kann nicht mehr, Delja«, quengelte Keyna nach einer Weile und lehnte sich zurück. »Wir wissen zwar jetzt, dass es einen Ausweg gibt, aber wir verstehen ihn nicht und die Seite, auf der die Lösung vermutlich steht, ist rausgerissen.«

Sie strich sich mit ihrer Hand über die Augen und stand dann auf.

»Komm, lass uns was essen gehen.« Sie ging zur Tür, doch ich blieb sitzen, ich wollte König Chelan nicht unter die Augen treten, denn meine Angst, ihn mit meinem Verschwinden verärgert zu haben, war groß. Als Keyna merkte, dass ich nicht aufstand, drehte sie sich um.

»Was ist? Mein Vater weiß bestimmt, dass du wieder da bist, und es müsste gleich Essen geben.« Sie trat auf die Tür zu und drückte die Klinke herunter.

»Warum sollte er es wissen?«, fragte ich und stand ebenfalls auf.

»Na ja, mein Bruder ist, denke ich, bereits beim Essen, deswegen glaube ich, dass er es weiß, und wenn nicht, erfährt er es, wenn wir auftauchen.«

Das könnte lustig werden, dachte ich und folgte ihr aus der Bibliothek.

Wir betraten den kleinen Speisesaal, in dem König Chelan und seine Frau sowie Kain und Nadish saßen. Ihnen gegenüber waren zwei Plätze frei, die vermutlich für Keyna und mich reserviert waren. Bevor ich mich setzen konnte, sprang Calliope auf, lief auf mich zu und zog mich in ihre Arme.

»Delja! Ich bin froh, dass du da bist. Dank dir sind wir sehr viel glücklicher, das spüre ich dank meiner Fähigkeiten«, sagte sie und drückte mich fester, ehe sie hauchte: »Vor allem mein Sohn ist wieder entspannter.«

Mit einem Grinsen ließ sie mich los und Glück durchflutete mich bei ihrem Lachen.

»Meine Liebe, lass Delja sich setzen und wir essen«, sprach der König mit einem leichten Lächeln auf den Lippen. »Ich denke, sie wird jetzt eine Weile bei uns bleiben.«

Calliope drückte liebevoll meine Schulter und nahm Platz. Als sie sich niederließ, wischte sie sich noch mal über die Augen und setzte ihren Krug an den Mund. Kurz darauf kamen die Oktopusianer und brachten das Essen.

Im Raum hörte man nur das Klappern von Besteck und Tellern. Als sich die Tür schloss, schnaubte Kain und hackte das Essen auf seinem Teller klein.

»Kain, möchtest du mir etwas sagen?«, fragte Chelan ruhig und trank aus seinem Krug. Sein Blick lag durchdringend auf Kain, der ihn jedoch nicht beachtete.

»Du weißt, was los ist. Also nein, ich will nichts sagen, Vater!« Wütend ließ er seinen Frust weiter an seinem Essen aus. Die Stille, die sich während des Essens breitmachte, war unangenehm. Als ich meinen letzten Bissen genommen hatte und mein Besteck weglegte, sprang Keyna auf, packte meinen Arm und zog mich von meinem Stuhl.

»Vater, ich bin mit Delja noch etwas in die Bibliothek. Wir gehen danach schlafen. Danke für das Essen.«

Ohne auf eine Antwort zu warten, zerrte sie mich aus dem Raum. Draußen vor der Tür atmete sie tief ein und aus.

»Seitdem du weggelaufen bist, haben sich die beiden nur gestritten. Kain wollte immer weniger heiraten. Aber Vater geht nicht auf ihn ein«, sagte sie und zog mich um die Ecke. »Er meint, ein König muss das Richtige für sein Reich tun, und in seinem Fall ist es die Hochzeit. Er hat ihm sogar gesagt, dass er jemand anderen liebt und seine Verlobte auch. Selbst Mutter wollte, dass Vater die Hochzeit verschiebt. Aber er lässt sich nicht von ihr überzeugen.«

Ihre Worte schmerzten, da ich an meine Tante und Taren dachte. Wie die beiden durch einen ähnlichen Befehl getrennt worden waren. Ich fragte mich gleichzeitig, was der König täte, wenn er wüsste, dass Kain und ich uns mehr mochten, als vielleicht ersichtlich war.

Die Tage vergingen wie im Flug. Entweder waren Meta, Kain und ich zusammen in der Bibliothek oder ich war mit Keyna und Nalu dort. Hin und wieder nutzten die beiden ihre Zweisamkeit, während ich versuchte, etwas herauszufinden, was uns helfen konnte. Wir hatten es nach einigen Tagen sogar geschafft, ein Buch zu finden, in dem die Königsschrift etwas besser beschrieben wurde und mehr Erklärungen enthalten waren.

»Ist es in Ordnung, wenn wir dich allein lassen, Delja?« Keyna betrachtete mich mit ihren großen grünen Augen. Die beiden nervten mich gerade eh mit ihrer Turtelei.

»Kein Problem. Ich finde schon zurück«, sagte ich, ins Buch vor mir vertieft.

»Bist du dir sicher?«

Ich blickte auf, nickte und lächelte sie an. Ich fand es okay, wenn sie mich allein ließ, so hatte ich auch mal ein paar Minuten für mich.

Ich wusste nicht, wie viele Stunden bereits vergangen waren, als ich mich herzhaft streckte. Meine Knochen knackten und es fühlte sich befreiend an, meine Arme in die Luft zu strecken. Die Suche in den Büchern war anstrengend, vor allem weil jedes Zeichen gefühlt zwei bis drei verschiedene Bedeutungen hatte.

»Hast du was gefunden?«, fragte mich plötzlich jemand und ich schreckte aus meinen Tagtraum auf. An der geöffneten Tür stand Kain, der mich beobachtete.

Wir hatten bis jetzt nur das Nötigste miteinander gesprochen, doch tief in mir drin wusste ich, dass wir langsam ein klärendes Gespräch führen mussten, und das nur zu zweit. Vor allem, bevor Ligeia wiederkam und wir das Ganze hier nicht rechtzeitig schaffen sollten.

Auch jetzt bemerkte ich, wie sich unter seinem Blick meine Härchen auf den Armen aufstellten. Eine Gänsehaut bedeckte augenblicklich meine Haut und ich starrte ihn nur an. Ich ließ meinen Blick über seine Erscheinung wandern. An seinen Lippen blieb ich kurz hängen. Ich erinnerte mich an unseren Kuss auf der Empore, bevor Nadish uns entdeckt hat. Und ich spürte, wie mir Röte ins Gesicht schoss.

In dem Moment fing Kain an, zu lächeln, und Grübchen bildeten sich auf seinen Wangen. Seine Augen funkelten schelmisch. Für einige Sekunden stand er an der Tür, dann schloss er diese und kam auf den Tisch zu. Er zog sich einen Stuhl heran, setzte sich und blickte mir in die Augen.

Der liebevolle Kain saß vor mir, nicht der abweisende.

»Beantwortest du mir meine Frage oder willst du mich noch länger mustern?«, fragte er und begann, langsam sein Hemd zu öffnen.

»Lass das!«, sagte ich laut und drehte mich weg, bevor er meine roten Wangen sehen konnte.

Mein Blick fiel auf die ausgerissene Seite und wieder kam mir der Gedanke, dass mir das Buch so bekannt vorkam.

»Nein«, beantwortete ich seine Frage und blätterte weiter.

Kains Stuhl kratzte über den Boden und ich hob meinen Blick. In dem Moment legte er sein Kinn in seine Handflächen und stütze sich auf dem Tisch ab.

»Wieso bist du so abweisend zu mir?«, fragte er.

»Ist das nicht klar? Du wolltest doch, dass ich gehe.«

Obwohl ich deinetwegen wieder herkam, dachte ich, behielt diese schmerzhaften Worte aber für mich.

»Es tut mir leid, was ich gesagt habe, Delja«, sagte Kain leise. »Ich musste es tun, in der Hoffnung, dass du schnell gehst. Ich kann -«

Weiter kam er nicht, denn die Tür zur Bibliothek wurde geöffnet und Ligeia kam herein.

»Ich habe dich gesucht, Kain.« Ihre Stimme schwang durch den Raum, und ein schlechtes Gewissen erfasste mich.

Denn vor uns stand seine Verlobte.

Auch wenn mir bewusst war, dass sie die Hochzeit nicht wollte, sie hatte genauso wie Kain eine Pflicht zu erfüllen. Mit wenigen Schritten lief sie auf Kain zu und umarmte ihn.

Ich sah weg, denn es tat weh, ihn so liebevoll mit ihr zu sehen. Für einen Moment hatte ich geglaubt, dass wir ein normales Gespräch führen könnten. Ich erinnerte mich an die Worte meiner Tante.

»Du liebst ihn wirklich … aber unsere Herzen sind verbunden und es hört sich so an, als wären es eure auch.«

Ich musste schlucken, schnell stand ich auf und schnappte mir das Buch vom Tisch.

»Du musst Delja sein, oder?«, fragte Ligeia, weswegen ich innehielt. Ich drehte mich wieder zu ihr und schaute direkt in ihr lächelndes Gesicht.

»Ich lasse euch beide besser allein, dann könnt ihr alles besprechen«, war alles, was ich rausbekam.

»Das musst du nicht. Ich wusste nicht, dass du wieder da bist. Warum willst du jetzt gehen?« Sie blickte von mir zu Kain, der nun leicht verkrampft aussah und immer noch Ligeia anstarrte.

»Warum bist du hier, Ligeia?« Seine Stimme war leise und vorsichtig, dennoch hörte ich die Anspannung darin nur zu deutlich. Offenbar hatte er nicht gewusst, dass sie da war. Hieß das, auch König Merric war wieder im Schloss?

»Ist dein Vater schon hier?«, fragte ich und spürte, wie mir schwindelig wurde, dennoch kämpfte ich dagegen an. Der Tag konnte nicht mehr schlimmer werden. Ich zog mir den Stuhl wieder heran und setzte mich.

»Ja, das ist der Grund, warum ich hierher gekommen bin.« Sie drehte sich in Kains Richtung und wollte gerade sprechen, als die Tür der Bibliothek noch einmal aufgerissen wurde.

»Kain! Delja! König Merric und Ligeia sind da und -«

Mitten im Satz stockte Nalu und betrachtete unsere kleine Gesellschaft. Er ließ die Tür los, die zurück ins Schloss fiel.

Ligeia zog ihre Augenbrauen zusammen und blickte böse zu Kain.

»Hast du es ihnen nicht gesagt?«, fragte sie vorwurfsvoll. Als sich Sekunden später immer noch niemand äußerte, hüstelte ich, um mich bemerkbar zu machen und das Blickduell der beiden zu beenden.

»Ich gehe jetzt besser, ihr solltet das unter euch klären.«

Ich wollte mich wieder erheben, als Kain noch einmal mit

heiserer Stimme sprach: »Ligeia will uns helfen die Hochzeit, nicht stattfinden zu lassen. Eigentlich sollte sie gar nicht hier sein.«

Seine Worte drangen nur langsam zu mir durch. Er hatte mir bereits erzählt, dass sie ihn nicht heiraten wollte, aber dass sie die Hochzeit tatsächlich auch platzen lassen wollte, kam überraschend.

Langsam drehte ich mich zu Ligeia, die mich offen ansah. Wieder stellte ich fest, wie ähnlich unsere Augen waren, und fragte mich erneut, ob sie mit mir verwandt sein könnte.

»Du willst wirklich helfen? Warum?«, fragte ich.

»Weil ich Kain nicht liebe. Ich habe ihn nie geliebt. Ich liebe …« Sie lächelte. »Ich liebe Meta. Aber das weißt du ja bereits, zumindest hat er es mir eben erzählt.«

Ich nickte ihr zu, sagte dennoch kein Wort.

»Weiß dein Vater, dass du hier bei uns bist?«, fragte Kain.

»Ich habe ihm gesagt, dass ich zwei Wachen mitnehme und zu dir gehe. Draußen stehen Xuda und Yadis du kennst sie ja, sie wissen von mir und Meta«, sagte sie zu Kain und drehte sich dann wieder zu mir und lächelte. »Delja, ich will helfen, dass diese Hochzeit nicht stattfindet, ich will Kain nicht heiraten. Ich mache es nur, weil es meine Pflicht ist«, sagte sie und blickte zwischen uns hin und her. »Ihr solltet dringend reden. Das ist ja nicht mit anzusehen.«

Ihre Worte machten mir bewusst, wie sehr mir meine Gefühle ins Gesicht geschrieben standen. Mir wurde heiß, mein Körper kribbelte vor Aufregung. Schwarze Punkte tauchten vor meinen Augen auf und mir wurde schlecht.

»Geht es dir gut?«, fragte Kain und ich hörte, wie sich sein Stuhl bewegte.

Keinen Moment später legte sich eine warme Hand an meine Schulter. Von Kains Hand aus schoss ein weiteres Kribbeln in meinen Körper.

»Delja, sprich mit uns, geht es dir nicht gut?«, fragte er noch mal und wollte mich wieder auf den Stuhl drücken. Doch mir wurde nur schlechter.

»Mir ist schlecht«, sagte ich daher und lief los Richtung meines Zimmers.

Dort riss ich die Tür auf, schubste sie hinter mir zu, dann lehnte ich mich gegen diese. Schwer atmend legte ich meinen Kopf gegen die Tür und schloss meine Augen. Die Übelkeit verschwand langsam.

»Was machst du in meinem Zimmer und warum schnaubst du wie eine Seekuh?«, fragte eine dunkle Stimme, worauf ich mich so erschreckte, dass mein Herz wie wild anfing zu schlagen.

Meine Haut kribbelte plötzlich noch stärker. Ich öffnete meine Augen und stellte fest, dass sich die Welt um mich herum drehte. Ich wollte schreien, aber in meinem Mund bildeten sich Blasen, die über meine Lippen schwappten. Panik stieg in mir auf. Vor allem, als Wasser in meine Lunge drang.

Ich versuchte, zu schreien, aber es blieb beim Versuch. Das Letzte, was ich sah, war Nadishs erstauntes Gesicht und dass er auf mich zugelaufen kam und meinen Arm packte.

Mein Kopf lag auf einem weichen Kissen. Ich kuschelte mich hinein und wollte meine Augen einfach nicht öffnen. Lange war es nicht mehr so friedlich um mich gewesen. Es roch nach Sand und Meer und schlagartig erinnerte ich mich, was passiert war. Ich riss meine Augen auf und sah direkt in Nadishs Gesicht. Kains bester Freund lag neben mir.

»Da bist du ja wieder. Wir müssen, glaube ich, dringend reden«, sagte er und guckte mich erwartungsvoll an. »Und vor allem müssen wir einiges rausfinden, denn das hier« – er deutete an meinem Körper auf und ab – »ist eindeutig etwas, über das wir uns Gedanken machen sollten.«

Ich erstarrte. Anstelle meiner Beine besaß ich eine wunderschöne Fischflosse. An der Seite der Flosse hatte ich einen kleinen gelben Streifen, der nach oben hin immer breiter wurde. Über den Rest der Flosse leuchtete es dunkelblau und ohne drüber nachzudenken zog ich mein Shirt höher und sah, das die blau-schimmernden Schuppen an meinem Bauchnabel endeten.

»Wo ist meine Hose?«, fragte ich schockiert.

»Du besitzt eine Fischflosse und dir fällt keine bessere Frage ein?« Nadish lachte. Ich konnte seinem Lachen nicht nachvollziehen, denn ich verstand nicht, was passiert war. Gerade war ich noch mit Kain und Ligeia zusammen gewesen, wir hatten geredet – und nun war ich hier?

Ich setzte mich auf die Bettkante, um meine Flosse zu betrachten.

»Wie bekomme ich das wieder weg?«, fragte ich und strich vorsichtig mit meinen Finger über die Schuppen. Sie fühlten sich glitschig an und hatte eine feste Struktur. Bei der Berührung stieg Panik in mir auf. Ich spürte meine Beine, aber gleichzeitig spürte ich sie nicht. Wenn ich eines versuchte zu bewegen, bewegte ich die komplette Flosse. Es fühlte sich an, als würde ich eine gewischt bekommen und gleichzeitig rieselte ein Schauer meinen Körper entlang.

»Sie geht doch wieder weg oder?«, fragte ich mit brüchiger Stimme. Ich hatte Angst, das war das Gefühl, welches mich überkam.

»Das finden wir schon noch heraus. Eigentlich dürfte das gar nicht möglich sein, denn wir lernen bereits in der Kindheit, wie wir unsere Flosse zeigen.«

»So wie die Versprechen nicht passieren dürften?« Ich

lächelte fahrig und hob meine Hand, um ihn die kleinen Zeichen zu zeigen.

Sein Lächeln bröckelte und er nickte leicht mit dem Kopf. »Genau, so wie diese Versprechen! Denn wie diese sind die Fischflossen nur den Königlichen und den Wachen vergönnt.« Ich ließ mich in die Kissen zurückfallen und bedeckte meine Augen mit den Händen.

»Das wissen wir ja bereits, wir müssen nur noch rausfinden mit wem, außer Meta, ich verwandt bin.«

»Das heißt, du hast nicht nur irgendwelche Verwandte, sondern einer deiner Eltern muss *königlich* sein.«

Ich starrte ihn ungläubig an. »Das ist nicht dein Ernst?«

»O doch«, sagte er und stand auf. »Leider ist es das. Siehst du das hier?« Ich blickte abermals auf meine Flosse und auf den schmalen gelben Strich auf dieser.

»Kannst du dich an meine erinnern? Ich hatte keinen, diesen gibt es nur bei direkten Nachfahren der Königsfamilien.« Ich musste schlucken.

»Womit habe ich das verdient? Erst sind Ligeia und ihr Vater wieder da und jetzt diese Flosse. Und dann willst du mir auch noch sagen, dass meine Eltern nicht meine Eltern sind?« Er ignorierte einen Teil meiner gesprochenen Worte und fing an, zu sprechen.

»Ich weiß, sie sind vor drei Stunden angekommen, ich konnte euch nicht Bescheid geben, da ich bei König Chelan war und dieser eine hitzige Diskussion mit König Merric geführt hat«, sagte er und setzte sich aufs Bett.

»Was wollte er?«, rief ich etwas zu schnell.

»Der König sagte zwar, dass er glaubt sie werden früher kommen aber nicht so viel früher«, redete er, immer noch, ohne auf mich einzugehen, dennoch bemerkte man die von ihm ausgehende Anspannung.

»Wir waren gerade dabei die Wachplanung zu machen für die Feierlichkeiten, als er reinkam und verkündete, dass die nächsten Tage die Hochzeit stattfinden sollte. Wir waren alle unvorbereitet.« Seine Worte verklangen im Raum und ich sah ihn entgeistert an.

»Was ist so schlimm daran?«, fragte ich beunruhigt. »Wir müssen uns einfach beeilen, eine Lösung zu finden.« Auch Kain hatte bereits bei der Erwähnung von Merrics Ankunft so aufgebracht reagiert.

»Delja«, sagte er. »Merric hat gesagt, er will unverzüglich die Hochzeitszeremonie durchführen. Das bedeutet, dass sich Ligeia und Kain küssen werden.«

Mein Herz verkrampfte sich, noch mehr, als Nadish erneut sprach.

»Und zwar vor allen, und der Bann wird entstehen.«

KAPITEL 16

»Jetzt denk darüber nach, wie du dich gerade gefühlt hast, und dann denk daran, dass deine Beine wiederkommen.« Nadish blickte mich hoffnungsvoll an, doch meine Gefühlswelt lag blank.

»Ich schaffe das nicht«, sagte ich. Gleichzeitig spürte ich, wie immer mehr Verzweiflung in mir aufkam, als ein Klopfen uns zusammenzucken ließ.

»Nadish!«, rief jemand vor der Tür und ein weiteres, diesmal penetranteres Klopfen knallte gegen die Tür.

Nadish stand vom Bett auf, durchquerte den Raum und öffnete die Tür. Vor ihm stand ein schnaubender Nalu, der sich auf seinen Knien abstützte.

»Was ist?«, fragte Nadish. Seine Stimme hörte sich skeptisch an.

»König Merric ist da, ich habe es gerade erfahren. Ich woll-« Doch weiter ließ Nadish ihn nicht kommen.

»Ich weiß, komm rein.«

Nadish drehte sich von der Tür weg, sodass Nalus Blick direkt auf mir landete.

»Heilige Seekreatur. Was hast du gemacht, Delja?«

Schnellen Schrittes kam er auf mich zu, blieb vor mir stehen und strich mit der flachen Hand über meine Flosse. Ein Zucken ging durch den ungewohnten Teil meines Körpers und ich keuchte auf.

»Oh, das tut mir leid, ich vergesse immer, wie empfindlich es bei mir am Anfang war.«

Ich ließ mich zurück aufs Bett fallen.

»Ich will sie wegbekommen, aber es geht nicht«, sagte ich frustriert. »Mir kann doch keiner sagen, dass das Schicksal es nicht auf mich abgesehen hat.«

Nadish, der an der Tür stand, lachte. Zwar verhalten, aber er lachte.

»Du bist auch dramatisch, es ist ja nichts Schlimmes passiert, du musst einfach lernen sie wegzubekommen.«

»Und wie?«, stieß ich aus und strich erneut über die Schuppen. »Du hast doch gesehen, wie gut es klappt.«

»Wir müssen es dem König sagen«, meinte Nalu ernst.

»Nein, das werden wir ganz sicher nicht tun.« Nadishs Stimme war entschlossen und ließ keine Widerrede zu.

»Wir müssen erst mal sehen, dass Delja ihre Flosse verliert«, sagte Nadish nachdenklich. »Wenn das jemand sieht, kann es mehr Probleme geben, als wir uns vorstellen wollen.« Er stellte sich neben Nalu und begutachtete meine Flosse.

»Könnt ihr mal aufhören, mich anzustarren?«, fragte ich haareraufend. »Ich finde das nicht besonders lustig hier!«

»Jemand sollte Keyna holen, sie wird bestimmt wissen, was zu tun ist.« Nalu und Nadish stritten noch einen Moment, bis Nalu aufstand und das Zimmer verließ.

»Delja, das darf niemand erfahren, hast du das verstanden?« Bei Nadishs Worten platzte mir der Kragen.

»Warum muss ich aus allem ein Geheimnis machen? Ich will doch nur Antworten. Warum habe ich dieses verdammte Armband? Warum bekomme ich diese Fischflosse? Warum haben sich meine Haare verfärbt? Warum setzen sich Versprechen auf meiner Haut fest?«

Nadish trat auf mich zu, doch ich war noch nicht fertig.

»Warum kannst du nicht einfach erzählen, dass Kain mich

geküsst hat? Ich verstehe es nicht!« Mein Kopf schwirrte, weil ich so durcheinander war. Ich blickte Nadish fragend an. Dieser sah aus, als würde er sich extrem unwohl fühlen. Dann nickte er und kniete sich vor mich, sodass wir auf Augenhöhe waren.

»Ich kann dir viele deiner Fragen nicht beantworten«, sagte er mit ruhiger stimme. »Ich kann dir nur versprechen, dass ich dir helfen werde, Antworten zu finden. Wir werden rausfinden, was deine Eltern dir verheimlicht haben. Ich verspreche, dir zu helfen. Aber erst mal musst du mir versprechen, dass niemand hiervon erfährt.«

Für einen Moment schauten wir uns stumm an, bis ich nickte, da ich für eine Diskussion zu müde war. Ich wollte die Flosse loswerden.

Ohne Vorwarnung wurde die Tür aufgerissen und Keyna betrat mit Nalu das Zimmer. Blitzschnell kam sie auf mich zu, kniete sich vor mich und begutachtete wie die anderen beiden vor ihr meine Flosse.

»Heilige Seekreatur. Wie hast du das denn jetzt angestellt?« Sie schlug sich die Hand vor den Mund und tastete mit der anderen Hand meine Flosse ab. »So langsam brauchen wir wirklich mal antworten.«

»Weißt du, wie ich das wieder wegbekomme, Keyna?«, fragte ich sie und legte meine Hand auf ihre Schulter. Sie nickte abwesend, stand auf und sah zu den Männern.

»Könnt ihr für einen Moment vor die Tür gehen?« Ohne auf Nadish und Nalu zu achten, setzte sich Keyna neben mich. »Du musst mir jetzt ganz genau sagen, was du gefühlt hast, als das passiert ist«, sagte sie und sah mir dabei tief in die Augen. Ich schluckte.

»Ich bin vor Kain und Ligeia weggelaufen, dann bin ich aus Versehen in Nadishs Zimmer gerannt und er hat mich erschreckt. Ich hatte Panik.«

Keyna lächelte mich an und nahm meine Hände. »Okay,

schließ die Augen.« Ich tat, was sie mir sagte, behielt dabei ihre Hände fest in meinen.

»Hör mir gut zu. Erinnere dich an das Gefühl der Panik. Wenn du sie greifen kannst, versuch, dich an dieser festzuhalten. Es kann passieren, dass du das Gefühl haben wirst, das alles kribbelt, behalt dieses Kribbeln die ganze Zeit in deinen Gedanken.«

Ich versuchte, mich an die Situation vor Stunden zu erinnern. Langsam stieg die Panik, die ich gespürt hatte, in mir auf. Das Kribbeln ging nahtlos in die Angst über.

»Nicht aufhören, Delja, du machst das gut. Denk jetzt an die Situation mit Kain.« Sie strich mir über meinen Arm und ich konzentrierte mich auf das Gefühl, als ich aus dem Raum gerannt war. »Sehr gut, mach weiter. Jetzt denk darüber nach, dass nichts Schlimmes passiert ist.«

Ich dachte daran, dass Kain und Ligeia helfen wollten. Beide wollten die Hochzeit verhindern. Keyna drückte meine Hand fester und ein stärkeres Kribbeln begann, sich in meinen Beinen breitzumachen.

»Jetzt denk daran, wie deine Beine aussehen«, flüsterte sie und genau das tat ich. Einige Sekunden verstrichen, bis ich spürte, dass das Kribbeln nachließ.

»Es verschwindet, das Kribbeln«, murmelte ich verunsichert.

»Mach weiter, Delja.«, sagte Keyna und strich weiter über meinen Arm. »Mach deine Augen auf«, kam von Keyna und sie ließ von mir ab.

Als ich meine Augen öffnete, saß ich wieder in meiner Shorts da und die Flosse war verschwunden.

»Gut gemacht, Delja.« Keyna lächelte mich an und betrachtete mich. »Wir werden schon rausfinden, wie du das gemacht hast. Aber erst mal müssen wir König Merrics Besuch überstehen.« Sie schluckte und versuchte, meinem Blick auszuweichen.

»Was ist los Keyna? Guck mich an.« Mit ernster Miene hob sie den Kopf.

»Na ja, es kann sein, dass die Feier vorgezogen wird. Aber ich kann nichts Genaues dazu sagen. Ich muss zum Essen, Nadish bringt dich gleich in dein Zimmer. Du musst in einen anderen Gang untergebracht werden, weil König Merrics Wachen auch im Schloss einquartiert werden.« Sie drückte mir einen Kuss auf die Wange und stand auf. »Ich erzähle dir später von dem Essen.«

Damit verschwand sie durch die Tür. Kurz darauf trat Nadish wieder ins Zimmer.

»Komm, ich bringe dich in deine neuen Räumlichkeiten. Du brauchst Schlaf und Ruhe.«

Nadish und ich liefen schweigend die Gänge entlang. Die Stille zwischen uns machte mich nervös und ich stolperte öfters über kleine Muscheln. Immer wenn ich fast stürzte, hielt mich Nadish im letzten Moment fest, ließ mich aber schnell wieder los. Kurz vor der Abzweigung zu meinem Zimmer blieb Nadish stehen und drückte mich sachte gegen die Wand.

»Halt. Da kommt jemand.« Bevor ich reagieren konnte, legte er mir seine Hand über meinen Mund und einen Finger über seine Lippen. Gleichzeitig schaute er um die Ecke, hinter der wir standen. Auch ich tat es ihm gleich und erhaschte einen Blick auf König Merric und eine Frau.

Für einige Sekunden war es still um uns.

»Wer ist die Frau neben dem König?«, fragte ich flüsternd, nachdem ich mich wieder hinter der Wand versteckt hatte. Sie kam mir so unglaublich bekannt vor. Ihre Stimme schwang leise zu uns rüber, dennoch verstand ich kein Wort. Sie hatte eine

Uniform an, dunkelrot und mit kleinen gelben Ornamenten an Hüfte und Hosenbund.

»Das ist die Hauptwache von König Merric. Er hat seine Wachleute mit hier hingeschleppt, damit Kain und Ligeia auch wirklich heiraten. Er hat Angst, dass Kain abhaut«, flüsterte Nadish und zog mich gleichzeitig etwas mehr zurück. Wir hörten, wie die beiden weiter miteinander redeten, als es plötzlich einen Moment still wurde. Sekunden verstrichen, als wir Schritte näher kommen hörten.

»Sie kommen auf uns zu. Ich muss uns verstecken, ich schaffe eine Wasserwand um uns, die die Wand gegenüber spiegelt, das könnte etwas kribbeln auf der Haut, erschreck dich bitte nicht. Aber wir können es gerade nicht gebrauchen, dass deine Flosse zum Vorschein kommt«, sagte er ohne weitere Erklärungen, schloss die Augen und sofort drangen aus seiner Haut viele kleine Blubberbläschen, die das Wasser um uns zum Sprudeln brachten.

Keine Sekunde zu spät, denn im nächsten Augenblick traten der König und seine Hauptwache um die Ecke. Die Frau sah sich aufmerksam um und blieb einen Moment an der Stelle stehen, an der Nadish und ich uns befanden. Dann ging sie, ohne uns eines Blickes zu würdigen, mit dem König an unserem Versteck vorbei. Wir schauten den beiden hinterher und mir fiel auf, dass mir die Frau sehr bekannt vorkam. Eine ganze Weile verharrten wir in der Nische, aus Angst, dass sie noch mal zurückkamen, was sie nicht taten.

»Ich glaube, sie kommen nicht wieder«, sagte ich und drückte Nadish etwas von mir weg.

»Es tut mir leid, dass ich so ablehnend dir gegenüber bin«, sagte er, während er sich an der Schläfe kratzte. »Wir Wachen sind lange Zeit auf die Hochzeit vorbereitet worden und dann tauchst du auf und verdrehst Kain, diesem sturen Kerl, den Kopf. Es war keine schöne Zeit, als sie nicht mehr da war.« Er schwieg für einen Moment und senkte den Blick.

»Als wer weg war?«, fragte ich. Ich hatte das Gefühl, etwas zu erfahren, was ich nicht wissen sollte.

»Tia«, sagte er. »Sie wurde ermordet.«

Wer war Tia? Sein Blick huschte wieder zu mir, als würde er irgendwas in meinem suchen. Als er weitersprach, bekam seine Stimme eine traurige Note.

»Sie war bildschön. Sie war ruhig, freundlich, ehrlich, direkt. Sie war alles, was man sich in einer neuen Königin vorstellen konnte. Sie sollte Kain heiraten. Die beiden waren das Traumpaar.«

Er schluckte und trat einen weiteren Schritt von mir weg. Er straffte die Schultern und vor mir stand wieder der loyale Wachmann des Königs.

»Sie sah genauso wie du aus und wurde mit Gift ermordet«, ratterte er stumpf herunter, als redeten wir über das Wetter. »Kain musste zusehen, wie sie in seinen Armen ertrank.«

»Wie meinst du das?«, fragte ich, ohne mich einen Schritt aus der Nische zu bewegen.

»Sie wurde mit dem gleichen Gift vergiftet wie du, nur deswegen wussten wir, wie du gerettet werden konntest. Und glaub mir, es war knapp, es war so extrem knapp«, antwortete er. »Es tut mir leid, aber ich muss jetzt zurück. Geh in dein Zimmer und bleib da, bis dich jemand holt. Wenn etwas ist, schick mir Uri, er wartet schon auf dich. Er vermisst dich.«

Er trat aus der Nische und deutete auf die Tür am Ende des Ganges, dann drehte er sich in die andere Richtung und verschwand.

Ich musste über die Worte von ihm nachdenken. Kain hatte seine Liebe ertrinken sehen. Mit einem Mal wurde mir klar, warum er so besorgt um mich war. Ich hatte Gift geschluckt, wäre auch fast ertrunken und sah aus wie sie, wenn ich Nadish Glauben schenken durfte.

Mit dem Heft von Keyna in der Hand ging ich auf das mir gezeigte Zimmer zu und betrat dieses. Hinter mir schloss ich die Tür und atmete erst mal tief ein und aus. Ein Bett, ein Schreibtisch und ein begehbarer Kleiderschrank, der eine Tür aus Algen hatte, erkannte ich. Aus dieser schoss Uri raus und genau gegen mich.

»Da bist du ja endlich«, blubberte er so deutlich, wie ich ihn noch nie gehört hatte.

»Ach, Kleiner. Es tut mir leid, dass ich dich allein gelassen habe und keine Zeit für dich hatte.« Ich ging zu dem Schreibtisch und legte das Buch vor mir ab, dann drückte ich Uri fest an mich. »Ich bin froh, dich gefunden zu haben, du bist das Beste, was mir passieren konnte.«

In der Umarmung gab ich ihm einen Kuss auf seinen kleinen Kopf, und sein Körper schwoll direkt zu einer Kugel an. Ich musste lachen und strich ihm über seinen Körper.

»Du bist der Süßeste. Ich gucke jetzt mal, wo ich mich frisch machen kann, und du beruhigst dich erst mal.«

Ich ließ ihn los und betrat den Schrank, in der Hoffnung, dass dahinter eine kleine Grotte war. Ich wurde nicht enttäuscht.

Der Raum war deutlich kleiner als der von Keyna, aber das hier war auch nur ein Gästezimmer. Ein Tisch mit Spiegel stand im Raum und ein paar Schneiderpuppen, auf denen Kleider hingen, genauso wie ein in die Mauer eingelassenes Regal. Im hinteren Teil war ein Becken, welches klares Wasser enthielt. Es war von cremefarbenem Kalkstein eingerahmt und ließ das Wasser hell erleuchten.

Ich zog meine Kleidung aus und ging über eine kleine eingelassene Treppe am Rand in das klare warme Gewässer. Das Wasser umschloss meinen Körper, der sich sofort entspannte. Ich tauchte kurz unter und lehnte mich an den Stein am Rand. Ich schloss meine Augen, und für einen Moment dachte ich an nichts. Zum Glück wurde die Quelle nicht kalt wie Badewasser, wodurch ich mir Zeit lassen konnte.

Ich wusste nicht, wie lange ich schon im Wasser war, als meine Gedanken doch laut und deutlich wurden. Ich hatte so viele Fragen.

Woher hatte meine Mutter das Armband?

Woher kannte ich die Wachfrau?

Woher kam mir das Buch bekannt vor?

Warum konnte ich nicht einfach gehen und Kain zurücklassen?

Ob er mich nur wollte, weil ich Ähnlichkeiten zu seiner verstorbenen Verlobten hatte?

Meine Gefühle spielten verrückt. Und ich konnte keinen klaren Gedanken fassen. Es war unmöglich, die Hochzeit abzusagen, und es schien unmöglich, Antworten auf meine Fragen zu bekommen. Und sollten wir es dennoch schaffen – was wäre dann? Ob sich Kain wirklich für mich entscheiden würde? Ob sein Vater dies zuließe? Immerhin hatte er seinem Bruder damals auch nicht geholfen, meine Tante zu heiraten. Stattdessen hatten Taren und Majasi so getan, als sei Meta ihr gemeinsamer Sohn.

Ich fragte mich, ob mein Vater überhaupt mein Vater war, als ein lautes »Klopf, klopf!« Von meinem Zimmer aus gerufen wurde und der Gedanke direkt wieder verflog.

»Moment, ich komme!«, rief ich, kletterte aus dem Wasser und schnappte mir aus dem Regal ein kuscheliges Handtuch. Wer kam denn jetzt in mein Zimmer? Ich trocknete mich schnell ab, zog meine Sachen schnell an und betrat mein Zimmer, in dem sich Uri lautstark mit jemandem stritt.

»Du solltest verschwinden!«, blubberte der kleine Fisch in Kains Richtung und schwamm immer wieder mit Anlauf gegen die Brust des Prinzen. Dieser sah ihn belustigt an und griff nach Uri.

»Was willst du sonst machen, kleiner Fisch?«

»Was soll das?«, fragte ich an Kain gewandt. Dieser sah von Uri zu mir und ein sanftes Lächeln trat auf seine Lippen.

»Können wir reden? Allein?«, fragte er und ließ Uri los. Dieser schwamm auf mich zu und umkreiste mich.

»Ich bleibe!«, blubberte er und ich strich mit einem Lächeln über seine Schuppen.

»Lässt du uns kurz allein? Ich schaffe das schon.«

Nach einem Moment des Zögerns schwamm er zur Tür, die Kain ihm öffnete. Bevor sich die Tür schloss, redete Uri drauf los: »Wenn du ihr wehtust, dann verfolge ich dich!«

Ich lachte.

»Mache ich nicht«, flüsterte Kain und schloss die Tür hinter Uri.

Das war, was mir in letzter Zeit Herzrasen beschert hatte: mit Kain allein zu sein. Ich schloss meine Arme fest um meinen Körper.

»Wie geht es dir?«, durchbrach Kain die Stille. Ich zuckte zusammen und bemerkte, dass ich die Luft angehalten hatte. Er bewegte sich nicht, hatte mir noch immer den Rücken gekehrt und ich wurde nervös. Die Stimmung im Zimmer lud sich auf. Erregung machte sich in mir breit. Ich spürte, wie sehr ich Kain wollte. Wie sehr ich das hier wollte: allein mit ihm in einem Raum sein, und doch hatte ich Angst vor seinen Worten.

»Gut«, hauchte ich, im Versuch, gleichmäßig ein- und auszuatmen. Kain drehte sich um und machte drei große Schritte auf mich zu. Unmittelbar vor mir blieb er stehen, ohne mich zu berühren.

»Und jetzt die Wahrheit«, drängte er sachte. »Lüg mich nicht an, Delja, man kann dir deine Gefühle vom Gesicht ablesen. Ich will wissen, was los ist.«

Er legte mir seine rechte Hand an die Wange und mit der anderen Hand strich er eine meiner verirrten Strähnen hinters Ohr. Seine Augen verharrten für einen Augenblick auf meinen Lippen. Das war der Moment, in dem ich einen Schritt rückwärts machte.

»Lass das, Kain. Ich kann das nicht.«

Er machte wieder einen Schritt auf mich zu, berührte mich aber nicht noch einmal.

»Was kannst du nicht?«, flüsterte er und ich erzitterte bei seiner rauen Stimme. Sein Lächeln war ihm inzwischen von den Lippen gerutscht.

Ich deutete zwischen uns hin und her. »Das hier. Ich kann das nicht, weil ich denke, dass du mich nur willst, weil ich so aussehe wie *sie*«, sprach ich meinen ersten Gedanken aus und merkte, dass es genau das war, was mich die ganze Zeit bedrückte und ich nicht in Worte fassen konnte.

Wieder fing er an, zu lächeln, und überwand die letzten Schritte zwischen uns. Ich spürte seine Körperwärme auf meiner Haut und blickte ihm direkt in sein ernstes Gesicht.

»Nadish hat mir erzählt, was er dir gesagt hat.«

Erneut legte er seine Hand an meine Wange, diesmal ließ ich es zu und schmiegte mich in die Berührung, ich wollte ihn spüren, egal, was er jetzt sagen oder tun würde. Unsere Blicke hingen wie magnetisch aneinander.

»Tia war meine Verlobte, es ist drei Jahre her, dass sie starb. Sie war wunderschön, lustig, schlau. Sie war wundervoll, sie war alles für mich. Du musst wissen, bei uns ist es nicht normal, dass man so spät heiratet. Die meistens heiraten früher, gerade in Königshäusern. Tia und ich haben unsere Verlobungsfeier gehabt. Der Abend, an dem alles so weit besiegelt werden sollte.«

Er stockte und strich behutsam über meine Wange, meinen Hals entlang und ließ seine Hand auf meiner Schulter liegen.

»An dem Abend haben wir ausgiebig gefeiert. Alle Könige waren anwesend, aus jedem Reich waren sie eingeladen. Es war ein unglaubliches Fest«, flüsterte er immer leiser. »Unsere Bediensteten haben uns ein Getränk nach dem anderen gebracht. Wir haben so viel getanzt, gelacht und Spaß gehabt. Als wir am Rand der Tanzfläche standen, kam einer der Kellner zu uns. Tia nahm sich eins der Gläser und trank einen großen Schluck daraus.«

Er stockte und ich sah an seiner Körperhaltung, dass er sich leicht verkrampfte. Ohne einen Gedanken daran zu verschwenden, wie es bei Kain ankommen würde, schlang ich meine Arme um ihn.

»Du musst mir das nicht erzählen«, sagte ich leise.

Er schüttelte leicht den Kopf. »Doch muss ich, du musst es verstehen.«

Seine Worte schwebten für einen Moment im Raum.

»Sie trank einen großen Schluck und kurz darauf fing sie an, zu krampfen.«

Ich drückte Kain fester an mich und auch seine Arme legten sich um mich.

»Sie begann, zu schreien, Blasen bildeten sich in ihrem Mund und ich musste dabei zusehen, wie immer mehr Wasser in ihre Lunge drang. Sie fiel um und krümmte sich auf dem Boden, ich zog sie in meinen Arm. Sie …«

Er stockte wieder und ich spürte, wie ein Zittern durch Kains Körper wanderte. Ich fühlte den Schmerz, den Kain mir gerade offenbarte.

»Sie ertrank in meinen Armen, ich konnte ihr nicht helfen. Niemand kam uns zur Hilfe. Niemand wusste, was los war. Nicht mal unsere Heiler wussten es, die durchgehend versuchten, Tia zu retten. Ich weiß nicht mehr, wie lange es gedauert hat, bis mein Vater es schaffte, sie aus meinem Arm zu nehmen, worauf Nadish mich aus dem Raum brachte. Tagelang habe ich mit unseren Heilern versucht, zu verstehen, warum das passiert war. Mein einziges Ziel war es, rauszufinden, ob ich sie hätte retten können, und wenn ja, wie. Nach Wochen haben wir herausgefunden, dass Tia durch eine Mischung aus roter Seealge und weißer Seeanemone vergiftet wurde. Das einzige Gegenmittel, das es gibt, sind Seefedern. Das Gleiche, das ich dir habe bringen lassen, als du plötzlich gekrampft hast«, beendete er seine Erzählung.

Ich musste einen Moment darüber nachdenken und die Erkenntnis hätte mich nicht stärker treffen können. Ich drückte ihn leicht von mir und sah ihm in sein Gesicht.

»Ich wurde mit dem gleichen Gift vergiftet, wie deine Verlobte.« Keine Frage, eine Feststellung.

Kain nickte und fügte leise hinzu: »Du solltest genauso sterben wie meine Verlobte, weil du eine Schwachstelle für mich bist.«

Sein intensiver Blick hielt mich gefangen, und ein Kribbeln machte sich in meinem Bauch breit. Mein Herz pochte heftig, mein Atem beschleunigte sich.

»Warum erzählst du mir das alles?«, fragte ich ihn, ließ dabei unseren Blickkontakt nicht abbrechen.

»Weil du genau das Gegenteil von ihr bist. Du bist nervig, du bist impulsiv und gleichzeitig schweigsam. Doch auch verletzlich, schüchtern und nicht aufdringlich. Ich fühle mich zu dir hingezogen. Ich glaube, dass ich mich in dich verliebt habe. Ich weiß, wir kennen uns nicht lange, aber du hast mich einfach eingenommen. In deiner Gegenwart spielt mein Verstand verrückt. Mein Herz macht einen Satz und immer wenn ich allein bin, bekomme ich dein Gesicht nicht aus dem Kopf. Ich habe durch die Situation mit Tia gemerkt, dass es wichtig ist, Personen zu sagen, wie viel sie einem bedeuten.« Er sah mich erwartungsvoll an, nachdem sein letztes Wort verstummte.

»Du hast dich nicht in mich verliebt, sondern in mein Aussehen«, sagte ich, weil ich nicht wusste, was ich sonst antworten sollte. In mir herrschte ein Gefühlschaos. Einerseits war ich sprachlos, dass er mir so was sagte, andererseits ... hieß das, Kain und ich hatten eine Chance?

»Ich schwöre dir, dass es das nicht ist. Ich habe am Anfang das Gleiche gedacht, aber je öfter ich dich gesehen habe, umso mehr wurde mir bewusst, dass du nicht wie sie bist. Dass es nicht dein Aussehen ist, welches mich anzieht, es ist deine Art, dein Lächeln. Ihr seht euch so ähnlich und seid doch extrem verschieden.«

Ich schluckte, schwieg erneut.

»Sag was, Delja. Bitte.« Angst spiegelte sich in Kains Augen. Nichts, was mir in dem Moment einfiel, hätte seinen Worten gerecht werden können. Also machte ich das Einzige, was mir in den Sinn kam.

Ich stellte mich auf die Zehenspitzen und drückte meine Lippen auf seine. Für einen Moment erwiderte er den Kuss nicht. In mir machte sich Unruhe breit und ich wollte gerade zurückweichen, als er mich näher an sich zog und auf den Kuss reagierte. Ein unglaubliches Gefühl erfasste mich, Schmetterlinge jagten durch meinen Körper und mir wurde warm und kalt zugleich. Die Unruhe verflog und ich schlang meine Arme um ihn, ließ meine Hände in seine Haare wandern.

Unser Kuss wurde intensiver. Mir wurde immer wärmer und wärmer und die Kälte verschwand. Kain hob mich hoch und ich schlang meine Beine um seine Hüfte. Dann lief er, ohne die Lippen von meinen zu nehmen, mit mir durch den Raum. Er setzte sich auf mein Bett und ich landete auf seinem Schoß. Langsam und entschlossen fing er an, sich meinen Hals hinab zu küssen, ich spürte seine Zunge auf meiner Haut, bevor er sachte in meine Halsbeuge biss und die Emotionen in mir explodierten.

Seine Hände glitten langsam unter mein Oberteil und streichelten meinen Rücken. Zeit schien keine Rolle mehr zu spielen. Ich ließ mich in den Strudel von Gefühl fallen und spürte alles so intensiv wie noch nie in meinem Leben. Vorsichtig strich er meine Beine entlang über meine Hüfte zu meinem Hintern und ließ seine Hände an der Stelle liegen. Ich stöhnte auf vor Verlangen.

Ein lautes Klopfen an der Tür riss mich zurück ins Hier und Jetzt und die Tür zu meinem Zimmer wurde aufgestoßen. Vor uns stand Nadish, der heftig mit dem Kopf schüttelte.

»Ist das euer verdammter Ernst?« Wütend kam er auf uns zu, riss mich grob von Kains Schoß und schob mich einige Meter von ihm weg, hielt meinen Arm jedoch fest.

»Lass mich los!«, schrie ich ihn an und zerrte meinen Arm aus seinem Griff.

»Ist euch bewusst, was passiert, wenn König Merric das hier mit bekommt?«, wütete Nadish. »Es hätte auch irgendeine Wache reinkommen können, die direkt zu ihm gelaufen wäre.«

Ich stierte ihn entsetzt an. Kain hingegen lächelte und stand auf, als wäre nichts gewesen.

»Was genau ist dein Problem?« Seine Stimme triefte nur so von Sarkasmus.

»Mein Problem?«, fragte Nadish wütend. »Mein Problem ist, dass ich eigentlich dazu verpflichtet bin, diesen Kuss sowie eueren ersten an den König weiterzugeben. Aber nein, ich bin der brave beste Freund und halte die Klappe und setze meine Position aufs Spiel. Statt hier rumzuknutschen wie zwei kleine Teenager, solltet ihr lieber herausfinden, wie ihr die Hochzeit verhindern könnt. Weil in der Zeit, in der ihr eurem Liebesspielchen nachgeht, hat König Merric darauf bestanden, dass die Verlobungszeremonie nicht in zwei Wochen stattfindet, sondern in dieser. Und falls es euch interessiert« – nun schaute er mich an – »ist seine Bedingung, dass es morgen so weit ist.«

Ich erstarrte und Kain ebenso. Wir beide hatten den Blick auf Nadish gerichtet, der die Arme vor der Brust verschränkte.

»Wie ich sehe, versteht ihr das Problem jetzt, schön. Dann strengt eure übriggebliebenen Gehirnzellen an, damit wir eine Lösung für dieses Problem finden.« Mit den Worten ging er Richtung Tür. Kurz davor blieb er noch mal stehen und drehte sich um. »Ach und Kain, du sollst zu deinem Vater kommen.«

Damit verließ er den Raum und ließ uns beide allein zurück. Kain war der Erste, der sich vom Anblick der Tür löste.

»Mach dir keine Sorgen, wir bekommen das schon hin.« Er ging auf mich zu, doch in meinem Kopf schwirrte nur der Gedanke, dass die Hochzeitsfeier bereits morgen stattfinden würde. Könnten Kain und ich fliehen und ein neues Leben beginnen?

»Zerbrich dir deinen hübschen Kopf nicht darüber, wir werden das schon hinbekommen.« Vorsichtig strich er mir über die Wange und umfasste sanft mein Kinn, ehe er mein Gesicht zu ihm drehte. »Du bist wunderschön, wenn du so angestrengt überlegst, wie du uns helfen kannst.«

Damit küsste er mich, wandte sich um und verließ auf direktem Weg mein Zimmer, während mir hunderte Fragen im Kopf umherschwirrten.

KAPITEL 17

Ich studierte die Schriftzeichen im Buch vor mir, als es an der Tür klopfte. Kain hatte mich darum gebeten, niemanden ins Zimmer zu lassen, daher blieb ich still auf meinem Stuhl sitzen, in der Hoffnung, dass sich die Person im Raum geirrt hatte. Nicht dass ich aus Versehen einer Wache von König Merric öffnete.

»Delja, mach die Tür auf. Ich bin es«, erklang Keynas Stimme gedämpft durch die Tür. Schnell sprang ich auf und lief zu meinem Bett. Unter mein Kissen legte ich mein Heft und eilte zur Tür, die ich direkt öffnete. »Na endlich«, sagte sie und kam mit einer riesigen Ladung Kleider in mein Zimmer.

Ich starrte ihr nach und beobachtete, wie sie die Kleider alle auf meinem Bett fallen ließ.

»Was ist das?«, fragte ich stirnrunzelnd und schloss die Tür.

»Das hier« – sie zeigte auf den Kleiderhaufen – »sind Kleider für die Verlobungsfeier von Kain und Ligeia. Mein Vater ist der Meinung, dass es Sinn macht, wenn du mit auf die Feier kommst.«

Perplex schaute ich sie an. Er erwartete was? Das konnte nicht sein Ernst sein.

»Ich will nicht mitkommen! Was ist mit König Merric?«, fragte ich und blieb wie angewurzelt an der geschlossenen Tür stehen.

»Schau nicht wie ein verschreckter Rochen, Delja. Ich habe mit Vater gesprochen. König Merric wird sowieso erfahren, dass du wieder hier bist. Du kannst dich nicht die ganze Zeit verstecken. Mein Vater denkt, und ich inzwischen auch, dass es sinnvoll ist, wenn du dabei bist. Er würde dich nicht sofort erkennen und wir versuchen, diesen Moment so lange wie möglich hinauszuzögern.« Sie griff in den Stapel und holte einen hellblauen Stofffetzen aus diesem heraus. »Die Verlobungsfeier wird ein Maskenball. Bis auf das Verlobungspaar werden alle Gäste eine tragen.«

Sie warf mir das Stück Stoff zu, welches ich auffing und auseinanderfaltete. Zum Vorschein kam eine feine Maske mit blauen Muscheln bestickt.

»Ich soll mich hinter einem Stück Stoff verstecken?«, fragte ich ungläubig und sah von der Maske auf.

»Nein, du sollst dich nicht verstecken. Du sollst nur so lange wie möglich unentdeckt bleiben.«

»Wie soll das gehen? Ich ziehe ein schönes Kleid an eine Maske und niemand erkennt mich? Was ist mit meinen Augen? Die Leute werden tuscheln«, sagte ich besorgt und trat nun doch auf mein Bett zu.

»Ich weiß«, erwiderte sie und legte mir eine Hand auf die Schulter. »Ich habe mit meinem Vater jetzt lange darüber gesprochen. Wir haben entschieden, dass du bei Meta am Tisch sitzen wirst. Er bringt zu Feiern immer wieder jemanden mit, sodass viele gar nicht mehr darauf achten, wen er mitbringt. Ja, es kann vorkommen, dass dich jemand erkennt und dich auch fragt, wer du bist. Aber es wird nicht sofort passieren. Es wird vermutlich dauern, bis die Feier vorbei ist. Und wenn nicht, wärst du bei uns auf jeden Fall besser geschützt als allein hier auf dem Zimmer.« Sie drückte meine Schulter und ließ ihren Arm sinken. Ich blickte sie ungläubig an.

»Kann ich nicht einfach hierbleiben? Von mir aus bewacht mich auch.«

»Es würde zu sehr auffallen, wenn vor deinem Zimmer Wachen stehen würden. Es würde aussehen, als würden wir etwas planen und König Merric könnte es als Verrat ansehen und wer weiß, was dann passiert«, sagte sie mit einem entschuldigenden Blick. »Glaub mir, so wie wir es jetzt machen, ist es besser. Besser, sie bemerken dich auf der Feier als allein bewacht in deinem Zimmer.« Sie drehte sich zu dem Stapel Kleider um und reichte mir ein hellblaues Kleid. »Bitte zieh es an und denk über meine Worte nach.«

Ich nahm das Kleid und drehte mich in Richtung Schrank. Vier Schritte später stand ich in diesem und fing an, meine Kleidung auszuziehen und in das Kleid zu steigen. Ich verstand die Idee dahinter, mich auf die Feier mitzunehmen, doch eigentlich wollte ich nicht mit.

»Es sieht traumhaft an dir aus«, sagte Keyna hinter mir und riss mich aus meinen Gedanken. Unsere Blicke trafen sich im Spiegel vor mir.

Sie hatte recht. Es war wunderschön. Das hellblaue Kleid sah aus wie das klarste Wasser, was ich je gesehen hatte. Auf dem Stoff waren kleine Muschlen vernäht, die, wenn ich den Rock bewegte, wie Sterne am Himmel tanzten. Das Kleid schmiegte sich wie eine zweite Haut an meinen Körper.

»Du siehst wunderschön aus, Delja«, sagte Keyna. Ja, das tat ich, das sah sogar ich.

»Es ist zu auffällig«, sprach ich meinen ersten Gedanken aus.

»Ist es nicht, jeder wird ein schickes Kleid tragen. Du würdest mehr auffallen, wenn du ein zu schlichtes tragen würdest.« Sie legte die hellblaue Maske über mein Gesicht, die ich eben gefangen hatte, schnürte diese an meinem Hinterkopf zu und blickte mich wieder an.

»Jetzt ist es perfekt«, meinte sie. Sie hatte recht, es war perfekt. Man würde mich erkennen, nicht sofort, aber es würde nicht lange dauern.

»Mach dir keine Sorgen, mein Vater wird schon seine Gründe haben, warum er dich dabei haben will. Verhalt dich einfach ruhig. Vergiss nicht, dass du neben Meta sitzt. Er wird auf dich aufpassen.«

»Okay«, sagte ich, da ich wusste, egal, was ich wollte, es würde keine Rolle spielen. Zumindest jetzt gerade nicht.

»Ich komme morgen zu dir und wir machen dir eine Frisur. Leg dich erst mal hin. Du siehst müde aus.« Als sie das aussprach, merkte ich erst, wie müde ich war.

»Du hast recht, wird schon schiefgehen.« Ich lächelte sie an. Mein Gefühl sagte mir, dass ich für morgen ausgeruht sein sollte. Den eins wusste ich, König Merric würde mich früher oder später erkennen und dieser Moment wäre vermutlich besser im Beisein von anderen Menschen als allein.

Mit einem Mal schrak ich aus meinem Traum auf. Durch mein plötzliches Aufspringen kullerte Uri von meinem Bett und fiel zu Boden. Im gleichen Moment schwebte er wieder nach oben. Ich war immer noch von meinem Traum gefangen, hörte die Stimme der Polizistin in meinem Ohr. Je wacher ich wurde, desto mehr verblasste der Traum. Ich setzte mich auf und ging an den Tisch, auf dem ein Krug Wasser stand. Nach einem großen Schluck beruhigte sich mein Puls.

Auf dem Flur war bereits ein lautes Stimmengewirr zu hören. Ich ging auf die Tür zu, um sie einen Spaltbreit zu öffnen. Draußen rannten Wachen und Bedienstete hin und her und trugen Stühle, Tische und mehr durch die Gegend.

Ich schloss die Tür und trat ans Fenster, nur um zu staunen. Vor dem Schloss waren hunderte von Personen. Alle trugen festliche Kleidung. Einige von ihnen hatten Truhen dabei, die sie mit Hilfe der Wachen ins Innere brachten. Ich beobachtete das Treiben eine Weile und schmunzelte. Keyna hatte recht, mein Kleid war nicht auffällig und auch nicht zu schlicht, es passte zu den Gästen. Ich erkannte sogar Kinder, die durch die Menge jagten und lachend spielten.

Ein leises Klopfen ließ mich zusammenzucken, weswegen ich mich herumdrehte. Die Tür öffnete sich und Calliope trat herein.

»Ich wollte dir bei deiner Frisur und beim Kleid helfen. Keyna meinte, dass du Hilfe bräuchtest und da sie sich fertig machen muss, hat sie mich geschickt«, sagte sie und trat, nachdem sie die Tür geschlossen hatte, neben mich.

Wir gingen gemeinsam in den begehbaren Schrank, in dem der Schminktisch stand. Ich setzte mich, zu verwirrt über den Besuch der Königin, als dass ich etwas sagen konnte. Sie nahm sich eine Bürste und begann, mein Haar langsam zu kämmen.

»Ich finde es sehr mutig«, sagte sie und stockte dabei etwas in ihrer Bewegung, »dass du wieder da bist. Ich freue mich. Denn in der Zeit, in der du weg warst, war mein Sohn nicht er selbst.«

Sie legte die Bürste neben mich und vermied es, mir in die Augen zu sehen. Ich inspizierte jede ihrer Bewegungen und fragte mich, was sie mir sagen wollte. Calliope war eine wunderschöne Frau. Sie hatte hellblaue Haare und war zwei Köpfe größer als ich. Ihre Haut schimmerte wie poliertes Porzellan. Ihre roten Augen stachen durch ihre blasse Haut deutlicher hervor.

Sie flocht mir zwei Zöpfe an meinem Hinterkopf. Stur und stumm sah sie auf ihre Finger. Eine ganze Zeit beobachtete ich sie dabei, wie sie mir immer wieder auswich, sobald sich ihr Blick doch zu mir verirrt hatte. Über irgendetwas dachte sie offensichtlich nach, nur war mir nicht klar, worüber. Nach weiteren zehn Minuten des Schweigens, in der sie einzelne Strähnen aus den Zöpfen löste, damit er lockerer wirkte, hielt ich es nicht mehr aus.

»Warum bist du hier und sagst mir so etwas?«, fragte ich sie. Langsam und bedacht hob sie ihren Blick. Ihre Augen fanden meine und ich erkannte Schmerz in ihnen. Gleichzeitig legte sich ein Lächeln auf ihre Lippen.

»Du bist so unglaublich aufmerksam, Delja. Ich kann deine Gefühle spüren. Noch nie in meinem ganzen Dasein habe ich so etwas wie bei dir gespürt. Die meisten denken immer nur an sich selber und ich spüre Überheblichkeit, Wut, Stolz oder Arroganz, die sich oft in den Gesichtern spiegeln. Aber bei dir … bei dir spüre ich nur Verständnis, Freude, Überraschung oder Erkenntnis. Am Anfang habe ich bei dir Angst gespürt, die mit der Zeit jedoch verflogen ist. Du bist mutiger geworden. Du hast alles Schlechte, wenn es dir in den Sinn kam, so schnell abgelegt und es ist immer etwas Besserem gewichen. Als ich dich kennengelernt habe, hattest du Wut in dir und Trauer, viel davon. Vor allem, als du mit meinem Sohn gesprochen hast, aber als Mutter und Sirene, spüre ich, wie viel Liebe in dir ist, wenn du in seiner Nähe bist.«

In einer fließenden Bewegung steckte sie die Zöpfe zusammen, ließ ihre Arme sinken und fixierte mich durch den Spiegel. Ich war verwirrt, fühlte mich ertappt. Nie hätte ich geglaubt, dass jemand anderes, meine Gefühle so gut zusammenfasste – aber es ängstigte mich auch.

»Delja, du musst dir wirklich keine Sorgen machen. Ich finde es schön, dass du so empfindest. Ich liebe es, was du aus meinem Sohn gemacht hast. Ich liebe seine Gefühle, die er dir zeigt, die ich wieder bei ihm fühle. Lange habe ich nur Schmerz und Wut bei ihm gespürt, aber jetzt, erkenne ich Hoffnung und Mut.

Lass das nicht erlöschen. Ich muss zugeben, dass ich am Anfang Bedenken hatte. Ich habe dich gesehen und war geschockt, dass du genauso aussiehst wie Tia, aber du bist anders. Also bitte tu mir den Gefallen und gib Kain nicht auf, auch nicht nach dieser Feier«, endete sie ihren Monolog und ich wusste nicht, was ich auf ihre Worte antworten sollte.

Noch nie hatte mir jemand so viel von sich preisgegeben wie sie gerade. Nein, das stimmte nicht. Kain hatte mir sein Herz ausgeschüttet und mir von Tia erzählt. Nach kurzem Zögern erhob ich mich und drehte mich zu der Königin herum.

»Ich habe mich in deinen Sohn verliebt, aber ich weiß nicht, ob ich die Richtige für ihn bin oder ob ich das heute schaffen kann«, sprach ich meine Gedanken ehrlich aus. Denn, ja, es war schwer für mich, einer Verlobungsfeier beizuwohnen, die für den Mann war, in den ich mich verliebt hatte. Ich hasste es, dass er jemandem versprochen war und ich nichts dagegen tun konnte.

»Du musst es schaffen. Für ihn«, sagte Calliope und lächelte mich an.

Dann machte sie einen Schritt auf eine der Kleiderständer neben dem Schminktisch zu und hob das wunderschöne blaue Kleid von diesem. Ich entkleidete mich und schlüpfte mit ihrer Hilfe in den Stoff. Die Königin schloss den Reißverschluss am Rücken und betrachtete uns beide im Spiegel.

»Ich liebe meinen Mann«, sagte sie in einem ernsten Tonfall. »Und ich liebe meine Kinder, ich will, dass sie glücklich sind. Ich weiß, dass du das heute schaffst. Mach es nicht für mich oder für dich, sondern für Kain.« Ihre Stimme wurde mit jedem Wort leiser. »Tanz mit jedem, der dich auffordert. Versuch, ihm Kraft zu geben, hilf ihm, den Abend zu überstehen. Ich weiß, dass er diese Verlobung nicht mehr möchte.«

Eine Gänsehaut überzog meinen Körper. Calliope legte ihre Hände auf meine Schultern, dann wandte sie sich ab.

Kurz bevor sie aus dem Schrank ging, drehte sie sich noch mal um.

»Versuch, mit ihm gemeinsam diese Verlobung aufzuheben, es gibt immer eine Lösung. Ihr müsst sie nur finden.« Mit den Worten verließ sie den Raum. Ich sah ihr verwirrt hinterher. Hatte sie mich gerade wirklich ermutigt, die Verlobungsfeier ihres Sohnes zu sabotieren?

Nachdem Calliope gegangen war und ich mich endlich dazu aufgerafft hatte, in mein Zimmer zu gehen, setzte ich mich auf mein Bett.

Hoffnung keimte in mir auf. Hoffnung darauf, dass Kain die Möglichkeit haben könnte, die Verbindung zu unterbrechen. Calliope hatte gesagt, dass es etwas geben musste, womit wir die Hochzeit verhindern könnten. Dennoch blieb in meinem Kopf der Gedanke zurück, dass Kain den ganzen Abend bei Ligeia war und diese im Laufe des Abends küssen musste. Denn daran führte kein Weg vorbei. Ich hatte viel Zeit in der Bibliothek verbracht, um rauszufinden, ob es etwas gab, was den Kuss verbieten würde, aber nur ein anderer Kuss konnte dies schaffen. Ein Kuss, den er vor dem ganzen Volk bekommen müsste, sodass der Bann auf jemand anderes übergehen würde.

Ich lugte unter das Kissen, unter dem mein Notizbuch versteckt war. Ohne drüber nachzudenken, zog ich dieses hervor und blätterte noch mal durch die Seiten, die ich beschrieben hatte.

Es gibt eine Legende oder Prophezeiung.

Es gibt Regeln im Reich, jedes Herrscherpaar muss diese befolgen.

Was könnte auf der fehlenden Seite stehen?

Diese fehlende Seite bereitete mir am meisten Kopfschmerzen, denn immer mehr bekam ich das Gefühl, dass diese extrem wichtig für uns sein könnte, schon allein, weil das sechste Gesetz darauf geschrieben stand. Ich betrachtete die Zeichen neben meinen Notizen, in der Hoffnung, mir würde einfallen, wo ich sie schon mal gesehen hatte, als es an der Tür klopfte.

»Delja!«, rief Meta. »Ich wollte dich abholen. Es geht los.«

Noch einmal atmete ich tief durch, spürte, wie die Angst wieder versuchte, nach oben zu kriechen, die Nervosität bezüglich des heutigen Abends sie aber verdrängte. Calliope glaubte an mich, nein, sie glaubte an Kain und mich, dass wir es schaffen konnten, also würde ich diesen Abend auch überstehen. Ich griff nach meiner Stoffmaske und legte sie mir über Augen und Nase, dann öffnete ich die Tür und trat raus zu Meta.

»Wow, du siehst wunderschön aus«, sagte er und reichte mir seine Hand. »Meinem Cousin werden die Augen rausfallen, so wie allen anderen auf der Feier.«

Für einen Moment stockte ich bei seinen Worten, denn ich wollte nicht auffallen. In Metas Augen erkannte ich ehrliches Erstaunen, gemischt mit einer Prise Sorge, die er gekonnt darunter versteckte. Dennoch lächelte ich ihn an und musterte ihn von oben bis unten.

»Ich hoffe sehr, dass ich nicht so auffalle, aber du siehst auch nicht schlecht aus.«

Er trug eine dunkelblaue Uniform, die denen der Wachen ähnlich war, jedoch hatte Metas zusätzlich goldene Verschlüsse mit blumigen Verzierungen. Über seinen Augen trug er eine dunkelblaue Maske, durch die sein Gesicht etwas länger wirkte. Seine dunklen strubbeligen Haare standen in alle Richtungen ab, was ihm eine freche Note verlieh.

»Wenn du mich so anschaust, bekomme ich ja Angst, dass du mich ausziehen willst, aber nicht mit mir, wir sind Familie.«

Ich lief knallrot an nach seiner Aussage, allerdings lachte er herzhaft darüber.

»Delja, das war ein Scherz. Komm, es geht gleich los und du willst das Programm doch nicht verpassen, das sich König Merric für das Verlobungspaar überlegt hat. Denn falls es dir noch niemand gesagt hat, der Vater der Braut darf die Feier ausrichten, genauso aber auch die Unterhaltung. Daher wird es für alle eine Überraschung sein, was heute passiert.«

Ich hakte mich bei ihm unter, dann schritten wir langsam Richtung Thronsaal.

Die Feier verlief ohne große Überraschungen. Bis dato hatte es keine Reden oder irgendwelche Spiele gegeben, wie ich es aus dem Fernseher kannte. Wir bekamen Essen an den Tisch gebracht genauso wie Getränke. Zu allem Überfluss, kontrollierte Meta jedes meiner Getränke, bis ich ihn dabei erwischte, wie er ein Fläschchen, welches er von Nadish bekommen hatte, in seiner Hosentasche verschwinden ließ. Nach mehrmaligen Nachfragen und Drohen, dass ich sonst Nadish selber fragen gehen würde, gestand er mir, das es etwas von dem Gegenmittel ist, welches ich beim letzten Mal gebraucht hatte. Einfach um auf Nummer sicherzugehen, falls jemand Falsches wusste, das ich wieder da war.

Wenigstens hatten sie an alles gedacht, auch wenn es mich ärgerte, dass sie es mir verschwiegen hatten. Bei jedem Bissen, so wie Schluck aus meinem Krug roch ich an den Speisen, in der Hoffnung, dass sich etwas ändern würde, wenn es wirklich vergiftet war, doch nichts roch anders. Es dauerte eine ganze Zeit, bis ich entspannt mein Essen genießen konnte.

Wir saßen am Ende einer der Tische mit weiteren Wachen des Schlosses, die noch keinen Dienst an den Türen hatten, und jeder von ihnen hatte eine wunderschöne Frau an der

Seite, die Masken trugen. Es gab im ganzen Raum vier große Tische, aber es waren viel mehr Personen anwesend als bei der ersten Feier, auf der ich im Schloss gewesen war. Es sah so aus, als hätte König Merric einige Familien eingeladen, um bezeugen zu können, was heute geschehen würde: der Kuss zwischen Kain und seiner Verlobten.

Der Tisch, der eigentlich für das Königspaar reserviert war, war heute zum Tisch von Kain und Ligeia geworden, die gemeinsam ohne Maske an diesem saßen. Ich beobachtete die beiden, die miteinander flüsterten und sich anlächelten. Auch wenn ich wusste, dass sich die beiden nicht liebten, sondern ein großes Schauspiel zeigten, schmerzte es in meiner Brust.

»Es tut weh, die beiden so zu sehen«, flüsterte Meta mir zu, sein Blick lag auf Ligeia die gerade laut lachte, sodass einige der geladenen Gäste zu ihnen sahen und selber kicherte.

»Ja, das tut es«, antwortete ich und blickte wieder auf mein Essen.

Die Gespräche im Saal waren in vollem Gang, als sich meine Aufmerksamkeit auf Merric richtete, der mit einer Gabel seinen Kelch zum Klirren brachte.

»Liebe Gäste, Ligeia, Kain. Ich bin froh, dass wir heute diesen wunderbaren Tag feiern können. Dass wir es schaffen, zwei Völker zu verbinden. Doch zu jeder guten Feier gehören auch offizielle Dinge. Wie alle wissen, wird am Anfang einer solchen Feier immer festgehalten, dass sich das Paar gegenseitig einen Schwur verspricht. Dieser hat mit Ehre, Vertrauen und gegenseitigem Einverständnis zu tun. Daher, bitte steht auf und kommt zu mir.«

Kain und Ligeia traten um den Tisch und stellten sich vor König Merric.

»Ligeia, meine liebste Tochter. Bei uns ist es Tradition, dass die Frau den Schwur beginnt. Daher bitte ich euch: Legt eure beiden Hände ineinander und sag deinen Teil zuerst auf, Ligeia.«

Sie sah ihren Vater mit großen Augen an. Ein Funken Widerwillen war darin zu sehen und dennoch drehte sie sich zu Kain.

»Kain. Ich verspreche dir, dass ich deine Ehre immer aufrechterhalte, dass ich dir alles anvertraue, was mich beschäftigt, dass ich dich nie hintergehen werde. Ich verspreche dir, dass ich für alles Verständnis habe und nicht über deine Entscheidungen urteilen werde.«

Sie reichte ihm ihre Hand und legte sie in seine. Dabei lächelte sie ihn an und machte das Schauspiel der beiden perfekt.

»Jetzt du, Kain«, sagte König Merric. »Versprich meiner Tochter dein Leben.«

So simple Worte und doch hatten sie so eine ungeheure Macht. Ähnlich wie in dem Gesicht seiner Verlobten, spiegelte sich in Kains Gesicht Widerwille.

»Meine Liebe«, sprach er deutlich. »Auch dir verspreche ich diese ganzen Dinge von Herzen, zusätzlich verspreche ich dir, dass du mit allem, was dir auf dem Herzen liegt, zu mir kommen kannst, und dass wir für alles eine Lösung finden.«

Er legte seine freie Hand auf ihre und Ligeia tat es ihm mit der anderen Hand gleich. Das Licht im Raum erlosch. Vor uns leuchteten die Hände der beiden kurz auf und keine Sekunde später wurde es wieder hell. König Merric stellte sich vor die beiden und riss ihre Hände in die Luft.

»Wie ihr seht, ist das Mal des Herrscherpaares nun auf den Händen der beiden verankert. Dies bedeutet, dass wir jetzt das Fest der Liebe feiern können. Lasst uns auf die beiden trinken, lasst sie uns feiern. Lasst uns diese Nacht nie vergessen.«

Alle klatschten.

»Klatsch mit, Delja«, sagte Meta, der bedächtig seine Hände zusammenschlug. »Es fällt sonst auf und wir wollen nicht auffallen.« Um genau das nicht zu tun, fing ich an, zu klatschen. Auch wenn ich mich beherrschen musste, nicht wegzulaufen. Ich wusste zwar um die wahren Gefühle der beiden, dennoch tat es weh, zu sehen, wie König Merric das Ganze hier genoss.

»Das darf nicht sein«, sagte ich mehr zu mir als zu Meta.

»Mach dir keine Sorgen«, sagte er, doch seine Stimme triefte vor Sorge.

Beim Betrachten der beiden fiel mir auf, wie gut sie den Schein wahren konnten. Wie gut die beiden schauspielerten, dass sie sich liebten.

Ligeias Blick wanderte durch den Saal und erfasste mich. Sie zwinkerte mir zu, dabei drückte sie Kains Hand. Wahrscheinlich hatte niemand im Saal es bemerkt, doch ich hatte Kain keine Sekunde aus den Augen gelassen. Auch er sah jetzt in die gleiche Richtung wie sie und für einige Augenblicke begegneten sich unsere Blicke. In seinem lag so viel Liebe, dass meine Knie weich wurden. Im gleichen Moment setzten sich alle gemeinsam hin und ich ließ mich auf meinen Stuhl fallen.

»Gleich ist es vorbei«, flüsterte Meta. Ein Klirren richtete unsere Aufmerksamkeit wieder auf König Merric.

»Es wird später einen Tanz geben. Wie es der Brauch bei uns verlangt, sollen drei unverheiratete Paare diesen Tanz eröffnen. Deswegen macht euch bereit. Esst noch zu Ende und dann geht es los.«

Nach seinen deutlichen Worten setzte er sich wieder an seinen Platz, dort saß die Frau von gestern, mit der er im Flur gesprochen hatte. Ich betrachtete erst sie und dann ihn einen Moment, wie er mit ihr sprach und sich immer mehr aufregte. Plötzlich hob er den Kopf und blickte direkt in meine Augen, ich drehte mich so schnell weg, dass mein Kelch drohte, zu kippen. Schnell griff ich nach diesem und lehnte mich gegen Meta, atmete tief ein und aus, während ich auf den Tisch sah.

»Geht es dir gut?«, fragte er mich und legte seine Hand auf meine.

Ich schluckte und hob meinen Blick.

»Ich glaube, der König weiß, dass ich da bin«, sagte ich schnell und blieb an Meta gelehnt sitzen, zog seinen Arm um mich und ließ mich in die Umarmung fallen, die er mir ohne zu zögern gab.

»Wenn du kuscheln willst, dann sag was«, lachte er auf, zog mich aber näher und verdeckte so mein Gesicht. »Er sieht nicht mehr her«, setzte er leiser hinzu. »Warum denkst du, hat er dich erkannt?«

»Ich habe ihn angeschaut und er hat zu mir aufgesehen. Ich sollte vielleicht besser gehen.« Mit einem Mal wurde mir bewusst, wie dämlich das Ganze hier war. Ich hätte der Feier nicht beiwohnen sollen. Gleichzeitig ärgerte ich mich darüber, dass man mich überredet hatte.

Ich hatte von Anfang an ein ungutes Gefühl gehabt, was sich nun verstärkte. Langsam machte sich Panik breit und ein Kribbeln wanderte durch meine Beine. Kleine feine Luftbläschen stiegen um mich herauf, die aus meiner Haut zu kommen schienen. Ich starrte meine Arme und Beine an. Meine Finger zitterten. Ich richtete mich in meinem Stuhl auf und konnte nicht glauben, was gerade passierte.

»Nein, nein, nein, nicht jetzt«, flüsterte ich mir selber zu. Im gleichen Augenblick, in dem ich begriff, was passierte, griff jemand nach meinem Arm. Als ich herumwirbelte, starrte ich in Nadishs Gesicht.

»Steh auf und komm mit. Schnell.« Sein strenger Tonfall ließ keine Widerrede zu, er zog mich zügig aus dem Saal.

Zum Glück waren alle mit Essen beschäftigt gewesen, sodass Nadish und ich ungesehen verschwunden waren. Lediglich Meta sah uns nach, doch meine Gedanken kreisten nur um eine Sache: Würde ich mich jetzt verwandeln, gab es ein Problem.

Nadish zog mich um eine Ecke und mal wieder in eine Nische, die mit einer Art Vorhang aus Algen geschlossen werden konnte.

»Guck mich an.« Seine Stimme wurde immer dumpfer. Vor meinen Augen flimmerten kleine schwarze Punkte und mir wurde schwindelig.

»Delja! Konzentriere dich! Wir können das jetzt gerade nicht gebrauchen.«

Gleichzeitig mit seinen Worten spürte ich seine Finger an meinem Arm, die ihn fest drückten. Seine Finger waren warm und unter ihnen brodelten die Luftblasen aus meiner Haut hervor. Ich versuchte, mich auf seine Hände zu konzentrieren, was mir nur langsam gelang.

»Atme ein und aus.«

Ich befolgte seine Anweisungen.

Ein und aus.

Ein und aus.

Langsam versiegten die Blasen und das Kribbeln, welches meine Beine und Arme eingenommen hatte. Irgendwann blickte ich auf und sah direkt in Nadishs freundliches Gesicht. Auf seinen Lippen bildete sich ein Lächeln.

»Geht es wieder?«, fragte er, während ich jede seiner Regungen wahrnahm.

»Warum bist du eigentlich so freundlich zu mir?«, sprudelte es aus mir heraus. »Du hättest einfach dafür sorgen können, dass ich in meinem Zimmer bleiben soll, dann hättest du deine Ruhe vor mir, aber nein, du bist da und hilfst mir. Warum hast du deine Meinung jetzt geändert?«

In Sekundenschnelle bröckelte sein Lächeln. Er ließ mich los und trat von mir zurück.

»Weil …«, sagte er, stoppte jedoch. Als Schritte näher kamen und vor der Nische zwei Personen anfingen, sich zu streiten.

»Wie ist es möglich, dass Kain den Schwur in seine eigenen Worte umwandelt?«, sagte König Merric mit donnernd klingender Stimme.

Man hörte ein kurzes Handgemenge und im nächsten Augenblick knallte jemand gegen die Steine neben der Nische. Nadish drückte mich an die Wand und schirmte mich halb mit seiner Gestalt ab.

»Sprich, Tochter!«, sagte Merric lauter.

»Vater, lass mich los, du tust mir weh«, flehte Ligeia. »Ich habe dir doch gesagt, dass wir über alles reden. Was willst du denn?«

Ein Schnauben ertönte und gleichzeitig knallte eine Hand gegen den Stein.

»Ich will, dass du dafür sorgst, dass Kain und du so schnell wie möglich diese Hochzeit über die Bühne bringt. Egal, was du oder er wollt, es ist deine Bestimmung, diesen Schritt zu gehen. Du hast keine Wahl und deine einzige Aufgabe ist es, dass du unsere Reiche verbindest. Und ich sage dir noch etwas! Wenn ich heute Abend keinen Kuss sehe, dann wirst du das letzte Mal allein hier rumlungern und diesen Jungen treffen, den du vor mir geheimhalten willst.«

Seine Stimme wurde immer leiser, während das Schluchzen seiner Tochter lauter wurde. Ich wollte einen Schritt aus der Nische machen, doch Nadish hielt mich auf, bevor ich meine Hand ausstrecken konnte. Er schüttelte den Kopf.

»Vater bitte, ich will das nicht!«, sagte Ligeia ein weiteres Mal, diesmal mit fester Stimme. Dennoch war die Traurigkeit in dieser unüberhörbar.

»Ich wollte dich auch nicht. Ich kann nichts dafür, dass alles so gekommen ist, wie es jetzt ist. Aber uns bleibt keine andere Wahl mehr. Also tu endlich deine Pflicht als meine Tochter. Und enttäusch mich nicht, denk an deine Mutter! Denk daran, was mit ihr passieren kann, wenn das Ganze hier nichts wird.«

»Lass sie aus dem Spiel!«, schrie Ligeia – darauf folgte das Geräusch einer Ohrfeige. Ich zuckte zusammen und konnte kaum atmen. In mir breitete sich Verachtung für den König aus, nie im Leben hätte ich von ihm erwartet, dass er seine eigene Tochter schlagen würde. Doch was sollte ich von einem Menschen, der mir den Tod wünschte, schon denken?

»Sei endlich still und tu, was ich dir sage, dann passiert auch nichts! Und jetzt mach dich wieder ansehnlich und küss diesen dreckigen Fisch!«

Ich konnte mich nicht bewegen. Schritte entfernten sich und anhand der Schwere, vermutete ich, dass es Merric war. Kurz darauf fing Ligeia an, zu schluchzen. Ich blickte auf zu Nadish, der immer noch angespannt den Vorgang vor uns begutachtete. Seine Hand lag auf seiner Waffe an seiner Hüfte, ein kleiner Dreizack, nicht länger als mein Unterarm und so schmal wie ein Messer.

Wir warteten, in der Hoffnung, dass der König nicht wiederkam. Vor der Nische wurde es irgendwann ruhig und man hörte nur noch das leise Rascheln von Stoff, welcher über den Boden rutschte. Ich zeigte auf den Vorhang und gab Nadish zu verstehen, das ich diese Nische jetzt verlassen würde. Er nickte und ich trat aus dem Schatten hervor.

Neben dem Eingang saß Ligeia auf dem Boden und starrte mich entgeistert an. Was auch immer sie dachte, sie sah so erschrocken aus, wie ich mich fühlte. Ich kniete mich zu ihr und zog sie in meine Arme. Meine Haut prickelte auf ihrer. Nicht wie bei Kain, eher wie eine willkommene Einladung. Wie die Wärme eines Kamins, wenn man nach einem Spaziergang in kalter Nacht nach Hause kam.

Ich zog sie fester an mich, ein paar Sekunden dauerte es, bis sie die Umarmung erwiderte und ihre Arme um mich schlang. Kurz darauf fing sie an, bitterlich zu weinen. Ich wusste nicht, was ich genau machen sollte, daher hielt ich sie stumm. Ihre Tränen trafen auf meine Schulter und kullerten in warmen Bahnen meinen Arm hinunter. Ich wusste nicht, wie lange wir hier saßen, doch irgendwann drückte mich Ligeia sanft von sich.

»Du hast alles gehört«, stellte sie fest und ihre Augen füllten sich wieder mit Tränen.

Ich nickte. »Tu, was dein Vater gesagt hat, Meta und ich werden eine Lösung finden.« Meine Worte schmerzten. Ich wollte nicht, dass sich die beiden küssten. Ich wollte Kain nicht hergeben, dennoch machte ich ihr Mut, ihre Aufgabe zu erfüllen. Sie musste sich und Kain schützen, wer wusste, was ihr Vater geplant hatte, wenn sie beide nicht mitspielen würden.

»Danke«, nuschelte Ligeia und sah mich mit Tränen in den Augen an. »Du bist so wunderbar. Ich verstehe, warum Kain dich liebt, du hast ein großes Herz. Es tut mir leid, dass mein Vater dich so sehr hasst. Ich verstehe es ja selber nicht.«

Ich stand auf, klopfte mein Kleid vom Dreck des Bodens ab.

»Ich würde auch gern wissen, warum er mich so sehr hasst«, sagte ich an Ligeia gewandt. Ich hielt ihr meine Hand hin und wartete. »Komm, wir machen dich wieder schön und dann zeigst du deinem Vater, dass du eine hervorragende Herrscherin sein wirst.«

Ich strich ihr eine lose Haarsträhne hinter ihr Ohr und lächelte sie an.

»Wir schaffen das schon«, sagte ich und gab mein Bestes, es überzeugend rüberzubringen. Ich würde eine Lösung finden, und diese beinhaltete, dass Kain nicht heiraten musste und Ligeia mit Meta glücklich werden könnte.

KAPITEL 18

Zurück im Saal, setzte ich mich neben Meta und strich mein Kleid glatt.

»Da bist du ja wieder«, sagte Meta sorgenvoll. »Geht es dir besser?«

Ich schüttelte den Kopf. Ich wollte nicht mehr sprechen, wenn es nach mir gegangen wäre, wäre ich nicht hier auf diesem Fest. Durch das Kribbeln, das durch meinen Körper gelaufen war, hatte ich das Gefühl, nicht mehr richtig stehen zu können. Es fühlte sich alles nach einem riesigen Muskelkater an. Ich strich ein weiteres Mal über mein Kleid und drehte mich zu Meta.

»Wie lange dauert das Ganze hier noch?« Ich versuchte mich an einem Lächeln, was mir seinem Gesichtsausdruck nach zu urteilen, wohl nicht gelang.

»Du kannst noch nicht gehen, wir müssen gleich tanzen.« Seine Worte drangen sehr langsam in mein Bewusstsein, als ein Klirren die Aufmerksamkeit aller auf sich zog.

Calliope stand von ihrem Platz auf und blickte sich im Raum um.

»Meine Lieben. Wir sind heute für ein wundervolles Fest zusammengekommen. Ich denke, es ist Zeit, unseren traditionellen Tanz abzuhalten. Ich bitte daher alle Paare, die nicht mit jemandem verbunden sind, aufzustehen und auf die Tanzfläche zu treten.« Sie durchschaute den Raum und blieb für einige Sekunden an mir hängen, ehe sie sich weiter umsah.

»Das meinte ich, danach kannst du verschwinden«, sagte Meta und zog mich von meinem Stuhl hoch.

»Ich dachte, es müssen nicht alle tanzen?«, zischte ich ihn an, ging aber ohne Widerstand mit ihm mit.

»Das hat sich wohl gerade geändert«, war alles, was er sagte. Wir betraten die Tanzfläche.

Nadish und eine Frau mit wunderschönem feuerrotem Haar positionierte sich neben uns. Meta hielt meine Hand so fest, dass es schmerzte, und ich war mir sicher, dass er es tat, damit ich nicht die Flucht antrat. Neben mich traten mit einem Mal Ligeia und Kain und ich verkrampfte mich. Warum standen sie neben mir und nicht woanders?

Mit zitternden Händen ergriff ich Metas freie Hand. Er verbeugte sich und verharrte so lange in dieser Position, bis die ersten Klänge der Musik zu uns schwappten und er uns im Kreis drehte.

Seine linke Hand legte er an meine Hüfte und einige Minuten tanzten wir miteinander. Als ich dachte, dass ich die Schritte endlich beherrschte, drehte mich Meta einmal und ließ im gleichen Moment meine Hand los. Die anderen Paare taten es uns gleich, sodass ich mit der Vollendung der Drehung in ein anderes Paar starke Arme fiel – und zwar in Kains. Er funkelte mich belustigt an und legte seine Hände auf meine Hüfte. Von ihnen breitete sich eine Wärme aus, die für ein Schaudern bei mir sorgte.

»Ich freue mich, dass du da bist«, hauchte er und wog uns leicht im Takt hin und her. Meine heißen Wangen waren mir peinlich, aber gleichzeitig war ich froh darum, dass ich die Maske tragen musste.

Ohne einen Gedanken daran zu verschwenden, wer uns beobachtete, zog ich Kain näher an mich heran. Mein Herz schlug schneller und ich klammerte mich an seinen Armen wie an einem Rettungsring fest.

Ich war von seinem Geruch, der in meine Nase strömte, zu benebelt, als dass ich verstand, dass wir gerade mitten in der Öffentlichkeit miteinander tanzten.

»Vorsicht«, flüsterte Kain und strich mit einem Finger am Rückenausschnitt über meine Haut. Ich erschauderte. In der Öffentlichkeit waren wir uns bis jetzt nie so nah gewesen.

Meine Augen fanden Kains. Keiner von uns sagte etwas.

In seinem Blick lag so viel Unausgesprochenes.

Worte, die keiner von uns bis jetzt so richtig gesagt hatte.

Worte, die ich dennoch so sehr hören wollte. Wann war das Ganze hier so ernst geworden? Plötzlich wurde mir bewusst, dass ich etwas sagen musste, bevor wir nicht mehr die Gelegenheit dazu hatten.

»Kain«, sagte ich.

»Delja«, sagte er gleichzeitig und verstummten wieder. Auf seinen Lippen entstand ein Lächeln. »Was wolltest du sagen?«, fragte er und bewegte uns weiter im Takt.

»Ich habe mich in dich verliebt«, sagte ich so leise, dass meine Worte nur schwer über meine Lippen traten, aus Angst, dass jemand diese hören würde. Diesmal geriet Kain aus dem Takt und mein Blick verlor seinen für einige Sekunden. In dem Moment als Kains Kopf kurz aus meinem Blickfeld verschwand, trafen meine Augen die von König Merric. Wutverzerrt sah er mich und Kain an, drehte sich im nächsten Augenblick jedoch zu seiner Wache. Diese blickte auf, nickte und verließ den Saal. In mir breitete sich Kälte aus. Merric wusste mit Sicherheit, dass ich da war.

»Delja?«, fragte Kain und ich drehte mein Gesicht wieder zu ihm.

»Ja.« Ich hatte seine Worte auf mein Geständnis nicht mitbekommen. Nickte dennoch und hörte ihm weiter zu.

»Egal, was heute passiert, versprich mir, dass du nicht wegläufst. Wir finden eine Lösung für das alles hier.« Ich nickte ein weiteres Mal. Wie gern wäre ich mit ihm jetzt allein. Wie gern hätte ich mehr über ihn rausgefunden.

Würde zu gern seine Hand auf meiner Haut spüren.

Seinen warmen Körper an meinem.

Noch nie hatte ich solche Gefühle gehegt. Gefühle, die ich unterdrücken musste.

»Ich … ich weiß«, flüsterte ich beherrscht, sodass mich meine Gefühle nicht überrollen und Tränen meine Wangen hinunterkullern würden. Nach außen hin sah ich vielleicht stark aus, aber innerlich brachte mich diese Situation um den Verstand.

Plötzlich legte er seine Hand an meine Wange und strich mit den Daumen darüber. Ohne es zu merken, hatte sich doch eine Träne aus meinem Augenwinkel gelöst.

»Vertrau mir, Delja. Wir müssen nur das Schlupfloch finden«, sagte er.

Als Kain mich in die nächste Drehung dirigierte, zog er mich näher, ich spürte seinen Atem an meinem Hals und schloss die Augen.

»Ich will dich nicht verlieren«, raunte er mir zu, und im nächsten Moment landete ich wieder in anderen starken Armen.

»Tanz weiter«, flüsterte Meta und zog mich an sich, meinen Kopf drückte er blitzschnell in seine Halsbeuge. »Beruhig dich, wir schaffen das.«

Kurz darauf stoppte die Musik und ein Applaus brach um uns aus. Meta ließ mich los und verbeugte sich vor den Gästen, mich zog er leicht mit hinunter. Wie eine Marionette schob er mich mit an den Tisch und drückte mir einen Kelch in die Hand.

»Trink etwas.«

Ich griff, trank zwei große Schlucke. Das Getränk brannte leicht in meinen Rachen, worauf ich hustete.

»Langsam«, lachte Meta und nahm mir das Getränk wieder weg. »Ich habe ja nicht geahnt, dass du alles austrinkst.«

»Ich glaube ja, dass sie so etwas öfters macht.« Plötzlich tauchte Morogh neben uns auf und setzte sich auf den freien Platz neben mir. Ich verkrampfte mich. So viel dazu, dass mich niemand erkennen würde. »Keine Sorge, ich bin nicht da, um noch mal Mist zu bauen.«

Er klang ernst. Von der Seite betrachtete ich ihn. Morogh sah müde aus, als hätte er die Nächte durch gemacht.

»Ich wollte mich entschuldigen«, sagte er. »Was ich getan habe, war ein Fehler. Ich habe auf meinen Vater gehört, weil ich es immer getan habe. Habe aber nicht darüber nachgedacht, wie es dir mit der Situation geht. Ich bin froh, dass du an Land warst und die Bindung aufgehoben ist.«

Seine Ehrlichkeit traf mich und ich wusste nicht, wie ich mich bei seinem Geständnis verhalten sollte. Ich straffte meine Schultern und betrachtete ihn.

»Entschuldigung angenommen«, sprach ich und ein Lächeln schlich sich auf meine Lippen. Für einen Moment fixierte mich Morogh perplex. Er hatte wohl nicht damit gerechnet, dass ich ihm so einfach verzeihen könnte. Ärgerlich beugte sich Meta über den Tisch und sah Morogh böse an.

»Schön, dass sie dir so schnell verzeiht, ich tue es nicht«, sagte er. »Warum wollte dein Vater eigentlich so dringend, dass du sie küsst? Gerade Königskinder küssen niemanden aus Versehen.« Seine Stimme ließ nicht erkennen, dass er wütend war und sich zurückhielt. Dennoch beherrschte sich Meta und machte keinen großen Aufstand.

Ich staunte über Metas ruhigen Tonfall und musste mir eingestehen, dass ich dankbar war, dass er sprach. Er erinnerte mich so sehr an meine Tante.

Morogh schnaubte. »Meinst du, mir macht das hier Spaß? Zuzusehen, wie meine Schwester unglücklich in diese Verbindung geschubst wird? Meinst du nicht, dass ich sie davor bewahren will? Und wenn es durch diesen Kuss so gewesen wäre, dann wäre ich glücklich.«

Seine Worte ließen mich aufhorchen.

»Warum hättest du sie dadurch schützen können?«, fragte ich schnell, doch er stand schon auf.

»Ich bin älter, hätte ich vorher geheiratet, würde mir der Thron gehören und sie wäre frei – so wie bei Kain«, spuckte er in Metas Richtung aus.

Dennoch erkannte ich in Moroghs Blick Reue und Verzweiflung. Ohne ein weiteres Wort verließ er unseren Platz. Binnen kurzer Zeit saß er wieder am Tisch seines Vaters, der bei Kain und Ligeia am Tisch stand. Morogh stocherte derweil auf seinem Teller herum und ignorierte meine Blicke.

Der restliche Abend verging ohne Zwischenfälle. Moroghs ernster Blick lag den ganzen Abend auf mir. König Merric hatte einige Male bei Kain gestanden und versucht, mit ihm ein Gespräch zu beginnen, doch Kain war dies immer wieder gekonnt umgangen. Ligeia saß durchgehend schweigend neben ihm und betrachtete mehr ihren leeren Teller als sonst jemanden. Ich verstand nicht, wie ein Vater seiner Tochter eine Heirat aus politischen Zwecken antun konnte.

Mein Vater hätte dies niemals getan, auch nicht für Macht. Er war immer zuvorkommend gewesen und hatte mich von Herzen geliebt. Mit meiner Mutter hätte er alles für mich getan, aber nie gegen mich.

Der Gedanke an die beiden ließ den Schmerz der vergangenen Monate aufleben. Durch die Albträume war er zwar immer präsent und ich würde meine Eltern nie vergessen, aber Zeit heilte tatsächlich alle Wunden. Ich beobachtete, wie einige Gäste müde an ihren Tischen saßen, die meisten waren sehr alt und da der Abend schon weit vorangeschritten war, spürte man, wie die Menschen nach Hause wollten.

Letztendlich Stand König Chelan auf und klopfte gegen seinen Kelch. Als ich genau hinsah, erkannte ich, dass er müde war. Dennoch sprach er mit fester und deutlicher Stimme.

»Meine verehrten Gäste, der Abend neigt sich dem Ende zu. Jeder hier möchte langsam schlafen, deswegen kommt nun auch die Tradition, auf die wir alle warten.« Er drehte sich zu seinem Sohn und bedeutete ihm und seiner Verlobten mit einer Handbewegung, aufzustehen. Er und Ligeia gehorchten, ohne ihre Masken abzunehmen. Man sah König Chelan an, dass er von dieser Tradition nicht gern Gebrauch machen wollte, doch er musste den Vertrag einhalten, wenn er sein Reich beschützen wollte.

»Ich bitte euch beide, dass ihr euch vor allen jetzt den Kuss gebt, damit bald die Hochzeit stattfinden kann.« Er lächelte die beiden an, doch es erreichte seine Augen nicht.

Ich blickte auf den Boden, um mir das Schauspiel nicht ansehen zu müssen. Es war eine Sache, zu heiraten, ohne dass man Gefühle füreinander hegte, aber eine andere, zwei Menschen dazu zu zwingen, die etwas ganz anderes wollten. Meta griff nach meiner Hand und drückte sie leicht.

Es war mucksmäuschenstill im ganzen Saal. Alle an den Tisch Sitzenden saßen ruhig da und beobachteten Ligeia und Kain. Ich blickte den kalkigen Boden an, der von Rissen überzogen war, und musste daran denken, dass auch mein Herz bereits Risse besaß – und einer nach dem anderen kam dazu. Eine Träne perlte über meine Wange, die einen nassen

Fleck auf dem Boden hinterließ. Plötzlich erklangen Jubelrufe und Klatschen. Ich konnte nicht mehr und drehte mich weg. Ich ließ Metas Hand los und verließ, ohne zurückzuschauen, den Saal.

Mein Weg führte mich über die leeren Flure in mein Zimmer. Schnell riss ich die Tür auf und schloss sie knallend hinter mir. Schwer atmend stand ich im Raum. Eine Träne folgte der anderen und ich sackte zusammen.

Uri schwamm um mich herum und blubberte lautstark vor sich hin. Doch ich beachtete ihn nicht, sondern schloss die Augen und konzentrierte ich mich auf mein Herz, welches ungleichmäßig schlug. Meine Hand legte ich auf meine Brust, drückte fest dagegen, damit der Schmerz endlich aufhörte. Doch nichts geschah. Die Risse in meinem Herzen breiteten sich aus. Nie im Leben hatte ich vermutet, dass mir der Kuss zwischen den beiden so zu schaffen machen würde. Mir wurde immer kälter und kälter.

Ganz leise, sodass ich es erst gar nicht bewusst aufnahm, klapperte etwas auf dem Boden. Ich öffnete meine Augen, die sich schwer anfühlten. Der Boden war übersäht mit Perlen, die wie schimmernde Diamanten wirkten. Nach und nach verschwanden sie im Boden. Ich fing zwei auf, die sich in meiner Hand verflüssigten wie Schneeflocken, die auf warme Haut fielen. Ich starrte meine Handfläche an und verstand nicht, was gerade passiert war.

Uri blubberte noch wilder um mich. Ich schob ihn beiseite.

»Lass das, Uri!«

Er schaute mich, mit seinen Kulleraugen traurig an. Ich spürte tief in mir, dass ich ihn verletzt hatte.

»Es tut mir leid, Uri, das wollte ich -«

Ein Räuspern erklang hinter mir. Alle meine Muskeln spannten sich an.

»Manchmal sollte man besser auf seine Freunde hören«,

ertönte König Merric, der einen beunruhigenden Unterton besaß. »Steh auf!«

Ohne zu zögern, gehorchte ich, dann drehte ich mich langsam um. Er sah mich mit zu Schlitzen verengten Augen an und lächelte bösartig.

»Ich habe so gehofft, dass du einfach stirbst. Ich muss zugeben, es war ein, sagen wir mal, langweiliger und unehrenhafter Versuch. Dennoch hat es schon mal geklappt.«

Er trat einen Schritt auf mich zu und umrundete mich. Innerlich wollte ich schreien. Seine Worte lösten Panik in mir aus und erst langsam begriff ich, was er gerade gesagt hatte: Er hatte versucht, mich umzubringen. Er hatte es schon mal getan. Er war ein Mörder. Jetzt ärgerte ich mich, vom Fest weggelaufen zu sein, von denen, die mich hätten schützen können. Ich fragte mich, wo die ganzen Wachen waren, die das Fest bewachten, und warum mir niemand hinterher gelaufen war, nicht einmal Meta, der auf mich aufpassen sollte. Als mir im nächsten Augenblick auch schon einfiel, dass das der Grund war, warum ich zum Fest sollte. Ich schluckte. Hatte denn niemand gemerkt, dass mir König Merric gefolgt war?

»Hat dir unser liebes Prinzchen erzählt, das seine letzte *Verlobte* auch an einer Vergiftung gestorben ist?« Seine Worte spuckte er verachtend vor meine Füße. Ich erstarrte, sah mit großen Augen den Mann vor mir an. Wie sein Gesicht einer verrückten Fratze glich. »O Delja, wie ich sehe, hat er dir das erzählt, aber hat er auch gesagt, dass ich es war. Weil ich seinen Thron will?«

Ich stockte, den Gedanken hatten wir nie weitergedacht, nie darüber nachgedacht, dass König Merric alles haben wollte. Das würde Kain nicht zu lassen.

»Du wirst den Thron nie bekommen, wenn die beiden heiraten werden sie den Thron haben«, schleuderte ich ihm meine Gedanken vor die Füße. Meine Worte ließen ihn auflachen.

»Ach Delja, sobald die beiden verheiratet sind, wird Kain sterben. Dann ist meine Tochter Herrscherin. Und wenn das der Fall ist, übernehme ich langsam ihre Aufgaben, auf sie hört sowieso niemand.«

Er umrundete mich weiterhin und lachte dabei laut. Unter Schock verarbeitete ich seine Worte. Er würde Kain etwas antun und seine Tochter zu einer Spielfigur machen.

»Was willst du von mir?«, fragte ich ihn.

»Was ich will? Das kann ich dir sagen.«

Die Tür hinter mir ging auf und zwei Wachen kamen ins Zimmer. Sie stellten sich beide vor mich und packten mich an den Armen. Ich strampelte und schrie.

»Lasst mich los sofort! Was soll das?«

Ich versuchte, mich aus dem Griff der Wachen zu befreien, doch sie hielten mich fest umklammert. Eine der Wache riss an meinem Kleid. Merric trat vor mich und lachte mich schamlos aus. In seinen Augen loderte Genugtuung.

»Du wirst heute sterben, meine Liebe. Du wirst meinen Plan nicht vereiteln. Und dein geliebter Kain darf dabei zuschauen.«

Er drehte sich Richtung Tür und die Wachen zogen mich hinter ihm her.

»Lasst mich los, ich will das nicht!«, schrie ich, doch die Wachen beachteten mich nicht. »Ihr könnt mir nichts vorwerfen!«, rief ich lauter, in der Hoffnung, dass mich jemand hörte. Der König blieb stehen und sah mich an.

»O doch. Ich werde dich morgen wegen Hochverrats anklagen. Denn du hast dich zwischen Kain und meine Tochter gedrängt!«

Damit drehte er sich um und seine Wachen befolgten stur den Befehl des Königs. Sie zerrten mich immer tiefer ins Schloss hinein. Sie trugen mich eine lange dunkle Treppe hinunter und es wurde kälter um mich. Ich vermutete, dass es sich hier bei um den Kerker handeln musste. Meine Schreie prallten von den Wänden ab und hallten durch die Gänge.

»Warum tun Sie das mit mir?«

Verzweifelt richtete ich mich an den König, der mit eisernen Schritten vor uns lief. Vor einer rostigen Tür blieb er stehen, öffnete diese mit einem Schlüssel und ließ mich von seinen Wachen in den Raum schubsen. Ich landete auf hartem Boden. Dabei schürfte ich mir die Knie auf, die zu bluten anfingen. Das einzige Licht, welches in die Zelle drang, war von der offenen Tür aus. In der stand Merric und lächelte mich unverhohlen an.

»Ach Delja, wenn du nur wüsstest, wie lästig du gerade für mich bist«, sagte er und blickte mich herablassend an. »Du bleibst hier, und wenn ich dich hole, dann werde ich dich vor dem Volk anklagen. Denn du wirst nicht bekommen, was *mir* gehört.« Er lachte und trat aus der Tür hinaus, noch einmal drehte er sich zu mir. »Und nebenbei machen wir damit Kain unaufmerksam.«

Damit schlug er die Tür zu und verließ mit lauten Schritten den Gang vor meiner Tür.

Ich sprang auf und hämmerte wie wild gegen die alte Holztür, aber nichts geschah. Ich schrie und trommelte wie wild. Meine Hände schmerzten, Tränen der Wut brannten heiß auf meinen Wangen. Das kleine Fenster in der Tür ließ kaum Licht in den Raum. Draußen konnte ich Zitteraale umherschwimmen sehen, die Licht abgaben.

Ich drehte mich um und versuchte, etwas in dem Zimmer zu sehen. Vor mir stand eine Pritsche aus Stein, auf dieser sammelte sich Seegras, welches schon modrig roch. Daneben war ein Loch im Boden, das mit dunklem Wasser befühlt war. Vermutlich war das die Toilette.

Ich legte mich auf die Pritsche, lauschte einem Moment meinem rasenden Herzschlag. Mein Kleid war dreckig und ich versuchte, einen Teil von diesem abzureißen, damit es nicht – wegen des groben Griffs der Wachen – in Fetzen an mir herunterhing. Könnte ich fliehen, würde ich darüber stolpert. Nachdem ich dies geschafft hatte, lehnte ich mich gegen die Steinwand.

Ich ließ mir König Merrics Worte durch den Kopf gehen. Doch sie machten keinen Sinn, ich hatte keinen Anspruch auf den Thron. Ich wollte ihn auch nicht. Ich wollte einmal im Leben Glück haben. So wie es jetzt aussah, würde ich allerdings wieder jemanden verlieren, der mir wichtig geworden war. Ich war erschöpft. Ich spürte, wie meine Augen schwer wurden. Müdigkeit übermannte mich und versuchte, mich in die Tiefe mit zu reißen, kurze Zeit schaffte ich es, meine Augen geöffnet zu halten, doch verlor den Kampf durch die Kälte, die meine Glieder lähmte, und fiel in einen traumlosen Schlaf.

KAPITEL 19

Ein Klopfen riss mich aus meinem Dämmerzustand. Ich öffnete meine Augen und musste einen Moment überlegen, wo ich war. Ich war auf der Pritsche umgekippt und lag mit dem Rücken an die Wand gedrückt. Kälte durchzog meine Glieder und ich hatte das Gefühl, tagelang kaum geschlafen zu haben.

Ich setzte mich auf und im gleichen Moment fuhr ein Schmerz durch mein Bein. Ich strich über dieses und spürte eine Wunde über meiner Kniescheibe. Mit einem Stück meines Kleides versuchte ich, die Wunde zu verbinden. Schmerz durchflutete meinen Körper.

Ich lehnte mich zurück und ließ das Geschehene von gestern Revue passieren. Ich strich durch meine Haare und kratzte mich am Kopf. Mir fiel die Frau ein, die den König begleitet hatte. Vielleicht hatte auch sie mich beobachtet, um Merric Bescheid zu geben, wo ich mich befand und dass ich unbewacht war.

Ein Klopfen erregte meine Aufmerksamkeit und ich blickte mich um. Langsam tauchten immer mehr kleine rote Punkte um mich auf. Bei genauerem Hinschauen bemerkte ich, dass es nicht nur rote Punkte, sondern rote Augen waren. Ich stand auf und humpelte in kleinen Schritten in Richtung Tür. Bei jedem Schritt, kamen mehr Augen um mich herum zum Vorschein, die meine Bewegungen verfolgten. Wie Glühwürmchen schwirrten sie umher, näherten sich mir aber nicht. An der Tür angekommen, konnte ich durch die durch das Fenster fallenden Lichtstrahlen erkennen, wie kleine Fische um die Gitterstäbe schwammen. Ihre Augen waren auf mich gerichtet, als sie plötzlich anfingen, alle gleichzeitig an den Gitterstäben zu knabbern. Das Geräusch war ohrenbetäubend laut. Ich stellte mich hin und schlug mit voller Wucht gegen die Tür.

»Hilfe!«, schrie ich, so laut ich konnte. Doch meine Stimme wurde von dem überlauten Geräusch der Fische übertönt. Ich rutschte an der Tür herunter und drückte mich gegen sie, aus Angst das die Fische durch die Gitterstäbe kamen.

Draußen waren dumpf Schritte zu hören.

»Delja?«, fragte Morogh.

Wie erstarrt blieb ich an der Tür sitzen. Was wollte er hier und vor allem woher wusste er, dass ich hier war? Vielleicht hatte er mich an seinen Vater verraten, und es war doch nicht die Frau, die den Saal verlassen hatte.

»Delja? Bist du hier drin?«, rief Morogh, diesmal jedoch gehetzter und klopfte noch mal gegen die Tür. Ohne auch nur auf eine Reaktion meinerseits zu warten hörte ich, wie ein Schlüssel in das Schloss der Tür gesteckt wurde.

»Delja, ich mache jetzt die Tür auf. Wir müssen hier weg«, sagte er und drehte den Schlüssel im Schloss herum.

Kurz darauf schwang die Tür nach außen auf. Schnell richtete ich mich auf und machte einen Schritt von Morogh weg. Dabei schmerzte mein Bein so unerträglich, dass ich mich mit Mühe und Not aufrecht halten konnte. Morogh stand vor mir, blickte sich nach rechts und links um und ließ seinen Blick auf mir ruhen. In seinen Augen spiegelten sich Sorge und Wut gleichermaßen.

»Du bist verletzt«, sagte er, machte aber keinen Schritt auf mich zu. Ich starrte ihn nur an, aus Angst, dass er mich jetzt holen würde. Die Fische um uns fingen an, unruhig umherzuschwimmen, doch meine volle Aufmerksamkeit galt Morogh vor mir.

»Was willst du von mir? Sollst du die Drecksarbeit für deinen Vater erledigen?«, warf ich ihm vor, in der Hoffnung, genug Zeit zu haben, dass uns jemand anderes finden würde.

Er verzog traurig das Gesicht, doch ich nahm ihm die Mimik nicht ab. Vor allem, weil sie so schnell verschwand, wie sie gekommen war.

»Nein«, sagte er tonlos und blickte sich kurz um. »Ich will dich hier rausholen, denn mein Vater dreht gerade durch und bereitet eine Verhandlung wegen Hochverrats vor. Weil du versucht hast, Kain meiner Schwester auszuspannen. Denn jetzt, wo sich die beiden geküsst haben, kann er das machen.«

Seine Worte trafen mich mitten ins Herz.

»Das ist doch Quatsch, wieso sollte man ihm das glauben?«, fragte ich, war jedoch verunsichert.

»Du siehst das zu …« Er überlegte und sah mich dabei intensiv an. »Zu menschlich. Vergiss nicht, dass wir Meeresbewohner sind. Bei uns gibt es Gesetze. Er ist ein König, er findet immer Lücken, wenn er was will.«

»Ich weiß, ich kenne die Gesetze, aber der König könnte sie auch lockern.«

Er trat auf mich zu und ich widerstand dem Drang, zurückzuweichen, zu nah wäre ich an den Gitterstäben. Zu nah an den Fischen, die jetzt, wo ich an sie dachte, nicht mehr an den Stäben knabberten, sondern nur noch wild umherschwammen. Ich würde nicht mit ihm gehen, ich konnte ihm nicht vertrauen.

»Wenn du dich mit den Gesetzen befasst hast, dann wüsstest du, dass dort nur steht, dass der König entscheiden darf, was passiert. Da du eine Frau bist und es hier um seine Tochter geht, darf er die Strafe wählen«, erklärte er mir. »Und mein Vater hat nur eine Lösung für das Ganze, er will dich loswerden und deswegen macht er aus dem Ganzen einen Hochverrat, und darauf« – er stockte, ehe er fortfuhr – »steht der Tod.«

Seine Worte sickerten nur langsam in meinen Verstand.

»Warum sollte er mich loswerden wollen?«, fragte ich.

»Ich bin mir nicht sicher«, antwortete er und ließ seinen Blick noch mal durch die kleine Zelle schweifen.

Er hielt mir seine Hand hin und betrachtete meine. Ich bewegte mich kein Stück.

»Warum willst ausgerechnet du mir helfen?«, wollte ich wissen.

»Weil ich es für meine Schwester tue. Ich will nicht, dass sie miterlebt, wie du stirbst. Es reicht schon, dass Vater sie mit unserer Mutter erpresst. Ich will nicht, dass er auch dich als Erpressungsmittel gegen sie missbraucht, um an sein Ziel zu kommen.«

»Warum sollte er mich gegen deine Schwester als eine Erpressung nutzen?«

Sein Körper spannte sich an, er schob die Brauen zusammen. »Kommst du mit, wenn ich dir ein Geheimnis anvertraue?«

Für einen Moment wägte ich ab, was ich tun sollte – aber war das hier nicht meine Chance, zu entkommen? Je früher ich, der Zelle entkam, desto besser.

Also nickte ich.

»Ich will nicht, dass noch eine meiner Schwestern stirbt.«

Seine Worte waren leise gesprochen, und doch so laut wie eine Explosion.

Noch eine seiner Schwestern?

»Was?«, fragte ich und starrte ihn mit großen Augen an.

»Delja, nicht jetzt, wir müssen hier dringend weg«, sagte er, ohne auf meine Frage einzugehen. Doch in meinem Kopf legten sich Puzzleteile an den richtigen Platz. Ich sollte Moroghs und Ligeias Schwester sein? Meine Gedanken ratterten, ich dachte an unser Aussehen, an Tia, wie alle sagten, ich sähe ihr so ähnlich. An die Augenfarbe von Ligeia. Ich erinnerte mich an Morogh, wie er mich auf der Tanzfläche küsste.

»Warum der Kuss?«, fragte ich, ich musste wissen, was das sollte.

»Um dich zu schützen. Nie im Leben hätte mein Vater gesagt, dass die Hochzeit nicht möglich sei. Und jetzt komm. Ich kann dir später mehr erklären.« Bevor ich etwas zu diesem Geständnis sagen konnte, begann das Kratzen um uns wieder lauter zu werden.

»Bevor ich weitere Fragen beantworte, müssen wir hier raus. Außer du willst von den Piranhas angegriffen werden, die in ein paar Minuten die Flure besetzen.«

Er hielt mir seine Hand hin und ohne noch weiter zu zögern, ergriff ich diese und ließ mich aus der Zelle ziehen. Dann schlug er die Tür hinter mir wieder zu. Im gleichen Moment rannten wir los. Wir waren nicht schnell, denn mein Bein schmerzte.

Mir fiel erst jetzt auf, wie lang der Gang war, und wie weit die Wachen des Königs mich in den Kerker gezerrt hatten, kein Wunder, dass mich niemand gehört hatte. Ein Klicken erregte Moroghs und meine Aufmerksamkeit und er drehte sich im Laufen um.

»Mist, ich habe dich zu spät gefunden.«

Er zog mich jetzt schneller den Gang entlang, wobei ich Mühe hatte, mit ihm Schritt zu halten. Vor uns konnten wir bereits den Ausgang sehen. Gerade als ich den Schmerz in meinem Bein ignorieren wollte, um schneller zulaufen, kniff mich etwas in meine Wade. Ich stolperte und fiel im Laufen hin, riss Morogh – der meine Hand hielt – mit zu Boden. Ein heißer Schmerz durchfuhr mein Bein. Als ich mich auf dem Boden umdrehte, konnte ich meinen Augen nicht trauen. Hunderte von Piranhas kamen aus runden Ausbuchtungen aus der Decke auf uns zugeschwommen. Einige sehr kleine, die aus Lücken in den Wänden kamen, hatten sich an der Wunde an meinem Bein verbissen und waren in einen aggressiven Blutrausch verfallen.

Morogh hatten sie komplett ignoriert, vermutlich da mein Bein bereits eine Wunde hatte. Ich versuchte, mich von den kleinen Piranhas zu befreien, doch es kamen immer mehr auf mich zu. Durch die große Wunde an meinem Oberschenkel sickerte Blut.

»Steh auf, Delja, wir müssen hier raus. Gleich kommen die größeren.« Noch als er es aussprach, klackerte erneut etwas. »Steh sofort auf und lauf!«, schrie er mich an und zog mich hektisch auf die Beine.

Stolpernd rannten wir, trotz meines schmerzenden Beines weiter zur Tür. Doch es war zu spät. Ich stolperte über den Fetzen meines Kleides, der um die Wunde gebunden war und durch die Piranhas gelockert wurde. Ich stürzte auf den harten Stein. Morogh stand bereits an der Tür und schrie mir etwas zu, doch ich verstand ihn nicht, sondern sah nur dem riesigen Piranha direkt in die Augen, der in diesem Moment vor mir auftauchte.

Er hatte sein mächtiges Gebiss aufgerissen und seine spitzen Zähne glänzten in dem schummrigen Licht. Die Piranhas, die nicht schnell genug in den Öffnungen in der Decke verschwanden, wurden in sein riesiges Maul gezogen. Jede Faser meines Körpers spannte sich an. Ich würde sterben, das wusste ich in diesem Moment klarer als je zuvor.

Meine Muskeln kribbelten. Blasen stiegen aus meiner Haut auf, auf der sich eine schuppige Schicht bildete. Nach und nach verschwanden meine Beine und eine glänzende blaue Flosse erstreckte sich vor mir.

»Schwimm jetzt los!«, drang Moroghs panische Stimme zu mir.

Ohne einen Gedanken daran zu verschwenden, ob ich es konnte oder nicht, bewegte ich meine Flosse, wodurch sich ein Strudel um sie herum bildete. Mit einer Stärke, die ich nicht erwartet hatte, preschte mein Körper Richtung Tor und ich schoss hindurch. An der Wand dahinter prallte ich ab und rutsche die Steinmauer herunter. Schmerz zog sich von meiner Schulter aus in meinen Rücken. Als ich mich Richtung Tür drehte, steckte Morogh einen Stamm durch die Sperrungen des Tores. Keine Sekunde später knallte etwas hart von innen dagegen. Das Holz platzte leicht auf und Risse entstanden in der Tür.

»Wir müssen sofort hier weg. Jeden Moment kann jemand kommen und glaub mir, niemand sollte diese Flosse sehen.« Morogh zog mich an sich und legte einen Arm um mich.

»Die Flosse muss weg«, sagte ich und hielt mich an seinem Arm.

»Ehrlich gesagt, kommt mir das gerade gelegen, dass sie da ist«, drang eine dunkle harte Stimme an mein Ohr.

Wir drehten uns um und aus einer Nische an der Wand trat Moroghs Vater, der seinen Sohn wütend anschaute. Sein Blick wanderte von ihm über meine Flosse zu meinem Gesicht. Dann breitete sich ein Grinsen auf diesem aus.

»Ich denke, du kommst jetzt sofort mit. Wir werden das Ganze heute beenden. Morogh, komm.« Die Stimme des Königs schien die Luft entzweizuschneiden. Doch Morogh hielt mich eisern fest und starrte seinen Vater an.

»Nein, Vater, ich gebe sie nicht frei. Sie hat das Ganze hier nicht verdient!«, schrie er. Sein Vater schnalzte nur mit der Zunge.

»Morogh. Ich bestimme was in deinem Leben passiert und sie bekommt gleich einen Prozess. Also entweder bringst du sie freiwillig nach draußen, oder ich lasse es meine Wachen machen.«

Im Gang rechts von uns erklangen Schritte und zwei Wachen traten um die Ecke, es waren die gleichen, die mich hierher gebracht hatten. Morogh machte einen Schritt zurück und hielt mich weiter fest. Seine Arme drückten mich an ihn. Schmerzhaft krallte er sich in meine Seite, um mich nicht loszulassen.

»Ich habe sie noch einmal geküsst«, log er.

»Das ist mir egal, denn der Kuss bringt sowieso nichts. Wir wissen doch beide, dass sie deine Schwester ist.« Mit zwei Schritten war Merric bei uns und rammte Morogh den Griff seines Schwertes in die Seite. Er schrie und ich auch. Durch die Wucht des Schlages ließ mich Morogh los und fiel zu Boden. Ich knallte gegen die harte Steinwand. Die beiden Wachen hinter Merric traten auf mich zu und ergriffen mich grob. Weitere Schritte ertönten und noch mehr Wachen kamen den Gang entlang auf uns zu. Mir kam der Gedanke, dass König Merric das Ganze hier geplant hatte.

»Fesselt meinen Sohn und bringt ihn in sein Zimmer, er soll mich nicht bei meinen Entscheidungen stören.«

Ich versuchte, mich aus dem Griff der Wachen zu lösen, aber durch die Flosse hatte ich nicht die geringste Chance.

»Lasst sie los! Sie hat nichts gemacht«, hörte ich Moroghs raue Stimme hinter mir schreien. Ich drehte mich im Griff, der Wachen und sah, wie die Wachen ihn grob an die Wand drückten und einen Schlag in den Magen verpassten. Merric drehte sich noch einmal zu seinem Sohn um und betrachtete ihn abschätzig.

»Halt den Mund, Sohn! Denk doch nur einmal an deine Mutter, bevor du etwas machst.«

Morogh spuckte seinen Vater an. »Du hast mir nichts zu sagen, ich hätte viel früher etwas tun sollen.«

Bevor er weiterreden konnte, schlug sein Vater ihm sein Schwert gegen den Kopf. Er kippte zur Seite und hing schlaff in den Händen der Wache.

»Nein! Lassen sie ihn in Ruhe!«, schrie ich, doch König Merric beachtete mich nicht, stattdessen lehnte er sich zu seinem Sohn.

»Du solltest gerade sehr froh sein, dass du mein Sohn bist und ich dich noch brauche.« Kurz darauf streifte mich sein Blick und seine Augen verengten sich zu Schlitzen. »Und du wärst besser nie hier aufgetaucht. Dann wäre das Ganze nie so ausgeartet! Besser, du wärst für immer verschwunden geblieben.«

Er sah hoch zu den Wachen und winkte ihnen zu. Diese rissen mich noch höher und brachten mich, ohne zu zögern, Richtung Ausgang des Schlosses.

Vorm Schloss traute ich meinen Augen nicht. Draußen hatten sich Tausende Personen versammelt. Vermutlich war nicht nur ganz Ostrea auf den Beinen, sondern auch Bewohner anderer Reiche. König Merric ließ mich an einen aufgestellten Pfahl festbinden, sodass jeder meine Fischflosse sah, was die Personen tuscheln ließ. Ich hörte vereinzelte Worte und Sätze wie »Meerjungfrau«, »Prinzessin« oder »Woher kommt sie? Ich habe sie noch nie gesehen«.

Ich war wie ein Tier im Zoo, gefesselt und gefangen.

»Bewohner Ostreas«, hallte König Merric Stimme über den Platz. »Ich muss euch heute eine unerfreuliche Nachricht überbringen. Ihr habt eine Hochverräterin unter euch.«

Er ließ seinen Blick über das Volk gleiten, seine Stimme triefte vor Machthunger.

»Sie hat versucht, euren zukünftigen König, euren Prinzen, den zukünftigen Mann meiner Tochter, in den Bann zu ziehen. Sie wollte ihn verführen, um so den Thron an sich zu reißen. Sie hat es geschickt angestellt, sodass es niemand gemerkt hat. Doch zum Glück hat meine Wache sie in einem unaufmerksamen Moment erwischt und mir Hinweise gegeben, damit ich sie aufhalten kann und wir nicht geschädigt werden.«

Ein Raunen ging durch die Masse und die Leute fingen an, miteinander zu tuscheln. Worte wie »Verräterin« wurden lauter und Sätze wie »Sie muss bestraft werden« wurden gerufen.

»Tötet sie!«, schrie eine Frau.

»Aus welchem Königreich kommt die Verräterin?«, fragte ein Mann.

Böse, aber auch mitfühlende Blicke trafen mich. Die Rufe wurden immer lauter. Ich starrte die Meute vor mir an. Verzweiflung und Angst drängten sich in mir hoch.

»Das wissen wir nicht, niemand weiß es«, sagte Merric. »Sie sagt, dass sie von Land kommt. Doch ich glaube ihr nicht und auch ihr solltet das nicht. Sie ist eine Verräterin an eurem Volk und euer König hat dies nicht bemerkt, er hat Fehler gemacht und zu schnell vertraut.«

Im gleichen Moment ertönten Schritte hinter mir und König Chelan kam mit seiner Frau angerannt sowie Kain, Ligeia und Nalu. Mit großen Augen schauten sie erst mich an, dann Merric, der sich aufplusterte, als hätte er bereits gewonnen. König Chelan trat vor und hob seine Hände. Sofort wurde es still auf dem Platz.

»Was ist hier los?«, donnerte er. Keiner der Bewohner traute sich, ein Wort zu sagen, nur Merric trat einen Schritt vor. Seine markanten Züge wirkten jetzt noch härter, noch unberechenbarer. Auf seinen Lippen breitete sich ein Schmunzeln aus.

»Dieses Weib hat versucht, den zukünftigen Mann meiner Tochter auszuspannen«, erklärte Merric. »Zudem hat sie königliche Züge, wie hier jeder an ihrer Flosse sehen kann. Sie hat einen Hochverrat begangen, weil sie Kain geküsst hat. Sie muss für ihre Taten sterben.«

König Chelans Blick huschte zu mir und meiner Flosse. Dann zu Merric, der ihn wissend anlächelte. Er hatte seine Hände vor der Brust verschränkt.

»Sie ist unser Gast, Merric. Ligeia und Kain haben den Kuss vor allen miteinander geteilt, die Verbindung ist nicht zu trennen.« König Chelan war wütend. So wütend, wie ich ihn noch nie erlebt hatte. Sein Gesicht war vor Zorn rot angelaufen.

»Das kann schon sein, denn auch dich hat sie hinters Licht geführt. Sie hat alle um ihren Finger gewickelt, sodass niemand merkt, was sie eigentlich ist. Oder hast du gewusst, dass sie die Flosse einer Königsfamilie tragen kann?«

Ich starrte zwischen Chelan zu Merric hin und her und ärgerte mich, dass ich auf Nadish gehört und Chelan nichts gesagt hatte. Aus Angst versuchte ich mich, von den Fesseln zu reißen, damit zog ich die Aufmerksamkeit von einigen auf mich.

»Sieh sie dir an! Sie versucht, zu fliehen, besitzt dieses Merkmal und hat den Mann, der meiner Tochter gehört, geküsst«, sagte er und schaute dabei wieder das Volk an.

Auch ich blickte zum Volk, wie sie dem König alles von den Lippen ablasen. Zwischen den einzelnen Leuten sah ich, wie einige von Merrics Wachen die Masse anstachelten, sie zeigten auf mich und auf Kain, der erstarrt die Menge anschaute. Sie flüsterten Worte und die Gesichter der einzelnen Bewohner wurden wütend, mit denen sie sprachen.

»Aber was gibt uns das Recht, eine Unschuldige zu töten?«, fragte Chelan. »Auch wenn ich nichts davon wusste, bedeutet das nicht, dass man den Hochverrat ohne Gericht ausführen darf. Ich entscheide, wann und wie dieser beschlossen wird und nicht ein anderer König.«

Die Menge fing an zu tuscheln. Doch König Merric riss schnell das Wort wieder an sich.

»Es ist egal, denn laut unseres Gesetzes, darf ein König entscheiden, was mit der Person geschieht, die sich dazwischen stellt. Sie hat das Gesetz gebrochen, und eine meiner Wachen hat sie dabei beobachtet. Sie war allein mit Kain, er ist in ihr Zimmer gegangen. Wer weiß, was bereits alles hinter verschlossenen Türen passiert ist. Ich will nur das Beste für meine Tochter und das kann nur erreicht werden, wenn Delja aus dem Weg ist.«

»Wir haben nichts getan!«, rief ich in der Hoffnung, dass das Volk mir Glauben schenkte und nicht dem König.

Doch dieser lachte nur. »Als könnte man einer Verräterin glauben. Und selbst wenn, meine Wache hat euch gesehen. Wie bereits gesagt, ist es Hochverrat, was du betrieben hast, und dafür hast du den Tod verdient.«

Die Menge stimmte ihm immer lauter zu und ich bekam es mit der Angst zu tun.

»Was soll der Unfug?«, rief Kain. »Sie ist unser Gast, sie ist eine Freundin und selbst wenn sie von einem anderen Königshaus ist, geht es euch nichts an.« Seine Worte erfüllten mein Herz mit Hoffnung, dass das Volk auf ihn hören könnte.

»Sie ist auch meine Freundin«, sprach Ligeia, die ihren Vater entsetzt ansah.

»Tochter«, kam hasserfüllt von ihm. »Da du noch keine Königin bist und der Verrat dir gegenüber stattgefunden hat, bestimme ich, was richtig und was falsch ist.«

Ich konnte nicht glauben, was ich da gerade hörte. Er drehte allen die Worte im Mund herum. Mein Blick wanderte durch die Masse und blieb an Morogh hängen, der mich anstarrte. Mit großen Augen sah ich zu, wie er langsam auf mich zukam.

Meine Aufmerksamkeit glitt wieder zu Kain, der nach vorne getreten war. Ligeia hielt Keyna am Arm fest und alle drei blickten König Merric hasserfüllt an.

»Egal, was passiert ist, ich heirate Ligeia. Deswegen können wir Delja freilassen.« Sein Tonfall strotzte nur so von königlicher Autorität.

»Ich bin auch dafür«, sagte Chelan und trat neben seinen Sohn. »Wir können sie freilassen und an Land verbannen.«

König Merric lachte und sein Lachen ging mir durch Mark und Bein.

»Der König selbst ist ihr bereits verfallen, warum sonst würde er das Gesetz so brechen wollen? Wie kann jemand so eine Entscheidung treffen, wenn er sich von einer Frau« – er zeigte auf mich – »so verführen lässt. Ich fordere hiermit Deljas sofortigen Tod.«

Schock wanderte über die Gesichter von Kain, Ligeia, Chelan und Keyna. Keyna wollte gerade etwas sagen, als sie von Nalu ins Innere des Schlosses gezerrt wurde. Ich war froh darum. Nie im Leben hätte ich gedacht, dass ich den Tod durch so ein unfaires Urteil erhalten würde.

»Bewohner, von Ostrea ich will, dass ihr entscheidet. Sollen wir Delja hier und jetzt ihr Leben nehmen, wegen Hochverrat und Leugnung? Entscheidet, für das Wohl euer, für das Wohl Ostreas. Alle, die dafür sind, heben jetzt ihre Hand.«

Sein Blick glitt durch die Reihen und eine Hand nach der anderen hob sich. Ich überschaute die Menge und sah, wie die Wachen die Bewohner mit Dolchen bedrohten, ihre Hände zu heben. Ich hatte gar keine Chance, hier lebend rauszukommen. Er ließ die Wachen die Bewohner bedrohen, um mich sterben zu sehen. Mein Blick huschte zu Kain und Chelan. Beide sahen mich an. Kain mit purer Verzweiflung und Chelan mit einem entsetzen im Blick.

»Damit ist entschieden. Sie wird sterben«, sagte König Merric, worauf ich zu ihm sah. Mit erhobenem Schwert und einem Lächeln auf den Lippen kam er auf mich zu und blickte mir fest in die Augen, als er schließlich vor mir zum Stehen kam. In diesen glitzerten Erfolg und Freude. Er hatte es geschafft, er wollte mich loswerden und genau das hatte er hiermit erreicht. Doch eine Frage brannte mir auf der Seele.

»Warum willst du mich, deine Tochter, töten?«

Merric stockte.

Für einen Moment zogen sich Zweifel durch seine Augen. Es war nur eine Vermutung. Wenn Morogh mein Bruder war, dann musste entweder er mein Vater sein oder meine Mutter nicht meine Mutter. Doch die Zweifel verschwanden, und ein bösartiges Lächeln tauchte auf seinen Lippen auf.

»Weil du nicht so wertvoll wie Ligeia bist.« Stur wie ich war, sah ich ihm durchgehend in die Augen, in der Hoffnung, dass er es nicht tun würde. Doch er kam näher und erhob sein Schwert.

»Sie hat keinen Hochverrat begangen!«, rief Chelan plötzlich.

Merric hielt in seiner Bewegung inne.

»Sondern ich«, fuhr Chelan fort. »Ich habe sie dazu aufgefordert, meinen Sohn zu verführen, damit die Verbindung zwischen den beiden Königshäusern nicht stattfindet. Sie fühlt nichts für ihn, sie arbeitet in meinem Auftrag.«

Plötzlich brannte meine Handfläche an der Stelle, an der der kleine rote Seestern aufgetaucht war. König Chelan trat vor mich und schaffte so einen Abstand zischen mir und Merric, da dieser wieder einige Schritte zurücktreten musste. Ich rüttelte an meinen Ketten, denn ich konnte nicht zulassen, dass Chelan die Strafe auf sich nahm. Mit wutverzerrtem Gesicht sah Merric zu Chelan.

»Willst du damit sagen, dass du ihr Urteil auf dich nimmst?« Seine Stimme triefte vor Wut und er trat noch einen Schritt von mir weg.

König Chelan straffte seine Schultern. Seine Muskeln waren durch den dünnen Stoff seiner Uniform sichtbar angespannt.

»Ja, ich nehme die Schuld auf mich.« Keine Angst lag in seiner Stimme, nur Entschlossenheit. »Delja hat nichts verbrochen. Sie ist ein Gast und das bleibt so.«

Entsetzte Rufe drangen aus dem Volk. Doch ich ignorierte sie und schaute den König wie gelähmt an. Was tat er da gerade?

Als er mich ansah, war sein Blick vor Trauer verhangen.

»Es tut mir leid, dass du das hier miterleben muss. Doch hör mir jetzt genau zu. Du musst …«, flüsterte er, als er mit einem Mal stockte und ein Schwert von hinten durch seine Brust gerammt wurde.

Schreie erklangen.

Vom Volk.

Von Chelans Wachen.

Von Kain.

Doch alles wurde dumpf in meinen Ohren und ich konnte nur die Spitze des Schwertes anschauen, die aus Chelans Brust ragte.

Chelans Augen wurden groß und er sah nach unten. Aus seiner Brust ragte die Spitze des Schwertes. Blut lief aus seinem Mund und er blickte wieder auf. Schwer atmend lehnte er sich ein Stück näher an mich.

Kains Schreien im Hintergrund war gedämpft und meine Aufmerksamkeit galt nur dem König vor mir.

»Du musst … an Land … Ich habe …« Er atmete schwer aus wobei ihm immer mehr Blut aus der Wunde und über sein Kinn tropfte. »… die Prophezeiung … Metas Mutter. Es tut mir …«

Ohne seinen Satz zu Ende zu sprechen, kippte er vor mir um. Ein Schrei ging durch die Massen, welcher von Calliope kam, die aus dem Inneren des Schlosses auf uns zugelaufen kam. Niemand hielt sie auf, bis sie auf den Knien neben Chelan auf den Boden fiel. Alle um uns hielten sich die Ohren zu, denn der Schrei ließ alles um uns erzittern. König Chelan kippte zur Seite, aus seinem Auge kullerte eine einzelne Träne, doch kein Schrei verließ seine Lippen. Sein Blick ruhte auf Calliope, als sein Körper zusammensackte.

Calliopes Schrei hallte über ganz Ostrea, alle Bewohner liefen zurück zu ihren Häusern, alle Tiere, die über der Stadt schwammen, zogen sich zurück. Plötzlich lösten sich meine Fesseln und ich fiel nach unten auf den Boden. Neben mir tauchte Morogh auf. Meine Flosse war noch da, deshalb nahm er mich auf seinen Arm und trug mich schnellen Schrittes ins Schloss. Von draußen drangen Schreie, Befehle, Schwerter, die gegeneinanderprallten ins Innere. Dazwischen Calliopes Schrei, der sich in mein Innerstes fraß. Meinetwegen hatte sie ihren Mann verloren.

Ihre große Liebe.

Morogh rannte wieder mit mir durchs Schloss und trug mich Stufe um Stufe nach oben. In einem Gang ließ er mich kurz runter, öffnete eine Tür und half mir, mich hineinzubewegen. Er setzte mich behutsam auf ein Bett, schloss dann die Tür und kniete sich vor mich. An seinem Kopf hatte er eine Platzwunde, aus der Blut über seine Schläfe tropfte.

»Du blutest«, sagte ich und wollte an seine Stirn greifen, doch er hielt meine Hand fest.

»Nicht jetzt, dafür haben wir keine Zeit. Wir müssen deine Flosse wegbekommen. Atme durch und schließ die Augen«, sagte er und griff nach meiner anderen Hand. Auf dieser zeichnete er Kreise mit seinem Finger. »Konzentrier dich auf die Berührung«, befahl er mir und strich weiter über meine Handfläche.

Ich versuchte, mich auf die Berührung zu konzentrieren, doch meine Gedanken flogen immer wieder zu dem Schwert in Chelans Brust und zu dem Schrei von Calliope.

»Denk nicht an das, was gerade passiert ist, sondern an dich und deine Beine.«

So, wie Keyna es mir gezeigt hatte, konzentrierte ich mich auf meine Beine. Es war schwer, meine Gedanken nur auf dieses eine Körperteil zu lenken. Doch diesmal hatte ich das Gefühl, dass sie sofort kribbelten. Kurz darauf verschwand die Flosse.

»Gut gemacht. Du hast es geschafft. Hattest du das schon mal?«, fragte er.

»Ja«, sagte ich. Morogh atmete schwer aus und lehnte sich gegen die Steinwand neben dem Bett.

»Das war knapp. Wir müssen dich aus dem Schloss bringen. Mein Vater wird nicht ruhen, bis du tot bist. So habe ich ihn noch nie erlebt.« Er strich sich über sein Gesicht, dann durch die Haare. »Weißt du, was Chelan mit der Prophezeiung gemeint haben könnte?«

Die Worte hatte ich schon längst wieder vergessen, fragte mich aber, wann er sie mit bekommen hatte.

»Ich habe seine Worte gehört, weil ich gerade dabei war, dich abzubinden. Also, weißt du, was er meinte?«

»Nein«, brachte ich hervor und lehnte mich an den Pfosten des Bettes. »Ich weiß nichts von einer Prophezeiung.«

»Okay, egal. Wir sagen am besten erst mal niemandem etwas von dieser Prophezeiung. Er meinte, du sollst an Land und etwas von Metas Mutter, richtig?«

»Richtig.«

»Metas Mutter ist doch hier. Hier im Schloss?«, fragend betrachtete er mich.

»Das ist sie auch, aber …« Ich hatte versprochen, nichts zu sagen, und das würde ich auch jetzt nicht. Ich schwieg.

»Okay. Ich komme mit dir. Ich bringe dich hier weg. Kain wird schon auf meine Schwester Acht geben.«

Gerade als ich etwas sagen wollte, wurde die Tür aufgestoßen und Nadish stand mit erhobenem Schwert vor uns.

»Lass sie gehen, oder ich töte dich!«, sagte er scharf und er trat einen Schritt auf uns zu.

»Lass ihn, er hat mir geholfen«, verteidigte ich ihn und sprang auf, um mich vor Morogh zu stellen. Dessen Maske bekam derweil Risse, Unglaube und Wut spiegelten sich in seiner Miene.

»Machst du jetzt gemeinsame Sache mit dem Feind? Oder wie soll ich das hier verstehen?«, fragte Nadish.

»Er ist nicht unser Feind, er hat mich gerettet. Er hat mich befreit. Du solltest lieber bei Kain sein, damit er nichts Unbedachtes anstellt.«

Nadish zuckte zusammen, als hätte ich ihm eine Ohrfeige verpasst.

»Er ist bei seiner Mutter, die gerade ganz Ostrea zusammenschreit, wie du vielleicht hörst. Uns bleibt nur dieser Moment, um dich hier wegzubekommen. Also komm mit mir.«

Ich schüttelte energisch den Kopf, setzte mich wieder neben Morogh, der unserem Gespräch schweigend gefolgt war.

»Ich kann Kain jetzt nicht allein lassen, nicht nachdem sein Vater mich gerettet hat. Chelan hat mir einen Ausweg aus dieser Situation gegeben und jetzt ist er wegen mir tot.«

»Du musst, Delja! König Merric wird nicht aufhören, bis du tot bist!«, schrie er mich an, senkte aber sein Schwert.

»Er hat recht«, sagte Morogh. »Du musst die Aufgabe, die der König dir gegeben hat, erledigen. Nur so wirst du Kain vor dem, was auf ihn zukommt, bewahren können.«

Nadish trat einen Schritt nach vorne. »Welche Aufgabe hat er dir gegeben? Was meint er?«

Ich lachte verächtlich.

»Er hat mir, kurz bevor er starb, etwas zugeflüstert. Es soll -«

Ehe ich weitersprechen konnte, stieß mir Morogh unauffällig in die Seite, was ich als Wink verstand. »Ich … soll erst mal an Land gehen, damit sich hier alles beruhigen kann.«

Nadish sah mich misstrauisch an, fragte aber nicht weiter nach. Sein Blick blieb für einen Moment auf Morogh liegen, der schwieg. Ich verstand selber nicht, wie ich es schaffte, Nadish so offen anzulügen. Doch es musste sein. Morogh hatte recht, es gab keinen Ausweg. Niemand durfte wissen, warum wir an Land gingen. Zu ihrer eigenen Sicherheit.

»Okay, ich bringe dich an Land. Danach werde ich schauen, dass Kain und Keyna in Sicherheit sind.« Er trat zur Tür und wollte diese öffnen, da sprang ich auf und hielt ihn am Arm zurück.

»Das kann ich nicht. Ich kann Kain nicht allein lassen, ohne ihm zu sagen, wo ich bin.«

»Aber du musst«, mischte sich Morogh ein. »Ich werde dich bringen und Nadish passt auf, das Kain keine Dummheiten anstellt.«

Morogh lächelte Nadish an und legte behutsam seine Finger auf meine verkrampfte Hand.

»Lass ihn los.« Seine Stimme war ruhig und dennoch auffordernd. Doch ich konnte nicht, ich wollte nicht.

»Ich kann Kain nicht ohne Grund hier lassen. Ich kann nicht schon wieder gehen, ohne auf Wiedersehen zu sagen, und …« Meine Stimme brach ab und ich sah beide an. Sie wechselten einen Blick miteinander. Kurz darauf nickte Nadish.

»Okay, du kannst ihm auf Wiedersehen sagen.«

KAPITEL 20

Nachdem mich Nadish durch unterschiedliche Geheimgänge in mein Zimmer gebracht hatte, war ich für einen Moment für mich alleine. Ich sackte an der Wand hinter der Tür zusammen und Tränen liefen meine Wange entlang. Meine Augen brannten.

Meinetwegen war König Chelan gestorben.

Meinetwegen hatte es König Merric geschafft, das Volk aufzuhetzen.

Meinetwegen hat sich Morogh gegen seinen Vater gewandt und das größte, Morogh war mein Bruder.

Halbbruder vermutlich, verbesserte ich mich in Gedanken.

»Delja«, sagte Uri plötzlich und kam aus dem Schrank geschossen. »Was ist da draußen passiert?«

Ich blickte auf und schaute direkt meinen kleinen Freund an. Auch ihn musste ich wieder verlassen.

»Delja, sprich mit mir«, sagte Uri und schwamm um meinen Kopf herum.

»Es tut mir leid, Uri«, schluchzte ich.

»Was tut dir leid?«, fragte er besorgt und trieb vor mir hin und her. Ich würde meinen kleinen Freund extrem vermissen. In letzter Zeit hatte ich ihn viel zu sehr vernachlässigt.

»Ich muss gehen«, sagte ich.

»Warum? Was ist los?«

Ich wischte mir die Tränen von den Wangen.

»König Chelan ist tot«, sagte ich. »Und Morogh ist mein Bruder«, flüsterte ich. Es dauerte einen Moment, bis meine Worte bei Uri ankamen.

»Was?«, blubberte er gestresst. Ich blickte hoch, Uri starrte mich mit großen Augen an und war kurz davor, sich aufzublasen. Sein Mäulchen stand weit offen.

»Sag was«, flehte ich und beobachtete, wie Uri sein Maul und seine Augen schloss.

»Jetzt verstehe ich, warum du gehen musst«, sprach er. Sein Körper zitterte und Sekunden später schlug er seine Augen wieder auf. »Ich komme mit dir!«, entschied er und in seinen Augen sah ich, wie ernst er es meinte. Ich schüttelte nur den Kopf.

»Nein, du musst mir einen Gefallen tun. Du musst auf Keyna und Kain aufpassen.« Er blies sich leicht auf, doch nicht zu seiner vollen Kugel.

»Warum …«, fing er an, als neben mir die Tür aufschwang und Keyna mit Kain und Ligeia reinkamen. Ich blieb sitzen und schaute alle drei stumm an. Ich würde sie vermissen. Selbst Ligeia würde ich vermissen.

»Wo ist Delja?«, rief Kain aufgebracht.

»Entspann dich, Bruder, Delja ist noch hier«, verteidigte mich Keyna und blickte sich wie ihr Bruder im Zimmer um.

Als ihre Blicke auf mir landeten, wollte Keyna auf mich zulaufen, doch Kain hielt sie auf. Stattdessen kam er auf mich zu und zog mich grob am Arm auf die Beine, danach drückte er mich gegen die Wand.

Ich sah ihn erschrocken an.

»Warum hat sich mein Vater so für dich eingesetzt?« Seine Stimme war schneidend und jedes Wort traf mich. Ich war schuld, dass sein Vater tot war.

»Kain!«, schrie Keyna und drückte ihn von mir weg. »Lass

sie, sie kann nichts dafür. Unser Vater selbst hat gesagt, wir sollen auf sie achten.«

Kain brachte mehr Abstand zwischen uns und stellte sich neben Ligeia, die ihm eine Hand auf die Schulter legte.

»Was für ein Versprechen?«, flüsterte Kain gefährlich leise. »Wie kann es sein, dass er ihr ein Versprechen gegeben hat? Warum weiß ich nicht, dass das klappt?«

»Wir vermuten es doch schon die ganze Zeit«, antwortete Keyna.

»Das heißt, Merric hat recht? Sie ist eine Betrügerin?«

Geschockt starrte ich Kain an. Wie hatte sich denn jetzt alles so gedreht? Uri schwamm auf ihn zu und trieb direkt vor Kains Gesicht.

»Sie ist keine Betrügerin!«, sagte er. »Ich war bei ihr, an Land, sie hat mir geholfen, zurück ins Meer zu kommen.« Wenn die Situation nicht so bizarr gewesen wäre, hätte ich jetzt gelacht und Uri »Danke« für seine Hilfe gesagt. Doch Kain schien alles andere als glücklich.

»Und das ist der Grund, warum wir ihr glauben sollen?«, fragte Kain und schob Ligeias Hand von seiner Schulter. »Nur weil sie sich an Land um dich gekümmert hat?«

Seine Worte verletzten mich mehr, als ich mir eingestehen wollte. Nie hatte ich ihm auch nur den Grund gegeben, mir zu misstrauen, und jetzt beschuldigte er mich.

»Kain!«, sagte Keyna und machte einen Schritt auf ihn zu.

»Vater sagte, dass wir niemanden erzählen sollen, dass es passiert ist. Deswegen weißt du es nicht.«

Ihre Stimme wurde leiser und man merkte ihr an, dass die Situation schwer für sie war. Sie hatte meinetwegen ihren Vater verloren, und jetzt stritt sie sich meinetwegen mit ihrem Bruder.

»Keyna, lass es. Ich bin schuld«, sagte ich, doch Keyna unterbrach mich.

»Stopp, Delja! Du kannst nichts dafür. Es war die Entscheidung unseres Vaters.« Sie drehte sich zu Kain und funkelte ihn an. »Und du kannst dich jetzt mal beruhigen. Wir brauchen einen Plan, weil Vater tot ist und wie du bestimmt weißt, darf unsere Mutter nicht allein regieren.«

Ihre Worte riefen mir das Gesetz ins Gedächtnis: Ein König sollte immer eine Königin an seiner Seite haben. In Kains Blick trat Erkenntnisse, Wut und dann Trotz. Er griff nach Ligeias Hand und umfasste sie.

»Genau«, sagte er und machte einen Schritt auf die Tür zu. »Darum werde ich mich jetzt kümmern, und damit das klar ist …«

Er blickte mich an und ein Schaudern jagte meinen Rücken hinunter. Sein Blick war wütend und ich erinnerte mich an den Blick, den er mir bei unserer ersten Begegnung geschenkt hatte. Dieser hier war kälter und wütender.

»Ich will dich in einer halben Stunde nicht mehr hier haben, Delja! Du bist dafür verantwortlich, dass mein Vater tot ist. Du hast den König umgebracht.«

Seine Worte trafen mich mit voller Wucht. Er schmetterte seine ganze Wut und Trauer auf mich und traf mich genau da, wo ich mir bereits Vorwürfe machte. Bevor Keyna oder ich nur ein Wort sagen konnten, verschwand er mit Ligeia durch die Tür und wir starrten diese an.

»Er meint es nicht so«, versuchte Keyna, die Situation zu retten, doch ihre Stimmlage strafte ihre Worte Lügen.

»Ich werde ihn zur Vernunft bringen«, meinte sie und sah mich todernst an. »Er wird sich bei dir entschuldigen. Warte hier ich komme gleiche wieder.«

Mit den Worten verschwand auch sie aus dem Zimmer und ich war mit Uri allein.

Es waren keine zehn Minuten vergangen, als die Tür wieder geöffnet wurde und Morogh hereinkam, einen schwer aussehenden Sack auf dem Rücken und Kleidung, die ihn nicht königlich wirken ließ.

Er trug eine schwarze Hose und ein schwarzes Hemd. Seine blauen Haare hatte er zu einem Zopf gebunden und die Muscheln und Perlen daraus entfernt.

Er legte den Sack neben die Tür und trat auf mich zu. Ich stellte meine Tasche, die ich gepackt hatte, auf das Bett. Alle Dinge, die ich von Land mit gebracht hatte, waren in dieser.

»Hast du alles?«, fragte er mich und ich nickte. Bevor die ganze Situation aus dem Ruder gelaufen war, hatten Morogh, Nadish und ich entschieden, dass Morogh und ich an Land gehen würden. Meinen Abschied vom Unterwasserreich hatte ich mir anders vorgestellt.

»Dann komm«, sagte Morogh und hob seinen Sack wieder hoch. Ich legte mir meine Tasche über die Schulter, als mir einfiel, dass ich das kleine Notizbuch fast vergessen hatte. Schnell lief ich zum Bett und griff unter das Kissen, wo ich es versteckt hatte. Ich verstaute es in meiner Tasche.

»Es kann losgehen«, sagte ich und im gleichen Moment klopfte es. Morogh und ich blieben wie angewurzelt stehen und lauschten, ob derjenige vor der Tür selber verschwinden würde.

»Seid ihr noch da?« Das war Nadish. Morogh öffnete langsam die Tür.

»Wir wollten gerade gehen«, sagte er und ließ Nadish herein. Dieser fing, noch bevor er ganz im Raum stand, an, zu sprechen.

»Ihr müsst euch beeilen. König Merric hat die Wachen verdreifacht. Ihr könnt nur durch die Geheimgänge in den Garten flüchten und von dort aus an Land schwimmen.« Er klang gehetzt. »Ich wollte euch sagen, dass ich versuche, sie abzulenken. Zudem wollte ich euch das Geheimnis anvertrauen, das ich eine der wenigen Wachen bin, die an Land dürfen.«

»Das heißt, du hättest, als ich das letzte Mal an Land war, mitgekonnt?«, sprudelte es aus mir heraus.

»Ja, Delja, das hätte ich. Aber ich kannte dich bis dahin fast gar nicht. Ich vertraue dir, dass du diese Information für dich behältst.«

Seine Worte berührten mich sofort. Er vertraute uns und das machte mir Mut.

»Ihr dürft es niemandem sagen«, wiederholte er und blickte mir und dann Morogh in die Augen. »Aber ich versuche, euch auf dem Laufenden zu halten. Und jetzt geht!« Er erfasste Uri und winkte ihn zu sich. »Du musst mir helfen, wir werden dich als Köder nutzen, dass die Wachen denken, dass du mit Delja weglaufen willst. Dann werden sie dir statt ihr folgen.«

Uri war Feuer und Flamme und schwamm wild um Nadish herum.

»Und euch wünsche ich viel Glück!« Damit verließ er das Zimmer.

Was Morogh und ich bereit waren, zu tun, fühlte sich falsch an. In mir machte sich das Gefühl breit, dass wir einen Fehler begingen und hier bleiben sollten. Wir sollten Kain und Ligeia nicht allein lassen. Ich wollte Kain nicht allein lassen.

»Es kann nichts enden, was nie richtig begonnen hat«, sagte Morogh und stellte sich vor mich. Für einen langen Augenblick sahen wir uns an. Er war mein Bruder, ich durfte ihm vertrauen. Ich wollte etwas sagen, als Geschrei durch den Gang vor meinem Zimmer hallte.

Morogh griff nach meiner Hand und zog mich zur Tür, die er leicht öffnete.

»Vertraust du mir?«, fragte er leise, ohne den Blick vom Flur zu lassen.

»Ja«, sagte ich und spürte tief in meinem Inneren, dass es der Wahrheit entsprach. In dem Moment liefen wir los.

Im Flur rannten wir auf die gegenüberliegende Wand zu, in der sich ein Eingang zu den Geheimgängen befand. Im Gang gab Morogh die Richtung vor, zerrte mich – seine Hand in meiner – hinter sich her. Dunkel und modrige Luft traf auf meinen Geruchsinn. Nach einigen Minuten des Laufens tauchte ein silbernes kleines Tor auf. Morogh blieb davor stehen und drückte es auf. Wir standen mitten im Wald neben dem Schloss. Man konnte von hier aus den Ausgang sehen.

»Wir werden jetzt schwimmen, Delja. Ich werde mich verwandeln, wenn du es schaffst, mach es auch. Ansonsten ziehe ich dich mit mir mit. Halt dich gut fest!«

Morogh verwandelte sich deutlich schneller als Nadish und zudem lautloser. Plötzlich kamen vom Ausgang Wachen auf uns zugestürmt. Im gleichen Moment griff Morogh nach meiner Hand, ließ seinen Sack fallen und schwamm mit mir Richtung Wasseroberfläche.

Mit so viel Schmerz und Angst hatte ich nicht gerechnet, als ich mich mit ganzer Kraft an Morogh festhielt. Ein Blick nach unten verriet mir, dass sich die Wachen verwandelten und auf uns zukamen. Doch wir waren schneller.

»Wie haben es gleich geschafft«, sagte Morogh und paddelte zügig Richtung Oberfläche, das Wasser unter uns wurde dunkler und dunkler und eine Strömung wirbelte um uns herum. Umso höher wir kamen, desto heller wurde es über uns, und mit einem Mal durchbrachen wir die Oberfläche.

Ich musste husten. Das Erste, was ich wahrnahm, waren die glitzernden Sterne am Himmel.

»Nicht träumen, Prinzessin, sondern schwimmen!«, brüllte Morogh und schwamm mit mir Richtung Strand.

Als ich mit meinen Füßen den ersten Sand berührte, veränderte sich etwas in mir. Morogh ergriff meine Hand.

»Es tut mir leid, dass ich dir das nicht gesagt habe. Aber dein Armband wird zwei Perlen verlieren.«

Kurz darauf traten wir an Land und ich blickte auf meine Armbänder – meins und das meiner Tante. Die Perle an meinem verblasste in dem Moment, in dem wir das Wasser verließen, und eine zweite an dem Band meiner Tante, als Morogh den letzten Schritt aus dem Wasser tat.

Ich starrte ihn an und riss meine Hand von ihm los.

»Wieso hast du mir das nicht gesagt?«, schrie ich ihn schluchzend an.

»Du bist ein Prinzensohn, warum kannst du nicht so an Land?« Ich blickte wieder auf mein Armband, welches nun keine einzige funkelnde Perle mehr besaß. Alles, was ich von meiner Mutter besessen hatte, war fort.

»Mein Vater wollte mir nie erlauben, dass Ritual durchzuführen, welches die Wachen bekommen«, sagte er. »Und du hättest mich sonst nicht mitgenommen.«

Er griff erneut nach meiner Hand, doch ich schlug sie beiseite.

»Lass es«, zischte ich und funkelte ihn wütend an. »Du musst mir einiges erklären.«

»Das werde ich, aber lass uns jetzt erst mal hier verschwinden.« Er lief an mir vorbei und ging zielsicher auf das einzige Haus am Strand zu, welches meiner Tante gehörte.

In dem Moment stellte ich mir die Frage, was Morogh eigentlich alles wusste und was er mir zu erzählen hatte. Über mich, über sich und über die Prophezeiung, von der König Chelan in seinen letzten Atemzügen gesprochen hatte.

ENDE

ĐANKSAGUNG

Wow, ich bin fertig und kann es immer noch nicht glauben!

Ich muss ehrlich sagen, dass ich am Anfang nicht geglaubt habe das Ganze hier, zu Ende zu bringen. Aber, ich habe mich selber eines Besseren belehrt.

Deswegen bedanke ich mich bei jeder einzelnen Person, die bis hier hingekommen ist und diese Danksagung Liest. Ohne DICH würde dieses Buch nicht existieren.

Danke das du mit mir Deljas und Kains Geschichte liest.

Ich möchte erst einmal meinem Mann DANKE sagen. Danke, dass du mir die Zeit gegeben hast, dass ich an meinem Traum arbeiten kann und dass du auf unsere Tochter aufgepasst hast. Ich danke dir, dass du meine ganzen Macken in der Zeit ertragen hast. Ich liebe dich!

Mein zweiter Dank geht an dich Rebecca! DANKE, dass du mir damals zugehört hast, als ich den Stammbaum meines Buches an einem Abend mit dir zusammen erfunden habe. Danke, dass aus einer verrückten Idee dieses Buch geworden ist. Danke, dass ich dich mit Ideen belästigen darf :). Du bist großartig! Ich habe dich unglaublich lieb.

Mein Dritter dank geht an Lou, meine Seelenmuttischwester. DANKE, dass du mit mir zusammen die zweite Runde Lektorat gemacht hast, dass du meine ganzen Screenshots dir angeguckt und korrigiert hast. Danke, dass du mir hilfst, wenn ich Fragen habe. Dank dir habe ich das Ganze geschafft und bin unglaublich glücklich darüber, dass wir beide uns kennen gelernt haben. Du bist die beste, fühl dich gedrückt.

Da sind wir schon fast am Ende angekommen, aber es gibt noch ein paar Personen, denen ich danke sagen will.

Auch wenn diese es vielleicht nie lesen werden.

Danke dir Sarah, dass du mit mir trotz meiner Rechtschreib-schwäche diesen Weg des Lektorats & Korrektorats gegangen bist. Es war nicht immer leicht mit mir, aber ich bin dir unglaublich dankbar, dass du mir Mut gemacht hast und mir so eine Hilfe bei dem ganzen Text warst und bist. Auch wenn du das hier liest, und mit Sicherheit den ein oder anderen Fehler findest. Ich habe dazu gelernt und dafür bin ich dir unglaublich dankbar!

Christin meine liebste Coverfee, vielleicht liest du dir das hier durch, weil ich dir ein Exemplar zugeschickt habe :), vielleicht aber auch nicht, trotzdem danke ich dir, dass du mein Debüt Roman in dieses Kleid gesteckt hast.

Danke, dass du deine Kreativität für mich eingesetzt hast, damit ich dieses wundervolle Buch in den Händen halten darf.

Désirée, dir danke ich, dass du das innen leben dieses Buches lebendig gemacht hast. Danke, dass du dir diese Zeit nimmst und etwas Besonderes aus ihm machst. Das du mit mir Geduld hattest und immer fleißig nachgefragt hast, wie weit ich bin. Ich danke dir.

AUTORENVITA

Chriss L. Cross ist 1992 in einem kleinen Dorf in NRW geboren. Dort lebt sie gemeinsam mit ihrer kleinen Tochter und ihrem Mann.

Sie ist leidenschaftliche Hörakustikermeisterin und Augenoptikerin, da sie von Herzen gerne mit Menschen zusammenarbeitet.

Sie hat sich lange gesträubt ein Buch zu schreiben. Ihre Rechtschreibschwäche sorgte dafür, dass sie immer wieder begann ein Buch zu schreiben und es wieder verwarf.

Doch als Corona kam, hat sie sich getraut und ihr erstes Buch geschrieben, welches nie gezeigt wurde.

Jetzt mit Salzwassergeflüster will sie mit ihrem Debüt zeigen, dass auch jemand der eine Schwäche hat, etwas (er-)schaffen kann. Das jeder den Mut haben sollte seine Träume zu leben, Ihnen eine Chance zu geben und sie zu verwirklichen.